柳内たくみ 著
Yanai Takumi
ゲート
GATE
SEASON 2
自衛隊　彼の海にて、斯く戦えり
5.回天編
GATE SEASON 2　5: THE KAITEN

主な登場人物
シュラ・ノ・アーチ
ティナエ海軍の
海佐艦長。
プリメーラの友人。
江田島五郎《えだじまごろう》
海上自衛隊一等海佐。
情報業務群・
特地担当統括官
として調査任務に
あたる。
徳島甫《とくしまはじめ》
海上自衛隊二等海曹。
江田島統括官付き
として特地の調査任務にあたる。
伊丹耀司《いたみようじ》
陸上自衛隊一等陸尉。
徳島・江田島と合流し
行動をともにする。

石原莞吾《いしはらかんご》
中国人民解放軍総参謀部二部に雇われた日本人。
レディ・フレ・バグ
海に浮かぶ船群アトランティアの女王《ハーラム》。
オデット・ゼ・ネヴュラ
翼皇種《アヴィ》の船守り。プリメーラの友人。
メイベル・フォーン
神に見捨てられた亜神。徳島、江田島とともに行動する。
プリメーラ・ルナ・アヴィオン
亡国アヴィオン王家の血を引く姫。
その他の登場人物
セスラ……妓楼船メトセラ号三美姫の一人。
シャムロック・ハ・エリクシール……ティナエ統領《ドージェ》代行。
イスラ・デ・ピノス……シャムロックの秘書。
オー・ド・ヴィ……ティナエ特命全権大使。
北条宗祇《ほうじょうそうぎ》……北条元総理の息子。若手政治家。
カイピリーニャ・エム・ロイテル……ティナエ艦「エイレーン号」艦長。
ドラケ・ド・モヒート……アヴィオン海海賊七頭目の一人。

特地アルヌス周辺
碧海
グラス半島
クンドラン海
●カナデーラ諸島
●メギド
アトランティア・
ウルース
アヴィオン海

●ロンデル
帝都●
●イタリカ
◎アルヌス
エルベ藩王国
トュマレン
碧　海

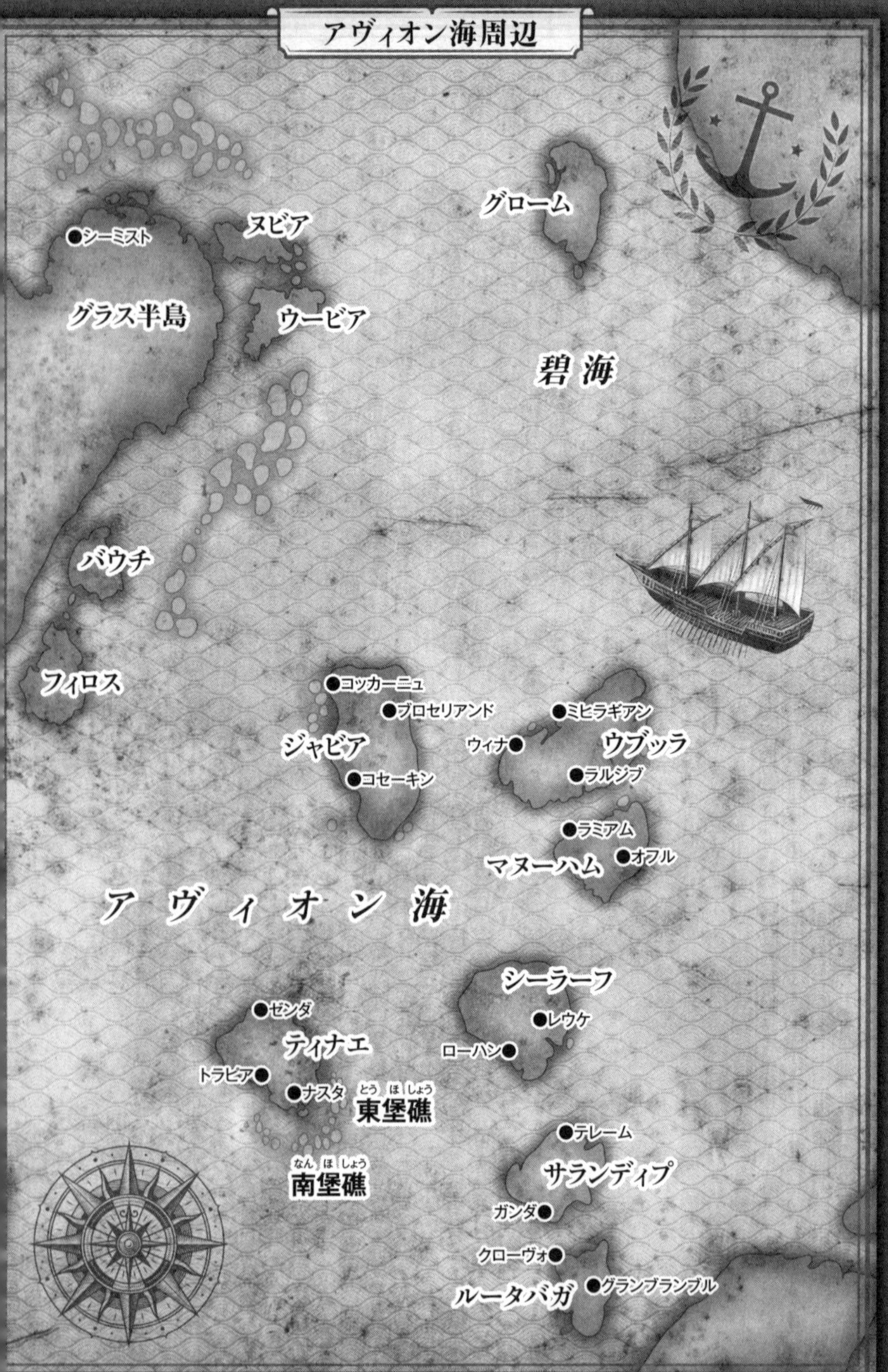
アヴィオン海周辺
グローム
シーミスト
ヌビア
グラス半島
ウービア
碧海
バウチ
フィロス
コッカーニュ
ブロセリアンド
ミヒラギアン
ジャビア
ウィナ
ウブッラ
コセーキン
ラルジブ
ラミアム
オフル
マヌーハム
アヴィオン海
シーラーフ
ゼンダ
レウケ
ティナエ
ローハン
トラビア
ナスタ
東堡礁《とうほしょう》
テレーム
南堡礁《なんほしょう》
サランディプ
ガンダ
クローヴォ
ルータバガ
グランブランブル

序

　日本国の首相官邸総理執務室には、アメリカ合衆国大統領と直接通話できるホットラインが設置されている。

　昔は通訳を介した音声での通話しか出来なかったが、高速通信網が利用できるようになった今、モニターに相手の表情を映しながらの会話も当たり前となった。

　表情というのは、言葉以上に雄弁だ。感情や思考、弱みや強みといった多くのことがそこに表現される。

　もちろん、ベテランの政治家や商売人は、表情を取《と》り繕《つくろ》って本心を隠すことに長《た》けている。とりわけ今の合衆国大統領フランクは、政治家にして商売人でもあるから、心の内を読み取るには大変苦労する相手だった。

　しかしそれでも、よくよく観察すれば僅《わず》かな変化から読み取れることもある。日本国内閣総理大臣の高垣周作《たかがきしゅうさく》は、持ち前の繊細さに――言い換えれば臆病さとも言えるが――磨きをかけることで、それを可能としたのである。

『ニホン政府は、特地に新しい領土を得て、派遣する艦艇や戦力も増やそうとしていると聞いた。シュウサク、特地で権益の拡張でも始めるつもりなのかね？』

フランク大統領はモニター越しに高垣の顔を見ると、ニコリと柔和な笑みを浮かべた。

だが高垣の目には、フランクの腹黒い欲望の蛇影《だえい》がとぐろを巻き、「ニホンが新たな市場と資源を獲得したならば、自由競争の市場としてもっぱら米国に開放されなければならない。シュウサク。イエスと言え！　さあ、さあ、さあ！」と叫んでいる姿が映っていた。

「い、いえ！　権益の拡大などいつの時代の話でしょうか？　私どもは帝国側の要望に基づいて等価交換をしただけです」

高垣は英語を解す。しかしながら即答せずに、通訳の字幕表示を待ってから答えた。

『等価交換？　ほほう、シュウサクは猫の額《ひたい》ほどの土地と、良質な海底資源を有する島嶼《とうしょ》とを交換することを等価と呼ぶのかね？』

「そのように感じるのは我々の価値観だけで物事を見てしまうからです。猫の額と言っても帝国に住まう人々にとっては大切なモニュメント。その価値を例えるならば――そう、イスラエルの人々にとっての『嘆きの壁』と考えるといいかもしれません。それに良質な海底資源を得たといっても、ボーリング調査をした訳ではありません。地下資源においては、前評判こそよかったけれど、実際に掘ってみたら中身はさっぱりで大損した、というのもよく聞く話です」

高垣は冷や汗を流しながら言い訳した。

その際、フランクに分かりやすい喩《たと》えを交ぜる試みもした。

フランク大統領は家族や側近にユダヤ系を抱える。そのためか以前からイスラエルへの贔屓《ひいき》が過ぎる傾向があるのだ。

しかし反撃の舌鋒《ぜっぽう》を浴びせても、フランクの眉はぴくりとも動かなかった。きっと中東の現状なんてまったく気にしていないからだろう。

フランク大統領といえば、乱暴な言動で世間に知られている。しかしよくよく見ていると、その発言の裏には冷徹な計算があるのが透けてくる。中東政策については、バランスを取ろうなどと思うとぐらぐら揺れ動いて煩《わずら》わされる。最初から一方に偏ってしまったほうが、かえって落ち着くとでも考えているに違いない。

どうせ中近東ムスリム達からの嫌悪感は、数値にしたら九九九九と既にカンスト状態。これ以上悪くなりようがない。ならば中立を気取って、双方から『味方してくれなかった』と憎まれるより、イスラエルから最上位の好意を得たほうが遙かにマシというのも外交政策としては間違っていない。

『なるほどな。だが、ギンザ事件以来、ニホンは羨ましいほどの幸運を得続けているじゃないか。油田の件もきっといい結果を得るさ』

「幸運？」

不注意から発したのだろうが、フランク大統領のこの言葉には、さすがの高垣も湧き上がる不快感を抑えるのに苦労した。銀座事件では、彼の親戚が亡くなっていたからだ。

「フランク。貴方は一連の出来事を幸運と仰った。しかし銀座事件という最大の不幸の埋め合わせには、まだまだ不足しています。我が国にとっても、そして私個人にとってもね……」

高垣はこれまでに降りかかってきた多くの不幸を、小さな幸運を集めて紡《つむ》いでどうにか埋め合わせている真っ最中だと返した。幸運を黒字、不幸を赤字とするならば、日本の貸借対照表は未だに真《ま》っ赤《か》っかなのだと。

『すまない、言葉選びを間違った。君はあの事件で家族を亡くしていたな……』

「謝罪は不要です。ただ、今回領土となったカナデーラ諸島は、アルヌスから遙か遠くであることをご理解いただきたい。現地は戦国時代とでもいうべき動乱の渦中にあり、タンカーを安全に走らせることも難しい。今回得た資源で利益を上げられるほどの油送が出来るのは、かなり先のこととなるでしょう。もし、今すぐにそれをしようとするなら、貴国が中東や世界各地で払っている以上の資金と人材を現地に投入しなければなりませんが、今の我が国にはそれほどの余力はない」

するとフランク大統領はフンと鼻を鳴らした。

『それならばよいのだが……』

「一体何を心配なさっているのです？」

『ニホンは大きな市場と有望な資源の双方を手に入れた。そうなると私は不安に駆られるのだ。貴国がしち面倒くさい国際協調やら我が国との同盟関係に重きを置かなくなってしまうのではないか、とね？』

「先代の大統領がそのような態度でらっしゃいましたな。目に見える表向きの平和にこだわって軍事力を示す手を弛《ゆる》めたばかりに、世界は各地で動乱に包まれた。『戦争は平和主義者が起こす』と言ったのは、確かチャーチルでしたかな？」

『奴の後始末には未だに苦労させられているよ。ノーベル平和賞なんぞ受けるからこうなった。「自分はいざとなったら核兵器のボタンを押すかもしれない存在だ。もし賞をくれると言うのなら、任期を無事に終えてからにして欲しい」――そう言って断るべきだったのだ』

「彼はいい人間になりたかったのでしょう。あるいはいい人だと人々から思われたかったのか」

『それをジェガノフに見透かされたから、酷いことになった。――それでシュウサク、私はまだ答えてもらってないぞ』

フランクはロシア大統領の名前を出し、溜息交じりに告げた。

「答えとは？」

『言ったろ？　私はニホンがこれからどうするつもりなのか気を揉んでいると。世界の安定を維持するには、我が国の力だけでは不足だ。台頭するチャイナを抑え込み、アジアの秩序を維持するには、経済力一位と三位がともに手を取って協力しなければ。同盟関係とは、いわば長年連れ添った夫婦のようなもの。倦怠期をどう乗り越えるかが重要だ』

「仰る通りです。妻がふとしたことをきっかけに婚姻関係を続けるべきかと悩み始めるなんてことは、洋の東西を問わず起こり得ることですからね。そこに思いを馳《は》せられるということは、大統領ご自身も経験がおありですか？　まさかファーストレディが……」

『いやいや、妻は私に満足してくれているよ』

「それはよかった。是非とも家庭円満の秘訣を教えてください」

『記念日を忘れず、ちゃんと愛の言葉を贈ることだ。それとプレゼントも必要かもしれない』

「おおっ、確かにそれだけのことをしてもらえれば、奥様も平和な家庭を揺るがそうとは思わないでしょうな。同盟関係もそれと同じです。親密な関係に甘えず相手を思いやって丁寧に接しなければなりません。古き時代の夫婦関係がごとく、相手から奉仕されることを当たり前と考えているようでは見放されてしまうでしょう」

『我が国は長きにわたりニホンを守ってきた。これは長年の奉仕とは考えられないかね？　君はそれを当たり前だと思い込んでいないかね？』

「残念なことですが、大統領、昨今では、長きにわたって養ってきた守ってきたという我々男の想いは女性には通じません。それらは婚姻関係上当然のことであり、恩恵とはみなされないのです。もしそれを口にしたら、その瞬間に家事労働の対価を給金という形で求められかねません。夫の側としては、これまで住まわせてやった分の家賃と光熱費を求め返すという手もありますが——そのような言い合いを始めてしまったら、もう家庭内は全面的な戦争状態に陥るでしょう。そういったことには触れないことが大切です」

『その通りだ』

　フランクは微笑んだ。

「とはいえ、大統領がご心配するには及びません。我が国は周辺のバランスを激変させるような国家戦略の変更は予定しておりません。何しろ巨大な隣人がいて、なかなか大人しくしてくれません。あの国は我が国に求めるものがあるようで、今も片手を私どもの内懐《うちぶところ》深くに突っ込んできています」

『もしかして「彼の地《faraway》」にかね？』

「現地で起きている戦乱にも一枚噛んでいるようです。おかげでせっかく得られた新領土のカナデーラ諸島の周辺も、波高しといった有り様です」

『助けが必要かね？　我が国としては、助力を惜しまないつもりだよ』

　当然ながら基地用地と安定的な輸送路の提供が必須となるが、と大統領は続ける。

「ご厚意には感謝いたしますが、特地のほうは我が国の力でもどうにかなります。問題はこれが東シナ海の状況と連動したものに見えることです。貴国が協力してくださるのなら、そちらへの対処にお力添えを願いたい」

　東シナ海か――と大統領は嘆息した。

『随分とキナ臭くなってきたとは私も報告を受けている。しかし、そこまでとは考えていなかったな。ホンコンに集まりつつある抗議運動の漁船団も、軍の動きと連動してるのなら、ニホンとしても何らかのリアクションを起こす必要がある。どうだろう？　特地に戦力を振り分けるのを控えては。急ぐ必要がないのなら情勢を見定めてからでもよいのでは？』

「いえ、そうも言ってられません。こちらのアナリストの分析では、特地の不安定化は隣国の工作員が指嗾《しそう》したもののようです。この状況を看過《かんか》しては、事態はますます悪化して手が付けられなくなるでしょう。早め早めの手当が必要になるのです」

『そのために東シナ海へ振り分ける戦力が不足してしまった訳か。だから前から言ってたじゃないか。ニホンは軍事力を増強すべきだと』

「その件では私も頭を悩ませています。少子高齢化が進む日本では、予算を増やしたからと言って簡単に戦力は増えないのです」

『で、君は私に何をどうして欲しいのかね？』

「第七艦隊を、東シナ海に差し向けていただきたい。そうすれば、日米の結束の固さを示すことになり、中国も過激な手段を取ることを躊躇《ためら》うでしょう」

『君の意向は理解した。では、我が国に何が出来るか、早速ブレーン達と検討する』

すぐに好意的な返事をもらえると思っていた高垣は、フランク大統領の態度に眉根を寄せた。

「……」

『我々にも少しばかり時間が必要なのだ。何をどの程度行うか——慎重に検討したい』

「分かりました、大統領。よい返事をお待ちしております」

高垣はフランクと会話を締めくくる挨拶を交わす。そして互いに息を合わせたように、通話終了のアイコンをクリックしたのだった。


アメリカ合衆国／ホワイトハウス大統領執務室

「諸君、我々としてはこの事態にどう対処すべきかね？」

日本国総理大臣との電話会談を終えたフランクは、スタッフ達を見渡した。大統領執務室には首席のオスカーと次席のジェシーら補佐官達、それとマスターソン国務長官、更に統合参謀本部議長のイドリフ将軍らが居並んでいた。

「チャイナの動きは、我々にとって好都合ですわね」

次席補佐官のジェシーが、長い金髪を掻き上げ、才気《さいき》走った笑みを浮かべつつその理由を語った。

日本は単独では中国に抗《こう》し得ない。つまりアメリカの要望に――もっぱら貿易に関する交渉の場面でだが――日本が譲歩する必要性が出てくるのだ、と。

「とはいえ無茶な要求をし過ぎると、ニホンをチャイナ側に追いやることになるよ」

調子に乗り気味の次席補佐官に対し、首席補佐官オスカーが警告を発した。

中国の一帯一路政策、ロシアのシベリア開発や北方領土問題といった部分で日本が交渉を進展させるのは、水面下でアメリカが日本に過剰な要求をほのめかした時だ。日本とてアメリカにべったりな存在ではないぞと示してくるのだ。

それだけにあれやこれやと欲をかいてはならず、ほどほどでなければならないというのがオスカーの意見だ。

「ええ、分かってますわ」

それでもジェシーは止まらない。得られる利益は、根こそぎ掻き集めるべきだと主張した。

アメリカも選挙で成り立っているからには、政治家は利益を掴み取って国内の企業、ひいては有権者に分け与えなければならない。大統領とて不動の権力を有している訳ではなく全ては国民の支持があってこそ。そしてアメリカの民衆は貪欲なのだ。

するとフランク大統領は言った。

「繰り返しになるが、私としてはニホンが特地にかまけるようになって、こちらのことに手を抜くようになるのは避けたいんだ」

どの国も外交では、『利益を独占し、損は他国に押しつけること』を目指す。もちろん実際には不可能だから『出来る限り損を他人に負担させ、利益は可能な限り自分に集中させる』ところで落ち着く。ただその割合や分かち合い方が国によって異なるのだ。

アメリカ合衆国の、そしてフランク大統領の場合はそれが露骨であった。

東アジアの、特に膨張する中国を抑え込む役目は日本に押しつける。そして日本が救いを求めてきたら恩を売りながら助ける。それが基本的態度だ。そうすれば軍事費を削減できるし、日本に武器を大量に買わせることが出来るから国内の軍事産業も大喜びなのだ。

従って『この状況は好都合』というジェシーの意見には、フランクも賛成であった。

更に言うと、得られる利益は根こそぎ掻き集めろという彼女の基本姿勢もまた、フランクの商売人としてのポリシーに合致する。だからこそフランクは彼女を高く評価していた。

「大統領、やり過ぎは禍根《かこん》を生みます」

ところが首席補佐官のオスカーは、それはよくないと言った。

「分かってるよ。チャイナがニホンと手を組んでしまうと言うんだろう？」

国務長官のマスターソンは、眉根を寄せ、腕を組みながら唸《うな》った。

「ニホンとチャイナはいがみ合っているぞ。その両国が手を組むだなんてこと、起こり得るのか？」

すると首席と次席の補佐官達が、あり得ます、と揃《そろ》って頷いた。

一瞬、どっちが説明する？　という目配せが飛び、ジェシーが解説を始める。

「チャイナはイデオロギーなど問題にしておりませんのよ。あの国に大切なものは利益、つまりエネルギーと資源の安定的な供給なのです。ニホンがそれさえ約束できるなら、それまでの諍《いさか》いすらなかったかのごとく振る舞うことでしょう。そしてニホンは――いえ、ニホンのマスコミは、チャイナの人権問題には無関心です」

オスカーが補足した。

「ニホンは今のところ資源消費国ですが、特地を得てそう遠くない未来には資源輸出国になります。もしチャイナが利益があるとみなせば、ニホンと手を取り合うことは十分考えられるのです」

「そんなことになったら、我々はアジアの権益を一気に失うばかりか安全保障上の危機を迎えてしまうよ」

「だからこそ、対日要求はほどほどに控えねばなりません」

オスカーは言う。拡大膨張する中国を矢面に押し立てて覇権国家アメリカの暴虐を牽制する。それが前世紀八〇年代の日米貿易摩擦でやり込められ続けた日本の対米戦略なのだと。

しかしマスターソンは言った。

「ならばチャイナに具体的な行動を起こさせてはどうかね？　そうなったらニホン国民は怒って、政府がチャイナに接近することを許さなくなるはずだ」

「確かにそうだな。いっそのこと今回は艦隊を出さず、様子見してみようか？」

フランク大統領がそう言って頷くと、オスカー首席補佐官が慌てた。

「いけません。あの海域をチャイナに押さえられますと、オキナワとタイワンが危険に陥ります。極東アジア情勢も激変するでしょう。ニホン人は簡単には動きませんが、一旦動き出すと極端に走る傾向があり、たちまち憲法改正、チャイナとの本格的な軍事対立、更には勢い余って核武装にまで進んでしまう可能性すら――」

「そうなったら東アジアの緊張が一気に高まってしまう！　ニホンはそこまで踏み込むか？」

マスターソンの問いにオスカーは重々しく頷いた。

「今までなら不可能でした。しかしこれからのニホンならば、ないとも限りません――」

「どうしてだね？」

ジェシーが説明を引き継ぐ。

「もし全面核戦争が起きたとしても、特地を攻撃する手段は、チャイナはおろか全世界のどの核保有国にもないからですわ。ニホンに対しては相互確証破壊が機能しないのです。これはとても危険なことで、チャイナとロシアは時とともに猜疑心《さいぎ》を強めていくでしょう」

フランクは呻《うめ》くように言った。

「確かにそれは問題だな……」

「更にチャイナとロシアの態度を硬化させかねない報告が入りましたわ。ザ・ユニバーシティ・オブ・トキオのプロフェッサーであるヨーメーが、『門《ゲート》』現象の科学的再現に成功しました」

「それが何だと言うのかね、ジェシー？　異世界に通じる『門』は、今でも必要に応じて開閉されているじゃないか？　それが今更何の問題になるのかね？」

フランクにはその重要性が今ひとつ理解できないようだ。マスターソンも首を傾げている。

「これまで『門』の存在がさほど問題視されなかったのは、『門』の場所がギンザとアルヌスに限定されていたから。そして実質的に開閉を担っているのが、政府から独立した団体だったからですわ」

「そうだ。あの団体はニホンに協力的であっても支配を受けていない。まあ、我々からの支配も受け付けないが、誰に対してもそうならば問題とはなるまい？」

「ところが大統領、これからは違ってくるのです。科学的な方法で『門』を再現できるとなったら、ニホン政府はいつでも自由自在に好きな世界と往来できるようになります。応用の仕方によっては、この世界の任意な場所から任意な場所への瞬間的な移動も可能となりますわ」

「ふむ、保有している航空旅客会社や運輸株を売り払ってしまわなければならんかな？」

フランクは商売人らしく、まずは物流に大きな変革がもたらされることを想像した。

「それもありますが……」

すると、それまで黙っていた統合参謀本部議長が口を開いた。

「大統領、お気付きになりませんか？　これは弾道ミサイルといった搬送手段を用いず、突如としてクレムリン宮殿やホワイトハウスの大統領執務室に、核爆弾を置いていくことが出来ることを意味しているのです」

オスカーは混ぜっ返すように言った。

「中央銀行の金庫室に繋いで、中の金塊をごっそり奪い去るなんてことも出来ますね」

核爆弾の喩えよりこちらのほうがフランク大統領には衝撃的だった。

見たことも触ったこともない核爆弾の被害より、空っぽの大金庫のイメージのほうがよほど彼の感性を刺激したからだ。フランクは商売に失敗して破産した経験がある。誰にも打ち明けたことはないが、従業員に給料を支払う日に金庫が空になっていた夢を見て、叫びながら目を覚ましたことも一度や二度ではない。

「大統領、この技術の完成は危険なのです。非常に、とても、著しく……」

「ましてやニホンが核武装するなんてこと、決して許してはなりませんのよ。『門』技術と、核兵器、そして特地、この組み合わせは最悪なんですの」

二人の補佐官の言葉に、フランクは深々と嘆息した。

「そのプロフェッサー・ヨーメーは、多額の資金と地位で誘えばこちらに靡《なび》くのか？　たとえばMIT（マサチューセッツ工科大学）あたりの永年教授職と多額の研究費を約束したら、ヘッドハンティングに応じるか？」

「ヨーメーの人となりについての調査報告によりますと、彼はザ・ユニバーシティ・オブ・トキオの教授職にかなり強い誇りを抱いているようでして――他の地位で勧誘しても、応じることはないだろうとのことです」

大統領は深く刻まれた額の皺《しわ》を揉んだ。

「ったく、金に靡かない奴ってのはこれだから困る。とはいえ、誘拐したり暗殺したりで解決……ともいかんのだろ？」

「ヨーメーがいなくなれば、研究の進展は多少なりとも遅れるでしょう。しかし一度実験に成功したからには研究が止まることは決してありません。遅かれ早かれ、実現に向かっていきます」

「うーむ」

オスカー首席補佐官が右手を挙げ、常識的な手法を提案した。

「『門』の危険性を国際問題として提起して、研究を禁止する国際条約を締結するという方法がありますが？」

「いや。『門』研究の問題は公にしたくない。いくら条約で禁止しても、陰で研究を進める国がいる以上、どうにもならん」

実際、ヒトの遺伝子改造を例に挙げると、国際的なルールが設けられ、安易な実験は禁じられている。しかし中国の研究者は、ヒト遺伝子に手を加えた双子の女児を誕生させてしまった。当然、全世界の研究者達から猛烈に叩かれ、中国政府も慌てて処罰したと公表したが、その後どうなったかの情報は完全に隠蔽されてまったく伝わってこない。

中国には、やれることをやって何が悪いという考え方があるからだろう。法が禁じていても隠せばよく、たとえバレてもしらばっくれればよいという態度だ。従って国際法で禁じても陰で研究が進められるのは間違いない。それどころか、禁止すべきだという提案をきっかけに研究を開始しかねない。

対抗するには、アメリカも研究を進めるしかなくなるのだ。

もちろん、アメリカや欧州各国にも、こうした非合法・反倫理的な実験を行う地下組織は存在している。だが、表向きは取り締まらねばならない以上、予算的にも活動的にも規模を抑えざるを得ない。堂々と公費を投入できる中国のほうが圧倒的に有利なのだ。

「熾烈《しれつ》な研究合戦が始まってしまいますわね」

結局、アメリカも莫大な予算と人員を投じなければならなくなる。しかも、この技術が完成した後にやってくる世界は大混乱だ。もしかしたらその先には人類にとってバラ色の世界が訪れるかもしれないが、変革期は悲劇的かつ非人道的な事態に陥るだろう。

「致し方ない……今回の件と合わせて対処することにしよう」

フランク大統領は重々しく言った。

「どういうことですか？」

「オスカーとジェシーは、今回のチャイナの動きを利用してニホン政府とチャイナとの間に決定的な楔《くさび》を打ち込むことになるようなプランを考えてくれたまえ。ついでに、このヨーメーの件と一緒に解決できるとなおよいな。根本的な解決でなくていい。必要なのは、ある程度の時間稼ぎだ」

「そんな都合のよい方法があるでしょうか？」

マスターソン国務長官が首を傾げた。

「大丈夫だ。この手のことは、二人の特技だからな。違うかね？」

フランクの無茶ぶりとも言える要求に、オスカーは一瞬息を呑む。

だが、ジェシーは躊躇うことなく前に出た。

「大統領、是非私にやらせてください。外連味《けれんみ》溢れる良策をご用意いたしますわ」

「ふむ。三日以内に構想を提出してくれたまえ。それを読んでから、各部署に詳細なプランを検討させる」

「かしこまりました」

ジェシーが颯爽《さっそう》と退出していく。少し遅れて、オスカーも彼女を追うように執務室から出ていったのだった。

01

特別地域／碧海《へきかい》／カナデーラ諸島

南洋の島を形作る風景といえば、強い日差しと白い砂浜、そしてエメラルド色に輝く海だろう。椰子《やし》の木と、赤茶けた土も忘れてはいけない。

そんな色彩からなるカナデーラ諸島には、ラワン、マーレット、オルロットの三つの島と、名もなき小さな岩礁《がんしょう》の群れがあった。

この島嶼を領有していたのは、大陸の沿岸国の一つゲイキール子爵家。大陸で覇を唱える帝国に服属する諸侯家だ。

記録では、カナデーラ諸島には住民がいないことになっている。しかし人間の姿がまったく見られない訳ではない。海羊《うみひつじ》や海猪《うみいのしし》といった家畜の群れを率いた海洋遊牧民の集団が、アウトリガー付きのカヤックでやってきて、一時的な住み処にすることもあるのだ。

だが、ゲイキール子爵家は、彼らのことに注意を払ったことはない。この島にそれほどの利用価値を見出していないからだ。先祖代々、引き継いできた自国の領土目録にその名がある。故に領有を続けてきたに過ぎない。

だからだろう、その島が今どうなっているか気に留めることもなく、宗主国たる帝国の女帝から、求められるまま領有権を差し出した。

対価として彼が得たのは、伯爵への陞爵《しょうしゃく》だった。帝国宮廷儀礼における序列が、「子」から「伯」へと上昇したことはゲイキール家にとって最高の栄誉なのだ。

そして、海洋遊牧民達もそのことにはまったく無関心、無関係を決め込んでいた。彼らはこの島の主が誰かなんて気にしたことがないのだ。

海洋遊牧民の生活は自由気まま、単純明快だ。

彼らは朝起きると、網を開いて家畜の群れを解き放つ。そして海羊達がエサとなる魚を食べるのを、カヤックを操りながら見守るのだ。

眠くなったら木陰の涼しい所に横たわって眠る。

発情したら適当によい相手を見つけてまぐわい、子を産む。

そして家畜のエサとなる魚が減ったら、また別の海へと移動するため、カヤックに海羊の皮で作った帆を張って島から出るのである。

実に分かりやすい。彼らはそんな牧歌的な毎日の中で産まれ、育ち、死んでいくのだ。

ワコナというヒト種の少女と、ウギという海棲種族トリトーの少年が出会ったのもそんな分かりやすい生活があったからだろう。

強い日差しで褐色に焼けた肌を持つワコナと極彩色のウギは、出会ってすぐに意気投合し和気《わき》藹々《あいあい》と笑い合って、時々つつき合うように喧嘩した。

そうした光景を周囲の大人達は特段の感慨を抱くこともなく、当たり前の日常として眺めていた。

だがそんな平和も、水平線近くに帆船の群れが姿を見せたことで破られた。

「何だろう？　ワコナ、あれを見て！」

ワコナが膝まで浸かる浜辺で銛《もり》を手に魚を狙っていた時、海面から顔だけ出していたウギが声を上げた。

一番近くまでやってきたのは、ラティーンセイルを張った帆柱を三本立てた船だ。

櫂《かい》まで有した船の型は、ジーベックと呼ばれる戦闘艦であった。そんな船が何十隻も浮かんでいたのである。

それらの船は帆を下ろすと、短艇を何艘《なんそう》も海面に下ろそうとしていた。舷側《げんそく》の縄梯子をつたって、剣や弓で武装した海兵が乗り移っていく。

それを見たワコナは、胸の奥から湧き上がるざわめきに戸惑った。これまで帆船と出合うなんてことはいくらでもあった。セーリングカヤックで海羊の群れを追っている時に、すれ違って互いに手を振り合うこともあった。海羊の肉が欲しいと頼まれ、銛や斧といった金属製の道具と引き換えにいくらか渡したことだってある。

なのに今回はどうしてこんなに落ち着かない気分になるのか？

それはきっとこれまでの連中が、ワコナ達に関心を持つことなどなかったからだ。なのに今回に限っては、自分達に向かって近付いてくるのだ。大人数で。鉄の武器で身を固めて。

「あれは海賊だ！　海賊の人狩りだよ、ワコナ！」

ウギが叫んだ。

「海賊!?」

「そうだ、奴らだ！　最近の海賊は人間を捕まえるんだ！」

ウギはその光景を大陸の漁村で見かけたことがあると呟いた。

海賊達は少しでも魔導の力を持っている者をパウビーノとするべく、人間を見かけると手当たり次第に捕らえ無理矢理掠《さら》っていったと言う。

「大変！　みんなに報せなきゃ！」

「分かってる。ワコナ、こっちだ！」

ウギはワコナの手を取ると、水を蹴って走った。

ウギとワコナの報せを聞き、島の人々は海を振り返る。

「みんな逃げろ！」

「でも、どこへ！」

その時には既に短艇の群れは砂浜にまで近付いてきていた。それを見て、みんな我先にと走り出した。

程なくしてラワン島のあちこちで悲鳴が上がった。

短艇を砂浜にまで乗せた海賊達は、剣を抜いて散開すると島に住む人々に襲いかかったのだ。

怒号と喚声《かんせい》の中で剣刃《けんじん》が閃き、血臭に満ちた飛沫が舞い上がり白い砂浜に鮮紅色の彩りが加わる。

矢が空気を切り裂いて飛び、逃げ惑う人々の背中に突き刺さった。

あちこちで絹を裂くような声や、絶命の苦悶の声が上がる。

「若い女、男、子供は捕らえろ！　年寄りはぶっ殺せ！」

上陸した海賊達の指揮官が叫ぶ。

殺されずに済んだ者は捕らえられ、手足を数珠繋ぎに拘束されて集められていった。

海賊達はこの島で暮らしていた海洋遊牧民に目を付けたらしい。

島には粗末な小屋がある。椰子の葉を屋根にした数時間の労働で作れるような小屋だ。海賊達はそんな小屋も誰か隠れていないかと捜し始めた。

ワコナ達は貝が内包している真珠や、子供が拾って宝物にしそうな宝貝や、儚げな美しさを控えめに主張する桜貝を集めて身を飾る習慣がある。もちろん加工に手間はかけない。自然そのままのそれらに小さな穴を開けヒモを通すくらいだ。それらで男も女も裸の身を飾るのだ。

海賊達はそんなものですら奪った。

「ちっ、しけた島だぜ。こんなものしかないぜ」

「海の生《い》け贄《にえ》には海羊がいっぱいいますぜ」

「よし、お前達、網を手繰《たぐ》って片っ端から捕まえろ！」

そしてあらかたの物を奪うと、海賊は家屋に火をかけた。青い空と白い雲を背景に、黒い煙が立ち上っていった。


略奪騒ぎもどうにか落ち着いた頃、沖の船から一艘の短艇がやってきた。

波に揺られる短艇には、パリッとした仕立ての艦長服を纏《まと》った若い男が背筋をピンと伸ばした姿で乗っていた。

男の名はトラッカー海佐。

トラッカーは短艇が砂浜に乗るのを待っていられないとばかりに、波打ち際で靴が濡《ぬ》れるのも厭《いと》わず浜に降り立った。

「ちっ、くそっ……」

その瞬間トラッカーは舌打ちした。

透き通った海面から白い砂がよく見える。今、海に降りても浸かるのはせいぜい踝《くるぶし》くらいだろうと思ったのだ。しかし意外にも足首から臑《すね》の中ほどまで沈んでしまい、半長靴《はんちょうか》に海水が侵入を始めた。砂の柔らかさを見誤ったのだ。

だがすぐに気を取り直して意識を島へと向ける。

砂浜には住民達が捕虜として集められていた。

「ふんっ……よくぞまあこんな仕事に熱心になれるもんだ」

白い砂浜を踏みしめて上陸するトラッカーの呟きに、翼人少女の船守《ふなもり》りイザベッラが答える。

「しょーがないじゃん。奴隷だって売れば金になるもの。こんな何の旨味《うまみ》もない仕事でタンマリ稼ごうと思ったら、奴隷狩りしかないでしょう？」

アトランティア・ウルースは海上生活者が群れることによって形成された集団だ。

彼らの多くは海賊稼業に手を染めた経験がある。他人の物を奪うことを悪いとは思わないのだ。

その集団が時を経て大きくなり、今では国家を標榜《ひょうぼう》するようになった。

野卑《やひ》な海賊気質のままでは外国からの評判がとても悪いと理解すると、一生懸命お行儀をよくして尊敬されるよう身繕《みづくろ》いを始めた。しかし元が元だけになかなか改められない。様々な場面で、海賊であった時の名残を見せてしまう。

「艦長！」

陸に上がっていた海兵達の代表がトラッカーの姿を認めてやってきた。

「報告いたします。島を占領しました。島にいた奴らも全員捕らえ終わりました」

「一人も逃がしてないだろうな？」

「大丈夫です。全員です」

トラッカーは砂浜に集められたこの島の住民らしき群れへと目をやった。

捕らえられた住人達は座らされて項垂《うなだ》れている。中には恨めしそうな目をトラッカーに向ける者もあった。

浜や内陸に視線を向けると砂浜のあちこちには死体が散らばっていた。見ると年寄りが多い。若い男女の遺骸も見られたがきっと激しい抵抗をしたのだろう。

「必要以上に痛めつけてないだろうな？　不必要な怪我をさせてたりしたら、お前らを同じ目に遭わせるぞ！」

「大丈夫です。これから奴らを働かせにゃなりませんし、亜人だろうがヒト種だろうが、若くて活きがよければ高く売れるってことはみんな弁《わきま》えてますので」

そういう意味じゃないんだが、と言いかけてトラッカーは止めた。

自分の感性がアトランティアの、特に兵士達に共感してもらえるようなものではないと分かっていたし、結果的に捕虜を苦しめないように扱うならそれで構わないからだ。

「おい、この臭いは何だ？」

トラッカーはクンクンと鼻を鳴らす。煙の臭いに肉の焦げる臭いが混じっていた。

「きっと家に隠れている奴でもいたんでしょう？」

それに気が付かず家に火を放ったらしい。水兵達が火を消そうと慌てているが完全に火に包まれてしまってからでは間に合うはずもない。

「ちっ、しょうがねえなあ……」

トラッカーは捕虜達の集まるところまで進むと、顎をしゃくって部下達に命《めい》じた。

「儀式の準備をしろ！」

「はっ！」

トラッカーの部下達は、長い旗竿《はたざお》を砂浜の中央に据えた。

「女王《ハーラム》レディ・フレ・バグ陛下の命《めい》により、本日、この瞬間より、カナデーラ諸島はアトランティア・ウルースの神聖不可侵な領土として編入された！」

トラッカーの宣言と同時に、号笛が吹き鳴らされる。

「国旗に敬礼」

兵士達が整列して見守る中、アトランティアの国旗が旗竿のてっぺんに向かって昇っていく。そして昇りきると、トラッカーは敬礼を解いて部下達に告げた。

「よし、全てが終わったことを艦隊の提督にご報告せよ。爾後《じご》、この島嶼は我がアトランティア海軍近衛艦隊が泊地《はくち》として使用する。陸戦隊長は捕虜を使役し、早急に要塞の建設を始めろ！　我々は艦に戻る」

こうしてトラッカーの率いる艦は、アトランティア・ウルースの版図《はんと》を広げる尖兵《せんぺい》たる任務を終えたのであった。


「奴ら、行った？」

「ううん、ここに居座る気みたい」

岩陰に隠れて皆の様子を見ていたウギは、自分が間違っていたことを悟った。

「くそっ」

来寇《らいこう》したのは海賊ではなかった。正しくはアトランティア・ウルース軍であったのだ。

しかしそんなことは些細な間違いであって大差はない。海賊であろうとアトランティアの兵士であろうと、この島の平和を破壊し、人々を塗炭《とたん》の苦しみが待ち受ける奴隷生活へと引きずり込もうとしているのは同じなのだから。

見れば、島に残って捕虜となった人々を無理矢理働かせて何かの建設を始めた。抵抗する者がいたのか、鞭《むち》や棒で激しく打ち据えている。

「と、父さんと母さんが……。わたし、みんなを助けたい……」

ワコナが泣き始めた。

「とにかく逃げよう。おっさんと子供達を安全なところに逃がさないと……」

ウギとワコナは、幼い子供三人と髭面の初老男性を一人連れていた。両親や親戚から自分達が囮になるから逃がしてくれと託されたのだ。

初老の男性は、船材に掴まって漂流しているところをウギが助けた。海で死にかかっている者を助けるのは海で生きる者の習慣なのだ。

とはいえ、それは純粋な善意からの行動ではない。メギド島の例にもあるように、助け出された人間の何人かに一人は、助けられたことに恩義を感じて一族に繁栄をもたらしてくれることがある。彼らの行動はそれを期待してのもの。つまり打算なのだ。

とはいえ全部が全部打算という訳でもなかったりする。

でなければ、自分達を囮にしてまで初老男性や子供達を逃がそうとするはずがない。

彼らは海賊達の狙いが自分達の身柄にあると理解すると、盛大に逃げ回って海賊の耳目を引き寄せた。そんなことが打算だけで出来るはずがない。要するに、打算を名目にした海で生きる者の心意気のようなものなのだ。

そしてそんな心意気を託された以上、ウギとワコナは無謀な行動に出る訳にはいかない。

ワコナは島の岬に隠してあったアウトリガー付きのカヤックを引っ張り出す。

そしてそれに老人と子供達を次々と乗せ、アトランティアの船が屯《たむろ》する方角とは逆方向に漕ぎ出していったのである。

アトランティア・ウルース

アトランティア海軍近衛艦隊、トラッカー海佐艦長率いるジーベック級軍用帆船イザベッラ号は、大小様々な船舶を連ねて海上都市を形成しているアトランティア・ウルースへと帰還、未明の入港を果たした。

しかし舫《もや》い綱を繋いだからといって一息つくことは出来ない。

舷梯《げんてい》を渡すと、早速労働力にならない捕虜達を船底《ふなぞこ》から引っ張り出して奴隷商人に引き渡さなければならないし、消耗した水や生鮮食料品を積み込む作業も始めないといけない。海羊の肉も塩漬け加工を施したり売り払ってしまったりする必要がある。

そしてそれらと並行し、アトランティア・ウルースの版図に新たな島嶼を加えたことを報告するため、伝令使を王城船へと向かわせる必要があるのだ。

「では、行け」

「はっ、お任せください！」

トラッカーの伝令使として艦長室を飛び出していったのは、見習い士官のカシュ・ノ・フランジェリコであった。少年期から青年期へと移り変わる年頃のカシュは、任された仕事を果たすため足取りも軽く艦長室から出て行った。

「カシュの奴を王城船に行かせたの？」

船守りのイザベッラがカシュと入れ違うようにして艦長室を覗き込み、二、三の必要事項を報告した後の余談という形で尋ねてきた。

「ああ、目をかけてやってくれと頼まれてるんでな」

「それって宰相《さいしょう》閣下の口利き？」

「ま、そういうことだ」

作戦成功の報告を王城へともたらす伝令使は、提督や大提督の目に留まりやすい。報せの種類によっては女王《ハーラム》直々に声を掛けられることすらある。将来の栄達を夢見る若手にとっては垂涎《すいぜん》の役目なのだ。

「大人の世界って大変だね」

プリメーラ・ルナ・アヴィオンを女王に推戴《すいたい》して再興を目指すアヴィオン王国。その宰相に、女王直々の使命を受けたイシハ・ラ・カンゴーは、アトランティア・ウルースの女王《ハーラム》レディ陛下からも宰相に任じられ、アトランティアの宰相も兼ねることになった。するとその周囲には、宰相の権《けん》勢《せい》の恩恵に浴《よく》そうと、大臣、貴族、有力者達が次々と群がっている。

イシハは彼らの願いを聞き入れる交換条件として、自分の願い事を叶えてもらったり、美酒美食の宴に招待してもらったり、財貨や宝物、美女の奴隷などを贈ってもらったりしている。有り体《あてい》に言えば、職権を乱用し、私腹を肥やす汚職まみれな毎日を送っているのだ。

とはいえ、これがこのアトランティアの――否、特地世界の政治の日常でもあった。

力なき者は、財貨や宝石、あるいはその他の別な何かを差し出し（差し出すものがなければ、自分の身や働きを対価とし）、力のある者の庇護下に入って寄子《クリエンテス》となる。力ある者は寄親《パトロヌス》として彼らを護るのだ。

もし外部勢力と対立したり利益を争う事態となった時は、寄親同士で利害調節をしたり、それが出来ないような時は戦ったりする。もちろん寄子はその戦いに参加する。

何だか武士のご恩と奉公、あるいはヤクザの親分子分兄貴舎弟、西洋騎士の君臣《くんしん》関係みたく見えるがその通りだ。洋の東西、時代、世界を問うことなく、似たような関係が形成されるなら、それは知的生命体が作り上げる社会の形態における「基本」なのだろう。

そうしてイシハは、アトランティアの宰相となったことで巨万の富を築くことに成功した。

ただし同時に、縋《すが》ってきた寄子の頼み事も一杯抱え込むことになった。その中には、『今度、軍に入ることになった我が息子をよろしく引き立ててやってください』というものもあり、それが巡り巡ってトラッカーの元へとやってきたのだ。

というのも、トラッカーを近衛艦隊の艦長職に引き立てたのは宰相のイシハだからである。トラッカーは寄子としてイシハの意向を叶えてやらねばならない。

今回、見習い士官に伝令使の役目を与えたのもそれが理由だ。イシハから送り込まれた見習い士官が女王陛下《ハーラム》の前に立つ姿を示すことで、トラッカーはイシハからの頼みをしっかり叶えているぞと示すことになり、イシハもまた取り巻きとなった有力者に顔を立てることが出来るのだ。

とはいえ、三人の見習い士官の中で誰を選ぶかはトラッカーの自由だ。

「カシュの奴、とっても嬉しそうな顔をしてたよ。自分が選ばれるとは思ってなかったみたい」

「奴は、自分を能なしだと弁えているからな」

「能なしは酷いよ。親の七光りを盾に威張ったり責任逃れをしたり、楽をしたがるあの凸凹コンビよりはよっぽどマシだし」

「ああ、確かにそうだな。奴は意欲があるだけマシなほうだ」

イザベッラ号には、士官見習いの若者が三人乗り込んでいる。だが三人は経験もなければ、役に立つような知識も持っていない。それで艦長のトラッカーの役に立とうと思ったら、彼らに出来ることは意欲に溢れていることを示すか、付け届けをしてトラッカーの財布を温かくすることくらいだ。

そして、コネでこの世界に入ってくるような連中は、熱意を示すより親の財力に頼って付け届けをして、楽な仕事を割り振ってもらって見習い期間を通り過ぎようとする。

もちろん、トラッカーとしてはくれるという物を断ったりはしない。そして貰ったからにはちゃんと楽で責任の少ない仕事を割り振ってやる。とはいえ、トラッカーも自分の船を沈めたり、ドジをやったりして自分の評価を低下させたくはない。下から吸い上げた付け届けを、そのまま上に差し出し自分の評価を上げるという方法もあることにはあるが、それでは格好が付かないのだ。

トラッカーも軍人であるからには、能力で評価されたいという矜持《きょうじ》がある。だから部下にも銭金《ぜにかね》だけでなく能力を差し出すよう求めていた。それすら出来ないような無能者は、せめて意欲だけでも見せよと求めた。するとカシュは、たまたまなのか、あるいは必然か、付け届けではなく熱意を示すことを選んだのである。

カシュは皆が嫌がる仕事を率先して引き受けた。号令でドジり、信号で失敗して皆から嘲笑され、水兵達から馬鹿にされつつも、しかし確実に経験と知識と力量を向上させていった。

だからこそトラッカーは、カシュを伝令使に選んだのだ。

もし、見習い士官の中からいきなり士官に出世させられる枠が二人分できたとしたら、トラッカーはそれを凸凹コンビに与え、カシュは見習いのまま手元に残すだろう。カシュにとってそれは不幸なことかもしれないが、トラッカーにとって、そしてこの船の乗組員達にとってはそれこそが幸いなのだ。

「でも、このことを知ったら、凸凹が妬《や》くんじゃない？」

「別に気にする必要はないさ。俺は日頃から能力や意欲を、付け届けと同等に評価すると言ってあるからな。知ってるか？　金って代物も、量が増えると価値が下がるんだぜ」

「みんなが楽したがって賄賂《わいろ》を差し出してるような時は、一生懸命働いてくれるほうが価値があるってことだね？」

「そういうこと。俺に差し出せるものが他の奴よりも少ないと思ったら、付け届け額を他の奴より多くするか、意欲的に振る舞うかすればいい。俺は艦長としてこの船のことに責任があるからな。多少の銭金なんかより意欲的なほうがありがたかったってことさ」

トラッカーはそう言って笑った。

「面白いよ、あんた。悪名高い宰相様の口利きで艦長になったって聞いたからさ、一体どれほどの銭ゲバ野郎かと思ってたんだけど、あんた、なかなか悪くないよ」

イザベッラは気に入ったと言いながら、相好《そうごう》を崩したのだった。


さて――

イザベッラ号に配属された士官候補生カシュ・ノ・フランジェリコは、艦長室を出ると足早に船から降りた。

「おい、カシュ！　どこに行くんだよ？」

埠頭《ふとう》で商人と価格交渉をしている士官に同行していた件《くだん》の凸凹コンビ――見習い士官のデブとのっぽことバヤンとレグルスの二人は、カシュの姿を目敏《めざと》く見つけると声を掛けてきた。

この二人はカシュの見習い仲間ではあるが、決して仲がよいとは言えない関係だ。

「艦長から伝令使を言い付かったんだ！　ちょっと出掛けてくる」

「何でお前が？」

「たまたま二人が忙しかったからだろ！」

カシュは二人の追及を軽く手を振って誤魔化すと、そのままその場から離れた。

正直、理由を問われても彼には答えられないからでもあった。

カシュは万事に要領が悪く、艦長への付け届けすら満足に出来ていない。それがために当直なら夜間ばかり、仕事もキツくて汚くて疲れるものばかり割り当てられてきた。ドジも失敗も多く、周囲に迷惑をかけがちで艦長の覚えがめでたいとは言えないのだ。

それだけに、そんな自分が名誉ある伝令使に任ぜられるとは思ってもみなかった。しかしこうなったからにはちゃんと務めて艦長の信頼に応えねばならない。

「おい、カシュ！」

だがその時である。バヤンとレグルスが追いついてきた。

「何だ二人とも、売買の立ち会いはいいのかい？」

「なあカシュ、艦長から言い付かったそのお遣い役、俺達が代わってやってもいいぞ」

レグルスは足早に進むカシュに追いつくと肩に腕を回した。

細身で長身のレグルスは、カシュより頭一つ高いから肩に腕を回されると上から圧迫される感じになる。

「ダメだよ。艦長は僕にって……」

「いいからいいから！」

カシュがレグルスの腕を払いのける。するとバヤンがカシュを横から突き飛ばした。

「うわうわっ！」

アトランティア・ウルースは大小様々な船が寄り集まって出来た水上都市だ。

目的とする船に向かうには甲板《かんぱん》上の狭い通路を通り、船と船とを繋ぐ舷梯《げんてい》を渡らねばならない。

そんな場所で不意に横から押されたら、足を踏み外して海に落ちてしまう。

たちまち海面に水柱が上がった。

しばらくして海面に浮かび上がってきたカシュを見下ろしながら、レグルスとバヤンは言った。

「おや、困ったね、我が同輩よ！　そんなびしょびしょな姿では、王城にはとても行けないよな!?

その姿で女王《ハーラム》の前に出たら失礼だ」

「しょうがない。お前に代わって俺達が王城船に行ってきてやる」

二人のあまりな言いように、カシュは懸命に立ち泳ぎしながら言い放った。

「酷いぞ、レグルス！　バヤン！」

「礼なんていらないぞ。これも同僚のよしみだ。後のことは俺達に任せてくれ！」

「そんな!?」

「早く上がれ。風邪引くなよ！」

「待ってよ！　せめて縄梯子を下ろして！」

だが二人は、カシュを海から助けようともせずに行ってしまったのである。

＊　＊

妓楼船《ぎろうせん》の朝は遅い。

何しろ妓楼の稼ぎ時は『夜』だ。娼姫との一夜限りの恋を楽しんだ泊まり客は、朝になって寝ぼけ眼を擦って疲労で萎《な》えた足腰を引きずるようにして家路に就くのだ。

おかげで娼姫や従業員達の生活リズムは昼夜逆転——とまではいかなくとも、大幅にずれ込んでしまう。

しかし、である。日本国海上自衛隊二等海曹の徳島甫《とくしまはじめ》は、まだ誰も起きてこない朝の暗い頃から厨房に入り、料理の支度を始めていた。

何のためかと言うと、泊まり客の朝食を作るため。『握り寿司』を出して欲しいという要望に応えるためでもある。

「握り寿司が流行るなんて思いませんでしたね……」

徳島が飯台の酢飯をしゃもじで切りながら呟く。

すると徳島の後ろで大釜の火加減を見ていた江田島五郎《えだじまごろう》一等海佐が言った。

「いえ、私はこうなってもおかしくないと思ってましたよ。アトランティアの人々の嗜好《しこう》はどこか日本人に似ていますし」

海上生活を送るアトランティアの人々は、オリザルという海藻由来の米に似た穀物を、魚のエサなどと蔑《さげす》まずに普通に食べるのだ。

そして新鮮ならば、魚介類を生で食べることもある。

醤油の代用として使える豆醤《トウジャン》（魚醤を作る際、魚と同量の豆を混ぜたもの）というものも存在する。

更にわさびに似た香草エウトリが大陸にはあったりする。

ならば酢や酒、糖蜜の類を混ぜて、炊いたオリザルにまぶして酢飯とし、すったわさび《エウトリ》と程よい厚さに切った刺身を載せて、豆醤を付けて食べる握り寿司へと至るのも時間の問題と言えた。

つまり徳島が持ち込まなかったとしても、いずれは誰かが発明したはずなのだ。

しかし、とはいえ、まだ存在していなかった。

握り寿司を受け入れる土壌は出来つつあったのにまだ存在していない。誰かが天啓を得るのを待つだけの状況であったのだ。

「そんなタイミングに徳島君が握り寿司を持ち込みました。しかも自然発生したものに付随する欠点も、我が国で数百年の時をかけた試行錯誤によってオミットされて完成形に至ってます。新しい宰相に気に入られたという物語性の後押しもありますが——その味こそがこの世界の人々を魅了したのですよ」

徳島がこの妓楼船メトセラ号で握り寿司を作ったのは、アヴィオン王国の宰相となった日本人、石原莞吾《いしはらかんご》を持て成すためであった。

特地に長くいるという石原は故郷の味に餓《う》えているに違いないと、手に入る食材を使って心を込めて握ったのだ。

もちろん石原は、久しぶりの日本の味に喜んだ。徳島は美味《うま》い美味いと言いながら寿司を食べる石原の姿に、料理人として深い喜びと満足感を得たのである。

だがその時、石原の傍らでお酌をしていた娼姫の一人が首を傾げた。

「宰相様、生の魚がそんなに美味しいのかニャ？」

その時、石原はツンと鼻に利くわさびのせいか、はたまた故郷への郷愁がそうさせたのか、目を潤ませていた。

娼姫達の多くは貧困家庭出身だ。燃料となる薪《まき》を節約しなければならず生の魚を泣く泣く食べた記憶がある。酷い底辺生活の記憶だけに、懐かしさは覚えても、泣くほど美味いという印象はない。それ故、時の宰相が美味い美味いと頬張る「ニギリズシ」への興味が込み上げてきたのである。

「宰相様、うちらも、食べていい？」

「ああ、いいぞ、お前達も食べろ。食べてみろ！」

女性が一口で放り込めるサイズだったことも幸いして、娼姫達は頬張った。そして目を白黒させた。

シャリのほんのりとした温かさと、刺身が口の中でほろほろと崩れる食感、魚肉と脂、そして豆醤の旨味がじわっと舌の上に広がっていく。

酢飯の爽やかな酸っぱさと、僅かながらの甘さでコーティングされたオリザル一粒一粒が、魚の旨味と渾然一体となっていた。

「あっ……」

そして不意打ちのように、ツンというわさびの刺激が鼻を駆け抜ける。

「どうだ、美味いだろう？」

石原は意地悪そうにキシシと笑みながら娼姫達に尋ねた。

「くぅぅ」

涙目になった娼姫の一人は、返事代わりに石原の肩をペシペシ叩く。

わさびのことをあえて警告しなかった石原への可愛らしい復讐だ。しかし同時に、みんな次の寿司に手を伸ばしていた。要するにこの新しい味が気に入ったのだ。

以来、娼姫達は「うちらのお客にも、この料理を知って欲しいからニギリズシを出して」と徳島に求めた。客を理由にしているが、要は自分達が食べたいだけだ。とはいえ娼姫達が美味しい美味しいと言って食べれば、客だって「では、試してみよう」と思う。そして実食してみれば美味いことが分かる。

こうして徳島の作った握り寿司の評判は瞬く間にアトランティア中に広まったのだ。

この時、妓楼船メトセラ号の料理は、既にアトランティアで一番の声望《せいぼう》を獲得していた。しかしそれは二位や三位が追随する余地のあるものだった。だが新しい流行、食文化の一つを開拓してみせたことがダメ押しとなった。

妓楼船メトセラ号は序列から離れた格別の存在、アトランティアの食文化発信の中核であり推進役と見做《みな》されることになったのである。


「ただいま！　戻ったよ」

ご飯が炊けましたよ、と江田島が竈《かまど》から鍋を下ろした頃、シュラ・ノ・アーチとオデット・ゼ・ネヴュラの二人が戻ってきた。

「戻ったのだー」

振り返ると、二人ともこのアトランティア・ウルースに入国した時の変装――シュラは眼帯を外して男装し、オデットは本来真っ白なはずの羽毛を極彩色に染めた姿だ。

二人ともアトランティアから賞金付きで手配されているから、ここにいる限りは偽名と変装が欠かせないのだ。

見れば二人の手には籠があり、朝の市場で購《あがな》ってきた魚が山ほど入っていた。

「おおっ、ありがとう」

徳島は早速シュラの籠の中身を検《あらた》めた。

シュラはこの碧海《へきかい》の魚については、徳島以上の目利きだ。だから徳島はこの二人に魚の仕入れを任せていた。そのため二人は朝も早く、日も出ないうちから起き出しては漁港へ魚を仕入れに向かっていた。

「おおっ、さすが生きのいい魚ばっかり。血抜きもよく出来てる。では早速！」

徳島はすぐに魚をまな板に寝かせると、素早く三枚に下ろしていった。

刺身も牛肉などと同じく、ある程度熟成させたほうが旨味が出る。しかし大型冷蔵庫も氷も手に入らない特地の南洋で魚を生で食べるなら、その日に獲れたばかりのものを朝方の涼しい時間帯に料理してしまうほうが安全なのだ。

そんな徳島の見事な包丁捌きを眺めているシュラ達に江田島が尋ねた。

「で、どうでした？」

するとシュラよりも早く、オデットが唇を尖らせ不満そうにまくし立てた。

「他の店の料理人が市場に一杯来ていたのだ！」

「ダラリア号のパッスムまでいたのが見えたよ」

徳島がこの海上都市に持ち込んだ握り寿司は今、アトランティアで大流行している。

「俺、食べてきたぜ」という者がいれば誰もが自慢話を聞きたがり、「ニギリズシって何？」「是非一度食べてみたい」と興味を持った。

だがメトセラ号は高級妓楼だ。日々の糧を得るだけで精一杯の労働者には近寄りがたい。そもそも女子供には無縁な場所とも言える。そのため「美味い」「凄い」という噂を羨むばかりで、実際には食べられないという状況が続いたのだ。

するとあちこちの飲食店や居酒屋の料理人達が真似を始めた。

そんなことが出来たのもニギリズシというものが、見た限りでは、炊いた飯に酢を混ぜ、一口サイズに握り、刺身を載せただけの簡単かつ単純な料理に思えたからだろう。

噂に聞くニギリズシを興味本位で作ってみた。そうしたらみんなが食べたいという。だから出しているといったところだ。

しかしそのため、余所の店でニギリズシと称して出されるのは、見様見真似《みようみまね》どころか、噂話から推測して形だけ真似てみたとしか思えないものばかりであった。

サイズがお握りみたいにでかいとか、酢で飯をびしゃびしゃにして無闇に酸っぱくしたものまであったりした。

もちろん、真面目な料理人が自分なりに美味くなるよう工夫したものもある。

しかし、まだまだ形を追うことに精一杯で、味覚の分解能が「凄く美味い」「美味い」「マズい」の三段階しかないシュラですら、眉を顰《ひそ》めてしまうほどであった。

だが、それでも多くの人々がそういった店に足を運んだ。そして生まれて初めてニギリズシを食べた客は、そこで食べたものをニギリズシだと思い込む。そのため「美味いという噂は聞くけど、実際に食べてみたら酷いものだった」という評判まで流れるようになってしまった。

シュラとオデットはそのことにとても強く憤慨していた。

実際の握り寿司は、酢の利かせ加減、飯の握り具合、ネタとシャリの大きさや質量比などなど高度に計算された奥深い料理だ。真似するなとは言わないが、真似するならせめて一度は本物を食してそれに近付く努力くらいしろと二人は主張している。

すると江田島は軽く嘆息してシュラの肩を叩いた。

「違います。私が聞きたかったのは、そっちの様子ではありません」

本来の目的を忘れてくれるなと告げると、シュラは笑いながら言った。

「ああ、兵隊達の件だね。街はとても警戒が厳重だったよ。そこかしこに見張りが立って、プリムに似た女は片っ端から調べられてるんだ」

「プリムが、ミスール号まで辿り着くのは無理そうなのだ」

シュラとオデットは、買い物にかこつけて偵察してきた街の状況を報告した。

プリメーラを女王に推戴してアヴィオン王国の再興を企てていた女王《ハーラム》レディ。ところが、捕らえていたはずのプリメーラが、徳島達の策略によって奪い返されてしまった。成り行きとはいえアヴィオンの宰相、更にはアトランティアの宰相をも兼務している石原は、間近に迫った戴冠式をプリメーラの偽物を立てて乗り切ろうと画策していた。

そうなった以上、石原としてはもはや本物は目障りである。だから徳島達にも、早くアトランティアからプリメーラを追い出せと嗾《けしか》けていた。

だが、女王《ハーラム》レディは本物を絶対に逃がすつもりがないらしく、徹底的な捜索を命令したのである。

明らかに別人であるシュラやオデットすら誰何《すいか》され、手荷物検査を受けたという。

おかげで徳島達もこの妓楼船で足止めを食らっていた。目的を果たすまでの仮拠点でしかなかったこの場所に居続けなければならなくなったのだ。

「問題は、あんまりここに長く居座ってると……」

江田島が声を潜《ひそ》める。

するとシュラも皆まで言うなとばかりに頷いた。

「分かってるさ。早くここから逃げ出さないと」

プリメーラをこの妓楼に隠そうと提案したのはシュラ達だ。

もちろん、それは追跡から逃れるための一時凌ぎの嘘、木を隠すなら森の中、女性隠すなら妓楼へという計略で、その時はよい思い付きだと思ったのだ。

しかし追及を逃れるためとはいえ高級娼婦を名乗ったがため、プリメーラは客を取らねばならなくなったのだ。大切なことなのでもう一度言うと、「プリメーラは娼姫としてお客を取らねばならなくなった」のである。

その時、ヒュメ種のプーレが欠伸《あくび》をしつつ厨房に入ってきた。

アトランティアの王城でプリメーラ付きの唯一のメイドだった彼女は、プリメーラの人柄に惹かれて脱出に協力、この妓楼船にも付いてきている。そして最高級妓女《ぎじょ》には付き人として娼姫見習いが付くため、その役目を買って出ていた。

「みなさん、おはようございます」

「あ、おはようなのだ」

新参者となるメイドに皆が注目する。

「プーレ。彼女はどうしてる？」

徳島はプーレの顔を見るなり尋ねた。

「あ、トクシマ様、おはようございます。姫様はまだご就寝中ですよ。昨夜は遅かったのでお目覚めは遅くなると思います」

最悪の事態を想像してしまったのだろう、シュラが心配そうに問いかけた。

「昨夜は遅かったって……ま、まさか、お客と同衾《どうきん》した訳じゃ……」

するとプーレは胸を張って答えた。

「まさか！　プリメーラ様は、このメトセラ号の三美姫《さんびき》の一人ですよ。そう易々と客に肌を許す訳ありません」

不幸中の幸いは、このメトセラ号がお高くとまった格式の高い妓楼だということだ。

最高級娼姫ともなれば、千金を積まれたってほいほい肌を許しはしない。

そもそも高級妓楼とは客が娼姫の時間を買い、口説くことを許されているに過ぎない。「娼姫がその客を気に入ったら」同衾が許されるだけなのだ。

もし手っ取り早く、すぐに欲求を満たしたければそういう店に行け、という何とも高飛車な態度である。しかし、それがよいという客がやってくるのがこの高級妓楼メトセラなのだ。

「それに……」

プーレは言葉を続けた。

「それに？」

「酔姫《よいひめ》モードになった姫様は最強です。礼儀を知らない男には冷たい蔑むような視線と、高貴な罵倒が雨あられと浴びせられています。今ではそれがよい、たまらない、罵られたいっていう男が列をなして順番待ちしているくらいです」

今や二回目の予約を取ることさえ大変な状況で、プリメーラは次々とやってくる初顔合わせのお客と差しつ差されつ料理を楽しみながら、罵ってさえいればよいのである。

「昨晩の就寝が遅くなったのも、そういうド変態な野郎が罵られたがって、いつまでもダラダラ居座っていたからです。あたしが蹴りを入れて追い返してやりましたけど……」

「いやいや、いくら何でもお客にやっていいことじゃないのだ！」

オデットが安堵の苦笑をしながら冷静な突っ込みを入れた。

「それ、確実に人気の一因になってるよ」

シュラも呆れ顔で言った。

お客達はプーレをプリメーラの付属品と見る。そのためプーレに蹴っ飛ばされることも、お客が心待ちにするサービスとなってしまっているのだ。

とはいえなれどさておいて。プリメーラの身の安全に責任を感じている徳島は、今のところ無事に乗り切れていると知ると、ホッと胸を撫で下ろしプーレの手を握った。

「ありがとう、プーレ。これからも彼女のことを頼むよ」

「あ、いや、その、あたしは何にもしてませんし……」

するとプーレは耳朶を真っ赤にして恥ずかしそうに顔を俯かせる。実にチョロい子である。

「でも、格式を理由に客を拒めるのは今だけだろう？　いざとなったら君だけが頼りだから」

もし頻繁に通い詰める客がいれば、いよいよ娼姫としての役目を果たさねばならなくなる時が来る。そうなったら——もちろんそうなる前に、このアトランティアから脱出してしまわなければならないが、それとてどうなるか分からない現状だ——出来る限り引き延ばす努力をプーレに頼むしかない。

「任せてください！　いざとなったらあたしが姫様の身代わりになりますから！　なあに、灯を落としてから褥《しとね》に入る瞬間、素早く入れ替わればバレやしません！」

プリメーラの腹心を自認するメイドは、主のために自らを犠牲にする覚悟がどれほどなのか、薄い胸を張りながら言い放った。

「「いや、そんなことしたら普通にバレるよ（のだ）」」

しかし張れば張るほど薄さが強調されてしまう小柄なメイドの胸を見ながら、シュラとオデットはさすがに無理だろと声を揃えて突っ込みを入れたのだった。

「……」

そんな話をしている中、蒼髪の少女メイベル・フォーンが挨拶もなく厨房に入ってきた。いや、どちらかというと気付かれないように気配を消して忍び込んできたと表現すべきかもしれない。

だがそんな彼女の姿を徳島が目敏く見付けて声を掛けた。

「やあ、メイベル」

するとメイベルは大いに狼狽えた。

悪戯をしているところを咎められた子供がごとく、「びくっ」と身を弾かせ、冷や汗を流しつつ「や、やあ」と挨拶を返したのである。

「どうしたんだい？」

疚《やま》しいことでもあるのか、徳島と視線を合わせようとしない。そして徳島の問いを聞き流すように担当する仕事を始めた。

彼女の仕事は食器の支度だ。皿は客の格に合わせなければならないから、どれでもよいという訳ではない。いちいち確認しながらになるので、それなりに手間が掛かるのだ。

「な、何でもない。ハ、ハジメのほうこそ、作業の手を止めては朝食に間に合わぬぞ」

徳島はしばらくメイベルを見ていたが、小さく嘆息してすぐに寿司を握る作業へと戻った。

するとメイベルも幾ばくかホッとした表情となった。まるで苦行から解放されたような態度で、そんなメイベルが気になった江田島は徳島に囁いた。

「彼女、どうしたんです？　ここのところ振る舞いがおかしいのが気になりますねえ？」

「僕も気にはしているんです。けど難しい年頃ですから」

ロゥリィ・マーキュリーから聞いた話では、亜神とは亜神に陞《しょう》した時の姿で身体的な成長《老化》が止まる。だから、ほとんどの亜神が見た目以上に老成している。ロゥリィなどは見た目十代前半なのに、実年齢は齢《よわい》九百を超えているという。

しかしメイベルは、最近ヒトから陞したばかりだ。

最近といっても既に四、五年は経過しているが、それでも他の亜神と比べれば誤差の範囲。つまりほぼ見た目通りの中身なのだ。となれば、思春期真っ盛りということになる。情緒がなかなか定まらない年頃である。

すると江田島も頷いた。

「私も徳島君の意見に同意いたします。あの年頃は難しいですからねえ。突き放すのでもなく、かといって過度に関わることもなく様子を見ているのがよいでしょう」

するとその時、シュラがすれ違いざまに言った。

「メイベルなら、周りの娼姫からいろいろと入れ知恵をされて影響を受けてるみたいだよ」

メイベルは、このところ妓楼船メトセラ号の最上位に君臨する三美姫の一人、三つ目美女のセスラと仲が良い。彼女の部屋に招かれては、仲良く話をしている姿が目撃されているとシュラは語っていた。彼女の部屋に泊まり込むことさえある。

続いてオデットがやってきて、スッと徳島の腕に自分の腕を絡めた。

そしてメイベルのことをじっと見つめる。するとメイベルもオデットの視線に気付いたのか手を休めてこちらに視線を向けた。

「な、何？」

「いや……何でもないのだ」

オデットが目を逸らすと、メイベルは肩を竦《すく》めて仕事に戻った。

「やっぱりおかしいのだ……」

以前のメイベルなら、徳島とオデットが密着していたらすぐにやってきて間に割り込もうとしただろう。しかし今のメイベルはオデットのことを訝《いぶか》しげに見ているだけだった。徳島に対する気持ちなどすっかり冷めてしまったかのようだ。

けれど、とシュラは言う。

「それはオディにとってはいいことなんじゃないの？」

オデットが徳島を攻略するにはメイベルは邪魔な存在だったから、徳島争奪戦から離脱してくれるならありがたい話のはずだ。

「それはそうだけど……」

堂々と競い合って相手を蹴落としたのなら、オデットも勝利の余韻に浸ることが出来る。しかし何やら訳の分からない事情で勝手に離脱されたのでは納得しきれない気持ちになるのだ。

そんな風に思ってオデットが唇を尖らせていたその時、舷窓《げんそう》の外から何かが海に落ちる音がした。音の具合からして、かなり大きなものが落ちたようだ。

「ん、何じゃろ？」

メイベルが呟く。そして様子を見に行くと言って、手を拭きながら厨房から出て行ってしまった。

そんなメイベルを見ながらオデットは呟いた。

「気持ちが失せてしまったように見せることで、ハジメの焦りを誘おうという高等なテクニックなのかもしれないのだ」

以前、そうした恋の手練手管を娼姫達が教えてくれたとオデットはシュラに語った。

「実際、ハジメはメイベルを気にしているのだ……」

「そう？」

「そうなのだ」

「そうかな？」

「なのだ」

オデットは、メイベルが出て行った戸口にいつまでも心配そうな視線を送っている徳島を見て、気持ちがざわめくのを感じて小さく嘆息したのであった。

＊　＊

「そこのお前！　大丈夫か？」

カシュは立ち泳ぎしながら途方に暮れていた。

彼が落ちたのは、喫水《きっすい》の深い船ばかりが並んでいる船区。手を伸ばして届くようなところに船縁《ふなべり》はなく、二階建て建物の外壁のような高い乾舷《かんげん》に取り囲まれている。何の道具もなしに登るのは不可能であった。

しかも、そのままでいるのも危険である。

風に煽られ波に押された船同士が音を立てて衝突し、時には引き剥がされて船と船とを繋ぐ鎖が軋むような金属音を上げているからだ。

もちろん、船体が激突の衝撃で破壊されてしまわないよう、舷と舷の間には緩衝材が挟み込まれているが、それすら押し潰すような大波が来ることもある。特にここ数日は、遠くで嵐が起こっているらしくうねりが大きい。そんな時に船の隙間にいたら、人間なんぞ簡単にぺしゃんこだ。

「早く上がったほうがよいぞ！」

舷の上方から投げかけられた声は、カシュにとっては救いの声であった。

「もたもたしてないで早く上がって参れ！」

命令口調だが、声の主は若い女性のよう。見上げると、船縁から蒼髪の幼い顔が見える。どう見てもカシュより若い。

少女はただ声を掛けるだけではなく、海面まで届く長い縄梯子を下ろしてくれた。

カシュは大急ぎで縄梯子まで泳ぐと海から上がった。

「ありがとう。助かったよ」

全身ずぶ濡れのカシュから滴る水滴が、木製の甲板に水溜まりを広げていった。

「一体どうしたんじゃ？　朝っぱらから海に落ちるなんて、酒にでも酔っ払っておったのか？」

「違うよ」

「じゃあ一体何があった？」

「……」

カシュは口をぎゅっと結んで事情を語らなかった。

このアトランティア・ウルースでは、カシュが体験したようなことを他人に話しても、誰も可哀想とは思ってくれないからだ。被害者であることの主張は、特殊詐欺の実行犯がやりとりしているカモ・リストに自ら名前を書き込むようなもので、周囲は優しい同情顔を向けたとしても内心では間抜けと嘲笑する。だから苦境に陥った時ほど、つまり水に落ちた時ほど強がって胸を張らなければならないのだ。

「分かった。ならば事情を問うのはやめる。けれど躬《み》に助けられたということは忘れるではないぞ。

躬が縄梯子を下ろしてやらねば、お前は未だに海に浮かんでいたのじゃ」

「うん、それは分かってる。もちろんお礼も言うよ。ありがとう」

「言葉だけでは不十分だな」

「僕は何をすればいいんだい？」

蒼髪の娘は海水の滴るカシュの足の爪先から頭のてっぺんまでをジロジロと見つつ言った。

「まずはその格好から何とかせねばな」

「大丈夫だよ。すぐに乾くし」

「いや、今日は風が強い。いくら日差しが強くとも、濡れたままでいたら風邪を引いてしまうはずじゃ。こちらに参るがよい」

蒼髪の娘はカシュの腕を引くと、船の前部甲板の開口部へと誘った。そしてその開口部から梯子段を下り始める。

「ここはどこの船だい？　船長の許可なく勝手に入って見つかったら叱られない？」

カシュも娘の後に続いたが、見ず知らずの船に立ち入るのに抵抗を覚えるようで、周囲をきょろきょろと気にしながら声量を落とした。

「大丈夫じゃ。この船の者はほとんどが眠っておるからな」

「もう朝だっていうのにかい？」

「ここは妓楼船じゃからなあ」

カシュの言葉に覆い被せるように放たれた「妓楼船」という単語が、カシュの口を塞ぐ。

妓楼――その単語の響きは少年から青年へとなっていく成熟半ばの若者には、かなり刺激的なものだ。

ここは、春を鬻《ひさ》ぐ女性がいる場所。今、自分の目の前にいる蒼髪の少女も、金銭を対価に、男に肌を許している。昨日も一昨日も誰かに抱かれていたのだ。

「え、あ、じゃあ、君も、その、娼姫……なのかい？」

「そう見えるかや？」

蒼髪の娘は軽く肩を上げ、背筋から腰にかけて美しい曲線を作ると、艶《つや》っぽい瞳でカシュを見据えた。

その仕草はなかなか堂に入《い》っていてゾクッとした。自らの中でオスの欲望がとぐろを巻いて湧き上がるのを感じたカシュは、思わず目を背けてしまった。

「あ、いや、その、あの……わ、分からないよ」

「くすくす、お前は女を知らぬようじゃな？」

カシュは自分が弄ばれていると感じた。相手が目下だと思っていただけに、心にあった余裕もたちまち萎《しぼ》んで不貞腐れた気分になった。

「ど、どうせ僕は、君のようなベテランじゃないから！」

「どうも誤解があるようじゃな。確かにここは妓楼船じゃが、躬は自分のことまで娼姫だと紹介した訳ではないぞ」

「じゃあ、君は一体何なんだよ」

「躬はここでは給仕や雑用の役目を任されておるのじゃ。給仕という仕事を知っておろう？　食事や酒を客室へと運ぶのが仕事じゃ」

「も、もちろんそれくらいは知ってるさ」

「ならば話が早い。客と共寝《ともね》してあれやこれやするのは躬の役目ではないのじゃ。もちろんこの美貌故、楼主からいずれは娼姫にならぬかと誘われてはおるがな」

まだ娼姫ではない。その言葉を聞いたカシュは、何故かどうしてか安堵の溜息を吐いた。

「へ、へえ……」

だが同時に自分の心臓がバクバクと音を立てていることを自覚した。どうもこの話題はカシュには負担が大きいらしい。

「おっ、着いたぞ。ここじゃ」

いつの間にか目的地に辿り着いていた。

蒼髪の娘は、扉を潜《くぐ》って小さな船倉に入ると、隔壁際に置かれた鞄を開け、ごそごそと中身の物色を始めた。

小さな舷窓から入ってくる光に照らされたその場所は、古い箪笥《たんす》や鏡が保管されている場所のようだ。そんな倉庫をこの娘は私物の保管場所にしているらしい。

気が付くと、目玉が勝手に蒼髪の娘の腕や足、衣類の盛り上がりや滑らかな曲線、そしてその隙間からチラチラと見える肌色を盗み見ている。やめなきゃダメだと思っているのに、何故か目玉が、意思でも持っているかのようにそれらを追ってしまう。

次第にカシュの中に、誰もいない密閉空間に女性と二人っきりという、途轍《とてつ》もない気まずさが湧き上がってきた。

「おおっ、あったあった」

だが娘はそんなことに気付きもせず、荷物から布を取り出す。そして振り返るとカシュに放り投げた。

「これって環綿織《タオル》？」

カシュはその柔らかな感触を試すように触ったり撫でたりした。

環綿織の布は、異世界からの輸入品で、最近では碧海の周辺諸国でも流通している。だが需要に供給が追い付かず、高級品の扱いだ。海上生活者にとって吸水性のよい布の需要は、陸上生活者以上のため、人々は奪い合うように求めているのだ。

ずぶ濡れの肌からどんどん水っ気が吸い取られていくことにカシュは強く感動し、頭から身体の隅々にまとわりついた海水をゴシゴシと拭いていった。

「よくこんな高級品を持ってるね」

「躬が前にいたところで手に入れた」

「ふーん」

「そう言えば、お前、名を聞いてなかったな……名は何と言う？」

「僕はカシュ・ノ・フランジェリコ。アトランティア海軍近衛艦隊所属、イザベッラ号の見習い士官さ。君は？」

「躬のことは、そうじゃな。カーレアと呼ぶがよい」

「か、カーレア!?　……い、いい、名前だね」

すると蒼髪の娘は、カシュの顔を覗き込むようにして言った。

「ホントにそう思っているのかや？」

「いや、ごめん。ちょっと怖いなと思っちゃった」

神が実在するこの世界では、神にちなんだ名を子供に付ける親が稀にいる。

もちろん、そのままではさすがに畏れ多いので、少しばかり改変するのが常識だ。例えば美の女神ホロディにちなんだ場合はホロゥ、勇気の神バジャンにちなんだ時はバジャルなどなど。つまりカーレアとは、堕神カーリーにちなんだ名前ということになる。

だが、カーリーは『絶望』と『嫉怨羨恨《ルサンチマン》』……つまり『嫉妬』『恨み』といった負の情緒、人間の魂を腐らせる闇を主宰する神だ。神々との戦いに敗れ、地上に堕とされてから全てを激しく憎み、恨み、栄える者を引きずり下ろし、破滅と終焉に導こうとする。従って、その名を我が娘の名に付けるのは、日本人的感覚では、悪魔とか鬼といった文字を使うのに似ているのだ。

すると蒼髪の娘は、不満げに頬を膨らませた。

「仕方なかろう？　それが親から付けられた名なのだから」

きっと名前のことでこれまで一杯損をしてきたのだろうなとカシュには思われた。

「でも、君は美しいし魅力的だよ。きっとカーレアという名前の持つ印象だって、君のイメージに合わせて美しいものになっていくよ」

「本当にそう思うかや？」

「ああ、もちろんさ」

「そうなってくれると嬉しい――」

少女はそう言って軽く顔を俯かせる。そして上目遣いでじっとカシュのことを見る。その眼差しに、カシュの心臓はまたしても高鳴った。

「さて、お前に頼みたいことがある」

「な、何？」

来るべきものがついに来たかと気合いを入れるカシュ。助けてもらった代償に、どんなことが要求されるのかと内心戦々恐々としている。だが生来の義理堅い性格と、カーレアへの好意もあって、自分に出来る限りのことはしてあげたい、いや、きっとするという気持ちにもなっていた。

「お前の乗っている船に乗せて欲しい」

「軍艦を見学したいってこと？　そんなことなら、お安いご用だよ」

最終的には艦長の許可が必要だが、トラッカーならば見てもらえと言ってくれるはずであった。

しかし蒼髪の少女は、見学目的ではないと頭を振った。

「違う。密航させて欲しいのじゃ」

「えっ、密航だって!?」

「こう言えば、お前も納得するかや？　躬は、楼主から娼姫になれと強引に迫られて困っているのじゃ。このままでは、いずれ客を取ることになってしまう。好きでもない男にこの身の初めてを捧げねばならないのは嫌なのじゃ。だから逃げたい。躬を可哀想と思うなら救い出して欲しい。なあカシュよ、躬を助けてたもれ。そうしたらお前に、躬の初めてを捧げてやってもよいぞ」

アトランティア王城船

アトランティア海軍近衛艦隊所属イザベッラ号の凸凹コンビこと士官見習いのバヤンとレグルスは王城船の舷門前にようやく辿り着いた。

「海に落ちたカシュの顔を見たか？　今にも泣き出しそうで面白かったよな」

「はっ、奴には相応しい罰だよ。俺達を差し置いて伝令使に任命されるなんて生意気なんだ」

レグルスは若干の後ろめたさを威勢のいい言葉で覆い隠すと、門番に伝令使としてやって来たことを告げた。

すると中から侍従が現れ、その案内で二人は王城船へと立ち入った。

「こうしてみると、王城船のでかさを実感するなあ」

バヤンは呟く。

二人にとって、これまで王城船とは遠望するものであった。中に入るのはこれが初めてなのだ。こんな機会は、ウルースの名士である彼らの父母ですらなかなかない。後々の自慢の種になるに違いなかった。

「二人とも、そこで何をしているのです？」

アリバと名乗った侍従は、足を止めてお上りさんよろしく周囲をきょろきょろ見回している二人に対し、もたもたするなと叱責した。

「あっ、すみません」

王城船の内部は、細い通路を何度も曲がらねばならず、しかもかなり複雑だ。もし案内なしで進めば迷っていたに違いない。

バヤンは侍従に追いつくと問いかけた。

「アリバ殿、王城船って、随分と入り組んだ造りをしてるんですね？」

「少し前に賊徒の侵入を許し、恐れ多くも女王《ハーラム》陛下の宸襟《しんきん》をお騒がせしたことがあった。以来、警戒を厳重にし、船内も若干の改造を施して、外部からの侵入を簡単には許さぬようにしたのです。

だからお前達も勝手に歩き回らないように。私とはぐれたらあっという間に迷子になってしまいますよ。不審人物として誰何され、怪しいと思われれば捕縛されて手酷い拷問を受ける。お前達もそうはなりたくないでしょう？」

「え、ええ」

「それと、二人には前もって話しておかねばならないことがあります」

「何でしょう？」

「女王陛下《ハーラム》はご多忙なので、多くを期待してはなりません。陛下がお前達のために割ける時間はごく僅かです。しかもそれがいつになるかは分からない。私も出来るだけ早く要件を済ますよう心掛けますが、お前達が報告できる順番は相当後になるでしょう。長々と待機しても陛下のご興味が他に優先されれば、どんどん後回しにされます。ですが、それを根気強く待つのがお前達の務めです。私の言っている意味が分かりますか？」

「あ、はい」

「では、参りますぞ」

やがて二人は、玉座の間へと到着した。

「近衛艦隊所属イザベッラ号より、見習い士官レグルス・レン・スピカ、バヤン・ハ・ワルノリーの両名が、伝令使として参内《さんだい》いたしました！」

布告官が彼らの名を朗々と告げ、その声は玉座の間全体に響くかと思われた。しかしほぼ同時に、玉座の間に拍手やら歓声が轟《とどろ》いて、声が覆い隠されてしまった。

おかげで誰も二人が来たことに気付かない。花形役者のごとく注目を浴びつつ朗々と戦勝報告する場面を夢想していた二人は、がっかりぺしゃんこ意気消沈、という心境になってしまった。

「せっかくの戦勝報告なのに……」

バヤンはつい愚痴を零す。すると、アリババが振り返って二人を睨《にら》み付けた。

「教えて欲しい。武装した敵が護っている訳でもない小さな島を占拠し、旗を立ててきた程度のことで、どうしてそう誇らしげに出来るのです？」

「それは……そう……ですけど」

レグルスとバヤンは言い返すことも出来なかった。

「功績を誇りたいなら、せめて十倍の敵と戦って勝利するとか、敵の主将を生け捕りにしてからになさい。さすれば、お歴々も威儀を正してお前達の自慢話に耳を傾けてくれるでしょう」

「はあ」

そんなことは見習い士官という立場では到底不可能だから、二人はますます肩を落とす。最初の晴れやかな気持ちはすっかり失せて、厭わしい仕事を片付ける時の切ない気持ちになってしまった。

「くそっ、こんなことならばカシュの奴にこの役目を押しつけておけばよかった」

レグルスが愚痴り、バヤンが返す。

「何言ってるんだ。お前が伝令使役を横取りしようって言ったんだろ？　何もかも全部お前のせいじゃないか⁉」

「分かってるって。だから今から戻って、奴に押しつけらんないかなって言ってるの」

「今更無理に決まってるだろ？　馬鹿野郎めっ！」

「二人とも、ここをどこだと思っているのです？　言い争うならば帰ってからにしなさい」

アリバに叱責されて、二人はますます重苦しい気持ちになってしまったのである。


玉座の間では、アトランティア・ウルースの女王《ハーラム》レディが、臣下達を前に演説している。

「――我がウルースは、島を占領し陸を手にしました。潮に流され碧海を漂うだけだったこのウルースは、大地と結ばれたことで誰もが認める国家となったのです」

「しかし陛下、海上をどこにでも行けるという強みを失うことになりませんか？」

大臣の一人が尋ねると、次々と質問の声が上がった。

「そうです。ウルースの居所が分からないということが、これまで攻撃を受けずに済んできた理由でもありました。それを捨てた今、どうやってウルースを守るのですか？」

「その心配は当然でしょうね。では、わたくしが皆の蒙《もう》を啓《ひら》いて差し上げましょう。わたくしは、近衛艦隊にこう命じました。カナデーラ諸島に隠れていなさいと」

「せ、せっかくの近衛艦隊をですか？」

「ええ、そうです。健在かつ有力な近衛艦隊がどこにいるか分からない。この事実は、敵を恐れさせ、疑心暗鬼を生じさせます。おかげでウルースの居所が分かっていても、敵は攻めてくることが出来ないのです。これを『艦隊保全主義』と言うそうです」

「女王陛下《ハーラム》、恐れながら、私には理解できません。敵が近衛艦隊を捜すのを諦めて直接このウルースを突いてきたらどうするのですか？」

「それこそ勝機です。見てらっしゃい！」

女王《ハーラム》レディは、玉座の間の床一面に広げられた大きな海図へと向かった。

海図にはアトランティア海軍の船を示す兵棋が、カナデーラ諸島を示す位置に密集するように並べられていた。

アトランティア・ウルースを守る青い船の数は少ない。アヴィオン海七カ国の艦隊を示す赤い帆船型兵棋の数は圧倒的で、アトランティアを取り囲むように配置されている。

「もし、我が艦隊を無視して敵が真っ直ぐここに来るようなら、その艦隊の背後から近衛艦隊が、このように襲いかかります」

レディはカナデーラの位置から戦況図の赤い帆船型兵棋の群れ目掛けて、拳よりやや大きめの鉄製砲丸を転がした。

砲丸はゴロゴロと音を立てて海図の上を転がる。だが、それは真っ直ぐ転がらず、目標に届く前に横へと逸れて青い艦隊を薙ぎ払ってしまった。

観衆が揃って残念そうな声を上げる。レディも不服そうだ。

「曲がりました！　曲がってしまいました！　砲丸が不良品なんです。こんな歪《いびつ》な形をした砲丸を使っているから、敵に当たらないのです！」

癇癪《かんしゃく》を起こした女王《ハーラム》が、言い訳をするかのように周囲に当たり散らす。取り囲む女官や官僚達は皆、そのとばっちりが自分に来ないよう目を伏せ、顔を逸らすしかない。

そんな人垣の最後部に到着したバヤンは、アリバに囁いた。

「あの方が、女王《ハーラム》陛下？」

「そうです。あの方がレディ陛下でいらっしゃいます」

「では、早速ご報告を……」

空気を読まないレグルスが前に進み出ようとする。しかし、アリバにバシッと足を叩かれ引き戻された。

「まだです。陛下があんな不機嫌そうにしている時に前に出たら、叱責されてしまいますよ」

すると、その時である。宰相の衣裳を纏った男が女王《ハーラム》の前に進み出た。

「どうしたんだ、陛下？　随分不機嫌そうだけど、何かあったのかい？」

「イシハ！　ちょうどよいところに来てくれました。聞いてください。砲丸が真っ直ぐ転がってくれないのです！　こんな歪な不良品を使っているからです！」

「ほんとに？」

「そうです。でなかったら、真っ直ぐ転がったはずです！　こんな不良品を作るような者は死刑にすべきです！」

男は床の砲丸を拾い上げる。その男の顔に貼り付けてあったのは、宰相という重責に相応しい威厳ではなく、道化のような軽薄さであった。

「あれは誰です？」

レグルスがアリババに耳打ちする。

「イシハ・ラ・カンゴー閣下です……」

バヤンとレグルスは「ああ、あの方が」と頷いた。

二人をイザベッラ号の見習い士官にしてくれたのはあの男なのだ。つまり、二人から見ると寄親となる。礼を尽くして感謝しなければならない立場である。

「確かに酷い仕事をする職人なら死刑にすべきだが——ふむ、これはきっと投げ方が悪いに違いない」

「何てことを言うのです！　わたくしはちゃんと投げました」

「いやいやいやいや、ボーリングのボールを真っ直ぐ投げるには、ちょっとしたコツがあるんだ。こっち来て持ってみな」

宰相はレディに砲丸を抱えさせると背後から手を取った。

必然的に身体を密着させる形になる。しかしレディは嫌がらない。イシハ宰相にされるがままに——否、その身の全てを託してしまっている。

イシハに導かれたレディは、美しいフォームで砲丸を転がした。

特にイシハがこだわったのは、投げ終えた時に足がクロスする姿勢になることだ。そのためレディの腿《もも》や腰に手をかけ、しっかりと支えていた。

するとレディの投じた砲丸は勢いよくゴロゴロと転がった。そしてアトランティアに襲いかかろうとした赤い帆船型兵棋の群れを一気に薙ぎ払ったのである。

「お見事、ストライクだ！」

イシハ宰相が喝采《かっさい》を送る。

「どうです、やりましたよ！　敵艦隊を全滅させました！　これがわたくしの作戦です。どうです、凄いでしょう？」

レディも満面の笑みを浮かべた。

「おおっ、お見事」

「素晴らしい！」

大臣や女官達は、レディに対してお追従《ついしょう》を含みながら、盛大な拍手を送ったのだった。

「アリババ殿、ちょっと尋ねたいんですが」

女王《ハーラム》レディと宰相イシハのやりとりを見ていたレグルスは侍従に囁いた。

「何です？」

「宰相殿が、やたらと女王陛下《ハーラム》に気安いように思うんですけど……」

「ああ、それですか……それはですね……」

侍従アリバは、言葉を一旦区切る。そしてレグルスの耳に口を寄せた。

「嘆かわしいことですが、女王陛下《ハーラム》と宰相は、特別な関係にあるのです」

「特別？」

「そう、極めて特別で特別な男女の仲ということです」

意味は察しろとばかりに侍従は「特別」を繰り返した。

「分かりましたね？　もちろん、そんなことは誰も表立って口にはしません。いろいろ思うところもあるだろうが黙っている。それが大人の対応というものだからです。お前達も無事でいたければ、言動に心を配るのですよ」

「は、はい」

レグルスは気を引き締めて頷く。しかしバヤンは違った。

「やるもんだなあ、宰相閣下は。どうやって女王陛下《ハーラム》を口説いたんだろう？　女王陛下《ハーラム》は未亡人だからなあ、寒閨《かんけい》を温めて差し上げましょうと迫ったのかな？」

「こ、この馬鹿バヤン！」

「だからそういうことを口にするなと申してるのです！　それで出世した宰相を、皆が快く思っていないのはもちろん、女王陛下《ハーラム》に対する不満を抱いている者も少なくないのです。みんなピリピリしているのです！」

バヤンの軽率な発言に、レグルスとアリババは二人揃って、高々と上げた掌を振り下ろしたのだった。


女王《ハーラム》は、イシハを振り返ると笑みを浮かべて言った。

「ありがとう、イシハ！　お前はいつだってわたくしを喜ばせてくれますね。で、次はどんなことでわたくしを喜ばせてくれるのですか？　よい報せがもたらされると分かっていると胸が躍る気分になります」

「ちょっと待った。どうして俺の報告がよいものだって分かるんだい？　不吉だったり、悲しくなるような報せかもしれないってのに」

「そんな顔をして凶報を持ってくる者がいるもんですか！　お前、気付いてないかもしれないけれど、悪戯に成功した子供みたいな顔付きになってますよ」

「え、そうなの⁉」

イシハは言いながら、自分の顔をペタペタと触って擦って形を変えようとする。

その滑稽な仕草に、女官や官僚達は揃って笑った。

内大臣オルトールが言う。

「女王《ハーラム》陛下のお言葉通りです。今、宰相閣下を相手にしたら、札物の賭け勝負が苦手な私ですら、百戦して百勝できますぞ」

「参ったなあ。じゃあ今後はカードの賭け事は避けるようにするよ」

「それでイシハ、どんなよいことがあったのですか？　早く教えてください」

レディは少し前のめりとなった。

「もうちょっと焦《じ》らしてからと思ったんだけど、見破られちまったのなら仕方ない。実は、カウカーソス・ギルドの生き残りから、新兵器が形になったって報告が入ったんだ」

「まあ、素晴らしい！　早速見に行きましょう」

レディは跳ねるように立ち上がった。そして宰相のイシハが差し出した手を掴むと、玉座の間から出ていったのである。

もちろんお付きの侍従も、大臣達もぞろぞろとその後に続く。

バヤンがアリババに尋ねた。

「あの、その……俺達も付いていていくんですか？」

「当然でしょう。ここで待っていても女王《ハーラム》が戻るとは限らないのですよ。行った先で報告ということもあり得るのです」

「ですよねー」

侍従の『順番は一番後』『どんどん後回しにされる』『それでも待つのが務め』という言葉の意味を強く噛み締めたバヤンとレグルスは、行列の最後尾に続いたのだった。

女王《ハーラム》とそのお付きの行列は、玉座の間を出ると王城船の中央階段を下る。

そして、王城船側面にある大舷門から出て隣に位置する庭園船へと向かった。

バヤンとレグルスは、最初そこが目的地だと思った。しかし女王《ハーラム》とその一行はそこでは止まらず、更に進んでその隣に置き場所を変更された船渠船《ドック》へと向かった。

囲い込んでいたパウビーノ達を船ごと強奪されて以来、女王《ハーラム》は重要な施設を王城船の周囲に集めた。ウルースを島に接続して施設の一部を地上に移す作業に合わせ、警備の人員を集中的に配置できるようにしたのだ。

船渠船は船を建造、あるいは修復するために造られたものだ。それだけにアトランティア最大の巨体を誇っている。ただしその広大な内部空間は内蔵する船のために使われるので、人間の往来する通路は細い。そのため、女王陛下《ハーラム》に追従するお付き達の列は細く長く伸び、最後尾のレグルスとバヤンが船渠船の小部屋に着いた時には、既にカウカーソス・ギルド代表者の挨拶、レディの支援に対する感謝の言葉が終わり、彼らが作ったという品々の説明が始まっていた。

レディは、長さや太さもまちまちな鉄の棒の前で立ち止まっていた。

カウカーソス・ギルドの代表者が、その用途や使用法を説明している。

「……という訳で、発射機構も火縄から燧石式《ひうちいし》へと変えてみました。これによって火縄が濡れて、発射できなくなるということも避けられるのです」

「これが、その『ますけっと』なのね？　そもそも、ますけっとって何に使うもの？」

だが専門家にありがちな難解な用語が乱用されたため、レグルスとバヤンの二人には何がなんだかさっぱり理解できなかった。

女王《ハーラム》もまた、同じような困り顔をしているから、きっと分かっていないに違いない。

すると、宰相のイシハが女王《ハーラム》と技術者の間に立った。

「要するに、大砲を個人で扱えるくらいに小さくしたのさ。威力もそれなりに低くなったけど、人間やちょっとした怪異相手ならば十分に戦える」

「それならそうと言ってくだされぱいいのに」

すると、技師代表が申し訳なげに頭を下げた。

「我々技術者は表現の正確さを求めるため、どうにも言葉数が増えてしまうのです。お聞き苦しいとは思いますが、どうぞご寛恕《かんじょ》ください」

するとイシハが部屋の隅にいた少年二人を呼び寄せた。パウビーノ銃兵である。

「女王《ハーラム》陛下に試射をご覧に入れよ」

「はっ！」

少年達はそれぞれマスケットを手にすると、船渠船の舷側にあるテラスから海へと身体を向けた。

船渠船の周囲は、隣の船まで広く距離が空けられている。もともとこのテラスは資材等を積み込んだ小型の船が横付けできるようにするために設けられているのだが、今日は荷船の姿もなく、広々とした海水面が眼前に広がっていた。

海には、樽が二つぷかぷかと浮かんでいる。

少年二人は床に立てたマスケットの銃口から、まず爆轟《ばくごう》魔法を注ぎ入れた。

それが終わると、親指の先程度の大きさの鉛玉を落とし入れる。それを槊杖《カルカ》を用いて一番奥まで押し込むのだ。

その作業を終えた二人は、銃を海面の樽へと向けた。

すると宰相のイシハが両手で自分の耳を押さえる。

女王《ハーラム》もイシハを真似る。周りの大臣や官僚、お付きの者達もまた、耳を塞いでいった。

「打吧！（打て！）」

技術者が号令すると、少年達の構える銃から轟音《ごうおん》とともに白い噴煙《ふんえん》が上がった。

海面の樽が音を立てて割れ、粉々になった木片が飛び散る。それが生き物だったら間違いなく仕留められたに違いないことは、この場にいた誰にでも理解できた。

実際、レディもそれを見て非常に満足したのか、満面の笑みで拍手したのである。

「思った以上に銃とは重いものなのですね？」

レディはテーブル上に残っていたマスケットの短いもの——短筒に手を伸ばすと目を丸くした。

片手で持てるほどに小さく作られていても、爆轟現象の圧力に耐えるため銃身は肉厚に作られており、それなりの重さがあるのだ。

「是非、このマスケットをたくさん作ってくださいな。そして近衛の兵達に、ゆくゆくは全ての兵士に持たせるのです」

するし、侍従の一人が言った。

「しかしそうなりますと、全ての兵士をパウビーノから求めなくてはなりませんな」

「では、パウビーノを集める作業を急がせなさい。詳細は貴方に任せます。よいですね」

「は、はあ」

そんな会話を遠望していたレグルスが呟く。

「実は俺、ちょっとだけ魔導が使えるんだ」

驚いたバヤンが相棒を振り返る。

「おい、本当か？　初耳だぞ」

「別に魔導師を目指せるほどの力はないからな。それに最近は、そんなこと口にしたら無理矢理パウビーノにされちまうだろ？　だから黙ってたんだ。けど、今なら近衛兵として女王陛下《ハーラム》のお側近くにお仕えできるかもしれない」

するとバヤンは頬を軽く引き攣《つ》らせながら言った。

「志願するのはいいが、どうせなら正式に士官に任命されてからにしろよな。でないとパウビーノか、下っ端のマスケット銃兵にされちまうぞ。あいつらみたいに……」

その忠告を聞くと、レグルスは遙か前方を見た。

パウビーノの少年達が、短筒の構え方を女王《ハーラム》に教えている。

女王《ハーラム》は、片手で持てる程度の短筒を両手で何とか持ち上げて的に向けていた。

だが撃発の轟音が怖いのか、片目を閉じてびくびくと顔を背けている。そんな姿勢では、銃口も余所を向いてしまうため、少年達はその都度手を添えて修正しなくてはならない。仕方なく、イシハ宰相が女王《ハーラム》の腕に背後から手を這わせて、銃口を標的へと向けさせた。

やがて轟音がして、弾丸が標的となった樽を砕く。海面にその破片が散らばった。

「素晴らしい！」

「さすが女王《ハーラム》陛下」

従者達が拍手をしながら褒めそやしている。

レグルスは思う。あのように女王《ハーラム》に侍《はべ》って銃の扱いを指導できる立場なら、パウビーノも悪くない。

だが、どうせなら最新の武器を装備した部隊の指揮官になりたいとも思う。敵船を十隻ほど拿捕《だほ》して、颯爽と戦勝の報告をするのだ。

レグルスはマスケットを装備する海兵の部隊を指揮し、次々と敵を倒していく自分の姿を脳裏に思い浮かべ、悦に入った。

バヤンはそんなコンビ仲間のことを苛立たしげに見ていたのであった。

＊　＊

「さあ、陛下。次を見ようぜ」

アトランティア・ウルースの宰相である石原莞吾は、マスケットが気に入ったのかなかなか離れようとしないレディを次のテーブルに行こうと誘った。

レディが強い興味を示しているマスケットは、本日お披露目する発明品の一つでしかない。隣のテーブルでは、距離の測定に使う蟹の目玉みたいな形をした器具が待っているのだ。

その隣はゼンマイ式の時計。更に隣には、ガラス管を用いた気圧計や、船が自分の位置を知るために天体の高度を計測する六分儀という装置が並んでいる。

多くは航海の道具で、海上生活者達にとっては非常に有用となるだろう。

だがレディは、マスケットほどの興味が湧かないようで、技師代表の説明にも「そう、そうなの」と頷く程度であった。

これらに興味を持って足を止めたのは軍の高官達だ。

船長として船を指揮したことのある彼らのほうが、そうした道具の有用性を理解しやすい。カウカーソス・ギルドの代表者は、そんな軍高官の質問攻めに忙殺された。

その様子を微笑ましそうに見ていたレディは、後ろのほうで隠れるようにして立っている技術者に問いかけた。

「大変に素晴らしい発明ね？　でも貴方達、どうしてこんないい仕事が出来るようになったのですか？　これまでの貴方達ときたら、何の役に立つか分からない、ろくでもないものばかり作って、わたくしを困らせていたのに」

　すると、技術者達が困ったように笑った。返す言葉が思い付かないといった表情だ。

　石原が彼らに代わって告げた。

「ろくでもないものばかり作っていたような連中は、パウビーノ達が強奪された時に一緒に連れて行かれちまったんだとさ。おかげでようやくこいつらは作りたいものを作れるようになったんだ」

「人数はこれっぽっちになっちまったけどな」

「つまり、残った貴方達こそが、真の精鋭だったのですね？」

　石原が通訳すると、技術者の一人が胸を張って言った。

「真是不胜荣幸！」

「？」

　もちろんレディは何を言われたか分からない。

「奴らの仲間内だけで通じる言葉で、『女王陛下《ハーラム》にそのように仰っていただけたことは身に余る光栄です』と言ってるんだ」

　石原が大仰に説明する。

技術者達も互いに顔を見合わせて笑った。

「何か変ね、彼らってわたくしの言葉が通じてる？」

レディは彼らから離れると石原に囁く。

「もちろん、通じてるさ。ただ奴らは他人と喋るのが苦手な性格でね、人付き合いもそれほど上手くないんだ」

「まあ、確かにそういう人間って実際にいるわね」

かつてのカウカーソス・ギルドの代表者の例もあってか、レディは石原のそんな説明でも簡単に納得してしまったのである。


レディは石原に発明品の並ぶ部屋を出るよう促されると首を傾げた。

「今度は何を見せてくれるのですか？　船ですか？」

石原が向かおうとしているのは、船渠船の中央部、つまり最も広い空間だ。そこで造っているものがあるなら、それは船に決まっているというのは通常の洞察力を持つ者なら当然の結論だ。

「船っていえば、確かに船なんだが……」

石原はどう説明しようかと後ろ頭を掻きつつ背後の技術者達を顧《かえり》みる。

すると技術者は、思わせぶりにニヤリと笑った。

「千の言葉を費やすよりも、陛下には実際にご覧いただいたほうがよろしいでしょう」

レディもそれを見て、また何か自分を喜ばすようなものが待っているに違いないと悟った。

「楽しみにしていいのね？」

「もちろんだ」

言いながら石原とレディは大扉一枚を潜る。

すると船渠船の広大な空間の天井から、巨大な物体がぶら下がっているのが見えた。

「こ、これは——何？」

レディはその物体を見上げながら問うた。

「船さ」

「でも、こんな形の船は初めてです……」

それは、レディの知る船の姿ではなかった。

レディはその物体を例えるに相応しい対象物を知らない。それでもあえて言うなら、「巨大で長細い樽」あるいは「神殿の柱が巨大になって横倒しになっている」とでも表現するべきだろうか。

巨船用ドックがいっぱいになるサイズだから、全長にして二百二十メートル、太さは最大で二十メートルに達している。そんな巨大な代物が天井からぶら下がっている。レディ達はそれを下から仰ぎ見ているのだ。

技術者代表が前に出ると、得意げな表情で語った。

「これはこの特地世界産の素晴らしい素材、そしてアトランティアの大型木造船建造技術と、我らのアイデアを融合、結集して作り上げたものでございます。その名を『飛行船』と申します」

「飛行……船？」

「はい。その名の通り、空に浮かぶ船です」

技術者は、飛行船には硬式と軟式の二種類があるなどの蘊蓄《うんちく》を語り始めた。

やたらと耳に付くのが、大きさがどれだけあるとか、総乗員数が二百名とかいった数字の羅列だ。

レディもこの飛行船とやらの実態を何とか理解したくてしばらくは耳を傾けていた。だが、次第に辟易とした表情となって石原に囁いた。

「こんな大きなものがどうやって浮かぶというの？」

「今、技術者が説明したろ？」

「全然分からないのよ」

「はぁ……分かった。こいつはさ、見た目はでかくても、実際は中身がスカスカなんだ」

するとと技術者が頷いた。

「その通りです。軽量ながら、強度と靭性《じんせい》を兼ね備えた鎧鯨《よろいくじら》の甲皮が大量に手に入りまして、それを用いて骨組みにしました。そして中身なのですが……陸下《ハーラム》はパウルの実というものをご存じで？あの植物の一族に、空に浮いて飛んでいってしまうものがあるのです」

「もちろん、知っているわ。博物学の講義で家庭教師から学びました。確か空に飛んでいって、それであちこちに種を蒔くのだと言っていたわ」

「ご存じなら話が早い。この巨大な飛行船の中身は、ほとんどがそのパウルの実なのです」

「ホントに？」

「はい。実際、この船は浮いております。ドックの天井を開け、舫い綱を外してしまえば、この飛行船は空に舞い上がっていくでしょう」

「じゃあ、すぐにでも飛ばしてみせてちょうだい！」

言いながらレディは、舷梯を上がって、飛行船の巨大な気嚢《きのう》にぶら下がる船体を覗き込んだ。

彼女の目に入った光景は、この世界には存在しない船の艦橋《かんきょう》内部だ。そこには様々なパイプや装置が設置されている。

すると石原がレディの袖を引いた。

「いや、実を言うと、これに乗せる乗組員はこれから選ばなきゃならんのだ」

「宰相閣下の仰る通りです。この飛行船の後方に付いているプロペラは、人力で回さなくては前進できないのですが、漕役《そうえき》奴隷もまだ乗せておりません」

「それに、艤装《ぎそう》作業も終わってないしな」

通常、進水の終わった軍船は、艦長に就任する予定者が艤装委員長となって乗員予定者とともに艤装作業を進める。階段の位置から竈の場所まで、使う者が自分に使いやすいよう設置していくのである。

だが、この世界では飛行船を扱ったことのある者がいない。そうなると、技術者達が自ら艤装を手掛けなければならないのだ。

「残念。それじゃあ、実際に就航できるのはもう少し先なのね」

「可能な限り作業を急がせていただきます。ですが、同じ船が更に二隻ありますので、急ぐと言っても自ずと限界が……」

「任せろ。乗組員のほうは俺が何とかするから」

「何とかなるの？」

「実は、艦長に指名しようかと考えている奴がいてな」

「ならば任せます。三隻とも飛べるようになったら報告をちょうだい。三隻で艦隊を組んでの初飛行、楽しみにしていますよ」

レディはそう言いながら、飛行船の内部を歩いた。

そして気嚢の中を見てみたいと求め、実際にそこにゴム風船のようなパウルの実がびっしりと詰め込まれているのを確認すると、ようやくこれが空を飛ぶのだと納得したのである。

東京／東銀座／毎朝新聞本社ビル

『日曜日版　編集局コラム――毎朝新聞本社編集局は決して眠らない――

一年三百六十五日、一日二十四時間――本社編集局には常に誰かがいる。記事を書いたり、校正作業をしたり、ネットでネタ漁りをしていたりする。毎週日曜のウェブ版に掲載する連載コラムの記事をあらかじめ書いておくなんてことも必要だ。常に臨戦態勢。それが新聞社の日常なのだ。

とはいえこれだけ準備していても、新聞は速報性という点でテレビ報道に負ける。新聞紙は朝刊と夕刊という形でしか家庭に届けることが出来ないからだ。

だがそれでも新聞には新聞の良さがある。記者の問題意識や鋭い視点が掘り起こす事件の全貌詳解や社会への問題提起が、読者の知的好奇心を満たす。だからこそ文字媒体の報道は成り立っているのである。

しかし最近では、それらの点でもネットに負けつつある。ネットは、テレビ報道の持つ速報性や映像の迫力と説得力、そして文字媒体の長所を全て備えているのだ。

このままではきっと新聞や雑誌社は生き残れない。いや、【生き残れない】という単語は、文学的隠喩に過ぎて危機的な現実を描写しきれていない。だから、よりあからさまな表現である【倒産する】という単語を選ぶべきかもしれない。

そう、新聞社が倒産してしまうかもしれないのだ。

そうなったら何が起こるだろうか？　古くなった新聞紙がご家庭に溜まらなくなって、リサイクル回収に出す手間も省けてよいだなんて決して思わないでいただきたい。「実は誰も困らない」なんて言わないで欲しいのです。

少なくとも我々が困ります。我々記者はことごとく失業してしまいます。再就職先を見つけるまで失業手当で食べていくしかなくなるのです。

付き合いのある検察官を点ピン麻雀でボコボコに打ちのめし、いざという時に賭博罪で告発してやるための罠に嵌めたり、演説を控えた政治家にお酒をどんどん勧め、失言失態を誘って失脚に導いたり、夜の六本木に遊びに行くことも出来なくなってしまいます。

ジャーナリストというステータスに群がってくるお姉ちゃん達からちやほやされるのがとっても楽しかったのに、それがなくなってしまったらホント何の楽しみもなくなってしまうのです。

だから最近では、読者の嗜好に沿ったことを書くようにしています。読者の鬱積《うっせき》した感情や嫉妬心を刺激することに成功すると新聞が売れるからです。

もし、痛ましい犯罪が起きたら読者の関心と感情を煽るため、被害者の名前や写真を手に入れて全力で公開します。SNSの誹謗中傷で自殺した芸能人がいたら、プライバシーである遺書をすっぱ抜いて記事にします。社会問題を提起するためと称していれば、大抵の行為は許されます。理屈と膏薬《こうやく》はどこにでも張り付きます。洋の東西、時代背景を問わず猟奇的な犯罪というのはいくらでも起きるものですが、時代が悪い社会が悪い、政府は何もやっていないとコメントしていれば社会問題を提起したことになるのです。

けど、そんなことをしていたら――。ネットなどのニューメディアや、ネットを主たる情報源とする新聞を読まない層の人達から名指しで批判されるようになってしまいました。

彼らは言います。

「現代のジャーナリズムは偏向の塊」「中立・中正の精神を欠く」「便所の落書き以下」と。聞くに堪えない言葉ですが、これとてまだマシなほうです。最近では「マスゴミ」という心ない中傷を受けます。まるでジャーナリストが反社会勢力と同等の賤業だと言わんばかりです。

だが、ちょっと待って欲しい。議論はまだ尽くされていません。本当の本気で、お願いですからみなさんにはもっと真剣に考えて欲しいのです。

そもそもニューメディアと称するネット記事や、まとめサイトの元ネタはどこから来ているのですか？

彼らの記事の多くは新聞ウェブ版の引用や批評で成り立っています。

彼らは、我々の書いた記事を土台にギャーギャー騒ぎ立てているだけ。我々新聞記者の労力にただ乗りしているだけなのです。一言で取材と言いますが、記事を書くネタを手に入れるまでにどれほどの努力が必要か、みんな分かっているのでしょうか？

全ての情報が記者会見で周知される訳ではないのです。我々の記事は、我々が絶え間ない努力の末に掘り起こしたものなのです。

政府関係者はもとより現場の警察官や検察官、役所の人間等々――そうした存在と立ち話をする仲になって、話を聞いて、教えてよとせがんで、時には向こうの頼み事を聞いてやって、縁故を作って、やっと掴み取るものなのです。

そのために一体どれだけの資金と労力と時間が費やされているかご存じでしょうか？

晩飯や酒を奢ったり、ゴルフをしたり、時には接待麻雀で勝たせたり――つまり我々新聞記者の努力がなければ、ニューメディアとやらも存在し得ないんだよ！　そのことを、みなさん本当にご理解いただけているのかよ、こんちくしょうめ!!　――――』

毎朝新聞社の社会部長花沢光恵《はなざわみつえ》は、同社社会部所属鶴橋逸郎《つるはしいつろう》の記事を一読するなり突き返した。

「鶴橋君。君、一体何を考えてこれを書いたの？」

この時の彼女の顔面ときたら、おそらくこれまでの人生で一度もしたことはないだろうというほどの呆れの感情を、眉と、目と鼻と口の微妙な位置関係と角度とで示していた。

「いや、最近の身の回りで起きていることとか、思いの丈とかつらつらと書いていたら、恨み辛みとかそういう感情的なものがふつふつと湧いてきていつの間にか……やっぱりダメですか？」

「ダメに決まってるでしょ！　ボツ！」

「ああ、俺の三十分の労作が……」

花沢は、鶴橋の記事をこれ見よがしにシュレッダーに放り込んだ。すると、ザザザザという連続的な音とともに原稿が細かく小さく砕かれていった。

「確かに貴方の言いたいことは分かる。わたしも大いに同意する部分があったわ。最後の部分なんてその通りだと思わず頷いちゃったわよっ！　けどね、これは個人的なブログ記事じゃないの。仲間内で回し読みする社員会の月報じゃなくって、毎朝新聞日曜ウェブ版のコラムなの！　書いていいことと悪いことがあるでしょう⁉　それくらい分かってよ！　貴方だって、昨日今日入社してきたような新人記者じゃないんでしょう⁉」

「ええ、まあ、今年で十年、いや十一年目か」

「だったら、もうちょっとまともなものを書きなさい！　それが嫌なら特ダネ持ってきなさい！　貴方、誰もが羨むよいコネクション持ってるんだから、それを利用するの！」

「でも俺としては……」

「貴方の主義主張なんてどうでもいいの。早くなさい！　今すぐ！」

「はあ……」

鶴橋は肩を落とすと、後ろ頭を掻きながら自分のデスクへと戻った。

「鶴ちゃん、何やらかしたの？　部長、お冠だったじゃん」

隣のデスクの同僚が揶揄《やゆ》を込めて問いかけてくる。

「ちょっとなー」

「最近調子が悪いみたいだけど、そろそろマズくない？」

「ああ、ちょっとマズい」

鶴橋は胃を押さえた。

実際、鶴橋の記事が本紙に掲載されなくなって久しい。鶴橋とて取材をして記事もちゃんと書いているのだ。しかしネタのインパクト、新鮮味などで他の記者の書いた記事ばかりが掲載されている。

今のところ花沢部長も温かい目で見守ってくれている。しかしこのまま二ヶ月、三ヶ月と不調が続くようだと他部署への異動、下手をすると地方へ飛ばされる可能性も高い。早いうちにいいネタを拾って、毎朝新聞社会部に欠かせない人材であることを示さないと本当に危険なのだ。

そんな焦りにも似た気分でパソコンに向かった鶴橋は、ワープロソフトを立ち上げると日曜ウェブ版のコラムのでっち上げを始めた。

ウェブのコラム。それは村上春樹がその著作内で『文化的雪かき』と表現した、いわば紙面上の空間を埋めるために文字を並べていく作業だ。

もちろん新聞記者の本業ではないからあまり嬉しい仕事ではない。しかしとはいえ、これもまた仕事だ。掲載されれば、鶴橋の実績の一つになる。鶴橋がこのところ鳴かず飛ばずだからこそ、花沢はこの仕事を回してくれたのだ。

しかし――危機感とか危機感とか、危機感とか。そういった重圧のかかった状況で文章を書くと何故か読むに堪えないものになってしまう。報道を目的とした記事ならば問題なく書けるのに、自分の思うところを書けと言われると便所の落書き以下になり果ててしまうのだ。

「くそっ！」

鶴橋は罵倒とともに、書き上がった記事を削除キーで消去した。そうして再び真っ白になった画面に文字を植えようとキーボードに指を乗せる。

だがその瞬間、スマホの着信音が鳴った。

チャット式メッセージアプリにメッセージが入ったのだ。仕事途中だが、鶴橋は懐からスマホを取り出すと画面をタッチ、スワイプ、スクロールした。

編集部ではその程度のことでは誰も目くじらを立てない。記者にとって公私は厳密に分けられるものではないからだ。友人からの私信だってネタに繋がる。そもそも特ダネというのは個人的な繋がりからもたらされるものも多い。

『記者というのは、ネタ元の秘密は絶対に守ると言うが本当か？』

実際、そのメッセージからはネタの匂いがした。

メッセージを送ってきたのは、パーティの席で名刺を交換した男だ。

以来、三度ほど同じ人物が主催する酒席で顔を合わせ、その都度友好的な雰囲気で雑談を交わしてきた。

『ああ、絶対だ』

鶴橋はすぐに返事を打ち込んだ。

『こんなものが手に入った。まずは目を通してくれ』

送られてきたのは、ＰＤＦ形式の文書データだった。

ファイルを開いてみると、数十頁分の文字と図表でまとめられた書類だ。鶴橋はその内容を見た瞬間、身体の芯から震えた。

「こ、これは……」

『直接会って話を聞きたい』

鶴橋はそう返事を送ると、花沢部長にちょっと出掛けてきますと告げ、編集局を後にした。

「ちょっと鶴橋君、コラムは⁉　どうするのよ⁉」

こっちのほうが大事なんだよ——とは思ったものの、さすがに口にすることは出来なかった。


鶴橋は新橋駅からＪＲ線に飛び乗ると新宿駅で降りた。

東口の改札を出てすぐのところに、立ち食いそば屋をはじめとする小飲食店が並ぶ地下小路がある。鶴橋はそこのこぢんまりとしたビールバーへと入った。

そのビールバーは隣の人と肩がぶつかるほど狭いが、駅地下であることや内外のビールが各種揃えられていることもあって人気があり、いつも混雑していた。

店内に入った鶴橋はぐるりと周囲を見渡す。すると店奥の角に、目当ての人物を見つけることが出来た。

向こうもこちらを認め、右手のグラスを挨拶代わりに掲げていた。

鶴橋はカウンターでコロナビールを求めると、その男の向かいに座った。「やあ」「どうも」と互いに挨拶を交わしてすぐに用件に入った。

「こんなもの、一体どこから手に入れた？」

鶴橋は手の中のスマホを軽く振った。

「驚いただろう？　それを記事に出来るか？」

男は鶴橋の質問に答えない。この男、いつだって自分の言いたいことだけを口にするのだ。

「是非記事にしたい。もし本物なら、外交問題にすらなりかねない代物だからな。ただ、そのためにはネタの出所を知る必要がある。でないと掲載できない」

するとと友人は首を傾げた。

「どうしてだ？　その書類の右肩を見れば、素性は分かるはずだ」

「記事にするには、この文書がどういう経路を辿ってきたのか知る必要があるんだ」

「別にネタ元のことなんて知らなくったっていいんじゃないのか？　お前だって何かいい情報はないかって聞いて回ってたじゃないか？　だからお前に送ったんだ。前からトップ記事を書きたいって言ってた。こいつでその願いを叶えろよ」

「確かにこいつなら一面トップの記事になる。防衛大臣の首が吹っ飛ぶくらいの威力だってある。

だがやっぱりこのままじゃダメだ。こいつを記事にすれば、政界や防衛省、警察、検察、様々な方面から情報源はどこだと探りが入ってくる。強い圧力がかかってくることも容易に想像できる。それに対してきっぱりと対応をするには、俺が、俺自身が、ネタ元の素性を知っておく必要がある」

鶴橋は毅然《きぜん》とした態度で告げた。

新聞社には様々な情報が持ち込まれる。その中には国を揺るがすような重要な情報もあれば、大《たい》山鳴動《ざんめいどう》してネズミ一匹な与太話もある。そして新聞社にネタを持ち込む人間にも様々な意図、目的がある。新聞の社会的な影響力を利用して、不正を糺《ただ》そうという善意を持つ者もあれば、敵対者をやり込めよう、嫌がらせしようという悪意が動機になっていることもある。

政界や官界、あるいは財界であっても、誰もがその名を聞いたことがあるような会社のことになると、ライバルの出世を妨げるための意図的な情報流出といったこともある。当然、追い落とされた側の反撃や恨みを、新聞社や記者が引き受けることになる。だから記者としても情報提供者の意図や、情報の内容を精査してからでないと記事にはしないのだ。

なのに鶴橋の友人は肩を竦めるだけであった。

「情報源の秘密は守るんだろ？　なら別に知らなくったっていい。知らなきゃ誰に問われたって答えられないんだから。思わず口を滑らせるってこともない」

「しかしそれではこのネタが本物かどうかの確認ができん……」

「だから本物だって言ってるだろ？」

「それを一方的に信じろと？」

男は嘆息すると腰を上げた。

「はあ、残念だよ。俺も、それを提供してくれた人間に内緒にするって約束をしたんでな。言えないんだ」

すると鶴橋は慌てて友人に言った。

「ネタ元に伝えてくれ。こいつはどうしても記事にしたい。だからこの俺に直接連絡をくれと」

「分かったよ。伝えるだけ伝えてみるさ。ただ期待しないで待ってろよ」

男はそう言うと、店から立ち去ったのだった。


男が立ち去った後も鶴橋はしばし店に居残った。

情報源と一緒に店を出ることはよくない。そこで、ちびちびとビールを飲みつつスマホに送られてきた文書の内容をもう一度確認することにした。

その文書は防衛省の公用書式だった。

データは紙媒体の書類をスキャナで読み込んだものだろう。防衛秘密の印もその紅色が目立つよう表紙に押されていた。

文書のタイトルは『オペレーション墨俣《すのまた》』。

「墨俣」とは、織田信長《おだのぶなが》が美濃を攻めた際、家臣であった木下藤吉郎《きのしたとうきちろう》（後の豊臣秀吉《とよとみひでよし》）が、一夜にして築いた「墨俣一夜城」からとられているのだろう。

その概要は、尖閣諸島《せんかくしょとう》の一つ魚釣島《うおつり》に超長距離レーダー、対空ミサイル、一二式地対艦誘導弾等を設置し、島の周囲にも高性能機雷、対上陸用舟艇地雷等を敷設《ふせつ》して、島そのものを電撃的に要塞化してしまおうというものだ。

中国政府が気付いた時には全てが手遅れで、これらの装備が正常に稼働すれば、中国空・海軍の東シナ海での行動の自由は大きく損なわれることになる。

中国は東シナ海の日本との経済水域の境界線近くに、ガス採掘プラットホームに偽装した洋上軍事施設群を設置し、それにより西側を自国の海洋領土と位置付けて自国海軍艦隊の金城湯池《きんじょうとうち》にしようとしている。

だが『オペレーション墨俣』が行われたら、それが頓挫《とんざ》する。そればかりか、台湾に対する軍事行動も難しくなる。それでは分離独立の動きを強める台湾政府を牽制《けんせい》することも出来ない。

当然、この計画の存在を中国政府が知ったら大反発するだろう。

だが、そんなことは自衛隊をはじめとして政府も承知している。だからこそ、これまでの日本政府は中国の動きに対抗する際は等比の行動——海上警察が来るなら、海上保安庁が対処する——というやり方を続けてきたのだ。だがその裏でこんな計画が進められていたとしたら、日中関係は抜き差しならないところまで悪化していたということになる。

鶴橋はそこまで考えて頭を振った。

「待て待て、そんな状況になることを、政府内の親中国派《パンダハガー》が許すはずがない。奴らは一体何をしていた？」

鶴橋は、日本の政治状況にまで視野を広げて考えを巡らした。

政府をはじめ、日本の政・財・官・マスコミ界には、かなり堅い親中国派のグループが存在している。

彼らは中国との関係が良好であることで利益を得ている。

例えば、財界を例に取ると、一部の企業集団は中国に工場を置いて円滑に稼働させることで利益を得ている。当然、この集団は中国との外交関係が平穏であることを望み、自分の仕事に悪影響がないよう日本政府には「上手くやって欲しい」と考えている。

中国政府はちょっと不満を鬱積させると、中国国内にいる日本人にスパイの嫌疑をかけて逮捕拘留、実刑判決を下す。だから、日本政府は多少のことに目くじらを立てずに譲歩すべきだと、彼らは考えているのだ。

一部の政治家もそうだ。

彼らのことは外交族とでも呼ぶべきだろうか。

特別これといったカリスマ性や指導力もない政治家は、政府内での地位向上のため外国政府や要人との面識を利用して、両政府間交渉で重要なパイプ役を担おうとする。アメリカはもとより、北朝鮮、ロシア、韓国、インドネシア、インド……そうした国々との付き合いなら私にお任せとばかりにしゃしゃり出てくるのだ。

だが本来、外国政府との関係は、「好かれること」よりも「恐れられること」「尊敬の念を抱かせること」を重視すべきだ。国際関係において「好かれる」とは、相手にとって都合のよい存在に堕ちることを意味するからだ。

しかし多くの外交族は安直な道を選ぶ。きっと自分が相手に敬意を抱かせるような要素を何ら持っていないことを自覚しているからだろう。せっかくの政治力を内向きに、つまり外国政府に対して利益提供を図ったり、交渉の際に日本側が金を出したり譲歩したりするような形で使ってしまう。

現在、政府与党内のパンダハガーと言えば、与党幹事長の山海聡《やまみさとし》議員が、その代表格だ。

そこまで考察したところで鶴橋は、はたと気付いた。

「なるほど、この計画文書のリークは、その方面から——ということもあり得る訳か」

自分達にとって不都合な計画が実行されるのを防ぐため、事前に暴露することで内外から批判させようというのだろう。

そこで鶴橋はスマホを耳に当てた。まずは首相官邸の記者クラブに常駐している同僚に電話をしてみる。

「官邸の動きはどうよ？」

『特にないよ』

同僚は簡潔に答えた。

「外交問題ではどうよ？」

『中国の問題でちょっと騒がしいかな？　例の抗議活動家グループが尖閣上陸を狙っている件だ。こちらはいつも通りの対処って感じ。それ以外に特別と思えることは起きてない』

「そうなんだ……」

『ここだけの話だけどさ、中国国内でも今回の動きについて全貌を把握している人間は少ないのが気になるな。抗議活動家達は軍上層部――しかも上も上のほうの指示で動いているらしい。俺は、日本政府の考えを知るために揺さぶりをかけるつもりだと考えている』

「それに対する日本政府の対応はいつも通りで間違いないんだな？」

『……ああ。外務省、海上保安庁、海上自衛隊、それと在日米軍――全ていつも通りだ。何か気になる動きでも掴んでるのか？』

「いや、特にない。記事に出来るようなことがあったらいいなあとか思ってたから、がっかりしたんだ」

『何かあったら、とっくの昔にこっちで記事にしてるよ。残念だったな』

続いて防衛省記者クラブ（防衛記者会）の同僚にも探りを入れる。

「何か防衛省での動きがあるか？」

『いや、特にないよ。鶴ちゃんこそ何かネタ掴んだ？　政府に繋がるぶっといパイプがあるんだから、ホントはいいネタ掴んでるんじゃない？』

政府と繋がる太いパイプと言われた途端、鶴橋の脳裏に見たくない顔が思い浮かぶ。思い出さなくて済むよう、脳内の引き出しの奥のほうに詰め込んでおいたはずの記憶だ。

「あいつのことは言わないでくれ」

『ったく、立ってるもんは親でも使えって言うのに、せっかくのコネを腐らせちゃって。まあ、それが鶴ちゃんの選択だって言うのなら俺は何も言わんけどね。ただ市ヶ谷のほうは、今のところあんたの助けになりそうな動きはないよ。特地じゃ頻繁に動きがあるみたいだけど。鶴ちゃん、どうせ地方に飛ばされるなら、いっそのこと特地行きを志願してみたらどう？　特地なら特ダネが山ほど転がってるはずだよ』

「勘弁してくれよ。俺は異世界への『門』ってのが、どうにも気に入らないんだ」

鶴橋は得体の知れない何かに身を預けてしまうことへの漠とした恐怖を語った。

『それじゃしょうがない。犬も歩けば棒に当たるというし、こまめにあちこち当たってみればいいさ』

「ああ、そうだな。あちこち当たることにするよ」

鶴橋はそう告げて電話を切った。

その後、鶴橋は編集局に戻ったのだが、すぐに花沢部長に呼ばれることになった。

「どこに行っていたのよ？　貴方、自分の立場分かってる？　もう絶体絶命の崖っぷち状態なのよ？」

「実は、その……友人からネタを貰いまして」

「それ、使えるネタなんでしょうね？」

「まだはっきりしたところは分かりませんが──これを見てください」

鶴橋は『オペレーション墨俣』のデータを花沢に見せた。

「凄いわね！　これって本物なの？」

花沢はその内容に目を見張ると、身を乗り出した。

「これから裏取りするところです」

「そんなのしなくていいわ。日曜のコラムはこっちで何とかするから、貴方はこれをすぐに記事にしなさい。ウェブ版で速報をかけて、明日の朝刊一面トップはこれで行きましょう」

「ちょっと待ってください。これ、本物とは限らないんですよ」

「貴方にこのネタをくれた人が、別の新聞社に渡してないとは限らないんでしょ？　だったら出遅れたらダメ。今すぐに記事にしなきゃ先を越されるわよ」

「でも、もし間違っていたら？」

「間違ってたら、間違っちゃってましたごめんなさい、でいいじゃない！　今は正確性より速さの時代なのよ！」

「正確性よりも速さって……」

鶴橋はこれまで培ってきた価値観を否定された気分になって唖然とした。

「でも、間違いを報じ続けたら、新聞報道がますます信じてもらえなくなりますよ」

「そこを貴方が考える必要はないわ。だいたいそんなことばかり気にしてるから、鳴かず飛ばずになって本社に残れるかも分からない立場になったんでしょ？　ここは勇気を持ってやりなさい」

「で、でも……」

「やりなさい」

「……」

「いい。心して聞いて。今の貴方には道が二つある。これを記事にして生き残るか、それともせっかくの特ダネを逃して死ぬかよ。どっち？　さあ決めなさい！」

鶴橋は同年代の同僚達を差し置いて社会部部長にまで駆け上がった女傑《じょけつ》の気迫に圧倒されたのだった。

中華人民共和国／青島《チンタオ》

中華人民共和国人民解放軍総参謀三部に、中国版エシュロンとも言われる大規模な通信傍受機関がある。

ここでは全世界の通信を傍受することが可能だ。とはいえ全人類のやりとりを傍受したところで意味はないので、彼らは中国の政策や防衛、経済活動に影響を及ぼす重要な事項、事象、重要な人物とその周辺にターゲットを絞って監視を行っていた。

青島に置かれたその第四局電網偵察処——通称『アニメ・スタジオ巨視』の任務は、主に日本をターゲットにした諜報活動だ。

一度目を付けられたら彼らの監視から逃れることは不可能だ。というのも中国製のスマホ、パソコン、Ｗｉ‐Ｆｉといった通信機器には製造段階でバックドアが仕込まれているからだ。

おかげでスマホを介した連絡の内容は全て把握できる。所有者当人にすら気付かれないようにスマホ内蔵のマイクとカメラを遠隔操作して、その周辺の景色や音声を傍受することが可能なのだ。

仮に中国製品を避けたとしてもこの盗聴は防ぎ得ない。通話相手が同じように中国製品を避けているとは限らないし、無線中継基地局や回線のどこかに必ず中国製品が潜り込んでいるからだ。それらを足掛かりにすれば、いくらでも監視と傍聴は可能なのだ。

それに加えて日本人の防諜意識の低さもまた彼らの仕事を助けている。

官邸に近い政治家や官僚、自衛隊の上層部などはそれなりに気を配っているが、対象をその周辺まで広げるとザルも同然ということが多々ある。新聞記者に至っては、自分が調べる側であるからこそ監視されているとは思い至らないらしく、廊下で政府関係者との雑談や噂話を平気でする。おかげで調査の『土台』にとても便利なのだ。今では危険を冒して盗聴器を仕掛けに忍び込まずとも、新聞記者の誰がそこにいるかを調べてちょっとアイコンをクリックすれば、その場の会話がいくらでも聞けるのだ。

ＳＩＧＩＮＴ《シギント》部所属の女性アナリストは、この七十二時間の取材活動で鶴橋が得た情報についてデータをまとめると、アナリストチームの上長、徐《じょ》主任に報告した。

「徐主任。これをご覧ください」

「何だ？」

フロア中央の壁一面に表示される極東アジアの地図。そこに描かれる弓状列島の状況を注視していた徐主任は振り返った。

「イツロウが入手したデータです」

「新聞記者のイツロウか？　あいつ、最近は特ダネを拾うこともなくて腐ってたようだが？」

「これを……」

女性アナリストは、鶴橋のスマホ内にあったＰＤＦデータを画面に表示した。

「自衛隊による尖閣――いや、釣魚島の要塞化だと？」

画像データが次々とスクロールされると、コンソールルームのアナリスト達がざわめき出した。

「それって、その辺の小説家の空想じゃないの？　日本じゃそういう小説が流行っているって言うし」

「知ってる。『なりたい小説』って言うんだ。最近じゃどんどん出版、漫画化されて、アニメ化もされてる」

電脳空間は様々な情報が雑多に突っ込まれたおもちゃ箱のようだ。その中には真実もあるが、同時に空想、仮想、あるいは妄想と呼んだほうがいいものすら混在している。アナリスト達はそういった情報の山から本物かつ重要なものだけを選び出さなければならない。

「イツロウがこのデータをどこから入手したか経路を当たってくれ。いかなる場合でも情報の価値を裏打ちするのは、いつ、どこで、誰からもたらされたものか、だ」

これはその辺の通行人Aが「大統領が戦争を起こそうとしている」と騒ぐのと、合衆国の首席補佐官が「大統領が戦争を起こそうとしている」と騒ぐのとでは情報の価値がまったく違うことと同じだ。

するとアナリストはキーを数度叩いて発信元を探り出した。

「イツロウにこのデータを送ったのは、カザミヤという男のようです」

「カザミヤか。どういう人間だ？」

アナリスト達があたかも競争するかのごとく一斉にキーボードを叩く。コンソールルーム内に、大粒の雨がトタンを叩くような音がしばしば響いた。

「カザミヤ本人の職業はシステムエンジニアリングの会社経営――」

「あ、弟が防衛省の役人のようです」

オペレーター達はカザミヤのスマホを見つけると、内蔵された住所録やチャット式メッセージアプリの履歴からカザミヤの周辺人物、家族や友人を要領よくリストアップしていった。

オペレーターの一人などは既に弟の素性や、SNSサービス『トッター』の裏アカウントまで探り出していた。

「弟の名は、カザミヤヒカル。ふむ、トッターの呟きも穏やかなものばかりですが……おっとっと、裏アカウント発見。ふむふむなるほど——、この男は現政権の政策を批判する辛辣《しんらつ》な発言を繰り返してますね」

徐主任はそれを聞くと大きく頷き、フロアにいる部下達を見渡した。

「よろしい。そのカザミヤヒカルという人物が防衛省の秘密作戦をリークしたということで決まりだな。では、Aチームはこのままカザミヤヒカルの調査を続行。Bチームは尖閣諸島要塞化計画について調査を開始。Cチームはこの件に関わる日本の政府要人、防衛省関係者の行動と発言内容を追え」

「了解！」

各チームはそれぞれに分担された仕事に取り組み始めた。

徐主任はBチームの面々が集まる島へと向かう。彼はBチームのリーダーも兼ねているのだ。

Bチームのアナリストは男女で合計四名。全員が若くて優秀だ。

「主任、私は日本国防衛省に納入された資材のデータをあたります」

「ふむ。軍が作戦行動を起こす時は、人、金、物が動く。そこを調べるのは基本だな。よろしく頼む」

「では私は、資金の流れを――」

「では、作戦実施が予定されている部隊について――」

チームのアナリスト達は指示されるよりも早く自分の為すべきことについて申告してきた。

「では、わたしは、その、あの……」

一人だけ何をするべきか思い付かないらしく、そばかす顔の小柄な女性が困り顔をしていた。メイリンという最近採用された新人だ。

「ではメイリン、君はイツロウの監視を続行だ」

「は、はい！」

徐はやる気に溢れた部下達を見て満足そうに頷くと告げた。

「現在、开始工作吧！（さあ、仕事に取りかかってくれ！）」

＊　＊

中華人民共和国／北京／人民解放軍総参謀本部

「こ、これは？」

陸海空の人民解放軍をまとめる総参謀長剛起平《ごうきへい》上将の机上に、女性秘書官の手で一通の報告書が差し出された。

第三部第四局電網偵察処から提出されたそれには、『極緊急』『極重要』を意味する赤青二色のスタンプがでかでかと捺《お》されている。このスタンプの捺された書類を受け取った者はその場その瞬間に内容を読み、その場その瞬間に決裁を下さねばならないのだ。

以前陸軍の某将軍が、同様に二色のスタンプを捺された書類を「後で目を通す」と言って机の上に数秒放置したら告発され軍法会議にかけられた。それほどに重要な規律違反と位置付けられている。おかげで起案から総参謀長たる剛の手元に届くまで、通常は数日かかる手続きも二段跳び三段跳びの勢いで処理され二時間足らずで届けられた。

剛は報告書の表題を見た途端、眉根を寄せた。一枚目、二枚目と紙をめくっていくうちに指を、手を、そして身体をわなわなと震わせ始める。

「日本が釣魚島を要塞化しようとしているだと!?」

剛は対日工作の担当者を、直《ただ》ちに集まれと呼び付けたのだった。

「貴様ら、一体何をやった!?」

剛起平は力一杯、握り拳で机を叩くと、目の前に居並んだ部下達に罵声を浴びせた。

まるで言葉の拳で乱打するような勢いだ。おかげで参謀や幕僚達は騒然と震え上がった。

一体何が起きたのか分からないが、総参謀長の剣幕から察するに自分達が途轍もない失敗をやらかしたらしいということだけは理解したのだ。

「我々が一体何を……」

「これを読んでみろ！」

総参謀長から投げ付けられた書類の内容を全員が頭を寄せて読んでいく。

「こ、これは……」

全員で絶句してしまった。

「こ、国家主席のご指示を受け、我々はいつも通りの対応を試みただけなのです」

果敢にも背広組の補佐官が言い訳を試みた。

「何だと!?　では、我々のいつも通りに対する日本の反応がどうしてこのようなものになったのか!?　あり得ないだろう!?」

薹徳愁《とうとくしゅう》国家主席は、日本国内に潜伏している諜報員や大使の報告などを総合し、日本が将来「資源輸出国として振る舞う心積もりがある」と理解した。自国で消費する分だけでなく、必要とする国に分け与える余力がある——と理解できる情報の提示があったのだ。

当然、両国関係が友好的であるという前提条件ありきだから、この情報はいわば、「敵対的な態度を友好的なものに切り替えて欲しい」「対日工作を手控えて欲しい」「領土問題での圧迫をやめろ」といった意味を含んだ日本からのラブコールであろう。

しかしだからといって、「そうなんだ。ありがとう！　それじゃ仲良しになろう！」という訳にはいかないというのが、総参謀長たる剛の意見である。

日本はアメリカの同盟国であり、自由主義陣営かつ海洋勢力に属している。そしてアメリカは中国にとって軍事的にも体制的にも相容れない、対立する関係だ。従ってアメリカに与《くみ》する立場のまま手を差し出されても、簡単にそれを握ることは出来ないのだ。

もし気安く手を握ったら、ロシアが得意とするように、ガスや石油のパイプラインを建設して依存度を高めておいてから油送遮断をネタに揺さぶりをかけるという手口を、日米が真似ないとも限らない。日本を信じるには、相応の姿勢、恭順の意を示してもらう必要があるのだ。

そこで国家主席の薹徳愁が日本の意図を推し量る試金石にせよと剛起平に命じたのが『尖閣諸島』であった。

尖閣諸島は日本が「固有の領土」と主張している。それ自体は現在無人だが、領海内に海底ガス資源が豊富であるため重要な価値を持っている。

更に軍事的な要衝でもある。中国が、独立を企図する台湾を武力で牽制するにも、武力侵攻する際にも、そして沖縄に盤踞《ばんきょ》し、東南アジアを威圧する在日米軍を排除しようとする時にも、尖閣を陥落させてからでないと進むことが出来ない。そして日本から見ればこの島は、沖縄諸島、台湾、南シナ海、そしてインド洋へと繋がるシーレーン確保にとっての要石でもある。だからこそ、日中双方は猫額《びょうがく》の面積しかないこの島の領有を血眼《ちまなこ》になって争っているのだ。

だが、資源と市場、両方の意味を持つ特地を得た日本にとって、その価値は著しく低下する。日本国民も「そんなもののために中国との関係悪化のリスクを冒しても意味がない」と考えることが出来るようになるはずなのだ。

そもそも中国的な感性では、領海・領空の境界線なんてものは動かせないものではない。両国間の力量差によって絶えず動き、一方の力が強くなれば合わせて国境も押し広げられていくものだ。そんなことは当たり前の自然現象であり、相対的弱者が目くじらを立てて抵抗しても意味はない。ましてやそれが生き死にを決定するものでないのなら、穏当に譲ることとて出来るはずなのだ。

実際、革新政党が日本の首相となった時、中国は国境線を日本側に向けて大きく前進させた。もちろん地図上の国境線ではない。心理的な国境線のことだ。

それまで両国政府は日中双方の中間線にまたがるガス田の採掘の問題を提起し、それを分け合う交渉を行っていた。だが中国漁船による巡視船への体当たり問題から端を発した一連の騒動で、革新政党を率いる日本の首相は、船長を即座に解放する指示を出して心理的国境線を後退させた。

その結果、今ではガス資源の分け前云々を話し合うような状況ではなくなり、中国側は絶えず尖閣周囲に中国海上警察の船を派遣できるようになった。

今回、海上民兵を尖閣に上陸させる作戦を立案したのもそれと同じだ。日本政府がこれにどのような反応を示すか、どの程度の行動を起こすかで日本政府の――つまり高垣の本心を測ろうというのである。

もし、高垣総理が心から友好を求めているのなら心理的な国境線は更に動くはず。もし違っていたとしても、これまでと同じ展開で事態は終了するに違いない。

尖閣に上陸した海上民兵は日本の海上保安庁や警察によって逮捕・排除され、日本政府と中国政府の双方が遺憾の意を表明、捕らえられた漁民達も手続きに従って解放される。そういった流れで落ち着くはずなのだ。

しかし――である。

今回、日本は想定外の過剰とも言える動きを見せた。

事もあろうに中華人民共和国の核心的利益である尖閣諸島に、侵略的性質を持つ軍事施設の建造を試みようとしているのだ。

「総参謀長、恐れながら申し上げます……」

その時、総参謀本部に勤務する背広組補佐官が恐る恐るといった体で右手を挙げた。

「何だ⁉」

「これが本当のことなら、我々は、その……状況を読み違えてしまったのではないでしょうか？」

その青年の胸のバッジには、葉志明《ようしめい》と名が記されていた。

「何だと⁉　貴様、私や国家主席の状況判断が間違ったと言うのか⁉」

「い、いえ……臺徳愁国家主席が間違ったのではなく、我々の与《あずか》り知らぬところで、与り知らぬ事態が進行していたのではないでしょうか？」

「説明しろ!?　意味が分からん！」

「これをご覧ください」

青年は抱えていた資料の山から新聞を取り出した。

それは日本の新聞だ。日本語なので剛には書いてある内容は分からないが、その表面に注釈として大判の付箋が貼ってあり、大意は把握できた。

「何だこれは？」

「特別地域在住マスコミの報道です。日本が帝国との間に領土の交換協定を結んだことや、アトランティア・ウルースと称する海賊集団が、自らを国家であると表明したことなどが報じられています。記者が日本政府の海賊対処行動に対して批判的だったこともあり、アトランティアが海賊ではないのなら、海賊対処法案の対象外だと特に強く主張しています」

「ふむ……何が言いたい？」

「そもそも現地の海賊達を焚き付け、支援していたのは我々総参謀本部の工作員です。総参謀本部二部の現地支部です」

「だがそれは、日本国の正面戦力を漸減《ぜんげん》させるための作戦だった。特地の政治情勢を複雑にしてそれを治めようとする日本を疲弊させるという目的だ。しかしその試みは頓挫したのではなかったか？　現地に派遣した工作員達とは連絡が途絶えてしまったはずだ。何者かの介入で、現地支部は壊滅させられたと聞いているぞ」

「はい。ですが、現地に派遣した工作員が生き残っていて、未だに活動を続けていたとしたらどうでしょうか？」

「なん……だと？」

「海賊集団が、国家を標榜することで日本政府の介入の口実を潰そうとする――そんなやり方、こちら側の事情に詳しい人間が現地にいなければ出来ないと思うのです」

「なるほど……」

「しかも最近では、国家として認められるには領土が必要だと理解したようで、アトランティア・ウルースは島嶼の占領を始めています。これがもし、二部が派遣した工作員の指嗾によるものなら、そして日本政府もまた、この動きは我々が派遣した工作員の影響を受けたものだと理解しているならば、今の事態は日本政府からどのように見えるでしょうか？」

「ふむ。そういうことか……」

中国から見たら日本政府を試すための軽度衝突のシナリオのつもりでも、日本側からすれば、後方に位置する特地までさんざん引っかき回された――つまり特地と東シナ海、二カ所での二正面作戦を強要する、本腰を入れた本格的かつ深刻な武力侵攻の予兆とも解釈できる。

中国の策動によって正面戦力の一部を割いて特地に送り込まなければならないのだから、弱まるほうを、つまり尖閣の防御を補強するのも当然と言えよう。

「それが尖閣の要塞化という訳か。し、しかし！　日本がそれほどの不快感を鬱積させていたのなら、日本国内の親中派から何とかしろという連絡があったはずだ！」

しかし今回はそれがまったく沈黙していた。あたかも日本国内の親中派がことごとく粛正されてしまったかのようですらある。だが、日本政治の特性上、そんなことはあり得ない。

「この計画は、日本の政府内でもごく一部の者にしか知らされていない極秘作戦なのかもしれません」

「だとしたら、どうしたらいい？」

剛起平は、葉補佐官に尋ねた。

「一番よいのは矛を収めることとです。海上民兵からなる漁船団の出航を差し止めるのです。そうすれば、事態は収束し、仕切り直すことも出来ましょう。時間も稼げますから、日本政府の内情を確かめることも出来ます」

だがその時、海軍の制服を纏った武官が一歩前に出た。

海軍の司令員（司令官）魏公望《ぎこうぼう》海軍中将だ。

「いけません、総参謀長！　葉志明補佐官の言葉を軽んじる訳ではありませんが、三部から報告されたこの作戦は、日本政府から意図的にリークされたものである可能性もあります」

「どういうことかね、中将？」

「日本は諜報技術こそ我々の足下にも及びませんが、あの国もあの国なりに情報戦に対処をしています。前時代的なファックスを未だに使っているのも、現在のように、メールのやりとりが傍受されるのは当たり前という時代に備えていたからとも思われます。それから考えれば、この漏出した情報そのものも、まずは疑ってしかるべきです。我々がこの情報を基に退いたら、日本やアメリカに、我が国が恫喝《どうかつ》に屈したという成功体験を与えてしまいます」

「では、どうしろと？　全面的な戦闘状態に入れとでも言うのかね？」

「相手が向かってくるなら、断固として戦えばよいのです。情報、広報、経済、心理とあらゆる分野で超限戦を展開し、日本政府にあらゆる次元での圧力を加えます。日本のマスコミを利用して、このような無謀な作戦は実施されるべきではないと伝えましょう。そして我々の同友や野党、各種の団体を焚き付けて徹底的に日本政府を糾弾します」

「それでもなお、この作戦を強行するというのなら、軍事力の出番という訳か。だが、我が国はまだ尖閣を奪う準備は整っていないぞ」

「海軍においてはまったく問題ないと考えています。日本がそのような身の程知らずな野望を抱くなら、正面から打ち砕いてやりましょう」

「国家主席は、政治の観点から見ると、軍事力の使用は望ましくないと仰るだろう」

「総参謀長。国家主席を是非説得してください。我々は国際社会の顔色など窺う必要はありません、と。我が国が、どんな流血も恐れない断固とした態度を見せれば、惰弱《だじゃく》な日本人共は腰を抜かして逃げていきます。我々がその実力と権利に相応しい待遇を要求すれば、東南アジア諸国やアメリカ、ヨーロッパ諸国とて、渋々認めるしかないのです」

「では、君の作戦を推し進めたとする。その後、どうなる？　我々のアナリスト達は、日本が一気に右傾化して島を取り戻しにくると予想しているが？　それに在日米軍も動くはずだ」

葉志明補佐官は、剛の言葉に大きく頷いた。

「そこまですると言うのなら、核をもって脅せばよいのではありませんか？　都市部に対する全面的な攻撃を予告して自制を促すのです。アメリカとて、自らの利益がないことで核の撃ち合いに踏み込んだりはしません。あの国は、結局は利益至上主義、最後の最後では日本を見捨てるはずです」

「つまり強気でいけということか」

「我が中国は、当然のことをしているだけだという態度を緩めないことです。自制すべきは無法な行動を起こしている日本なのです」

「それが海軍の総意かね？」

「はい。陸・空に関しては存じませんが、海軍は概ねこのような意見です。我々は勝利します。間違いなく。そして漢民族の偉大なる復興を成し遂げるのです」

「ふむ――」

陸軍の代表ともいえる剛と海軍の代表ともいえる魏は、しばし睨み合うことになった。

03

特地／アヴィオン海

さて、伊丹《いたみ》達である。

陸上自衛隊一等陸尉伊丹耀司《ようじ》と、テュカ・ルナ・マルソー、レレイ・ラ・レレーナら一行は、アトランティア・ウルースにいる徳島・江田島組に合流するため、ティナエ共和国海軍所属エイレーン号に乗り込んでいた。だがその船は今、山のような高波に、木の葉のごとく揉まれていた。

しかも横殴りの暴風と豪雨、そして鉄塊からなる砲弾を浴びている。

「弾着《だんちゃく》！」

艦体周囲の水面に、大空から降ってきた無数の鉄弾が落ちて水柱を上げ、甲板上の乗組員達は返り血にも似た海水の飛沫を浴びた。

だが、艦長のカイピリーニャ・エム・ロイテルはそれらに怯《ひる》む様子もなく敵艦を睨み付けた。

「副長、被害状況知らせー！」

「幸い全弾外れました！　こんな高波と嵐の中で大砲なんて当たるわきゃない。無茶ですよ！」

「無茶を通してこそ勝利は掴めるってもんよ。右舷の砲！　撃《う》ちぃ方《かた》はじめ！」

彼の号令からほんの少しばかり間を置いた直後——

「てーーー！」

船体が波の影響で僅かに左に傾《かし》いだ瞬間を狙って、エイレーン号の砲門から突き出された砲口が一斉に火を放った。

反動で砲が内部に引っ込み、その衝撃を受け止めた艦が大きく左に傾ぐ。

発射された十数個の砲弾は、雨の飛沫を蹴散らしながら隆々《りゅうりゅう》たる山脈のごとき浪波の峰を越え、隙間を抜けて飛翔すると、海水面で出来た斜面を滑るように進んでいく敵海賊船の甲板部に見事突き刺さった。

船体を構成する木材が砕けて舞い上がる。

「命中！」

「すげぇっ！　あの女、この暴風の中で、初弾から命中させたぜ！」

見張り員が叫び、水兵達が一斉に歓声を上げた。

「よっしゃ！」

艦長のカイピリーニャが、快哉《かいさい》を叫ぶ甲板下の砲室に顔を突っ込む。

「よくやったな、お嬢さん！　この調子で頼むぞ！」

舷側に向けてずらりと並ぶ黒金の大砲。その隙間を砲員達が急ぎつつも正確に動作し、砲弾を次々と装填していく。

「ん！」

忙しい彼らに代わって返事をしたのはレレイだ。

カイピリーニャに仕えて久しい掌砲長《しょうほう》を差し置き、今や彼女こそがこの砲戦の主催者であった。

レレイの頼もしげな反応に気をよくしたカイピリーニャは、満面の笑みで甲板上を振り返る。

「操舵《そうだ》長！　海賊の鼻っ面を押さえて小舟との間に割り込むぞ！」

カイピリーニャが海賊船の先にいるセーリングカヤックを指差す。それは小さな小さな舟だ。子供らしき人影が見える。この荒波の中で、子供達は船を転覆させまいと必死になって漕いでいた。

アトランティアの海賊船は、この嵐の中でそれを捕らえようと追っているのだ。

「ラーラホー！　面《おも》かーじ！」

あの小舟のおかげで海賊と出会えたといってもいい。あとは見敵必戦。海賊は即滅斬《めつざん》だ。

カイピリーニャにとっては、海賊が何を考えて小舟を追っているのか、捕らえて何をしようとしているかなんてまったく興味がない。

「エルフの姐《ねえ》さん、総展帆《そうてんぱん》するから風の調整を頼む！」

掌帆長《しょうはん》が甲板員達に帆の向きを変えるよう号令する。

「む、無茶言わないでよ！　こんな嵐の中で何しろって言うのよ！」

ずぶ濡れになったテュカが、喚きながらも精霊魔法を必死になって唱える。

暴風の中で精霊魔法に出来ることはほとんどない。せいぜい細かなことでしかない。だがこの状況ではその細かなことが意外にも大きい。通常ならマストが引き千切れてもおかしくない突風の圧力を上手く受け流したり、だ。

おかげでカイピリーニャは、普段なら絶対しないような乱暴な操船をして、船を一気に加速させることが出来た。

エイレーン号は海賊船の針路に覆い被さるかのごとく突き進んだのだった。


「何だって俺が水兵をやってんのさ⁉」

伊丹は雨と風と波の音に負けないよう怒鳴った。

すると隣で同じように綱を引いている卓長のホッブスが怒鳴り返す。

「仕方ないでしょう！　人手が足りないんだから！」

伊丹の立場はアトランティアまでの船旅の便乗客だ。便乗客のはずであった。

だが何故か今、分厚い綿布《めんぷ》製の雨合羽《あまがっぱ》を身に纏い、横殴りの風と雨に曝されながら士官の号令に従って綱を引いている。

「綱を引け、もっと強く引け！」

その時、大きな波が舷を越え甲板を洗って流れていった。

するとと甲板上のあらゆるものが一緒に流れていこうとする。縄などで固定されていなかった箱、浮き具、各種備品、索具《ロープ》や、バケツなどは瞬く間に掠われていき、甲板上にはずぶ濡れの乗組員達だけが残った。

伊丹は波に掠われまいと命綱を懸命に握りしめた。

大きな波で艦体が高々と持ち上げられたと思ったら、すっと急落下する。

あたかも遊園地のフリーフォールを思わせる勢いである。一度二度なら楽しめなくもないが、延々と続くとなると話が違ってくる。耐えがたい拷問となって、心身を摩耗《まもう》させる責め苦となるのだ。しかも鉛直《えんちょく》方向への上下動ばかりではない。前や後ろ、右へ、左へといった水平方向の揺れがこれに加わる。

更に風に煽られて艦体が傾く。砲撃の度に傾く。波に乗り上げる度に傾く。

おかげで乗組員の多くが平衡感覚を狂わされていた。これを称して船酔いと言う。どれだけ海上生活の経験を積んだベテランでも、油断すると引き起こす一時的な異常状態だ。

本来働く必要なんてない伊丹が、「頼むよ、お客人」というホップスの一言で甲板に出てきたのも、このままだと船が沈んでしまうと危機感を煽られたのと、悶え苦しむ乗組員達の吐瀉物の臭いが艦内に充満して、自分まで船酔いしてしまいそうだったからだ。

「操舵長！　海賊の鼻っ面を押さえて小舟との間に割り込むぞ！」

艦長カイピリーニャ・エム・ロイテルが号令する。

「ラーラホー！　面かーじ！」

「総展帆！」

「この大嵐の中で帆を広げろって、マジか!?」

「四の五の言ってないでさっさと登りやがれ」

掌帆長から尻を蹴り上げられた水兵達が、縄梯子を伝って帆柱を登っていく。

繰り返すが土砂降りの雨と凄まじい横風の中だ。しかも敵の砲弾まで飛んでくる。マストは船体の動きに合わせて左右に大きく揺れるから、水兵達も振り落とされないように必死の形相になっている。

それを見ていた伊丹は、ホッブスを振り返った。

「卓長、俺もあれに登らないといけない!?」

卓長というのは、食事時に同じテーブルを囲む五〜六名程度のグループの長のこと。日本的に言えば、班長に相当する。客としての伊丹の世話は、ホッブスに一任されているのだ。

「まさか!?　陸者《おかもの》のお客人に、マストに上がれとは言わないぜ！　こうやって号令に合わせて綱を引っ張ってくれるだけでいいよ」

「よかった！　上に登ったたって俺、何をすればいいかさっぱり分かんないからね」

実際、帆桁《ほげた》の上で帆を取り替えていく作業は、伊丹から見ても大変そうであった。

みんな帆桁――ではなくその下に渡されている綱に――素足で乗って、帆桁に腹を当てて帆布《はんぷ》を束ねたヒモを外している。

その際、彼らを支える命綱はない。そして作業中も、船は絶えず揺れ動く。マスト頂上付近の者などは、船が揺れる都度、メトロノームみたいに左右に大きくぶんぶん振り回されていた。

もし砲弾が帆に当たったらどうなるか。あるいはマストに直撃したらどうなるか。

マスト近くで転落したら、甲板に激突して骨折、全身打撲。頭を打って頸部《けいぶ》骨折したら運よく生きていても全身麻痺。あるいは頭蓋骨が陥没して……

伊丹はマストに鈴生《すずな》りとなっている水兵達を見ながら、転落の結果を想像して身を震わせた。

落下したのが帆桁の端っこ辺りなら、真下は海だから怪我からは逃れられるかもしれない。けれどどこの荒れた海だ。そのまま波に揉まれて溺死したり、波の勢いで船体に叩き付けられるという結末が容易に想像できた。

伊丹は自分が落ちたらどうなるかと思って身震いした。しかし同時に、自分以外の誰かが落ちたら、どうやって救出するかと考え始め……深々と嘆息した。

「職業病だな」

自衛官になったのは、趣味に生きるためだった。仕事は適当に最低限だけこなし、どうにか余暇を作って趣味に生きる。それがやりやすかろうと思ったのだ。

だが、中隊長という役目を背負ってしまうとそうも言っていられない。百人を超える部下達への責任というものが生じる。

特地で命のやりとりをしたからか、責任感なんてものが育ってしまって、嫌でもこうしたことを考えるようになった。あるいはもしかしたら、元からの気質がそうだったのか。

溜息とともに顔の水滴を掌で拭うと、意図せず口に数滴入ってくる。雨と海水が混ざったその味は実に塩っぱかった。

「やった、また命中したぜ！」

こちら側の放った砲弾は、面白いほど海賊船に命中していく。強烈な打撃の連続で、海賊船の帆柱の一本が倒れて海面に呑まれた。

「すげえぜ。海賊船が瞬く間にボロボロになっていく！」

甲板員達がまたしても喚声を上げげた。

見れば、いつの間にか海賊船は針路を変えてこちらに向かって突き進んできていた。いや違う。こちらが舵を切って、海賊船の進行方向を横切る形になったのだ。

その時、またしても右舷側《みぎげんそく》の砲が斉射《せいしゃ》される。

十数発の砲弾のうちの何発かが、海賊船の船首《せんしゅ》、喫水部分に直撃する。

その他の幾つかは甲板に直撃して、甲板上の海賊達を薙ぎ払う。粉微塵になって飛び散る木っ端に合わせて、鮮紅色の何かが霧のように舞い散るのが見えた。

また、海面に落ちたように見えた砲弾も、海面下で海賊船の舷側を破ったようだ。

波が作る斜面を滑るように下っていた海賊船が、海面の谷底に舳先《へさき》を突っ込む。大抵はその後に舳先が海面を裂いて浮かび上がってくるのだが、今回はつんのめるように舳先を海の中に突っ込んだままであった。

「よしっ、これで沈むか⁉」

「ああ、きっとな」

強烈な波に煽られる度、海賊船が傾きを増していく。大量の海水が船体内に流れ込んでいるのだろう。これではもう復元は出来ない。激しい波に煽られ、揉まれ、船体がひしゃげ、音を立てて捻《ねじ》れ、海に呑み込まれていく。

「やったぞー！」

「勝った勝った！」

水兵達が喚声を上げる中、伊丹は反対側の海、激しく上下する左舷側水平線へと目を向けた。

そこに見えるのは、墨を流したような黒い空と、うねる波の谷間と峰だった。

海は白い飛沫と黒みがかった群青色の二色で塗り分けられている。

まさに圧倒である。伊丹は大自然の偉大な景観に圧倒された。

伊丹は絶えず姿を変える海の光景を眺めつつ、性能の悪いこの世界の雨合羽のゴワゴワとした感触と、それに当たる雨粒が体温を奪っていく感触に浸った。

波が押し寄せる度に艦体が持ち上げられ前後左右に揺すられ、そして波の谷間へと落ちていく。

風の音、雨の滴が海面や甲板を叩く音、波の音、水兵達の叫ぶ声、命令を伝える声が入り乱れて聞こえる。

「勝っても気を緩めるな！　もっとしっかりと綱を結べ！」。風の切る音。「ラーラホー！」。雨が雨具を叩く音。「浮き具を流されないよう固定するんだ！」。雨具の下に浸食していく水の冷たい感触。「ラーラホー艦長！」。

そんな中で、悲鳴に近い声、微かで小さいけれど、人のものだと分かる声が、フード越しに耳に飛び込んできた。

「ん？」

周囲を見渡す。

だが、声の主っぽい者は周囲にはいない。耳に入ったのは、子供か女性の声だ。

この船には、船守りのエイレーン以外にテュカやレレイが乗っている。しかし彼女達の声ならば伊丹が聞き間違えるはずもない。

まさかと思って海を見る。

じっと目を凝らす。やがて波の間に見えていたシーカヤックが、波の斜面を下る途中でくるりと舳先の向きを横に向けてしまった。

海賊がいなくなったと知って気を緩め、舵取りを誤ったのだろう。

「卓長、あれヤバい」

伊丹は傍らにいる卓長の肩を叩いた。

「何だよ!?」

面倒臭そうに振り返るホッブスも、カヤックの危うい挙動に気付いたようだ。

「あっ、マズい。こっちに来るな！」

セーリングカヤックは既に安定を失っていた。

アウトリガーの付いたカヤックは、横からの波にもそれなりの強さを持っているが、ここまで大きな波が相手では木の葉も同然。波に下から突き上げられるようにひっくり返ってしまった。

そしてカヤックにしがみ付くようにして乗っていた少年少女、老人、そして子供達が海にばら撒かれるように落ちていった。

「ばかったれめ！」

「早く助けないと！」

それを見た瞬間、伊丹は弾かれたように走り出す。甲板に転がっていた動索の端を手に取ると、マストてっぺんに繋がるシュラウドをよじ登っていったのだった。

＊　＊

「おい、どうした!?」

横殴りの雨と強い波が甲板を絶えず洗う中、展帆作業を終えた水兵達が艦尾楼《かんびろう》へと集まった。

だが、人垣の後ろからは何が起こっているかまったく見えない。だから前にいる人間から教えてもらうしかないのである。

「一体何があったのです？　戦闘は終わったのでしょう？」

ティナエから外の国に財産を移そうとしたことがバレて、全資産を没収された上に、強制徴募されてエイレーン号に乗り込むことになった元交易商モイ・ハ・レレーナは同僚の背中を軽く叩いた。

「何だよ！」

最初水兵は質問を嫌がった。しかしそこにいるのがモイだと分かると態度を変えた。

「何だ、モイさん。あんたか？」

強制徴募で水兵となった陸者は、船を操る技術も知識もまったく有していない上に、無理強いされて船に乗ったから仕事への意欲がまったくない。そのため水兵達から仲間外れにされたり虐められたりすることも少なくない。

しかしモイはそのような境遇に陥ることはなかった。

元商人だけあって、物資調達の才能があったからだ。

船に乗ると、各々生活するのに必要な食料、水、衣類等は支給される。しかし配給される程度の量では荒々しい男達の必要十分は満たせない。消耗品はどんどん不足していくのだ。

だがモイは閉じられた船という世界にあっても、必要なものをどこからともなく調達してくることが出来た。

彼に頼めば、衣類どころか酒や嗜好品、時には魔薬すらも手に入る。

本人曰く、「相応の金と時間さえくれれば、帝国の皇城だって持ってきて差し上げますよ」ということだった。「それじゃ、女を頼むよ」と冗談めかして頼んだ水兵がいたが、とある港に入った時、本当に娼婦を連れてきて皆をびっくりさせた。

モイに頼めば酒も女も手に入るのだ。そして逆に言えば、嫌われたら何も手に入らない。

以来、モイは士官どころか古参の水兵達からも一目置かれるようになった。

「小舟のガキ共が海に落ちたんで揚収《ようしゅう》したんだってさ」

モイの傍らにいた水兵達も、それを聞いて目を丸くした。

これくらいの大きさの船になると、乗組員は船に何が起きているか分からない時もある。

ただ命じられるままに担当の仕事をこなしているため、自分が何の役に立って、どのように貢献したか自覚がないことも少なくない。帆を荒天用に取り替えて広げたばかりなのに、すぐに帆を畳むように命じられ、そしてまた帆を広げるよう命じられた――彼らは「はいはい、やりますよ」と実行しただけで、その作業がどうして必要だったのかを分かっていなかった。

それを初めて理解したのだ。

「この荒れた海に飛び込んだ？　マジかよ？」

水夫達は奇跡だと口々に言った。

「お前達、道を空けろ！」

やがて毛布にくるまれた子供達を抱きかかえるようにして、士官や甲板長達が甲板下へと下りていく。その後ろを伊丹、テュカ、そしてレレイの姿が続く。二人は肩で息をしている伊丹を支えるようにして、艦尾楼の貴賓室へと下りていった。

「よ〜し、見世物は終わりだ。お前達も船室に戻れ！」

水兵達も解散が命じられて、当直外の者はそれぞれ船室へと戻っていく。モイもまだ当直外なので船室に戻ることが出来た。

その道中、卓長のホッブスが独り言《ひとりご》ちた。

「あのイタミとかいうお客人も、大したもんだぜ」

「一体何があったんです？」

モイは尋ねる。

「客人がこの荒れた海に飛び込んだんだ」

「この海に、ですか？」

エイレーン号は風と荒波に揉まれている。

こんな海に飛び込んだらまず助からない。たちまち波に揉まれて溺れてしまう。

泳ぎの達者な人間ならば、即座の溺死を逃れることは出来るだろう。しかし問題は海から拾い上げる方法なのだ。迂闊《うかつ》に船が近付けば、強い波の勢いで身体を船体に叩き付けられてしまうからだ。

「だからさ、お客人は帆桁から綱を腹に括り付けて、海に飛び込んだんだ」

一部始終を見ていた水兵は、そう言ってミズンマストの一番下の帆桁を指差す。

一番下の帆桁は、船体の横幅よりも長いため、海上に突き出ている。その端から綱を垂らせば船体にぶつからない距離で溺者《できしゃ》を吊り上げることも可能なのだ。

もちろんそれは理屈でしかなく、実施には大きな困難が伴う。だがテュカが風精霊に呼びかけ極めて狭い範囲ながら風を弱め、その間にレレイが魔導を用いるとなれば、話も変わってくる。

海に飛び込んだ伊丹は初老の男性を抱え、子供達を首や腕に鈴生りにしがみ付かせた姿となって、甲板まで釣り上げられたのだ。

「でも、咄嗟《とっさ》によくぞそんなこと思い付いたもんだ」

水兵達は揃って感心した。

彼らの頭の片隅には、誰かに起こったことは我が身にも起こるかもしれないという恐れがある。もしかしたら、明日は自分の番かも。そんな恐怖を押し隠して日々任務に励んでいる。

だからこそ、自分には到底無理だ、助けられない、見捨てるしかないという状況でも行動し、それを成し遂げた人間を尊敬するのだ。自分の時も助けてもらえるだろうから。助けてもらいたいから。

「あの魔導師も精霊使いのエルフも凄いが、奴も凄かったたって訳か」

「美人を二人も侍らしやがってこん畜生《ちくしょう》めって思ったけど……まあ、それなりに出来る奴だったたってことか。くそったれめ」

これをきっかけに、水兵達の伊丹を見る目が変わった。

「あの子は、随分と母親そっくりになったなあ……」

そんな中で、モイ・ハ・レレーナだけは、雨と海水とで濡れた髪を掻き上げながら、伊丹の背後に続くレレイの姿を思い起こしていたのである。

「一体何をやってるのよ、ヨウジ!?」

「危険なことはやめて欲しい」

テュカとレレイに連行されるようにして貴賓室に連れ込まれた伊丹は、二人からの迫力ある口撃に曝されることになった。

感情の昂《たか》ぶりをそのまま口から吐き出しているほうがテュカ、言葉使いだけは日頃とあまり変わりないのがレレイだ。だからと言って、レレイが憤っていないと思うと間違いだ。表に簡単に出さない分、内心ではより強く激しく怒っていたりする。

「いや、これ以上は船を近付けられないって聞いたら咄嗟に……」

だが、伊丹は落ち着き払った所作でタオルを取り出すと、髪や顔を拭きながら答えた。

「お願いだから、無謀と勇気をはき違えないで!」

テュカは詰《なじ》る。

ロゥリィ・マーキュリーの眷属《けんぞく》として加護を受けているのだとしても、それは外傷のダメージを、不死の身体を持つロゥリィが引き受けてくれるだけであり、死から逃れられるという訳ではないのだ、と。

「自分の命を大事にして欲しい」

そしてレレイは願う。

何かあったら自分が、自分達が、そして周囲の人達がどれだけ悲しむかを考えて欲しいと。

だが、伊丹は返した。

「いや、お前達がいてくれるから大丈夫だって思ったんだ」

「でも、打ち合わせくらいして。いきなり海に飛び込まれては困る」

「そうよ、心臓が止まるかと思ったじゃない!」

「いや咄嗟のことだったし、そこは長年の付き合いから阿吽《あうん》の呼吸というか信頼というか……実際に、出来ただろう?」

伊丹にニコリと微笑まれると、テュカもレレイも言葉を続けられなくなった。自分の命を託してもよいくらいに信頼されているというのは、嬉しいことでもあるからだ。とはいえなれどさておいて、それで憤りが綺麗さっぱり解消される訳ではない。誤魔化されているような気がするし、肝心な一言が足りない。

だからテュカは桜色の唇をぎゅっとすぼめて、むぅと頬を膨らませ、レレイは少し俯いて碧色の瞳で伊丹をじっと見つめた。

「卑怯」

「そうよ、卑怯よ」

これでは怒れないではないか。怒りをぶつけられないではないか。逆に自分達のほうが伊丹を信頼していないと詰られているかのようだと二人は告げた。

「ごめん。心配させて本当に悪かった」

すると伊丹も、ようやく二人に頭を下げて謝ったのである。


さて。そんなやりとりも一通り終わった頃、貴賓室のドアが叩かれた。

「誰？」

テュカがドアを薄く開けて尋ねる。

「俺だ。カイピリーニャだ」

艦長であった。

「艦長、どうしたの？」

「いや、さっき助けた子供達の代表が礼を言いたいって言うもんだから連れてきた……」

カイピリーニャがほらとばかりに褐色に日焼けしたヒト種少女と、海棲種族トリトーの少年を前に押し出す。

少年はまずテュカを見て、部屋を見渡してレレイを見て、そして最後に伊丹に視線を向けた。

「ありがとう。あんた達に助けてもらった」

「あら、そう?」とテュカ。

「怪我がなくてよかった。他のみんなは無事?」とレレイ。

レレイは他の子供達はどうしたのかと廊下を見た。

するとカイピリーニャが言った。

「ああ、髭面のじいさんは意識を失ってるんで船医に診せたが、命に別状はないようだ。ガキ共は、びしょ濡れで身体が冷えてたんで、エイレーンが風呂にぶっ込んでる」

風邪でも引かれたら厄介なので、まずは身体を温めさせることにしたという。だがここにいる二人は、それよりも先に礼を言いたいと艦長にせがんだらしい。

「貴方達も、身体を温めてからでよかったのに」

テュカが言う。すると少年は答えた。

「恩知らずだと思われたくないから来た」

テュカは感心したように頷いた。

「随分と誇り高いのね」

「二人の名前は?」

「俺はウギ、こっちはワコナ」

海棲種の少年に紹介されたヒト種の少女が、ぺこりと頭を下げる。

そして視線を真っ直ぐ伊丹へと向け、自分の右手首をそっと撫でた。

よほど強い力で握りしめられたのだろう。少女の右手首には、真っ赤な手痕が残っていた。

「あの時、もうダメかと思った。子供達は怖がるばかりで泣きやまないし、おじいさんは役に立ってくれないし、カヤックはいつひっくり返ってもおかしくなかったから。本当に泣きたいのはこっちだった。カヤックを安定させるだけで精一杯で、でもやっぱり無理で、海に投げ出されてしまって——もう、ダメだって、このまま溺れ死んじゃうのかなって諦めかけた瞬間、飛び込んできてくれたのが嬉しかった。凄く嬉しかった。掴まれって伸ばしてくれた手がとても温かくって、手首なんて痛いくらいだったのに、今だってジンジン痛いのに、それが嬉しいだなんて変な気持ちで、その、あの……」

少女は伊丹を見据えつつ、その時何を思ったのか、何を感じたのかを訥々《とつとつ》と語った。

何故か、頬や耳を薄《うっす》らと赤らめていたりする。

少女の伊丹を見る目に、感謝以上の感情が交ざっていると気付いたテュカとレレイは、このままではマズいと思ったのか、左右からワコナの視線をジョッキンとハサミで切るかのように少女の前に並び立った。

そして満面の笑みで告げる。

「いいのよ。あたし達は、大人として当たり前のことをしただけだから。人間ってほとほと困ってる時、些細なことでも嬉しく感じるけど、それを大袈裟に受け取ることはないのよ」

テュカの言葉を要約すれば、「その気持ち、錯覚だから本気にするな」である。

それよりも怖いのは、無表情が標準装備のはずのレレイが、貼り付けたような笑みを浮かべていたことかもしれない。

「貴女の感謝は受け取った。一緒に死線を潜り抜けた友人にも感謝の言葉を」

レレイは、伊丹だけでなくウギに対しても礼を言うべきだと告げた。ってかあんたの担当はこっちだと言い聞かせるかのようでもある。

「ウギに？」

ワコナは、今更のようにウギを振り返る。

存在が近過ぎて彼の献身が分からないのだろう。だからレレイは告げた。

「海棲種族の彼は、一緒に船に乗っている必要はない」

そもそも海中で生活しているトリトー種は、溺れることがない。どれだけ海が荒れていようと海に潜ってしまえば海中は穏やかなのだから、わざわざカヤックに乗って荒波に揉まれる必要はないのだ。

なのに少年は、最後までオールを手放さなかった。それは純粋にワコナや子供達を助けるためだったのだ。そしてそんな少年こそが、ワコナにとっては感謝を捧げるべき相手ではないのかとレレイは問うたのである。

「当たり前のことをしただけだ」

トリトーの少年は胸を張って言った。

「ウギ……ありがとう」

「いや、いいんだよ」

感謝の言葉を捧げられた少年は、照れたように後ろ頭を掻いたのだった。


「ところで坊主。何だって海賊なんかに追いかけられてたんだ？　しかもこんな嵐の中を」

カイピリーニャが尋ねた。

「島から出た時に奴らに見つかっちゃって、そのままじゃ捕まりそうだったから、嵐の中に逃げ込んだんだ」

「わたし達、安全な島に逃げ込みたかったけど、あちこちの島が片っ端から海賊達に占領されてて、逃げ場がなかったの」

一つ一つでは意味が理解できないが、いくつか情報が揃うと状況が見えてきた。

「つまり島が海賊達に占領されてたんだな？」

「海賊じゃないよ。アトランティアの奴らだ」

ウギが訂正する。

するとワコナも誤りを認めた。

「そうそう、アトランティアだったわ。奴ら、すっごくたくさんの船でやってきて、島を占領して砦とか要塞を建ててた。父さんや母さん達も捕らえられて、無理矢理働かされて……」

「大艦隊か……」

カイピリーニャはふむと頷く。

「アトランティアの奴らがあちこちの島を占領して領有権を主張し始めたという噂は本当だったか。で、どことどこが占領された？？」

「サレー島、クワラン島、マゴーシュ島、カナデーラ諸島、エメ島、ニカー島……」

その時、伊丹が突然割って入った。

「ちょっと待った、今カナデーラ諸島って言った？」

「言ったよ。そもそも俺達はその島にいたんだ。奴ら、艦隊でやってきて島に要塞を作るとか言ってた」

すると伊丹は額に皺を刻んだ。

「……何てこった」

帝国の要請で、カナデーラ諸島はアルヌスの古代遺跡数カ所の領有権と交換される予定だ。だからこそ、伊丹はカナデーラ諸島周辺の海底資源を探査したのだ。今頃はその結果を踏まえて交渉は更に進展しているはず。

そのカナデーラが占領されてしまったとなると、非常に面倒なことになる。

もちろん、面倒にどう対処し、どう解決するかは政府の判断するところである。従って伊丹がすべきはこの状況を可及的速やかに伝えることだろう。

「テュカ、俺の荷物どこ？」

伊丹はテュカを振り返ると、預けた荷物の在り処を尋ねた。雑居の大部屋だと、貴重品は管理が難しいのでテュカに預かってもらっていたのだ。

「壁際よ」

テュカが取りに行こうかというのを抑え、伊丹自ら壁際へと赴く。

そして鞄を開くと、中から何やらごそごそと取り出した。

「何それ？」

ワコナが好奇心を丸出しにして尋ねる。

「無線機という機械。まあ、魔法装置みたいなもんだと思ってくれ」

伊丹はそう説明すると、アンテナを取り出す。そして物干し綱でも室内に張り巡らすように、アンテナを壁と天井の境の角に引っかけ、反対側の角まで伸ばした。

そして時計を見ながらスイッチを入れる。

この辺りの海域には、伊丹や徳島達からの緊急連絡を受け取れるよう潜水艦が巡回している。潜水艦の場合は常時という訳にはいかないが、一定の時間になると、露頂深度でアンテナを海面上に出し待機していてくれるのだ。

しかし呼びかけても返事はなかった。

「まだ、電波の届く範囲にいないか……」

あるいは何かの理由で待機できない状況なのかもしれない。

「何をしてるの？」

ワコナが会話に口を挟んでくる。

「これで遠くにいる人と話せるんだ」

「もしかして、父さんとも話せる!?」

ワコナは伊丹から電鍵《でんけん》をひったくろうとする。しかし伊丹は手を上げて彼女の手の届かないところまで高々と持ち上げる。そしてぴょんぴょんと跳んで手を伸ばす少女に告げた。

「いや、無理。連絡を取るには、相手も同じ機械を持っている必要がある」

「なあんだ」

少女はがっかりしたように肩を落とした。

「仕方ない。もう少し時間をおいて連絡しよう。悪いけど、二人ともアンテナ、このまんまにしておいてくれるか？　また後でここに来るからさ」

「分かったわ」

「くしょん！」

その時、少女がくしゃみをした。

「ほら身体が冷えてきてる。ウギ、ワコナはお前と違って身体を冷やすのはよくない。早くエイレーンのところに連れて行け」

「わ、分かったよ」

艦長のカイピリーニャはそう言って、二人を貴賓室から追い出したのだった。

04

東京／永田町／首相官邸

首相官邸五階の総理応接室には、自由主義者党の幹事長山海聡とその側近議員の山岡《やまおか》、藤崎《ふじさき》の合計三人が押しかけてきていた。

高垣は、彼らを総理応接室に通すと、まず彼らの話に耳を傾けた。

「それはどういうことですか？　山海さん」

「だから僅かな面積しかない島のために、中国との関係を損ねていいのかと尋ねているのだ!!　中国との経済交流が断たれたらどんなことになるか。十兆、二十兆の損失ではきかないぞ！」

するると、内閣府大臣政務官（特地問題及び国家戦略担当）の北条宗祇《ほうじょうそうぎ》が口を開いた。

「つまり山海先生は経済的利益のために領土を奪われるのを、手を拱《こまね》いて見ていろと仰るのですか？　海上民兵の漁船団への対処をしなくてもよいと⁉」

「そういう小さな話をしているのではない。大所高所《たいしょこうしょ》に立って、国家にとってどっちの損が大きいかを考えるべきだと言っている！」

同じく内閣府大臣政務官（外交問題及び国家戦略担当）の廣澤隆博《ひろさわたかひろ》が立ち上がって言い放つ。

「ひと度失った領土が、平和的な話し合いで返ってくることがないことは、北方四島や竹島の例でも明らかです。なのに、眼前の利益に目が眩み、未来への悪影響を考えずに簡単に譲ってしまうのは売国行為も同然です！」

売国行為という言葉には、さすがの山海も目を剥いて絶句した。

「売国行為とは何事だ、貴様⁉　先生に対して失礼極まりない！　言葉を取り消せ！」

山岡が勢いよく立ち上がると、廣澤を指差して怒鳴り付けた。

「ほう、そうか！　では、山海先生の言葉が正しいと思うなら、同じ言葉を全国民の前で叫んでみればいい！」

「んなこと出来るか⁉」

「じゃあ、俺があんたの代わりに叫んでやってもいいぞ。山海先生が、尖閣を中国に譲り渡せと言っていたとな！」

「ば、馬鹿なことはやめろ！」

「ほうれみろ。どこに出しても恥ずかしくない正論ならば、国民に知られたって問題ないはずだ。国民に知られるのを躊躇うのは、自分の疚《やま》しさを理解してるからだろう!?」

「疚しいとか疚しくないの問題ではない！　我々政治家は、目先のことしか見えてない国民の意見に左右されるべきではないと言っているのだ！」

「目先の金のことしか考えてないのはどっちだ？」

「私は大所高所から国のためを思ってだなあ――」

するとその時、高垣総理が言った。

「廣澤政務官、先ほどの言葉は取り消しなさい。こういう場での会話は、非公開であるべきです。だからこそ腹蔵《ふくぞう》なく忌憚《きたん》のない意見が言えるというもの。そこは弁えていただきたい」

「は、はい。すみませんでした」

叱責された廣澤は、素直に頭《こうべ》を垂れると席に腰を下ろした。

「それと山岡先生。どの国が相手であろうと、力ずくでの現状変更は認めないというのが我が国の外交の基本方針です。従って、私が譲ることは絶対にありません」

すると藤崎議員が嘯《うそぶ》く。

「ふん、中国との付き合いなくして我が国の経済が成り立つ訳ないだろう？」

北条が、聞き捨てならないとばかりに言った。

「成り立たなくなるのは、あんた個人の間違いだろう？」

「何だと？　では中国との関係なくして、我が国はどうやって稼ぐ？」

「別の国と付き合っていけばよい。そのためのＴＰＰ（環太平洋パートナーシップ）でもある」

そんな会話を聞いていた山海は嘆息した。

「ダメだな。こんな近視眼な輩がいる場では、話し合いも出来ん。高垣さん、どうだろう？　我々二人だけで腹を割って話さないか？」

高垣は首を傾げた。

「腹を割って話す必要がありますか？」

「あるとも、大いにある」

「では、首相執務室に参りましょう」

仕方なく高垣は腰を上げた。


「総理の椅子か……」

執務室に入ると、山海は一番奥にあるマホガニーの机の向こう側に置かれた黒革の椅子を愛しそうに見やった。野党議員のことは分からないが、与党所属の議員ならば一度は座ることを夢見るのがこの玉座なのだ。

そんな山海の姿を見て高垣は言った。

「諦めなさい。貴方には、決して手が届くことはありません」

「何だと？」

「政界での地歩を固めるため、外国との関係を利用してきた以上、我が国のトップになることは絶対に不可能です。そのことは理解しているのでしょう？」

高垣は総理執務室に置かれた応接セットの一人掛けに腰を下ろす。

「俺には、党の幹事長が精一杯か？」

山海もまた、高垣の向かいに腰を下ろした。

「中国は、我が国と価値観を異にし、様々な分野で対立しています。隙あらば、尖閣の領有権を奪おうとしていますし、我が経済水域内で珊瑚や水産資源を密漁・乱獲し、武漢発新型コロナウイルスが発生した際は、感染した自国民を世界中に渡航させウイルスを撒き散らしました。国民は中国政府のそんな行動に苛立ちを高めています。なのに己が利益のため、そんな国にしがみ付いてる連中の頭目が、我が国のトップになるというのですか？　冗談もそこまでにしてください」

するとと山海は狼狽えたように言い放った。

「それはマスコミが中国の悪いところばかり報道するからだ」

「では、マスコミや国民の口を塞げと？」

「くっ……」

「私が貴方を幹事長という要職に就けたのも、親中派を完全に排除してしまうと中国が『日本は我が国と友好的にやっていく気がないのか』と拗《す》ねるからでしかありません。そんなことは貴方自身も分かってるのでしょう？」

山海は深々と嘆息した。

「分かってるさ。だがな、我々とて、無力な少数派ではないぞ。今や政界でも官界でも大きな勢力を有するに至っている。甘く見れば、必ず痛い目に遭うだろう」

「そんなことは分かっていますとも。だから忙しいのに時間を割いて、こうして話を聞いているのでしょう？　とっとと本題に入ってください」

「中国側は日本の真意を知りたがっている」

山海は抱えていた茶封筒を総理に向けて差し出した。

「中を見てみろ」

高垣は中の書類を広げた。

「オペレーション――墨俣？　センスのないネーミングですね」

「中国大使は、そいつを日本のマスコミから手に入れたと言ってる。どうも関係者の間で出回っているらしい。ついでに言えば、今頃は野党連中も手にしているはずだ。国会で往年の三矢《みつや》研究問題の議論が再燃することになるだろう」

「ふーん」

高垣は書類をパラパラとめくっていった。

「中国の大使は私にこう言った。日本政府は、これまで積み上げてきた日中友好の歴史を台無しにしてまでもこの作戦を実施するつもりなのか？　とな」

「ですが、私はこんなもの知りません。貴方だって、内閣にいる自分の子分から、そんな計画はないってことを確かめたのでしょう？」

こんな小説もどきの作戦などあり得ないと高垣は笑った。

「しかし大使は、この作戦が今まさに実施されるのではないかと真剣に危惧している。分かるな？　事態は切迫している。非常に深刻なんだ」

「いかにも中国らしい言いがかりですね。こんなでっち上げをしてまで、我が国への攻撃を正当化したいのですね……」

「言いがかりだと？」

「そうです。中国はありもしない軍事作戦を口実に、日本に軍事的圧力をかけようとしています。そう、つまりそういうことなのでしょう？」

「高垣、この疑念を晴らさない限り、中国側は死力を尽くして妨害してくるぞ」

「存在しない作戦計画についての疑念を晴らせと言われてもやりようがありません。山海さん、貴方こそ日本の政治家として『尖閣諸島に手を出すな。特地にも首を突っ込むな』と伝えてください。我々は、尖閣への上陸を目指す活動家グループの存在を非常に重く受け止めています」

「あんた、本気で彼らと事を構えるつもりなのか？」

「その言葉もどうぞあちらに向けてください。我々は平和を望んでいる。それを守るも壊すも中国側の行動次第です、と」

「頼む、高垣。頼むからもう一度考え直してくれ。中国に工場を置いている日本企業、中国からのインバウンド客で潤っている日本のホテルや旅館。中国と全面対決して彼らの仕事はどうなると思う？　彼らの生活は、身の安全は、どうなってもいいと言うのか？」

「山海さん。やっぱり貴方は総理総裁にはなれませんねえ。危機管理というのは、癌の外科手術と同じで、何をどれくらい切り捨てるのかという冷徹な決断が必要なんです。全てを残そう、得ようとすれば、全てを失うんですよ」

「だから日本人を見捨てるって言うのか？」

「無論フォローはしますとも。救える限りは全力で救います。しかし同時に、私は彼らを人質にした脅迫には、決して屈することはありません」

「き、貴様。この俺を人質犯扱いするのか!?」

「似たようなものでしょう？　日本人の生活や命を盾に、無茶な要求を通そうとしてるんですから」

山海はいきり立って腰を上げた。

「高垣、お前日米貿易摩擦の時の悔しさを忘れたか!?　アメリカは一人勝ちすると必ず傲慢になる。

あの国には、富を分け合うという発想はない。白人連中ってのは自分に都合のいいルールを作ろうとする。その上、そのルールで負けると、ごり押ししてまで相手から奪おうとするんだ！　これからの世界には、アメリカと実力で対抗できる国が必要なんだよ！　それが中国なんだよ！」

「山海さん。貴方がそのような希望を抱いた経緯は、十分に理解できます。しかし中国はもっと質が悪かった。もう見切り時です。日本は自由と民主主義を尊ぶ国なんですよ」

二人はしばし睨み合う。だが程なくして、山海は肩を落とし嘆息した。

「ここで我々が四の五の言い合っても仕方がないか。いいだろう、好きにすればいい。俺はどんな方法を使ってでも、あんたの思う通りにはさせない。ありとあらゆる方法でもって、あんたを邪魔してやる」

「つまり、政局にすると言うのですね？」

「それもまた俺の自由だろう？　日本は自由と民主主義を尊ぶのだからな。いいか？　あんたはこれから内外に敵を抱える。マスコミは騒ぎ立て、野党は予算委員会でこれ以上ないというほど騒ぐ。あんたはそんな大嵐の中で、中国からの圧力を撥ね除けねばならん」

「つまり一致団結して事に当たらねばならない時に、敵に回ると言うのですね？」

「忘れるな。我々を最初に切り捨てたのはあんただ。これからあんたは我々抜きに今後の舵取りの仕方を考えなきゃならん。せいぜい苦労するがいい」

こうして捨て台詞がごとく言葉を吐き捨てた山海は、首相執務室から出ていったのである。

「総理、大変です」

山海一派が首相官邸から離れると、それを待っていたかのように秘書官が駆け寄ってきて高垣に告げた。

「一体どうしたと言うんです？」

「毎朝新聞のウェブ版です。ご覧ください」

秘書官が差し出したスマートフォンの画面には、『オペレーション墨俣』についての記事が大きく書かれていた。既に新聞各社も反応していて、尋常ではない速さで話題が広がっている。

「さすがだ。やることが実に早い」

高垣は舌打ちした。

「あちこちから問い合わせや取材の申し入れが殺到しています。どうしますか？　総理」

「どうしますも何も、我々に出来ることは覚悟を決めて一つ一つ対処していくことだけです。そうでしょう？」

見れば、官邸詰めの記者達が勢揃いして一階ロビーに集まっている。

その数はいつもの数倍となっていて、カメラの放列は高垣の姿を捕らえようと待ち構えている。

高垣は下っ腹に気合いを込めると、まずは記者達へ、我が身を曝すことに挑むのだった。

＊　＊

通信を試みてから半日ほどが経過し――伊丹は再度無線機のスイッチを入れた。

「さて、どうなるかな？」

伊丹は呼び出しを始めた。

事前の取り決めによれば、潜水艦『きたしお』は六時間ごとに一日四回、露頂深度まで浮上してアンテナを海面上に突き出してくれることになっている。しかし海がここまで荒れていると、絶えずやってくる大波とうねりで、海面上に突き出したアンテナも度々沈んでしまう。それでは安定して電波を発受することなど不可能なのだ。

人工衛星があれば手っ取り早く通信が出来る。しかし衛星は、ロケットを持ってきてただ打ち上げればよいというものではない。運用のためには、アンテナ、SLR局、モニター局、中継局といった地上設備をこの世界の各地に配置する必要がある。アルヌスとその周辺しか随意に行き来できないような現状では、とても無理だ。

「もしかすると、カナデーラ諸島の確保は、そういう意味の伏線も兼ねているのかもな」

伊丹はそんなことを考えながら、別の方法を試みることにした。近海で活動しているミサイル艇『うみたか』ないし『はやぶさ』との連絡を試みることにしたのだ。

ミサイル艇は、『碧海の美しき宝珠《ほうじゅ》ティナエ』のサリンジャー島を基地として、海賊の出没海域をパトロールしているはずだ。そのミサイル艇がたまたま電波の届く範囲にいれば、ミサイル艇↓ティナエ・サリンジャー島基地↓バーサ基地↓アルヌス駐屯地と通信を中継してもらうことも出来る。当然、やりとりにはとんでもない時間がかかって不便だが、この際仕方ないのである。

伊丹は、ミサイル艇を呼び続けた。

すると返事があった。

これでようやく何が起きているかを伝えることが出来る。

「カナデーラ諸島ガ、アトランティアヲ自称スル海賊集団ニヨリ占領サレタトノ情報アリ。至急確認ヲ要ス……」

その報せは、何カ所もの中継を挟んでアルヌスへと伝えられた。

『伊丹、お前が見てくることは出来ないのか？』

返信してきたのは、アルヌス方面総監副長の若田《わかた》陸将補だ。伊丹と若田との間で、次のようなやりとりが電信文でなされた。

「現在、アトランティアに向かうティナエ海軍の戦闘艦に便乗しており、こちらの都合による針路変更は不可能です」

『そうか。では、お前に命令を下達する』

送られてきた命令に、伊丹は頭を軽く抱えることになった。この後予定していた江田島・徳島組との合流を中止し、日本の外交特使として、アトランティア・ウルースの宮廷に乗り込めと命じられたのだ。

『目的は、カナデーラ諸島を不法占拠したアトランティアに通告することだ』

この時、伊丹は知った。

帝国との領土交換は既になされ、カナデーラ諸島は日本領となっていたのである。

「周辺海域の調査報告を送ったのはそんな前ではないから、政府は随分と早く決断を下したことになりますね」

『要するに、資源があるかないかはさして重要ではなかったということだ。問題は、アトランティアが日本領の島嶼を侵犯したことにある。アトランティアを国家として扱うのならこの事態は武力侵攻だ。日本としては、実力をもって対処するしかない。我が政府はアトランティアが海賊集団であるという前提を変えるつもりはないが、万が一の場合に備えておきたい』

「しかし政府からの信任状とか、そういうのを何も持ってないんですけどいいんですか？」

『形式を気にする必要はない。我が国はアトランティアを海賊集団として扱っているからな』

「ですが、アトランティア側は自国を国家と見なしています。信任状もないような人間をはたして特使として扱ってくれるんでしょうか？」

『そのための君だろう？　そちらの宮廷儀礼では、爵位を持つ者の王宮への訪問は、特別な問題がない限り受け入れられるはずだが？』

「そうでした。爵位なんてもの、貰ったことがありました……」

『おいおい、君自身のことだろう？』

「すっかり忘れてました」

『頼むから忘れないでくれ。君が何かと便利使いされるのも、そんな肩書きがあるからなんだぞ』

「恐縮です。つまり自分は向こうに乗り込んで遺憾の意を伝えればいいんですね？」

『遺憾の意ではない。我が国は治安回復のために実力行使する。その旨の通告だ。その際、交渉や駆け引きの類は一切取り合わないように』

「交渉はしなくていいんですね？　助かります」

『下手に交渉をすると、時間稼ぎや駆け引きに巻き込まれる可能性が高いからな。カナデーラ諸島を海賊達が占拠しているならば、我々は理由の如何《いかん》を問わず駆逐する。大切なことは、必要な通告を行ったと内外の記録と記憶に残すことだ。アヴィオン王国の女王戴冠式で、各国の外交官がやってくるのだろう？　ちょうどよい。彼らの記憶に残るよう、派手に行動しろ』

どうやら今回日本政府は、「新領土を獲得して引っ越して参りました。今後ともよろしくお願いいたします」という挨拶を戴冠式の場を使って大々的に行いたいようだ。

「何か、ティナエの外交官に申し訳ないような気がしますけど」

居候の身で主役の立場を奪ってしまうようで、機嫌を悪くさせなければいいのだが……。伊丹はそう懸念を伝えて、通信を終えたのである。

通信を終えると伊丹は愚痴を零した。

「うーー、これは困ったことになったぞ」

カナデーラ諸島周辺海域の調査、その後は江田島や徳島と合流するための潜入――そう考えて準備したから、宮廷に乗り込むのに相応しい服装の用意がまったくないのだ。

もちろん、自衛官の制服はある。しかし今回は爵位やら称号やら、名誉部族長といった肩書きを使う。しかも各国の使節達の記憶に残るよう振る舞えという注文まで付いている。それならそれで、相応しい服装や徽章類を身に付ける必要があるのだ。

「どうしようか」

そんなことに悩みつつも、伊丹はとにかくアトランティアへの訪問目的が変わったことを艦長のカイピリーニャに告げた。

「つまり何か？　ニホンが本腰入れて、アトランティアとやり合うことにしたってのか？」

カイピリーニャは、伊丹が日本人であることに薄々感付いていることには触れずにおいた。

伊丹ももし指摘されたら、「あれ、言いませんでした？」と返すつもりだったのだが、艦長が触れないので拍子抜けした気分だった。

「領土を奪われたら、さすがにそのまんまという訳にはいかないですからね」

「そうか、カナデーラ諸島はニホン領になってたのか。帝国も思い切ったことをしたな」

今まで日本の海上自衛隊は、海賊対処という名目でこの世界で活動していた。だから海賊を捕らえる以上のことはしなかった。しかし、アトランティアが国家を標榜し始めると、ティナエの人々が最も頼りに思っていた海賊退治すら手控えるようになってしまったのだ。

もちろんパウビーノを船ごと掻《か》っ攫《さら》ってきたり、商船が海賊に捕まらないよう上空からパトロールして海賊船の位置情報をくれたりはした。しかしそのやり方には、きつい仕事を他人に押しつけて美味しいところだけ奪っていくような狡《ずる》さがあった。

もちろん、本来の当事者はティナエであり、戦わなければならないのはカイピリーニャ達だということは分かっている。しかし、どこか及び腰な姿勢を日本から感じていて、ともに戦う者として見るには今一つ信用できないでいたのだ。

しかし今回のことで日本も当事国となった。これからは、正面切っての戦いが始まるだろう。

「面白くなってきやがった」

カイピリーニャはニンマリと笑った。

「ただ、相手の宮廷に乗り込むのに相応しい服装がなくって」

伊丹は嘆息して伝えると、カイピリーニャが肩を竦めながら言った。

「なるほどな……確かに喧嘩をふっかけに行くなら、それらしい装いが必要だ。よし、分かった。うちの特使様に聞いてみよう。奴なら替えの服装ぐらい用意しているはずだ」

こうして伊丹は、カイピリーニャの先導で、ティナエの特使の部屋を訪ねることになったのである。

「おーい、ヴィ。生きてるか？」

「うーー」

カイピリーニャの呼びかけに、部屋の奥からくぐもった唸り声が返ってきた。

見れば、帆布製ハンモックが梁《はり》からぶら下がっている。どうやら寝ているらしい。

伊丹は、カイピリーニャに続いて狭い室内に立ち入ると、周囲を見渡した。

オー・ド・ヴィという少年はティナエの特使だ。年若いにもかかわらず、このような大役に抜擢されたからには、それなりに有能なのだろう。なのに狭い二人部屋に押し込まれている。きっと彼の部屋が、テュカやレレイに宛がわれたからに違いない。伊丹は少しばかり申し訳ない気分になった。

「カイピリーニャ艦長。こ、この酷い揺れを、何とかして……ください。さもないと、殺します……よ」

「いやあ、涙目で言われても、全然怖くないぞー」

見ればハンモックがギシギシと揺れている。何をしているのだろうと思ったら、少年が突如ハンモックの縁から顔を突き出した。

「うげえ……くぅ」

少年は下を向くと必死にえずいた。

しかし嘔吐したくても嘔吐すべきものが胃の中にないらしく、何も出てこない。ある意味、一番辛い状態とも言える。

「可哀想に……」

伊丹はその姿に深く、とても深く同情した。

「ヴィ、そのままでいいから聞いてくれ。実はこちらさんが、ニホン国の特使としてアトランティアの宮廷に乗り込むことになったそうだ。だが衣裳がな……」

「うげえ」

少年は冷や汗を流しながら激しくえずく。とてもこちらの話に耳を貸せる状態ではない。

「あー……こいつと話すのは無理だな」

カイピリーニャ艦長は伊丹を振り返った。

「ですねー」

伊丹も頷く。

結局ヴィをそっとしておくことにして、二人は部屋を出たのである。


「艦長室で茶でも飲もう。実は美味い菓子があるんだ。口に合うか試してみてくれ」

伊丹はカイピリーニャに誘われた。どうもまだ話をしたいらしい。伊丹も被服の件を相談したかったので誘いを受けることにした。

相変わらずの荒れた天候により、エイレーン号は絶えず揺れている。伊丹は狭い梯子段や通路で、何度も壁に身体を打ち付けそうになった。

艦長室に入ると、カイピリーニャから客用の椅子を勧められた。

「んで、どうするよ？」

伊丹としては、アトランティアに到着してから相応しい服装を探すしかないと考えていた。

どんな場所か見たことがある訳ではないが、曲がりなりにも一国の首都なのだから、衣裳を扱う店くらいあるはずだ。伊丹が買いに行くのがダメならば、江田島達に頼み込んで届けてもらうという手もある。

だが、カイピリーニャにそれは無理だと指摘された。

「使節の公式訪問の場合、歓迎の式典は入港した瞬間から始まる。だからその時までに準備が完了してないとマズい」

伊丹は海外からやってきた元首《げんしゅ》を空港で出迎える儀仗隊《ぎじょうたい》の整列を思い浮かべた。その時にタラップから降りてくる賓客が普段着だったら、どんな印象を残すことになるだろうか。

「なら、入港前にアトランティアに潜入上陸して衣裳を買ってきて、それからアトランティアに入港というのは？」

これならば、徳島に運んできてもらうという手段が使える。

「泳いで上陸できるくらいに近付いたのに、入港もしないで停泊していたら何やってるって怪しまれちまうよ」

「ですよね」

思い付く限りのアイデアにことごとくダメ出しを食らった伊丹は、背中を丸めた。

その時、従卒の代わりに船守りのエイレーンがやってきて、カイピリーニャと伊丹の前にカップを置いた。

「おおっ、気が利くな、エイレーン」

前後左右に大きく揺れるせいもあって、テーブルに置かれたカップはたちまち右に左にと滑り始める。船にあるテーブルの縁に桟《さん》が取り付けられているのは、これを受け止めるためである。しかしカップは桟にぶつかる手前で、再びテーブルの真ん中へと戻っていった。それを延々と繰り返しているのだ。

「男二人だけでお菓子を食べるなんてずっこくない？」

エイレーンはどうやらご相伴《しょうばん》に与りたいらしい。カイピリーニャは仕方ないと同席を許した。

「へぇ、これがこっちのお菓子か……」

カイピリーニャが出したのは、堅果類《けんかるい》の実を潰して練って固めたような食べ物だ。蜂蜜で甘みが付けてあり、口の中でぽろぽろと崩れる食感がなかなか面白い。

エイレーンはこれが大好きで、これをエサにカイピリーニャが艦長になるのを受け入れたのだと自ら語った。

口の中の菓子をお茶で流し込んだエイレーンは、伊丹に顔を向けた。

「そういうことならさあ、この船に面白い男がいるから紹介するよ」

「誰です？」

「何でも屋さ」


「この男」

エイレーンの案内で、伊丹は一般水兵が屯《たむろ》する船室へと赴いた。そしてそこで引き合わされたのが、モイであった。

「どうも、イタミさん」

伊丹の顔を見ると、モイはぺこりと頭を下げる。すると伊丹も釣られて頭を下げた。

そんな二人を見たエイレーンは、意外そうに言った。

「何だ、二人とも知り合いなんだ？」

「同じ食卓を囲んでるんです」

モイが同じ生活班なのだという状況を説明する。

「そう言えば、イタミの世話はホップスに任せてたもんね。同じ卓員なら話は早いよね。イタミはモイに相談しな！」

エイレーンはこれで自分の仕事は終わったとばかりに船室から出て行ってしまったのである。

「何でも屋さんって、モイさんのことですか？」

伊丹は自分の置かれている状況を説明した。

「ええ、まあ、お金さえ出していただけるなら、帝都から皇城だって引っ張ってきますよ」

その売り文句を聞いた瞬間、伊丹は「マッコイ爺さんかよ」と思ったりしたのだが、この閉ざされた船の中でどうしてそんな芸当が出来るのかと尋ねてみることにした。

「それはですね……」

モイは語る。強制徴募のせいであると。


ティナエ海軍の船には、自ら志願して乗り込んだ船乗りもいれば、徴兵された者もいる。徴兵された者はそれまで別の仕事をしていたのに、ある日突然国の命令で無理矢理船に乗せられたのだ。

その中には、モイのような元商人もいれば、農夫、大工、造り酒屋《ワイナリー》の従業員だった者もいる。土建業や鬘《かつら》職人だった者もいるのだ。

しかも彼らの多くは、それまでの技能や経験を無視される。

前職を考慮されるのは帆の解《ほつ》れを直せる仕立屋や大工、それと料理人と癒師《いしゃ》くらいだ。それ以外は陸者と見下され、号令に合わせてただ綱を引くだけの者として扱われてしまうのだ。

しかしモイは、そんな彼らの前職に目を付けた。

食の細い連中に、配給の堅焼きパンを全て食べたりせず、少しずつ貯めておくよう勧めて、それを集めてしかるべき者に渡せばエールに変わる。そうしたら、それを欲しいという者に売るのだ。ちょっと金属の廃材を仕入れたら、金属加工の仕事をしていた者に渡す。するとたちまち刃物に変わるので、それを欲しいという者に売る。

モイはそうやって、この閉ざされた狭い世界における調達屋の地位を確立したのである。

「でも、さすがに服は無理でしょう」

「いいえ、案外何とかなるもんですよ」

例えば水兵の服などは、ティナエ海軍から定期的に支給される。

これをたちまち汚して傷ませてしまう者もいれば、貰った一着を丁寧に扱っていつまでも新品同様にしている者もいる。そういった者は複数の支給があった時、一～二着は手を付けずにとっておく傾向がある。

モイは新品の被服をそういった者から仕入れるのだ。

「でも、俺が必要なのは水兵の制服じゃないんですよ」

「帝国様式の貴人の衣裳でしょう？　大して難しくありません」

「どうやって？」

「ここは帆船ですよ。布も針も糸もあるんです」

「でも、生地がないでしょう」

「いいえ、あります」

戦闘艦はむくつけき男達ばかりが乗り込んでいる訳ではない。

アヴィオン文化圏の船は、海神を祀《まつ》る神殿でもある。その巫女である船守りは女性だ。

彼女達のいる祭壇室では、清潔で高級な布が飾り付けに用いられていたりする。そしてその手の物には必ずと言っていいほど予備が用意されているのだ。

「もしかして、仕立屋さんだった人も、この船に乗ってたりします？」

伊丹の窺うような問いかけに、モイは得意げに答えた。

「もちろんですとも」

「お代はどうしましょう？」

伊丹は財布を取り出しながらモイに尋ねる。こういう状況での無理な注文だけに、相当に高く付くことも覚悟していた。

「そうですね。レレイと引き合わせていただければお代は結構ですよ」

伊丹は首を傾げた。

「れれい？」

「久しぶりなんで、親子の会話をしたいんですよ」

その言葉を聞いて、伊丹はようやくモイの名が、モイ・ハ・レレーナであることを思い出した。

「もしかして、モイさんって、アルペジオさんのお父さん？」

伊丹は、レレイの姉であるアルペジオ・エル・レレーナの名を出して尋ねた。

「おっと、ここでアレの名が出てきますか？　今、アレは何をしています？　元気でやっていますか？」

「ええ。ロンデルでお目にかかりました。なかなか個性的な方で……今は確か、イタリカにいるはずです」

「そうでしたか。我が家の事情をご存じならば話が早い。私はレレイの母親と結婚しましてね」

「なるほど」

義理の父親が、義理の娘に会って話したいと言う。それはある意味で真っ当かつ正当な要求と言える。しかし、それならば、どうして伊丹が引き合わさなくてはならないのかが疑問となった。

いくら艦内の生活区が船首《おもて》側と艫《とも》側に分けられているとはいえ、狭い船の中だけにちょっと窺えばすれ違う機会なんていくらでも得られる。その時に声を掛ければ、話くらいは出来るのだ。なのにそれが出来ないというなら、出来ない理由があるということだ。

「答えは、後でいいですか？」

伊丹は、レレイの意向を確認してからにしたいと答えた。

レレイとは親しい関係だ。しかし、だからこそきちんとしないといけない分野がある。特に家族関係については伊丹自身が複雑だったこともあり、慎重に扱う必要性を理解していた。

「彼女には言わないで欲しいんですが」

なるほど、不意打ちでないと、会うこと自体を拒絶されかねない――レレイ自身がどう思っているかは別として、少なくともモイ氏はそう認識しているのだと伊丹は推察した。

「それじゃあ、ダメですね」

伊丹が断りを入れると、モイは客の懐具合を探る商人の目となった。

「それでは、この仕事もお引き受けいたしかねます」

「なら仕方ないですね。諦めます」

「え、いいんですか？　お仕事をするのに衣裳が必要なんでしょう？」

伊丹の淡泊な態度が意外だったのか、モイは驚いた顔をする。

「必要ではあるんですが、まあ、是が非でもという訳じゃないので」

「前に会ったニホン人は、私にうんと言わせようと、あの手この手を使ってきたものですが――。

貴方はどうやら違うらしい」

「ええ、まあ、日本にもいろんな人間がいますから」

するとモイは軽く微笑んだ。

「どうやらあの子は、人の縁に恵まれているらしい」

「はい？」

「自分のことを第一に、と考えてくれる人間に出会えるのは幸せなことでしょう？　それが生涯の伴侶となるのならなおさらですが――失礼ですが、イタミさんはあの子とどういう仲で？」

「今のところは、つかず離れずとでも言うんでしょうかね？」

言葉のまま受け止めると、中途半端な関係のように聞こえるだろう。しかし伊丹としては『ぴったりくっついている訳ではないが、決して離れない』という現実をそのまま描写しただけなのだ。

「ほほう？　ではエルフの女性のほうは？」

「そっちもです」

「おやおや、貴方、なかなかの悪人ですな――」

モイは、伊丹が口を濁した部分をいろいろと邪推したらしく、含むように笑った。

「よろしい。では、私のことをお義父さんと呼んでいただけたら、お引き受けしましょうか」

「はいっ!?」

伊丹は絶句した。

「あ、いや、その……お金とかのほうがよくないですか？」

お金ならここにありますので、と伊丹は懐から財布を出した。

「いえ、ここは是非、未来の息子から義父と呼ばれることを選びたいですね」

「う、あ、ええと……」

「あれ？　そういう予定ではないというのですか？　その言葉、レレイに聞かせたら面白いことになるでしょうね」

伊丹は全身から冷や汗をぶわっと流し始めた。

正直伊丹には、レレイの義理の父親を、お義父さんと呼ぶ覚悟というか勇気がまったくない。

いや、レレイが嫌だという訳ではない。ただ、前述したように、レレイとこのモイとの関係がよく分からないということが問題になってくるのだ。

それに伊丹自身が、自分の実父や実母との関係が普通とはとても言えない状況だったこともある。迂闊にお義父さんなんて呼んだら、その影響がどんな形となって後々表れることになるのか……。

そんなことをつらつらと考えていたら、モイは嘆息して肩を落とした。

「そこまで悩むことですかねえ？」

「まあ、いろいろありまして」

「では、ポター金貨十枚で結構です」

伊丹は安堵の溜息を吐くと、財布から円盤というより粒に近い形状の金貨を十枚取り出した。

「全額前渡しとは、随分と気前がよいですな」

「ここは逃げられる場所じゃないですからね」

「確かに。お互いに、そうですね」

モイはニヤリと笑って金貨を受け取る。

こうして、取引契約は口頭で成立したのである。

05

碧海の美しき宝珠ティナエ／首都ナスタ

ティナエ政庁では、統領代行《ドージェ》となったシャムロック・ハ・エリクシールが、精力的に仕事をこなしていた。

政治の仕事は大きく分けると、部下達に施政方針を指示し、それに応じた形で提示された提案や企画の採否を定め予算を承認する内務、そして同僚たる政治家との意見や利害関係の調整、他国や内外の組織、団体との折衝や交渉といった渉外の仕事に分けることが出来るだろう。

それは十人委員の一人だった時から同じだが、統領代行ともなると、渉外の比重が大きくなる。一日の業務時間のほとんどが面会、面談で終わってしまうと言っても過言ではない。小なりとはいえティナエは有力な商業国家。当然、面会希望はひっきりなしで、その予定表は、数日はおろか数週先まで埋まってしまうのだ。

しかしそんな状況でも緊急の要件があれば優先して面会できるよう取り計らう必要がある。それをどう裁くかが、秘書官のイスラ・デ・ピノスの腕の見せどころと言えよう。

「それでは、どうぞよろしくお願いいたします」

日本の連絡官が応接室から出てくる。今回の緊急の面会者だ。極めて重要な用件という触れ込みもあって、イスラはシャムロックの予定を大幅に変更し、彼らとの面談を割り込ませた。その判断は、果たして正しかったのか、間違っていたのか。息を吞んで結果を待つ。

シャムロックは客を見送るように続いて出てきた。

上機嫌そうな笑顔を見ても、それが本心とは限らない。和気藹々《わきあいあい》の姿を見てこの面談がこの上なく上手くいったと思い込んでしまうと、後になって「何だってあんな奴の面会を入れた」と苦情を言われてしまうこともある。

「相変わらず、奇妙な仕草よね。頭の旋毛《つむじ》を相手に見せるのが敬意の表明だなんて」

来客の背中を見送るシャムロックに、イスラは語りかけた。

「それって彼らがよくやるお辞儀って動作のことを言ってるのか？　こちら側だって遠く離れた土地では違う風習があるからな。異世界ともなれば、奇妙に感じられるのも仕方ないさ。君達レノンだって、俺らヒトとは違う独特の習慣があるだろ？」

「そう？　あまり意識したことがないけど」

「あるさ。例えば君は、心ここにあらずなことが時々ある」

「ごめんなさい。実は頭の中にもう二人ほど自分がいて、それとお喋りをしてるの」

「もしかして、空想の友人でも頭の中に飼ってるのか？　そんな寂しい奴だとは思ってなかったぞ」

イスラは、失礼ね、と返した。イスラの言葉は実際にその通りなのだが、本当のことを詳しく説明するのも面倒臭いのでそのまま続けた。

「で、どうだったの？　ニホン人との会談は」

「うむ。君の計らいのおかげで上手くいった。実はな……」

シャムロックは語る。

ナスタ湾のサリンジャー島に駐留している自衛隊が、海賊対処とは異なる活動をすることになったので筋を通しに来た、と。

「海賊対処とは異なるって？」

「アトランティアとの戦闘だってさ」

「意味が分からないんですけど」

イスラは首を傾げる。海賊とアトランティアは同義のはずだ。

「どうやら、あちらさんの中ではアトランティアと海賊は明確に区別されていたらしい。だが、何やら複雑な事情の果てに、アトランティアと本腰を入れて戦うと決めたそうだ」

「そう。それっていいことなのよね？」

「ああ、我が国としては喜んでいい話だ。ニホンと戦えば、アトランティアは徹底的に痛め付けられる。戦力だって随分と減る。そこでアヴィオンの七カ国が連合して襲いかかれば、アトランティアは降伏するしかなくなる。まさに勝機だ」

「勝てるのね？」

「ああ。これでこの長かった戦争も終わるはずだ。そのためにも他国に呼びかけないと。七カ国で連合軍を組むんだ。忙しくなるぞ」

「よかったわね」

「そこでだ、イスラに頼みがある」

「いいわよ。私、今とっても機嫌がいいから」

「俺、ちょっと出掛けてくる。アトランティアへの出兵について、とある人物と打ち合わせをしなきゃならん」

「ちょっと待って、何よそれ!?　つまり、今日の面会予定者全員に謝って再度の予定組み直しをお願いしなきゃいけないってこと？」

「すまないな」

「ちょ、ちょっと待ってよ、シャムロック！」

「後は頼んだぞー」

シャムロックは勝手にも、大変な仕事をイスラ一人に押しつけて執務室を後にしたのである。

シャムロックは赤い外套《がいとう》を纏うと、そのまま政庁の玄関から伸びる栈橋に立った。

程なくしてティナエ諜報機関『黒い手』の要員が操る翼舟《ゴンドラ》がやってきた。統領代行ともなると、これまでのようにシャムロック一人、艇長一人の気楽な外出という訳にはいかない。常に警護要員が傍らに寄り添って周囲を厳しく警戒しているのだ。そのため、警護要員をどこかで撒いてしまう必要があった。

「代行、どちらに参りますか？」

「歓楽街だ」

「了解」

シャムロックがそのために選んだのが歓楽街だった。細く、入り組んだ水路を進んだ先にある小さな売春宿がシャムロックの訪問先だ。ここならば、警護役も中までは入ってこない。

「ファティマ、いるか？」

「シャムロック様!?」

突然の来訪に、アティアが驚き顔をする。ちょっとやそっとのことでは驚かない彼女達だが、この国の統領代行の突然の来訪には驚きを隠せないようだ。

「ファティマとパティは下宿屋のほうにいるニャ」

「戻るのは？」

「分からないニャ。数日はかかると思うニャ」

下宿屋は、このナスタにある彼女達のもう一つの拠点だ。

ただし、その存在は『黒い手』によって察知されているので監視対象になっている。にもかかわらず、ファティマが下宿を維持しているのは、日本人が下宿していて情報収集に便利だからだ。そのためファティマ達は監視されていることを承知で下宿屋を営んでおり、諜報機関同士によくある欺し騙される日常を送っている。おかげで抜け出すのにも苦労するため、最近では向こうに行きっぱなしであることも多い。

「困ったな。実は大急ぎでドラケに会わなきゃならんことが出来た」

「シャムロックはホントにファティマが好きだニャ。ファティマでなくったって、うちやパティだってドラケの所に連れて行けるのニャ」

「いや、別に奴のことが好きって訳じゃないぞ」

「隠さなくてもいいニャ。シャムロックは、ファティマと本当にイチャイチャしてたニャ」

「いや、それって誤解だから。警護連中を撒くのに童女趣味だと思わせておくのが一番楽だからそうしているだけで……」

「ホントかニャ？」

アティアはキシシシといやらしく笑った。

以前シャムロックを送っていった際、ファティマはその後一日以上寝込んでいた。起きてきても足腰がふらふらして、よっぽど体力を消耗する出来事があったと思われた。

男と女が一時《いっとき》も二時《ふたとき》も一緒にいて激しく体力を消耗することとは何か。考えるまでもない。

「何それ！　そんなのないから。ホントに誤解だから」

まったく身に覚えのないことがさも事実のように語られているという現実に、シャムロックは背筋に冷や汗が流れるのを感じた。

「どうだか?」

アティアはシャムロックを揶揄いながら駕舟の用意を終えた。

「さあ、乗るニャ、シャムロック様」

「シャムロック様、道中の無聊《ぶりょう》はあたし達がお慰めしますからねえ」

イニーとミニーがわくわく顔で乗り込んでいく。

「ほんと勘弁してくれよ」

シャムロックが童女の伸ばした手に捕らえられる形で最後に乗り込んでいく。するとアティアが櫂を大きく漕いだ。

こうして駕舟は海面を掻き分けて、海へ進み始めたのである。


「おいおい、今度はこんなところにか!?」

シャムロックは唖然とした。

アティア達は、駕舟をサリンジャー島の隣——と言っても水平線の霞んで見える程度の距離だが——に位置する島に向けた。

これまでドラケ・ド・モヒートは、秘密の拠点を人気《ひとけ》のない場所に目立たないように作ってきた。

人里離れた川を遡った森の中、あるいは崖の下の洞穴などだ。しかし今度は、堂々と海軍基地の真ん前に作ったのだ。

ただし、基地と言ってもティナエ軍のものではない。日本のものだ。

「呆れてものも言えない」

ドラケは島に設けたオディール号やその整備用の設備をまったく隠していなかった。まるで見せつけるがごとく、全てをあからさまにしている。

「ニホン人は、うちらをティナエ海軍の関係者だと思ってるニャ」

「そしてティナエの人々は、私達をニホン軍に雇われた関係者だと思ってるんです」

「さすがドラケ、人間の心理の陥穽《かんせい》を突いた見事な策略です」

アティアとイニーが言って、ミニーがまとめた。

やがて駕舟は急拵えの桟橋に舷を寄せる。舫いをかけると、シャムロックは上陸した。

「よお、統領代行閣下じゃないか？」

シャムロックを最初に迎えたのは、黒翼の船守りオディールだった。

「オディール、元気か？」

「そうでもねぇよ」

黒い翼の船守りは、いつものような蓮《はす》っ葉《ぱ》な物言いで不機嫌を表明した。

見れば、オディール号は陸に揚げられて横倒しになっていた。

引き綱を使って船体が固定されている下では、乗組員達が普段は海水の下にある船底の掃除をしているのだ。

船は海に浮かんでいると、フジツボやら海藻やらがびっしり張り付いて船足が確実に低下する。それは他の船に追いつき接舷して切り込まなくてはならない海賊にとっては致命的な欠陥となる。それだけに、こまめに掃除すべきなのだが、非常に面倒なので実行する者は少ない。

「どうした？　もしかして獲物に逃げられたのか？」

「それだったらまだマシさ」

「じゃあ何だ？」

「無駄足だったのさ」

オディールは、アトランティア・ウルースからパウビーノ達を強奪して以降の、自分達の行動を語った。

アトランティア海軍を脱走した彼らは、自由な海賊として活動しようと遠く離れた海にまで行った。しかしそこは海上の通商がアヴィオン海ほど活発ではなく、獲物となる船がなかなか見つからなかったのだ。

「船影《せんえい》が目に入って近付いてみたら、ボロい漁船だったりしてよう」

では、沿岸の村落や都市などはどうだろうかと思ったが、やはりそれほど豊かではない。

戦乱が続いていて盗み奪うべき富がないのだ。

帝国が日本と戦争し、国力を低下させた影響はアヴィオン海周辺ではそれほど感じなかったが、遠くなればなるほどその悪影響は表れていた。帝国の覇権という頸木《くびき》から解き放たれた国々や民族が勝手に暴れているのだ。

「特に亜人部族がヤバい。帝国じゃ元老院議員やらお貴族様やらとして取り立てられてるだろ？　なら俺達もって、自分達の国を作るってんで暴れ回ってるんだ。おかげで変な怪異は出るわ、空飛ぶ奴らには襲われるわ、ホントさんざんだった」

そんなこともあって、ドラケ達はこのアヴィオン海へと戻ってきたと言う。

「災難だったな。で、ドラケの奴はどこだ？」

「さっきファティマが来たからその辺の小屋だろ？」

オディールは、横倒しになった船の傍らに立てられた掘っ立て小屋を指差す。

荷物の倉庫として、あるいは船長や士官達、オディールの住み処に、粗雑ながら小さな小屋がいくつか建てられている。下宿屋にいると聞いていたファティマは、ここへ来ていたらしい。

「何か向かいの島にいる連中の件で、大きな動きがあったらしいからな。すっげえ慌ててたぜ」

「ああ」

シャムロックは事情を悟った。

ファティマは日本人を下宿させているから、日本の動静をいち早く知ることが出来る。

日本人も『黒い手』の報せによって、ファティマが海賊側の諜報員だということを承知しているはずだが、それを踏まえてあえて情報を流すことがある。そうすることによってその情報がどう広がるかで、相手の力量を知る手がかりとするのだ。


「やあ、ドラケはいるか？」

早速シャムロックは小屋を尋ねた。

「おおっ、シャムロックじゃねえか!?」

ドラケとファティマがシャムロックを迎えた。

「その様子じゃ、ファティマから聞いたみたいだな」

「ああ。いよいよニホンが本腰入れてアトランティアを叩くことにしたらしい。で、シャムロック、お前はどうする？　アトランティアはこれでお仕舞いだろう？」

「アヴィオンの七カ国に使節を送って連合軍の結成を持ちかけてる。どの国も諸手を挙げて賛成するだろう」

「よかったじゃねえか。お前は救国の英雄として歴史に名が残るだろうさ」

「だけど、目出度《めでた》い目出度いと浮かれている訳にもいかない」

「何故だ？」

「七カ国連合がいよいよアトランティアを襲うとなったら、アトランティア・ウルースは大混乱に陥るだろう？　どの国も復讐心に猛っているからな。略奪や虐殺が好き放題行われる。女も男も皆殺してことになる」

「ああ。惨《むご》い有り様になるだろうな。だがそれが陥落した都市の運命って奴だ」

「当然向こう側も死に物狂いで敗北を防ごうとする訳だ。残り少ない強みを生かして、あの手この手の交渉を持ちかけてくるだろう。そうなると、こっちにはでかい弱みがある。うちのお姫様が捕らわれているんだ。本音を言えば、俺はあの女がどうなったって構わないんだが、七カ国連合の代表としては、王位請求者にして統領の令嬢を無下《むげ》に見捨てる訳にはいかない」

「ま――そうだな」

「だから、そうなる前にお姫様を取り戻したいんだ。それまで総攻撃を出来る限り引き延ばす」

シャムロックはドラケに何をして欲しいか語った。

「囚われの美女を救えってか？　でもその役目を帯びて潜入してる奴らがいるんじゃないか？」

「シュラの奴が行ってる。だが連絡が途絶えちまった。潜入したのはいいが、向こうで何も出来ないでいるのか、それともドジ踏んで捕まったか、殺されたか……まあそんなことはどうでもいい。シュラがまだ生きていたとしても、俺がお姫様を救えば、それは俺の功績ってことになるだろ？　それに、俺の依頼は『救え』じゃない。『連れてこい』だ。意味の違いは分かるな」

「なるほど、本人の意思に関係なくってことか。こちらも懐が寒くて困ってるところだし、そういうことなら汚れ仕事でも引き受けてやっていい。ただし、当然ながら大金が必要だ。俺の船は今この有り様なんで、行き来の船も必要だ」

ドラケは遠慮なく金や移動の足を無心した。遠征の失敗で部下達に配ってやれる金がないのだ。

「分かってる。報酬は任せておけ」

シャムロックは早急に資金を運ばせると約束した。船についてもだ。

「ならば、大船に乗った気でいろ。後のことは、俺が全部引き受けてやる」

ドラケは破顔一笑すると、シャムロックの背中を叩いたのであった。

＊　＊

ティナエ海軍所属エイレーン号

その後。天候も回復し、エイレーン号は順調に航海を続けた。

「艦長、アトランティアの船です！　左舷四点！　更に三点にも船影です！」

マストトップの見張り員が、次々と船の発見を報告していく。

「ちっ、使節旗を揚げる前だったら戦えたのに……」

カイピリーニャは愚痴りながらも準警戒配置を命じた。

乗組員達はいつ戦闘になってもいいように大砲に配置されていく。

もちろん、砲門を開いて戦う意志を見せるような真似はしないが、レレイは砲室に、そしてテュカも操舵に合わせて風向きを変えられるよう、甲板に上がっておくことを求められた。

アトランティアの軍船も、きっと戦う準備をしているだろう。だがエイレーン号が使節旗を掲げているのを確認すると、すぐに遠ざかっていった。

「いくら海賊でも、使節旗を掲げている船を襲うほど馬鹿ではないってことか」

カイピリーニャは単眼鏡で船影がこちらに背を向けるのを確認すると配置を解除した。

「いえいえ、油断は出来ませんよ。何しろ海賊討伐を名目に七カ国から艦隊を集め、背後から騙し討ちしたような奴らですから。警戒を怠ったらいかに艦長とはいえ殺しますよ」

甲板に上がってきたヴィも、水平線の向こう側を睨み付けて言った。

「ころ……相変わらず物騒な口癖だな、おい。頼むからアトランティアの女王《ハーラム》相手にその癖を出してくれるなよ」

ヴィはニヤリと笑うだけで「はい」とは答えない。そして更に悪戯っぽく言った。

「いっそのこと、ほんのちょっとばかり使節旗を降ろしてみません？」

「ボウズ、何を考えてる？」

「いやあ、連中のことだから襲いかかって来てくれるんじゃないかなあって。向こう側から攻撃してきたんなら、戦端を開く理由になりますよね」

「そりゃまあ、なるにはなるけど、使節旗が見えなかったんですって言われたらどうするよ？」

「誰も信じませんよ、そんなの。奴らのやりそうなことだってみんな思うはずです」

「まあそうだが。ホント、上の行いが悪いと下が苦労するって例の典型だな」

カイピリーニャもヴィに同調した。しかし事態を面白くするために使節旗を降ろして面倒事を起こすつもりはないらしく、そのまま船を進めたのである。

やがてエイレーン号は大小様々な船からなる大集団を視野に収めた。今回は小さいながら島があってそこに船団を繋いだ形になっている。

副長が報告してきた。

「アトランティア・ウルースに入港します」

これから先の入港手続きは、どんな国の船でも外交特使を乗せていると同じ手順になる。

まず船が桟橋に舷側を寄せる。舫い綱が投げられて桟橋に繋がれると舷梯が渡される。すると王城から派遣された侍従が、エイレーン号に乗り込んできて歓迎挨拶の口上を述べるのだ。

「ようこそアトランティア・ウルースへ」

これを艦長であるカイピリーニャは当然だが、使節であるヴィもまた、主賓として舷門に立って受けるのである。

その後もお定まりの儀式が続く。

使節一行はそのまま王城船へと招かれる。輿《こし》が用意されていて、カイピリーニャとヴィが運ばれるところまで前例を踏襲していた。

王城に入ると、そこからは徒歩。既に出迎えの支度は出来ているとのことで、大謁見室まで留まることなく進んだ。

「『碧海の美しき宝珠ティナエ』よりの使者オー・ド・ヴィ殿ご一行。御入来！」

ティナエの諜報機関『黒い手』の一員だった頃の名残か、黒一色の格好でいることの多かったヴィだが、今日に関してはさすがにそのままという訳にいかないらしく、黒変した銀糸を用いた刺繍など、黒ずくめながら飾り気の多い服装をしていた。

「偉大なるアトランティアの女王《ハーラム》である。海に暮らす者達の長、帝国皇帝の従姉妹、レディ陛下である！」

謁見の間に入ると、正面奥のカーテンが開かれ、黄金の玉座が現れた。内部では噎《む》せるほどの香が焚かれ、空気が霞んで見えるほどだ。

一行の先頭に立った少年は、文武の官僚がずらりと並ぶ中を堂々と進み、女王《ハーラム》レディの前で歩みを止めた。

「レディ陛下、初めてお目にかかります。オー・ド・ヴィと申します」

こんな少年がどんな挨拶をするのかと皆が見守る中、ヴィは堂々と、そして悠然たる振る舞いで、皆の興味本位な視線を瞠目《どうもく》へと変えることに成功した。

レディも負けてはいられないと思ったのか、背筋を伸ばして応じる。

「初めまして。ティナエからの使節は随分と若いのね。それとも若作りなのかしら？　だとしたら、その若さをどうやって保っているのか是非秘訣を知りたいわね」

「いえ、本当に若いのです」

お力になれず申し訳ないとヴィは目を伏せた。

「その年齢で使節に選ばれるなんて、よく出来たわねボク、きっと優秀なのでしょうね？」

レディは褒める。言外に「よく出来たわねボク、ご苦労様」という意を含んだ笑顔である。意味、一国の使節に対するものに相応しくない舐めきった態度とも言えた。

しかし続くヴィの言葉に、レディの顔《かんばせ》も盛大に引き攣ることになった。

「いいえ。今回の戴冠式に出席するのは、私のような若輩者でも十分だとシャムロック統領代行は言外に貶《けな》しているのですよ。舐めていると殺しますよ、ってことですね」

何かがピキッとひび割れるような音とともに大謁見室の空気が重く冷えた。

「……」

「………」

「あら、それってつまり……どういうことかしら？」

口が滑っただけなら、謝れば許してあげてもよくってよと言わんばかりのレディ。

その場に居合わせたアトランティア、ティナエ側も含めた全員が冷や汗を垂れ流す中、ヴィは更に悪い笑みを浮かべた。

「もちろん、喧嘩を売っているんです」

「ず、随分と失礼なのね」

「さあ、失礼なのはどちらでしょう？　そもそも陛下は、海賊退治をすると言って我が国はじめ七カ国の首脳や軍勢を集めておきながら、これを卑怯な騙し討ちで滅ぼしました。おかげで我が国の統領は行方知れずとなり、政変で国が荒れました。しかもそのご息女を、陛下は無理矢理拘束していのます。恥の心があるのなら、これだけで人前に出ることなど叶わないでしょうに、今度はアヴィオン王国再興の戴冠式を挙行するからアトランティアに集まれなどと列国に招待状を送りつける始末。心の臓に馬の鬣《たてがみ》がごとき剛毛が生えているか、顔面の皮膚が象の尻がごとく厚いとしか思えません。いかに我が国が小なりとはいえ、一国を愚弄するにも程があるというもの。陛下はことあるごとに帝室の血筋であることを誇られますが、きっとその血は賢帝の誉れも高き現女帝ではなく、愚者の帝王ゾルザルの系譜に違いなきと……」

「黙りなさい！」

さすがのレディもそこまで言われたら黙ってはいられない。目を三角にすると金切り声で怒鳴り付けた。

これでヴィは、レディの逆鱗が奈辺《なへん》にあるかを正確に洞察した。

「ふむ、なるほど、陛下はあるお方の名を出されるのを、殊の外《ことのほか》お嫌いになられるようですね」

「黙りなさい！　黙りなさい！　黙りなさい！」

「待ってくれ、ティナエの使節さん。うちの女王様《ハーラム》を虐めないでくれないか？」

その時、レディの傍らに立っていた宰相が、レディを庇うように前に出た。レディもその男の背中に縋るようにして手をかけ、顔を背ける。

「虐められているのは、我が国のほうです。ティナエでは一体どれほどの船がアトランティアの海賊によって沈められ、どれほどの兵士が死に、どれほどの民が家族を失って塗炭の苦しみの中にあるか。貴方も宰相を名乗るならご存じのはずでしょう？」

「だけどよ、それは戦場でのことだろう？　互いに殺し殺されるのが当然の場での恨み辛みを、ここで突きつけられても困るんだよ」

「味方だと思わせておいて背中から討つのも戦場の作法ですか？」

「ああ。そもそもあんたらは海賊とアトランティアは同じ穴の狢《むじな》だと承知して、ここに苦情申し立てに来たんだろ？　ならばその時、その瞬間から——そう、ちょうど今のあんたのように、その場にシャムロックとかいう男が立った瞬間から、騙し合いは始まっていた。なのにあんたらはこちらの提案に乗っかって、迂闊にもこちらを同じ側の味方だと思い込んだ。それこそが油断なんだ。軍人なら武道不覚悟って奴だ」

宰相は敵への警戒を怠った罪——すなわち自業自得だと言い放ったのである。

「だが、この場に限って言えばそうじゃない。今のあんたは、外交特使として特権で守られている。こっちもわざわざ招待状を出して招いた以上、あんたをどうこうしたら女王様《ハーラム》の沽券《こけん》に関わる。あんたもそれを承知しているから図に乗って挑発してるんだろ？」

「はあ、そう思いますか？　沽券なんて概念が、この国にあるなんて初めて聞きました」

「おいおい、そこまで言うかね？」

「自覚がないのですか？　アトランティアの評判は、もうこれ以上落ちるところがないまでに落ちきってるんです。私のような若輩者が使節の任を帯びてくること自体が、その異常さを示していると、理解なさい」

「参ったな、こりゃ」

するとレディは、改めてヴィに顔を向けた。

「分かりました。よいでしょう。貴方がそこまでして死にたいと言うのなら、望み通り殺してあげます！　どんな苦しみ方がよいですか？　煮えた鉛をその口に流し込んであげましょうか？　それとも五体を引き千切って、魚のエサにするのがよいですか？」

これには官僚達もさすがに反対した。

「女王《ハーラム》レディ。それはおやめください」

「特使を殺めたとあっては、それこそアトランティアの名が廃ります」

「けれどこの者は言いました。我が国には、もう廃るような名はないと。ならばその通りにしてやればよいではありませんか？」

すると宰相が言った。

「挑発に乗っちゃダメだ。シャムロックって奴がこんな子供を使節として送り込んだのは、あんたにこの坊やを殺させるためなんだぜ」

「宰相の言う通りです。戴冠式に参列するために来た者を無礼を理由に処罰しては、他国の使節達は参列を取りやめかねません。戴冠式そのものが中止になってしまいます」

「そうです。それがシャムロックめの策略なのです」

「彼奴《きやつ》めの狙いは、流血騒ぎを起こして戴冠式をぶち壊しにすることです。ひっかかってはなりませんぞ。陛下！」

「……」

さすがのレディもここまで反対されると心が揺れるらしい。沈黙の間に表面的な冷静さを取り戻すとこう告げた。

「分かりました。では、皆の言葉通りにいたしましょう。ヴィ、お前の首は戴冠式が終わるまで、その胴体の上に預けておきます。お前の処刑は戴冠式が終わってから。それまでがお前の寿命です。今のうちに余生をせいぜい楽しんでおきなさい」

そう告げてレディはヴィに背を向ける。それは恐ろしい死刑宣告のはずである。しかしヴィは意にも介さないといった様子で笑顔のままであった。

「そうですか？　では、たっぷりと楽しませていただきます。あ、それから今日は面白い人物を連れてきました。ご紹介が遅れましたが、これからでもよいですよね？」

誰ですか、と振り返るレディ。

すると、侍従が戸惑い気味に答えた。

「使節の従者としか思いませんでしたので、身分の確認までしか……」

「よいわ。この際ですから会いましょう。その者を前に」

するとヴィは脇に退くと、その肩書きを朗々と告げ始めた。

「帝国皇帝より樫葉《かしば》の栄冠を授かりし者！　帝国勲爵士《くんしゃくし》。エルベ藩王国より卿《けい》の称号、諸部族より名誉族長ほか数多の称号を得し、炎龍討伐の英雄。そしてニホン国からの使節。イタミ・ヨウジ！」

そのきらきらしい栄誉と称号の羅列に、謁見室の官僚と貴族達は目を剥いた。

特に重視されるのは『炎龍討伐の英雄』だろう。一体どれほどの偉丈夫《いじょうふ》が現れるのかと視線が一点に集中した。

「あ、あはははは、すみません。ただ今ご紹介に与りました伊丹です」

しかし現れたのは伊丹である。

みんなその肩書きと実際の人物の落差に、呆気に取られてしまったのだった。

レディは前に出てきた男を見た瞬間、全身の血液が一気に引いていくのを感じた。

傍から見ていた者は、興奮で赤みがかっていた彼女の顔が蒼白になるのが見えたに違いない。

「お、お前は……」

実はレディと伊丹は初対面ではない。以前アルヌスで、そして帝都で顔を合わせたことがある。もちろん、親しく言葉を交わす関係ではないし、伊丹が直接レディに何かをしたことがある訳でもない。ただレディには、仇敵ピニャ・コ・ラーダに対する積もり積もった悪感情がある。それがピニャと親しい伊丹という男の登場をきっかけに、一気に湧き上がってきたのだ。

「ニホン人⁉　どうしてお前が、どうしてここに⁉　何しに来たのですか⁉」

レディは立ち上がると、伊丹にその指先を向ける。

伊丹はその時、エイレーン号の仕立屋が丹精込めて作った帝国式礼装を纏い、そこはかとなく威厳を感じさせる佇まいとなっていた。

「いやあ、実は日本政府から、貴女宛にメッセージを届けるよう言われまして。たまたまこちらのヴィさんと同じ船に乗っていたので、今回同行させていただきました」

だがこの態度と表情ではせっかくの装いも台無しである。

「わたくしにメッセージですって？　一体何だというのです⁉」

「まずは、確認したいと思います。カナデーラ諸島を占領したと聞いたんですが、それは本当の話ですか？」

演技なのか素なのか、新しく征服した島の名前までいちいち覚えているはずがないとばかりに、レディは傍らに立つ宰相に視線を向けた。

すると宰相は、レディを庇うように前に立つと伊丹に告げた。

「それは事実だぜ。先日、我がアトランティアはそれらの島々を正式に我が国の領土に編入したんだ。日本政府はこれまで我がアトランティアには領土がないという理由で、主権国家とみなさず、ただの無法者集団として扱った。だが我が国はこの度領土を得て、国としての要件を備えた訳だ。これからは国家として扱って、主権をちゃんと尊重してもらいたいね」

伊丹は後ろ頭を掻きつつ宰相に告げた。

「そちらがそのように主張するなら、それはそれで俺は別に構わないんですけどね。ただ、カナデーラ諸島は、先日帝国との間で領土交換の条約が締結されて、我が国に委譲されています。それをそちらが力ずくで占領して自国に編入したとなりますと、もう取り返しがつかない事態になったってことになります」

宰相は顔色を変えた。

「そ、それってどういう意味だ？」

「要するに、我が国の領土を侵略したってことです。アトランティアを主権国家として扱ったとしても、自衛権が発動され、日本国政府は自衛隊に奪還作戦の開始を命じます――あ、いや、もう既に命じちゃってるかもしれないなあ」

「自衛権発動……」

呆然とする宰相に、レディは囁いた。

「イシハ、どうしたのですか？　何を話しているのですか？」

「やばい。自衛隊が本気でやってくる」

「待ちなさい。お前は我がウルースが領土を得て国ということになれば、手を出しては来ないと言ったではありませんか？」

「言ったさ。けど、編入するのは無人でどの国も領有してない島にしろとも言ったろ!?　どうしてよりにもよって日本の領土なんか奪ったりしたんだ!?」

「だってニホンの島だなんて知らなかったんですもの！　わたくしだって経緯を知りたいくらいです！」

「確かにそれは知りたいな……おい、どうしてそんな島が日本の領土になってるんだ？」

宰相は伊丹を振り返った。

「先日訪日した女帝から申し出があったと聞いてますけど……」

これは既に公になっているから答えることに何ら問題はない。だが、それを聞いた途端レディの顔付きが険しくなった。

「女帝とはピニャのことですか？」

「ええと……他にいます？」

この世界で、帝号を有するのはただ一人だ。

「またピニャですか……。そう、ピニャなのね。つまりあのピニャが、またしても、またしても、またしてもわたくしの邪魔をしてくれたという訳ですね！　きいぃぃぃぃぃぃぃぃ……」

この時、レディには高笑いするピニャ・コ・ラーダの姿が見えていたに違いない。

興奮するレディを宥めるために、宰相と侍従達は非常に苦労することになったのである。

＊　＊

「どうしましょう、どうしましょう！　イシハ、一体どうしたらよいのですか⁉」

大謁見室から逃げるように自室に戻ったレディは、侍女達が下がって姿を消すと、それを待っていたかのように石原に縋り付いた。

「落ち着け、落ち着けって」

石原は混乱し興奮する愛人を何とか宥めようとする。

ティナエ使節のヴィと、日本からの使者である伊丹が大謁見室から退出した後、海軍の首脳達から、カナデーラ諸島を泊地としているアトランティア海軍の最後の主力とも言える近衛艦隊をどうするかと問い合わせがあった。

日本がカナデーラ諸島を奪い返しに来る。手加減抜きの全力で。

近衛艦隊は質、量ともにアトランティア最強の主力である。しかし日本相手にぶつけるのは卵を壁に投じるようなもの。全滅必至である。

当然、レディはすぐさま撤退を命じた。

しかし今からカナデーラに高速連絡艇を送っても、間に合うかどうかは甚だ疑問であった。

アトランティア海軍の最後の艦隊は、今や風前の灯火の運命なのだ。

いや、被害はカナデーラの近衛艦隊では終わらない。七カ国の海軍が、アトランティアが弱った隙を突いて束になって挑んでくる。そうなったら、アトランティア・ウルースすら壊滅させられてしまう。

このウルースを構成する船が大小問わず紅蓮の炎に包まれ、ことごとく沈められてしまうという、死と破滅の忍び寄る気配をレディは感じていた。

「イシハ。わたくしはどうしたらよいのですか⁉」

普段は調子のよいことを言う石原だが、今日ばかりは抱きついて咽《むせ》び泣く未亡人に気休めは言えなかった。

「イシハ、貴方は先の戦争の際に、帝都で起きたことを知っていますか？」

「詳しくは知らないけど……」

石原が知っているのは、日本で報道された程度のことしかない。

「わたくしはあの日、あの時のことをよく覚えています」

レディは帝都の上空に薄緑の花が次々と咲いた時のことを語った。

何と雅《みやび》なことだろうとうっとり眺めていたら、それ一つ一つが敵兵で、帝都はその者達にあっという間に蹂躙《じゅうりん》されてしまったのだ。

その時ゾルザルは、敵を撃退したのだと威勢のいいことを叫んでいた。しかししばらくすると、宮廷で何が起きたか、突如として竦み上がって帝都から逃げ去ってしまったのだ。

レディはその怯えた様子を今でも思い出す。

その時はいい気味だと他人事のように嗤《わら》っていたが、いざ自分がその標的になってみると、ゾルザルの怯えと恐れが我がことのように理解できる。

あの後、ゾルザルは非道とも言える行いを続けたが、それはある種の強がり、つまり自分が怯え竦んだことを認めたくなかったからに違いない。自分より弱い存在を痛めつけ、苦しめることで、自分は弱くないのだと思いたかったのだろう。

「知ってますか、イシハ？　あのイタミという男。実はあの男こそが、ゾルザルをあそこまで怖がらせ怯えさせた張本人なのだそうです。あの一見して間が抜けたような顔付きの裏には、きっと悪魔のごとく醜く恐ろしい素顔が隠れているのです」

これを聞いた石原は、随分とまあ酷く言われているなあと、伊丹という男に対して同情の念を覚えたのであった。

06

東京

少しばかり時間を巻き戻して、毎朝新聞が『オペレーション墨俣』の存在を報じた頃。

新聞、雑誌、テレビ等は大慌てでこの話題の後追いを始めた。

「鶴橋君、いい記事だったわ。局長がとっても褒めてたわよ！」

毎朝新聞社の社会部長花沢光恵がデスクから鶴橋を呼ぶ。フロア内の記者達が一斉に賞賛の声を上げ、鶴橋は謙遜《けんそん》した。

「いやあ、部長が背中を押してくれたからですよ！」

「謙遜しなくていいのよ。私も鼻が高いから」

花沢はニンマリと笑いながら電話を置いた。

彼女に電話をかけてきて鶴橋の記事を褒め称えた局長は、別に毎朝新聞編集局の局長ではないし日本人でもないのだが、そんなことはどうでもよいことである。大切なのは、日本国内で政府を批判する動きが燎原《りょうげん》の炎がごとき勢いで広がっていくことだったからである。

「や、山岡先生、何をするんですか⁉」

神楽坂の料亭。その奥座敷で二人の政治家が向かい合っていた。

「先生。これで、我々に賛成してください」

国会議員の夏目《なつめ》は、目の前に積まれた現金に目を丸くした。紙袋に入った長細い包みは、一升瓶かと思いきや、実は現金を縦に積み上げてデパートの包装紙で包んだものだったのだ。

「し、しかしこんなことしてもらっても……」

「次の選挙では、財経盟から応援してもらえるよう手配します。先生の派閥議員のうち何名かは、前回の選挙で落選寸前だったじゃないですか？　資金や人脈の支援を得れば、もっと楽に当選できるはずです。先生も自派閥の議員に楽させてやりたいとは思いませんか？」

「これは山海先生も承知のことなのですか？」

「無論です。それにこれは国のためでもあります。高垣政権の独裁と暴走を防ぐ。国際社会の安定と安寧こそが、経済発展の基盤です」

「でもなあ……」

「先生は黙って頷いてくれるだけでいいんです。泥は我々が被ります。いざとなったら党を割って出る。我々はそれくらいの覚悟でいます」

その後に予定されていた国会各委員会の質疑を、野党議員達はことごとく欠席。しかもこの動きに同調する者は、野党だけでなく与党議員の中にも現れた。

彼らは首相官邸前で、政府を批判する活動家、大学教授、言論人とともに気勢を上げた。

「特定の国家、特定民族を敵視する政策はもはやレイシズムであり時代遅れだ」

「中国を敵視する政策は、高垣政権の根底にある独裁志向、ナチズム、そして他民族を下に見る傲《ごう》岸《がん》不《ふ》遜《そん》な精神が表面化したものでしかない！」

「高垣の野郎を叩き切ってやる！」

「高垣シ○！　高垣○ネ！　高垣シ○！　高垣○ネ！」

総理の姿を模した人形を棒で殴り、鉄道の車窓に高垣総理を誹謗中傷するステッカーを貼って回る。見るに堪えない罵詈雑言の展覧会とでも称すべき有り様であった。

このような法やモラルから逸脱した言動に顔を顰《しか》める者もいる。というか、常識人なら大抵シ○、○ネの連呼には不快感を覚える。政府を支持する者はもちろんのこと、政治にさほど関心がない中間派も、彼らの過激な言説から一定の距離を取ろうとし始めた。

それは政党支持率としても如実に表れた。記事が出てから政府支持率は下がったが、野党の支持率もまた低いままなのだ。

そこで野党の政治家や活動家達は、言動を更に過激化させた。

何の予告も約束もない抜き打ち状態で、取材のカメラマンを引き連れて防衛省を訪ね、機密文書を提示しろと背広組の役人に迫った。

だが担当者が「存在しない文書や、存在しない部門のことについては対応できない」と答えると、怒鳴り付け、詰り、暴言の雨あられを浴びせたのである。

ひょっとすると彼らは、政府の役人対庶民の代表という構図を脳裏に描き、悪代官をやっつけるご隠居か何かのごとく、喝采を得られると期待していたのかもしれない。

しかし実際は逆効果だった。

当然だ。その光景を見ている者の多くは、クレーマーに日夜苦労させられているスーパーの店員であったり、上司の無理難題に苦労している会社員なのだから。多くの人々は、野党議員に吊し上げられている公務員のほうに共感する側面を持っているのだ。

こうして、彼らの支持率はますます下がっていった。

何かを期待して、行動を起こした。しかし思ったような結果が得られなかった。

この場合、自分の行動が間違っていると考え、方法を再検討すべきだ。しかし彼らは違った。ますます声を強く張り上げ、悪口雑言《あっこうぞうごん》の度合いを強めることを選んだのである。

当然、彼らの目論見は裏切られ、野党支持率は更に下がっていく。

彼らはいよいよ孤立感を高めていった。

自分の思いは分かってもらえない、世の中が間違っていると恨み始めた人間の行き着く先は――更なる過激化だ。敵対勢力のふりをしてネットに差別的な書き込みをし、更に対立する意見の集会やデモを妨害する。

やがて――

状況に付け入る好機を虎視眈々《こしたんたん》と待ち構えていた者にとって、最大のチャンスが訪れた。何者かによって、日中親善協力会館のトイレが爆破されたのだ。

爆破といっても花火をほぐして集めた黒色火薬を用いたもので、被害は壁と天井が僅かに黒くなっただけ。物的、人的な被害はまったくなかったが、事件の発生そのものがマスコミにセンセーショナルに取り上げられて問題視された。

彼らは叫ぶ。

「レイシズムが、ついにテロの段階へと進んだ！」

「事ここに至っては、排他的言動は全て規制すべきだ！」

日中親善協力を訴える外国人留学生や、労働者達が集まって、赤い旗をひらめかせながらデモ行進し、ついには商店やデパートなどを襲撃、略奪するに及んだ。彼らの勢いは凄まじく、このまま市街地の一部を占拠し、自治区独立宣言に至るかとも思われた。しかし警察は機動隊を出動させこれを排除した。怪我人が続出したが、不法行為をした者は次々と逮捕されていったのである。

するとマスコミは彼らとともに警察を批判した。

「まさにナチズム！　警察は民族隔離政策を実施する実行部隊と成り果てた！」

「警察を解体せよ！」

マスコミは、彼らの暴力と破壊――つまるところただの犯罪だが――抑圧と差別に耐え忍んできたマイノリティーの怒りの表明だと報じたのである。その記事によれば、彼らの、他に手段のない者の抗議の叫びと行動を、「暴動」などと安直に表現することは犯罪的であるという。

しかし家を焼かれ、所有する軽トラックをひっくり返され、商品を略奪された個々人や店主には、そんな主張は当然ながらまったく響かなかった。「社会」に抗議すると言いながら、やっていることは「個人」への脅迫や圧迫、中傷、暴言といった加害行動であり、騒動のどさくさに紛れて窃盗や強盗、放火をしているようでは不特定多数の共感など呼び起こせるはずがない。

現実を見据えている大多数は、熱狂に酔い痴れた喧《やかま》しい連中の引き起こす乱痴気騒ぎを黙したまま見つめ、彼らに対する冷蔑心をただただ深めていった。それが、現実だったのである。

国会議事堂

「やってくれましたね」

本会議室へと至る階段の途中、高垣と山海は行き会った。

いつもなら、一瞬視線を合わせるも互いに無視してすれ違うところだ。しかし今回は高垣のほうから声を掛けた。すると、山海もまた応えて足を止めた。

「何のことだ？　今の内憂外患《ないゆうがいかん》は、まるで俺が仕込んだみたいに聞こえるじゃないか？」

山海は支持率が低下している高垣をいい気味だと嗤う。しかし高垣もまた鼻で笑って返した。

「まあ、貴方にこの状況を演出するなんて無理でしょうからね。貴方はただの傀儡《かいらい》。糸を操っているのは、遙か後方にいる存在だ」

「随分と馬鹿にした物言いじゃないか？」

「貴方、自分にとって都合のよい出来事が、単なる偶然で起きていると本当に信じているのですか？　誰かがそうなるよう仕組んでいるに決まってるじゃないですか」

「何だと？」

「最近、夏目先生と親しくしているようですね？」

「自派閥を多数派にしていく工作は、民主制の下で自己の主張を実現するための基本だからな。彼には次期首相という声も上がっている」

「私の足下を揺さぶるつもりでしょうが、私の対抗策を一つ教えてあげましょう。G７では現在、ＣＯＣＯＭ復活の声が上がっている。私もこれに賛成しようと思います。そうなると、貴方のほうこそ足下が揺らぎ始めるんじゃないですか？」

ＣＯＣＯＭとは要するに、敵に技術や工作機械を与えないという協定であり、かつての東西冷戦時代、共産主義勢力への対抗手段として結ばれていた。

そしてこの復活は、中国を仮想敵と想定して提唱されている。

当然、中国で稼いでいる企業は深刻なダメージを負う。実際、米国や英国では５Ｇ通信技術の整備で、中国企業とその製品の排除を決定し、それにより日本企業も数百社が影響を受けると言われている。

「米国一辺倒では、国は繁栄できないぞ!」

「だからこそ私も中国に手を差し伸べました。ですが、その手を払ったのは彼らなのです」

「貴様は手を差し伸べたつもりだろうが、それは欧米を中心とした既存の国際秩序に従えということだ。彼らとしては受け入れられなかったのだよ」

「では、彼らの価値観に合わせろと? それこそ無茶というものです。彼らの言う中華の夢とは、自国中心の華夷《かい》秩序に世界を従わせることです。全世界を独裁と抑圧の頸木の下に置こうとしているのです。対する我が国の国是は、自由と民主、そして法の下の平等です。彼らの、彼らによる、彼らのための独裁をどうして受け容れられるのでしょうか?」

「だがそれでも栄えていける。食っていくことも大事だろう!?」

「それは、奴隷に甘んじた代償による繁栄です。山海さんは、我が国を香港のようにしたいのですか? あんな風に本国の気分や都合で簡単に取り上げられてしまうような繁栄で喜べるのなら、貴方は奴隷の王に過ぎません」

「貴様、言うに事欠いて俺を奴隷の王だと? それほどまでに俺が憎いのか?」

「いいえ、哀れんでいるのです。貴方はもっと慎重になるべきでした。自らの利益のために国の利益を損なうのは、国民と国を蔑ろにすることだと弁えるべきでした」

「国、国、国、あんたは国のことばっかりだ。ヒト・モノ・カネ、全てが国境を越えて好き勝手に行き交おうとしている時に、古臭い枠組みに囚われてる。貴様こそ可哀想で哀れむべき男だよ！」

「現代でも国は大切ですよ。世の中いろいろと便利になって、国という枠組みを意識せず生きられるようになってきましたが、それでもまだ国家は厳然と存在しているし、我々は国によって守られ、育てられています。空気のように、あって当たり前になってしまっているから、その恩恵をありがたく感じなくなっているだけです。そんな祖国への裏切りは、外患の罪になる。山海さん、貴方もそのことを思い出したほうがいい」

「外患誘致罪は、侵略があって初めて成り立つ罪だ。いつ日本が侵略された？」

「確かにまだ侵略はされていませんね。ですがあの島を奪われた瞬間からは、話が違いますよ。逮捕される人間はきっと大勢になるでしょう。あの国とよろしくやってきた人間は、それこそ命懸けで、全力で、中国が攻めてこないよう努力すべきでしょうね」

「ず、随分と脅すようなことを言うじゃないか。正常な経済活動でも外患罪になるのか!?」

「例えば、とある企業のトップが中国企業に提供することにした燃料電池の技術でドローン兵器が作られ、それによって被害が出たとなったらどうなるでしょう？　提供した電磁誘導技術が航空母艦の戦闘機の発艦に利用され、それによる攻撃で被害が出たとなれば、どうなります？」

外患援助に相当するだろうと高垣は告げた。

「奴らが日本に攻めてくるなんて知らなかったんだからしょうがないだろう!?」

「彼らは長年に亘って、尖閣の周りに公船を徘徊させ、侵略の野心を露わにしてきました。我が国の領土を自国のものだと、事あるごとに主張し、都度都度報道されていた。なのに、それを知りませんでしたなんて言い訳がどうして通ると思うのですか？」

「ひっ……」

「もし、逮捕状請求予定者リストを作ったら、貴方と交際の深い企業のトップ達が仲良く名を連ねることになるでしょう。そんな彼らと繋がっている政治家の立場だって危うい。もし中国の軍事行動と密接な関係にあったとなれば、外患の援助ではなく誘致罪にあたるという判決が下りてもおかしくない」

「きっ、貴様は鬼か⁉　ダメだダメだダメだ！　そんなことは絶対に許さないぞ！」

「貴方達こそ覚悟が足りないのでは？　歴史の教科書を読んだことがないのですか？　あれは政敵を殺し、殺された人間のリストなんですよ。しっかりと読めば、政治とは負ければ時として命すら失う真剣勝負だと分かるでしょうに」

「い、今時そんな覚悟で政治家や企業経営してる奴なんているのかよ？」

「はあ、呆れた。だから言ったのですよ。貴方はその程度止まりなんだと」

＊　＊

国会質疑を観察していると、野党議員の一部は、国会という場所を演劇の舞台か何かだと思い違いしている節が見受けられる。総理を、大臣を、参考人を激しく追及し、狼狽《ろうばい》させ、心胆《しんたん》を寒からしめることで国民を喜ばせることが出来ると思い込んでいるのだ。

「高垣総理、一部報道によりますと、香港の抗議活動グループを乗せた漁船団約百隻が、いよいよ沖縄県石垣市登野城《とのしろ》尖閣へと近付いてきています。これにどう対処するおつもりかお答え願います」

衆議院議長が面白くもない顔付きで「高垣内閣総理大臣」とその名を呼ぶ。

すると高垣がマイクの前に立つ。

「海外からの我が国土への不法な上陸に際しては、海上保安庁並びに警察当局による厳正な対処で応じます」

「しかしですね、中国側も武装した海警の艦船でこれを支援する構えだと報じられています。海上保安庁や警察で対処しきれますか？」

「どのような事態になったとしても、我が国は粛々と必要な手続きを取って参ります」

高垣総理は質問に対してこれでもかというほど馬鹿丁寧な作文朗読で応じた。

言葉の端に僅かでも綻びがあれば突《つつ》かれるので、亀のごとく守りを固めたのだ。

当然、野党側はあの手この手で挑発し、隙を作ろうとする。しかし挑発にはまったくの無視で応じる高垣総理を前に、攻め手に欠く。すると苛立ち、言葉も粗くなっていく。

「総理は『オペレーション墨俣』にある内容は全てが嘘だとお答えになりました。しかし、防衛省からの資料に寄りますと、ここに使われる要塞建設の資材の調達は事実ではありませんか？」

「確かに資材の調達は事実です。しかしそれは、特地で得た島嶼に基地を建設するためのものです」

「総理は今、自分の誤りを認めました。『オペレーション墨俣』に記された内容の一部は、少なくとも事実であったということがこれではっきりした訳です！」

「間違いを認めたとは思っていません」

「総理。そのような傲岸不遜で無反省な態度こそが、中国側の態度を硬化させ、今回のような事態を引き起こしたとは思われないのですか!?」

「高垣内閣総理大臣」

議長の指名で高垣が再びマイクの前に立つ。

だがその時、議場脇のドアを潜り抜けた政務官の一人が、高垣総理の元へと走り寄った。

「総理……」

「どうしました？」

高垣が、答弁をほっぽって政務官と何やらぼそぼそ話し込み始める。すると野党議員は何をひそひそやっているのだと野次《やじ》った。

「何だって!?」

だがそれも、高垣の狼狽えた声がマイクを通じて聞こえると止まる。皆が静まりかえって高垣が次に何を言うのかと注目した。

「分かった、すぐに行く」

高垣がそんな指示をすると政務官が走り去っていく。

見送った高垣は、咳払いを一つしてマイクに向かった。

「ただ今、緊急の速報が入りました。我が国の領土が、正体不明の武装集団に占拠されたとのことです」

「ええええええええええええええ!?」

議場内は、悲鳴にも似たどよめきで満たされた。直ちに本会議の中止が動議され、議長判断でこの日の質疑は休会が決定されたのである。

＊　＊

高垣総理は、衆議院本会議場を出ると、その足で国家安全保障会議が開かれる首相官邸へと向かった。

既に、総務、外務、財務、経済産業、国土交通、防衛、内閣官房長官、国家公安委員会委員長、他に潮崎《しおざき》統合幕僚長ら制服組も集まっていた。

高垣が大会議室に姿を見せると、副総理でもある満元《みつもと》財務大臣が笑いながら呼びかけた。

「高垣総理、貴方、占拠された島の名を言わなかったでしょう。ちょっと狡いよね。漁船団が近付いてきてたし、みんな尖閣のことだと思って大慌てしてるよ」

「私は誤ったことを伝えるのを避けたかったので、言葉を濁しただけですよ」

「外患誘致の件だってそう。山海さんへの意趣返しだとしても、薬が効き過ぎてるよ。みんな自分のしたことが外患誘致や援助に抵触しないか心配して弁護士のところに駆け込んでるってさ」

「私は可能性を述べたまでで他意はありません。そんなことより会議をしましょう。特地の様子はどうなのですか？」

高垣は議長席に腰掛けながら状況説明を求めた。

すると、潮崎の後ろに控えていた竜崎《りゅうざき》陸将補が立ち上がった。

「特地に派遣しているミサイル艇『うみたか』からの報告によりますと、カナデーラ諸島はアトランティア国を自称する海賊集団によって占拠されています。カナデーラ諸島の静水域には、六十隻を超える艦隊が集結している模様です」

その時、財務大臣が言った。

「確かその島は無人島だったはずだよ。だったら海から爆撃して一気に壊滅させれば手間もかからないでいいんじゃないの？」

「爆撃じゃなくて砲撃ね」

防衛大臣が訂正すると、満元は言い直す。

「そう、砲撃だ。艦砲射撃だよ」

「現地に住民はいないの？」

国土交通大臣が竜崎に確認する。すると防衛大臣が横から答えた。

「領土交換条約締結前の事前調査の段階では、帝国からの説明は現地は無人の島ということだったね」

竜崎は頷いた。

「現地に赴いた調査員からの報告もそうなっています。ですが、アトランティアに占領された際に、海洋遊牧民がいたようです」

「海洋遊牧民って何よ？」

「遊牧民のように家畜――海羊とか海猪っていう生き物らしいですが、これを追ってあちこち旅しながら生活している集団の海版ですね。彼らは国境なんてお構いなしに行き来してるんですが、どこの国も喧しいことは言いません。土地の一時使用は、暗黙に認めるのが現地の習慣のようです」

「はあ、そんなのがいるんだ。さすがに異世界だね」

「はい。で、その海洋遊牧民が占領時に島に滞在していたそうで、捕らえられて奴隷的扱いを受けているそうです」

「それじゃあ、島を砲撃して終わりって訳にはいかんなあ。いくらウチの国民じゃないとはいえ、まったく無視してしまうという訳にはいかんでしょ」

満元が渋い顔をして呻き、竜崎も頷いた。

「はい。民間人を巻き込むような行動は、選択肢から外すべきかと」

「で、どうするんだ？　現地に派遣している戦力だけでどうにかなるのかよ？」

総務大臣が尋ねる。

「現地で使える戦力は、はやぶさ型ミサイル艇二隻、おやしお型潜水艦二隻、P3C三機、そして海上保安庁から派遣されている特警が二個小隊です。基地警備の陸・海の自衛官もいますので、特地の島を奪還するだけならこれで十分でしょう。更に水陸機動団の偵察中隊から抽出派遣した、増強一個小隊が現地に移動中です。必要なら、島嶼の奪還にはこちらを充てる方法もあります。いずれにせよ、問題になるのは、どうやって島を奪還するかではなく、その後、事態をどのように収拾するかです。敵を撃退したからといってそれで終わりとはならないのが現実です」

「国家を自称する海賊連中をどう扱うか……だね。当初の予定では、現地への艦艇や人員を増派して、島も要塞化して二度と攻撃されないようガッチリ備えを固めるという計画だったと思うけど、現状では難しい？」

竜崎は頷いた。

「はい。尖閣方面のほうが急務です。これ以上の手を割くことはまったくもって不可能です」

「じゃあさ、特地は一旦保留にして、尖閣の問題が片付いてからにするってのはどうよ？」

「尖閣の事態の展開具合によっては、今後もかなり長い期間、特地に手を付ける暇がなくなる恐れもあります。なので、始末できる時に始末しておきませんと……」

するとその時、内閣政務官の北条が手を挙げた。

「それについてなんですが……」

「何よ、北条ちゃん」

「特地のティナエ共和国政府から、この件について提案があったそうです」

「どんな内容？　聞かせてよ」

満元は北条からの説明に耳を傾けた。

「なるほど、我々はカナデーラ諸島にいる敵艦隊を殲滅《せんめつ》してカナデーラを取り戻す。その後、アヴィオンの七カ国連合軍がアトランティアに攻め込んでウルースとかいう海賊の本拠を占領・解体しちまうって訳か」

「彼らも長年に亘って海賊行為には悩まされてきたので、これを契機に一気に終わらせてしまいたいようです」

「これは、集団的自衛権の問題に引っかからないのですか？」

高垣が尋ねる。すると内閣法制局長官が手を挙げた。

「そもそも相手は海賊ですし、我々とは関係のないところで七カ国がアトランティアに攻め込むのは、我々の関知するところではありません。ということで、問題ないかと」

「その後は海賊の被害を受けてきた各国による共同統治か解体か。いずれにせよ、我々を悩ませる海賊は消えて亡くなる訳だ。この事後処理に、我々は関わらなくてよい？」

「はい。ぶっちゃけて言えば、後々の面倒が大きいですから」

北条は本当にぶっちゃけた。

実際、口を差し挟める立場になると、捕虜の扱いや占領政策など全てに関わらなくてはならなくなる。薬物中毒にされた子供達を保護した際にも、ティナエ政府との間で人命や人権についての考え方の違いが現れて問題になったが、アトランティアの占領政策に関与するとこの問題が再燃してしまう。

アトランティアに対する、アヴィオン七カ国の国民感情は激烈に悪い。

下手をすると、虐殺めいた復讐が展開される恐れもある。もし関わるなら、日本としては断固として止めなければならない。だがそれは、アヴィオン七カ国との間で深刻な対立が生じることに繋がる。こういう考え方、常識の違いから始まった衝突は、将来まで悪い影響を及ぼしかねない。だから日本としては関わらないほうがよいのだ。

「んじゃ、そういう方針でいこか……」

特地の問題についての決断は、満元の発声でこのように下されようとした。

だが、高垣は渋い表情のままだ。

「どうした、高垣さん？　不満そうだな」

「関わらなければ、虐殺めいた復讐劇とは我が国も無縁でいられるでしょう。しかし惨劇が起こると分かっていて見て見ぬふりをするのは、決して面白いことではありません」

「しかし、現地政府との今後の関わり方にも影響するかと」

「我々が関わっていると現地政府に気付かせなければよいのでしょう？」

「それは難しいのでは？」

「そうだぞ、高垣さん。現場の負担が大き過ぎる」

「では、可能な範囲で実現して欲しいという注釈付きではどうでしょうか？」

高垣はそう告げて、統合幕僚長の潮崎を振り返る。すると潮崎は、重々しい口調で高垣にこう念を押した。

「出来る出来ないの判断を現地に委ね、結果に責任を問わないというのなら……」

＊　＊

この日、沖縄県石垣市登野城尖閣魚釣島の西方沖接続水域に、香港を発した抗議活動家グループを乗せた百二隻の漁船団が姿を現した。

その船団は、中国人民解放軍隷下《れいか》の海上警察艦艇十五隻によって守られていた。これに対抗するため、日本政府と海上保安庁は四十隻の巡視船、巡視艇を動員した。そして――

海上自衛隊／第四護衛隊群／護衛艦『かが』

ＦＩＣ（旗艦用司令部作戦室）

海上自衛隊西南方面・統合作戦任務部隊を率いる東都《とうと》博《ひろし》海将は、『かが』司令部作戦室のモニターに映し出される作戦海域の状況を睨んでいた。

石垣島の東方一〇マイルに、護衛艦『かが』を含めた海上自衛隊の艦隊が占位し、万が一の時に即座に前進できるよう待機している。

石垣島、宮古島、与那国島にも、一二式地対艦誘導弾を有する陸上自衛隊が展開して有事に備えていた。

東シナ海上空は、日中双方の航空機が既に飛び交っているという状態だ。

「中国海上民兵漁船団、接続水域に現れました！」

「幕僚長。最新の状況説明を頼む」

「はっ！」

幕僚長はプリントアウトを手元に引き寄せた。

「中国人民解放軍の海軍艦艇十二隻が、船団の北西方向約五〇マイルに位置しています。更にその後方一〇〇マイルには、航空母艦『山東《さんとう》』含めた艦隊主力の姿が見られます。それに加え、魚釣島の北方、領海ぎりぎりの水域に、潜水艦が三、西南にも三」

幕僚長の説明を補強するように、FICのサブスクリーンには六つの衛星画像が浮かんだ。

それぞれ青い海が映っているだけだが、海面の波をよく見ると、幾何学的な模様が浮き出ている。

これは海中を進む潜水艦の航跡が現れたものだ。水中固定聴音機のデータと照らし合わせて、中国海軍のものであることが判明していた。

それに対して、日本のそうりゅう型潜水艦が僅か二隻のみ。

しかしその二隻は、尖閣近くの浅い海底で沈座していた。

ただでさえ静音隠蔽性に定評のあるそうりゅう型なのに、海底に留まっているため見つけることは非常に難しく、敵の動きを見てもその存在に気付いている様子はない。

「グリーン部隊は？」

作戦状況図では、日本は青、敵は赤、友軍は緑で表示される。

「沖縄本島の南方五〇〇マイル、フィリピン海上にアメリカ第七艦隊所属空母二隻を主力とする機動部隊が進出。更に北進中」

「この状況で彼らがいてくれるのは実に心強い。しかし彼らの出番がないことを祈るよ」

「厄介なことに、イエローもいます」

「ロシアか？」

中国の潜水艦は原型がロシアのものなので、どうしても音紋がよく似ている。急を要する事態になると間違えかねない。そして日本側もその警戒に少なからず手を取られるので、正面がその分手薄になってしまう。つまりこれは、迂遠ながら中国を支援する動きなのだ。

「おそらくは。他にも、韓国のものと思われる潜水艦もいます」

「困った連中だ。イエローへの警戒も怠るな」

東都は事態をこんがらがらせようとする野次馬の存在に舌打ちしながら、正面の「赤」で表示された艦隊に、意識を集中したのだった。

07

アトランティア海軍近衛艦隊所属イザベッラ号は、女王レディ《ハーラム》に作戦成功の報告をするという任務を終えると、アトランティア・ウルースを出航して再びカナデーラ諸島へと戻った。

ラワン、マーレット、オルロットの三つの島に囲まれた静水域に帆を下ろして投錨《とうびょう》。イザベッラ号は、波穏やかな海面上に静かに停泊した。

「壮観だな……」

ここには、アトランティア海軍の近衛艦隊が集まっていた。

その内訳は、超大型艦ミョルネ号とグリム号の二隻。

大型戦列艦アタンテ号、マチルダ号、メセルド号、ハッセ号、ナゴーリ号、マゼンダ号、ガネーリ号、ファンテ号、コナリ号、ベレーム号の十隻。

中型砲艦は二十隻、小型高速艦三十隻、合わせて六十二隻である。おかげで泊地はどこを見ても船で満ち満ちていた。

どれも大砲を搭載した新鋭艦で、これがあればティナエをはじめとしたアヴィオン七カ国のどの国にも負けないと勇気付けられるほどであった。

「要塞建設は進んだか？」

トラッカーは、短艇で運ばれてきた陸戦隊長に尋ねた。

この男は、島を占領する際に最初に上陸した一隊を率いており、その後は島に残留して要塞建設任務を担当していたのである。

「いやあ、要塞なんてご立派な代物をあそこで作るのは無理ですね」

だが陸戦隊長は苦い表情をして本音を明かした。

「ほう、そうか？」

カナデーラの島々は、白い砂浜に椰子の木が生えている程度の小島だ。

そんなところに要塞を建てようと思っても建材になるものがない。そのため、海底から大きめの岩を拾ってきて積み上げていくしかないのだ。

その作業のために上陸した陸戦隊は、海洋遊牧民達を捕らえて鞭打ちながら酷使している。

だが海中の作業だ。時間はかかるし、事故も多発している。命を失った者も少なくない。それなのに、未だに土台すら完成していないのである。

「資材がまったく足りてないんです。上の連中は一体何を考えてるんだか……」

「急ぐ必要はないということなのだろ？」

トラッカーは思うところをそのままに告げた。

「でも、要塞が完成するまでこれだけの艦艇が釘付けですよ？　どれも新鋭艦ばっかりでもったいないじゃないですか？　近々七カ国が連合を組んで攻めてくるみたいですから、この戦力で思い知らせてやればいいんです」

「ふむ、確かにそうだ。妙だな」

トラッカーは今初めて気が付いたとばかりに首を傾げた。

これだけの艦隊をこんなところに置いておくのは意味がない。それだったら、交易船を一隻でも追って拿捕《だほ》したり、積み荷を奪ったりしたほうが建設的だ。

「上の奴らは一体何を考えてるんだか。これが俺の軍人としての評価になるんですからたまったもんじゃありませんよ」

陸戦隊長はよっぽど不満を溜めていたのだろう。批判めいた言葉を再度、口にした。一度までなら聞き流せても、二度ともなるとさすがのトラッカーも注意しなくてはならない。

「君も思うところはあるだろうが、そこまでにしておけ。上には上の考えがある。そこを考えるのは、俺達の分《ぶ》を越える。とりあえず、島からの掩護《えんご》はないものと理解しよう」

「ええ、役に立つとしても、せいぜい見張り程度です」

「分かった。いずれにせよ、第一次設営隊の指揮任務ご苦労だった。後のことは第二次設営隊に任せて休息してくれ」

「了解です」

陸戦隊長が敬礼する。

トラッカーは頷いてこれに応えると、陸戦隊長を解放して艦長室へと戻ったのである。


時鐘が鳴って昼食の時刻となると、水兵達は食卓ごとに分かれて食事をする。

カシュもまた、バヤンとレグルスの二人と同じテーブルを囲んでいた。

見習い士官だけなら気楽なのだが、すぐ隣には正規の士官達がいる。副長やら航海長やら、役付きの偉い連中は艦長室に招かれてそこで食事をとっているが、平の士官達はこうして船の下層で食事をしなければならない。

そして厄介なのは、士官にも序列があるということだ。一番古株の先任士官がこれまた威張り腐っていて、何かとお説教をしないと気が済まない性格をしていた。おかげで若手の士官と見習い士官は相槌を打ち、面白くもない冗談にお追従で笑ったりしなければならない。

「艦長室じゃ、今頃美味い飯が出てるんだろうなあ」

士官の一人が愚痴った。

「そう思うなら、早く招かれるよう貴様も出世すればいい」

艦長の料理は、従卒が手ずから用意してくれる。その腕前はなかなかのもので、士官達も艦長に招かれることを楽しみにしているのだ。

するとその時、カシュが腰を上げた。

「僕はお先に失礼します。この後、当直任務なので」

彼のトレイの上には、まだ堅パンや肉が残っている。

「おい、カシュ。どうした？　食が進まないようだな。残りは俺が食べてやろうか？」

バヤンがそう言って手を伸ばす。

だがカシュは奪われまいとトレイを持ち上げた。

「いや、ただの船酔いだよ。調子がよくなったら食べようと思うんで、取っておきたいんだ」

「ふーん」

船酔いしている時に無理して胃を一杯にして吐いてしまうより、少しずつ口に入れたほうが負担もなくてよいというのも考え方の一つだ。この船ではその辺りのことは個々人の裁量に任されている。

「なあ、あいつ何か変だと思わないか？」

カシュが食卓から姿を消すと、バヤンがレグルスに囁いた。

「何が？」

「あいつ、ここしばらく食い物を残しているんだぜ」

「本人が船酔いだって言ってるだろう？」

「でも毎日毎食だぜ。それって変じゃないか？」

「根暗な奴だからな、どうせ誰もいないところで食いたいんだろう？　俺だってここは嫌だ」

レグルスは食卓の空気を重くさせている先任士官にチラリと視線を向けた。

「ちょっと、奴の様子を見に行かないか」

バヤンが立ち上がる。

「やめとけって。いちいち構うなよ。どうせ、奴が誰もいないところに引っ込んで残りをモゴモゴ食っているところを眺めて終わりだよ……」

「いいから！　お前も付き合え！」

レグルスも仕方なさそうにしながら腰を上げたのである。

「カシュの野郎、一体どこにいったんだ？」

バヤンは、梯子段の辺りで掃除をしていた水兵にカシュを見なかったかと尋ねた。すると下層の甲板へと向かったようだとの答えだった。

そこでバヤンとレグルスは、イザベッラ号の奥深く、最下層甲板へと下りた。そして行き着いた先で驚くべきものを見ることになった。

「おい、おいおいおい。見ろよ、レグルス」

「驚いたな。あの真面目なカシュに、あんな甲斐性があるだなんて」

見れば、開放されたドアの向こうにある帆布室に蒼色の髪をした少女の姿があった。

その少女は、積み上げられた予備の帆布に腰掛けて、カシュの差し出した食事を食べていたのである。

距離のせいか、二人の会話は息を凝らして目を閉じなければ聞き取れないほどに小さかった。

「ごめんよ。こんな余りものみたいなものしかなくて」

「仕方あるまいて。躬も豪華客船に乗り込んだ訳ではないことは承知しておる。こうして三度の食事が与えられるだけでも十分じゃ」

蒼髪の少女は、もふもふと堅パンを囓《かじ》っていた。その姿はどこか小動物が餌を食べている時のものに似ていて、何とも愛らしい。女性と呼ぶにはまだ早いかもしれないが、未成熟な少女が放つ色香もまた、頭がくらくらしてくるものがあった。

「残念じゃ。どこか余所の国の港に入ると期待しておったんじゃが」

「この船は交易船じゃないからね。作戦行動中、どこの港に立ち寄るかは艦長しか知らないんだ」

このままどこにも立ち寄らず、アトランティアに戻る可能性だってあるとカシュは告げた。

「ほんと、ごめん」

「お前のせいではない。こればかりは仕方ないことじゃ」

カーレアは嘆息すると、仕方なげに笑ったのだった。


バヤンとレグルスは、梯子段を降りきったところにある暗がりに身を隠すと、カンテラの灯を吹き消した。

「おいバヤン、どうするつもりだ？」

「決まってるじゃないか。この間、アトランティアに戻った時も、王城に報告に行ってて遊びに行けなかったんだぞ。だったらその分、ここで楽しんだっていいだろ？」

「楽しむって、あんなガキを相手にするつもりか？」

「ガキって言ったって、女であることに変わりはないだろ？」

「そりゃそうだけど……」

やがてカシュが空いたトレイを手に帆布室から出てくる。

カシュは、二人の存在に気付かず、帆布室の扉を閉じると梯子段を上っていった。

バヤンとレグルスはしばらく待ってカシュが戻らないことを確認してから動き始めた。足音を忍ばせて、帆布室にそっと近寄る。

扉の取っ手にそっと手を掛けながら中の様子を窺っていると、扉越しに声を掛けられた。

「そこな二人、何をしておる？　もたもたしとらんと早く入ってこぬか？」

思わず顔を見合わせるバヤンとレグルス。

どうして自分達の存在を知られたのだろうと戸惑いつつ扉を開くと、帆布室の白い布の山を椅子代わりにした蒼髪の少女が笑顔で二人を迎えた。

「躬はカーレアという。其の方達は？」

「俺はバヤン」

「レグルスだ」

二人は当惑を露わにしながら答えた。

「部屋へと誘われたのがそんなに意外か？　じゃが其の方らの熱い視線は先ほどから痛いほどに感じておったぞ。其の方ら、躬に欲情しておるじゃろ？　密航を見逃す代わりにとでも言って、躬を手籠めにするつもりだったか？」

「ま、まあ……」

下心を見透かされた二人は、後ろめたさまで味わった。

ここで少女が怯える様を見せれば獣性が刺激されて欲望の赴くままに振る舞えただろうが、余裕《よゆう》綽々《しゃくしゃく》の態度でいられると気圧《けお》されてしまうのだ。

「そうかそうか。全ては躬の魅力のせいじゃな。いや、若さというのは、ホント罪深きものじゃ」

蒼髪の少女はそう言って自分の身体を抱きしめる。

「……はあ」

「そう気にするな。其の方らが情欲を持て余してしまうのも詮無きことじゃしのう。それに、躬も実を言えば、そういうのは嫌いではない。身体によって得られる肉の快楽は、それぞれ異なるでな。この身体ではどんなものか、早く試してみたかったのじゃ。とはいえ、そういう甲斐性はカシュには望めそうもないしのう……」

潤んだ瞳で見据えられ、バヤンとレグルスはグビリと唾を呑み込む。

「そ、それじゃ」

「いいのかい？」

「構わんぞ。この身体の持ち主は、隙を見ては躬の支配から逃れようとする。いっそ絶望させてみたほうが、大人しくなるやもしれぬ」

「はあ？」

バヤンは意味が分からないと首を傾げる。そしてレグルスが目を瞬かせた。

「おいおい、どうして服を脱ぐんだ？」

「決まっておろう？　服を汚しては敵わぬではないか」

蒼髪の少女が、衣擦《きぬず》れの音も露わに衣服を脱ぎ始めたのだ。

しかも誰に習ったのか、恥じらうように胸や身体を隠しつつ、扇情的に一枚ずつ脱いでいく。

「そりゃ、まあ……することすれば、服は汚れるよな」

「汗とか、液とか、いろいろでな」

バヤンとレグルスは、息を荒くさせながら顔を見合わせる。

「何をしている。二人とも服を脱がんのか？　そのままでは咥えたり、差し込んだり、抉ったり出来ぬだろうに？」

「そ、そうだな」

指摘され、慌てて二人とも服を脱ぎ始めた。

やがて胸を隠して恥じらった仕草を見せていた少女が、これ以上ないほどの卑しい笑みを浮かべると、両手を広げてその肢体を見せ付ける。

「では、参るがよい」

すると二人は吸い寄せられるように、白い肌に包まれた少女の肉体に手を伸ばした。

少女の細《ささ》やかな胸の膨らみや美しい顔にばかり目を奪われていた二人は、少女の裸体にむしゃぶりついて初めて、彼女の双丘の谷間に大きな穴が穿たれていることに気付いた。

それは、暗い昏《くら》い闇の奈落のごとき穴だった。

そしてそれに目を奪われたために、彼女の瞳が怪しく輝き、更にその十指から鋭い刃物のような黒色の爪が伸びたことに、まったく気付けなかったのである。そして直後、瓜を二つ叩き割るような音が、帆布室に響いた。

「がはっ……」

「うぐっ！」

「キヒヒヒヒヒヒ、さあ差し込んでやったぞ。其の方ら、今どんな気分じゃ？　破瓜《はか》の痛みが身に染みるか？　しかし今果ててはならぬぞ。何しろこれから抉ったり、舐めたりせねばならんのじゃからのう」


カシュは空いた食器を厨房に戻すと、当直任務に意識をすぱっと向けた。

まず、艦尾楼甲板へと上って前任当直士官から引き継ぎを受けなければならない。その際には、船の針路、風向き、海流等々あれやこれやと把握しなければならないことが山盛りなのだ。見習いになったばかりの頃は、憶えなければならないことの多さにてんてこまいしてどれだけ周りに迷惑をかけたことか。だが、最近ようやく慣れてきたのか、愚痴を言われることも減ってきたのである。

「といっても、今は泊地に停泊中だから、見張り員達を指揮する以外はないんだけどね……ん？」

だが、梯子段を上りきって甲板に右足を乗せた時、何気なく見遣った右舷側の海面下で、何かが走っているのを見つけた。

「海猪……じゃないぞ！」

最初は魚の群れを追う海猪かと思った。しかしそれは、魚を追う肉食海棲生物特有の動きではない。ただひたすら直進し、カシュの乗るイザベッラ号に向けて真っ直ぐ突き進んでくるのだ。

「おい、アレは何だ？」

カシュが叫ぶ。

見張り員達の視線が、カシュの指差したほうに向かった。

「何も見えませんぜ、見習い士官殿」

いつものドジか早合点かと、水兵達が呆れ顔をする。しかし、その時には既に、カシュの指差した何かはイザベッラ号の艦底を潜り抜けていたのだ。

「！」

振り返るカシュ。

その何かは、イザベッラ号を通り過ぎると更に真っ直ぐに突き進んでいった。

そちらには、この泊地に停泊する近衛艦隊の超大型艦ミョルネ号がある。

「まさか!?」

直後、超大型艦ミョルネ号が、巨大な水柱に包まれた。海中から突き上げるような衝撃によって、船体が海面から持ち上げられたのだ。

重力に引かれて海面に落着すると、超大型艦の艦体は前後に割れる。竜骨がへし折れたのだ。艦体が前後に分断されてしまっては、堅牢な三重の艦体装甲も水密区画構造もまったく役に立たない。ミョルネはたちまち海面下に呑み込まれていった。

イザベッラ号の水兵達に出来たのは、その様子をただ呆気にとられて眺めているだけだ。

突然のことに、みんな何が起きたのか理解できていない。そしてそれは、見習い士官のカシュも同じであった。

しかし――

カシュの背中をド突くような衝撃が走る。実際に叩かれたのではない。これまで繰り返してきたドジの記憶が蘇ったのだ。水兵達の嘲笑、士官達の侮蔑《ぶべつ》の目、そして艦長の叱責――

「警鐘鳴らせ！　総員戦闘配置！　抜錨《ばつびょう》、総展帆！　船守りは高度を上げて、全方位監視！」

気付けば、カシュは怒鳴っていた。命じていた。眦《まなじり》を決して、イザベッラに指図した。

すると、水兵達も弾かれたように走り出した。考えるよりも先に動き出して時鐘を乱打し、錨鎖《びょうさ》を海底から引き揚げ、手空きの水兵はマストに登って帆を広げ始めた。

イザベッラも「はいよ」と間髪容れずに頷いて、高度をどんどん高く上げていく。

「カシュ、艦長の許可も取らず、そんな勝手なことをしていいと思ってるのか？」

その時、当直士官がやってきてカシュを叱り付ける。しかしカシュは怯まなかった。

「今は船を救うこと、生き残ることが優先です！」

錨《いかり》を下ろして停泊している船は無力だ。とても無力だ。動いていてこそ、攻撃を浴びても逃げることが出来るし、船首の向きも変えられる。反撃だって可能になるのだ。

やがてマストの三段の帆のうち、一番上の帆が広げられた。すると帆が一杯に膨らんで船がゆっくりと進み始める。

「操舵手、面舵一杯！」

「ラーラホー！　見習い士官殿！」

操舵手が舵輪を精一杯に回す。するとイザベッラ号は、ゆっくりと向きを変えた。

「貴様、何をやっているか⁉」

その間に、副長と士官達が甲板に上がってきてカシュを叱り付けた。すると当直士官が、カシュが言うことを聞かないのだと告げ口した。

「聞いてください。士官見習いのカシュが、勝手なことを……」

だが、カシュは構わず叫んだ。

「次が来たぞっ！　舵を戻せ！　当て舵に三枚！」

「もどーせ」

操舵手が舵輪を左方向に回転させる。

すると船首方向の海面下を何かが突き進んでくるのが見えた。

「二つだよ！」

イザベッラの警声が大空から降ってくる。

その何かは、イザベッラ号の左右を掠めるように突き進み、通り過ぎていった。

「い、今のは何だ？」

士官達は振り返ってその行き先を見た。

視線の先には、泊地に居座ったまま動かない大型艦の群れと、その甲板上で騒ぐだけで何も出来ていない水兵達――

直後、二隻の大型艦ハッセ号とナゴーリ号が水柱に包まれた。

激しい爆発音と飛び散る水飛沫は、イザベッラ号の甲板にも降り注ぎ、横波で艦体が激しく揺すられる。

水兵達はそこでようやく気付いた。カシュがこの船を救ったのだと。

その時、艦長のトラッカーが現れた。

「一体誰だ、私の許可を取らず、勝手なことをしたのは!?」

「カシュの奴だよ」

イザベッラが指差す。

艦長の叱責が浴びせられると誰もが思い込む。

「そうか。カシュ！　よくやった！」

だが、掛けられたのは賞賛だった。

「はっ！　ありがとうございます」

「これより私が直令する！　針路はそのまま。イザベッラ、カシュの指示のまま、上空で警戒だ！　士官達も戦闘配置に就け。急げよ！」

「は、はいっ！」

水兵達、士官達はトラッカーの命令を受け、弾かれたように配置に就いていった。

この頃には、帆の展帆も完了し、船はますます速度を上げた。

「艦長、一体何があったのでしょう？」

単眼鏡を取り出して、何かがやってきた方角を睨む艦長に、副長が尋ねた。

「もしかすると、鎧鯨の一種かもしれん」

「しかし、あのような爆発をするのは聞いたことがありません」

「あっ!?　海の中を何かが来るよ！」

イザベッラが指差した方向を皆が見た。

だが、その時には、何かはイザベッラ号の真下を潜り抜けていった。

「すり抜けただと？」

振り返るトラッカー。

その何かは、そのまま艦隊の中央に位置していた残り一隻の超大型艦グリム号へと向かった。

そしてグリム号の真下でそれは炸裂した。

「まずい！　これは敵の攻撃だ」

「て、敵ってどこの敵です？」

「んなの決まってる。ニホンだ！　操舵手、取り舵一杯！」

艦体がゆっくりと左に向きを変えた。

更に後方で、大型艦がもう一隻犠牲となった。

ファンテ号だ。白い水柱の爆煙とともに木っ端と水兵達が飛び散り、周囲の海水面には無数の落下物が幾重もの波紋を描く。

「また、次が来る！」

「取り舵……いや、どけ！　俺が舵を取る」

イザベッラの悲鳴に似た声を受けたトラッカーは、操舵手を突き飛ばすと、自ら舵を取ってイザベッラ号を左に旋回させたのであった。


海上自衛隊所属おやしお型潜水艦『きたしお』

カナデーラ諸島の南三マイルに占位した『きたしお』は、潜望鏡深度でアトランティアが自称する海賊艦隊の全ての船をその射程に収めていた。

「三番、四番発射」

発令所の潜望鏡を覗き込んだ黒川雅也《くろかわまさや》艦長は直令した。

「セット、シュート、ファイヤー」

圧搾《あっさく》空気の流れる音が、艦首側から聞こえてくる。

「三番、四番、魚雷出た！」

しばらくすると、爆発音が二つ。海水を伝わって聞こえてくる。

メリメリという木造の船体がひしゃげる音が続く。

黒川は戦果報告を聞くと満足そうに頷き、潜望鏡を下ろさせた。

「よし、これで慌てふためいた敵艦隊が泊地から飛び出していくだろう」

「そこを『うみたか』と『はやぶさ』が待ち構えている訳ですね。しかし艦長、我々なら、あそこにある船の過半を沈めることが出来ますけど？」

「敵艦をただ沈めればよいというのなら、私もそうするだろう。だが、我々は彼らを教育する必要がある。我が国に手を出せばどうなるか、とね。彼らには、今回の手痛い教訓を本国に持ち帰ってもらいたい」

「なるほど……確かにそうですね」

「それに、だ。魚雷一発に幾らかかってると思ってる？」

黒川は、木造の風帆船相手に魚雷を使っていてはコストが見合わないと告げた。

ちなみに、米海軍の魚雷ＭＫ四八ＡＤＣＡＰの場合、一本が推定三百五十万ドルだそうだ。

魚雷をバカスカぶっ放していた戦時中ですら、魚雷一本で家が建つと言われていたのだから、相応に価値のある目標でなければ使用できない。

「オート・メラーラの砲弾のほうが圧倒的に安い」

「だから『うみたか』と『はやぶさ』に今後の出番を譲るのですね」

「そういうことだ」

現代戦では魚雷やミサイルといった兵器を使用する際にはコスト意識が必要なのだ。

米軍は高性能・高威力の兵器を山ほど持って全世界で圧倒的優位を勝ち得ているが、それを支えるコストは莫大だ。自慢のミサイル迎撃システムも、攻撃側ミサイルの高性能化を受けて、それを上回る性能の獲得に、配備にと、更に高額な資金がかかる。だからこそ一発単価の安い兵器――例えばレーザー兵器――の開発が急がれていたりするのだ。

「ということで、当艦はこれにて襲撃を終了する。爾後は計画の通り行え！」

黒川は後の指揮を哨戒長に任せて発令所を後にした。

「了解、爾後は計画の通り。操舵手！　針路変更二一五《ふたひゃくじゅうご》度」

「針路二一五度ヨーソロー！」

潜水艦『きたしお』は、静かに潜度を深めつつ、その場を離れていった。

海上自衛隊所属ミサイル艇『うみたか』

ミサイル艇『はやぶさ』と『うみたか』の二隻は、搭載しているジェットエンジン三基の出力に物を言わせると、海を切り裂く猛烈な速度で北へと突き進んでいた。

目指すは、カナデーラ諸島静水域から飛び出してきたアトランティアを自称する海賊艦隊。既にその位置と数は、航海用レーダーにしっかりと捉えられていた。

「今回、我々の敵は我が国の領土であるカナデーラ諸島を不法に占拠した海賊である。遠慮なく沈めてよい。各位の奮闘に期待する。以上だ」

ミサイル艇隊司令の濱湊伸朗《はまみなとのぶろう》は、マイクを通じてミサイル艇隊の全員に告げた。

すると、『うみたか』艇長の黒須智幸《くろすともゆき》が慌てて補足した。

「といっても、全滅させる必要はないからな！」

「というと、何隻かは見逃すんですね？」

操舵手が尋ねてくる。

「生き残らせないと、溺者の救出や揚収を我々がしなくてはならなくなる。後々が面倒だ」

ミサイル艇の乗組員達は以前、海賊の艦隊を殲滅した時の騒ぎを思い返した。収容した捕虜をティナエで奴隷にするだのなんだのと言ってきて、大騒ぎになったのだ。

「我々の使命は脅威の排除であり、そのために敵艦隊への攻撃という方法を用いる。全滅を目的とはしていない」

「了解です」

すると、隊司令濱湊も、自分の説明不足を悟ったのか追加の指示を出した。

「聞こえたか？　黒須艇長の補足通りだ。では向後《こうご》の指揮は、それぞれの艇長に任せる」

『了解！』

ミサイル艇『はやぶさ』から短い返答があった。

『はやぶさ』は、蒼い海に白い航跡で大きな弧を描いて左へと旋回していく。カナデーラ諸島の南側から攻撃を受けて、東へと逃げ出した海賊の船が彼らの担当となる。

対するに西へと向かった海賊艦が、『うみたか』の担当だ。

「レーダーに反応あり。西側へと逃れたのは大小合わせて二九《ふたじゅうきゅう》隻です」

「速度上げ！　第十戦速！」

艇の舳先が海を切り裂く飛沫の音が、艇内どこにいても聞こえる。波を蹴って飛び、再び海に降り立つ。それを繰り返しながら、距離を詰めて一気に肉薄していった。

いよいよ敵との戦闘である。『うみたか』の乗組員達は、息を呑んでその時を待った。

彼らはこの特地の海に来てから、既に何回も戦ってきた。だが戦い前の緊張感から解放されたことは一度もない。結果として一方的な戦果を何度も上げてきたが、楽だったと思う戦いは一度としてないのだ。

敵は死に物狂いで抵抗し、反撃してくる。

敵が使うのは原始的とも言える先込め式の大砲だが、それとて直撃したら『うみたか』の船体に大きな被害が出る。死者だって一人や二人では済まない。殺意を込めて放たれたものは、石ころ一個だろうと一発数十億の対艦ミサイルだろうと、危険という意味では同じなのだ。

だからこちらとしても必死になって戦場を駆け抜け、敵の攻撃を避け、躱すしかない。主砲を放つ時も一撃必殺を狙う。大人と子供の戦いだと侮って僅かでも手を抜けば、こちらが海の藻屑《もくず》になってしまう。

慢心と傲慢は死をもって償わなくてはならない。それが戦場の掟なのだ。

『敵が視界に入りました。どの目標から狙いますか？』

ＣＩＣ（戦闘指揮所）からの問い合わせに、黒須は応える。

レーダーを見れば、敵艦隊はきちんと列を作っていない。よほど慌てているのだろう。泊地から飛び出してきて、そのままの勢いでバラバラに進んでいる。

「まずは最先頭の艦を狙え。隊列を乱して連携を取れなくするんだ」

『了解！』

「では、撃ちぃ方はじめ！」

黒須が命令した。

『了解。目標一番の敵艦。主砲、撃て！』

素早く砲塔が旋回して、主砲が敵を指向する。

「てーい、てーい、てーい」

オート・メラーラ七六ミリ砲の三連射。

砲弾三発が綺麗な放物線を描いて飛翔する。そしてその三発は、バラバラとなった敵艦隊の隊列の先頭に位置する艦に降り注いだのである。

その時、カナデーラ諸島の泊地から西側に逃れたアトランティア海軍近衛艦隊の先頭に位置していたのは、大型戦列艦アタンテ号であった。

砲の数も多く鈍足なこの艦が最も早く泊地から飛び出せたのは、出口に一番近いところに停泊していたからであった。そしてそれが不幸の始まりでもあった。

この艦は、後続する足の速い中・小型艦にとって逃げ道を塞ぐ邪魔な存在になってしまったのだ。おかげで艦と艦の間隔は、渋滞の道路がごとく狭く詰まってしまった。

「早く早く！」

「くそっ、アタンテが邪魔だ！」

「艦長、アタンテ号を撃っていいですか！」

「許可する！」

少しでもここから遠くに逃れたい後続艦の乗組員達が、苛立ち、焦《じ》れている。そんな時に先頭のアタンテ号が爆発炎上した。正確には、砲撃を艦首甲板、艦左舷側面、そして艦尾部に浴びて、艦体を構成していた木材が木っ端微塵となったのだ。

「まさか、本当に味方を撃ったのか!?」

「やってませんよ！」

これによって帆を一杯に広げていたアタンテ号のジブマストが、右側の海中に倒れた。

これがシーアンカーとなって、艦首を右後方へと引っ張るブレーキとなった。

艦体は大きく傾いで右へと向きを変える。これは自動車で例えれば、片道一車線しかない道路を走っている車が、突如としてスリップして急減速、右に向きを変えたに等しい。

「取り舵!!」

後方を進む中・小型艦は慌てて針路を変える。

しかし、アタンテ号を煽るように直後を進んでいた艦は、それが上手くいかなかった。正面からの激突だけは何とか避けたが、アタンテ号の尾部に艦体側面をぶつけてしまった。

アタンテ号にとっての悲劇は、その衝撃で大穴の開いた舷側が、海面下まで押し下げられたこと。蹴り転がされるに等しい勢いで横転した艦内に、大量の海水が流れ込んだ。

辛うじて海に浮かんでいた大型戦列艦は、たちまち海中へと引きずり込まれていったのである。

「アタンテ号が沈んだ！」

もう滅茶苦茶であった。

続く艦を統制する者もなく、それぞれの艦長が、航海長が、逃げようと好き勝手に針路を変える。

二十八隻もの艦がそんなことをしたら、どこに行っても周囲は味方ばかりで激突必至だ。するとこれを避けるためにまた舵を切る。するとまたその方向に味方がいる。この連続で全ての艦が混乱状態に陥ったのだ。

そんな中でミサイル艇に向けて大砲を放てば、味方に当たってしまう。

不定形の艦船の群れは、無闇に大砲を打ち鳴らすだけで有効な反撃をすることも出来ず、外側に位置している艦から一隻、また一隻と仕留められていったのである。

＊　＊

トラッカー海佐艦長率いるイザベッラ号は、未だ泊地に留まっていた。どの艦よりも早く抜錨し帆を広げたというのに、逃げずに留まることを選んだのだ。

士官達、水兵達はみんな不安そうな表情をしていた。超大型艦は一瞬にして沈み、他の船は一目散に逃げて姿を消した。泊地に残っているのはもうこの艦だけだ。

「艦長、どうして逃げないんですか？」

副長が水兵達の耳目を避けるように声を潜めた。

「一等最初に逃げ出すのは、俺の趣味じゃないんでね」

するとイザベッラが下りてきて同調した。

「こういう時、慌てたほうが負けなのよね！」

「さすがイザベッラは分かってるな。そういうことだ」

副長は首を傾げた。しかしトラッカーがただ漫然とその場にいるのではなく、何か目的があってそこにいるということは理解した。しかし一体何をしたいのか？　副長は程なく理解することになる。

「艦長！　左舷三点の方角。生存者です」

その時、マストトップの見張り員が声を上げた。

その方角を見ると、海面上に散乱している木材や樽などと一緒に、手を振っている者の姿があったのだ。

「よし、副長。生存者の回収だ、急げよ！」

「了解。操舵長、風下に二枚！」

「ラーラホー！」

イザベッラ号は、海に浮かんで救いを求める者の元へと向かったのである。


その後、溺れかけた者達が何人も救い出された。

「艦長は生存者を探していたんですね」

「ここは海底まで浅いからな」

艦の残骸は、浅い海の海底に着底する。そうなれば、艦内に閉じ込められていた者も、外に出て海面へと浮かび上がるチャンスがある。特に今回の攻撃は爆発の衝撃が凄まじく艦体の破損も凄かったから、外に抜け出すルートは数多くあるはずなのだ。

トラッカーがあえてこの場に踏みとどまったのも、彼らが浮かんでくるのを待っていたからだった。

副長以下水兵達は、懸命になって揚収作業を行った。

程なくしてイザベッラ号の甲板は、危ういところで助かった者達で一杯になった。

「尻の下から蹴り上げられたような感じで天井に頭をぶつけたり、ひっくり返ったり……気が付いたら隔壁だった向こう側に海が広がってて」

「艦体がパカッと割けちまってたんだ」

助け出された水兵達は、問われもしないのに自分が何を体験したかを喋った。

まるで喋っていなければ死んでしまうとでも思い込んでいるかのような勢いだ。対応する水兵達も、最初は親身になって耳を傾けていたが、次第に辟易とした顔付きになっていった。

「意外としぶとく生き残ってるもんだな」

トラッカーはそんな生存者を見渡しながら、士官の一人を指差して、彼らに水と食料を支給するよう命じた。その時である。

「艦長！　アトロンユ大提督閣下です」

「何だって⁉」

超大型艦ミョルネ号は、近衛艦隊の旗艦である。当然、近衛艦隊の司令であるアトロンユも乗り込んでいた。そのアトロンユが濡れ鼠となった姿で、船守りに付き添われながらイザベッラ号の甲板に上がってきたのだ。

「大提督閣下。ご無事で何よりです」

副長が号令し、号笛とともに水兵達が一斉に敬礼する。

ただし救い出された水兵達は、立ち上がって敬礼など出来なかった。多くが疲れ果てていたのだ。

もちろんアトロンユも、彼らに立ち上がらずともいいと言って、敬礼を免じた。

「儂はミョルネに助けられたのだ。全ては彼女のおかげだ。誰か彼女を手当してやってくれ」

見れば、船守りのミョルネは、全身濡れている上に怪我をしているのかあちこちが血で染まっていた。一番酷いのは額を切った傷のようで、そこから血が流れている。

「イザベッラ！　彼女を頼む！」

トラッカーが呼ぶと、イザベッラがやってきて、ミョルネを連れていった。

「頼む、彼女から目を離してくれるな！　艦長が戦死した」

アトロンユが痛ましげに告げる。

船守りの中には、艦への忠誠心、艦長への愛着心が過ぎて、伴侶を失ったかのごとく絶望し自らの命まで絶ってしまう者がいる。アトロンユは、そんなことにならないよう見張ってくれと言っているのだ。

「分かってるよ！」

もちろんイザベッラもそれは承知している。

「大提督閣下、これをどうぞ」

カシュがやってきて、タオルを差し出した。

「ありがとう」

するとトラッカー艦長は言った。

「バヤンとレグルスはどこだ？　こういう時こそ二人の出番だろう。大提督のお世話は二人に任せよう。カシュ、二人を捜してきてくれたまえ」

「はっ、了解しました、艦長！」

カシュは敬礼すると、甲板開口部から梯子段を下りていったのだった。

＊　＊

「二人を捜してきてくれたまえ」

艦長から指示されたカシュは、バヤンとレグルスを捜して艦内を彷徨っていた。

当初はどこかで溺者の揚収作業をしていると思ったのだが、二人の姿は見えなかった。そこで、もしかしたらサボっているのではないかという仮定の下で艦内の捜索を開始した。

「おかしい……」

カンテラを掲げ、灯りであちこちを照らす。だが、それでも二人は見つからなかった。

二人がサボる時によく使う穀物倉庫、衣類倉庫にもいない。

訝《いぶか》しく思いながら、最下層甲板へと下りてみる。

そこには、砲丸庫や錨鎖格納室、帆布室などがあるが、前者の二カ所は隠れてリラックスするにはとても向かない。喫水線より下に位置する最下層甲板は真っ暗だし、前者の二カ所に至っては鉄《てっ》錆《さび》のキツい臭いが充満しているのだ。

「ってことは、帆布室？　まさか……」

戦闘のあった後だ。カーレアが不安がっていないか気になっていたこともあって、カシュは帆布室を訪ねた。

「カーレア。大丈夫だったかい？」

そんな風に呼びかけながら、帆布室の扉を薄く開ける。

しかしカシュは、直ちに扉を閉じてしまった。

その部屋から、噎せ返るほどの鉄錆のような臭いがしたからだ。

カシュは最初、錨鎖格納庫と勘違いしたかと思ってドアを再確認する。しかし、表示はやはり帆布室となっていた。室内に充満していた臭いも、よくよく考えると鉄錆のものとは違うものだ。

「間違いない」

もう一度、今度はゆっくりと扉を開いた。

そして中をカンテラの灯りで照らす。それでようやくこの臭いの理由が分かった。

帆布室内に、おびただしい量の血が流れていたのだ。そして積み上げられた白い帆布の隙間には、二個の頭部が転がっていた。

「い、一体何が⁉」

カシュは二つの頭部、そしてそれに繋がっていたであろう二つの遺骸に駆け寄った。

間違いない。この遺骸は、バヤンとレグルスだ。全裸で血に染まり、しかも二人の胸部には大穴が開いていて、白い肋骨が海棲肉食獣の牙のごとく突き出ていたのだ。

見れば、二つの遺体には心臓がない。二人とも潰れた肺や気管、引き千切られた大血管こそ残っていたが、その中心にあるべき心臓だけがなくなっていたのである。

カシュは慌ててカーレアの姿を捜した。

「か、カーレア！　無事かい？」

すると程なくしてカーレアが帆布の山の陰から出てきた。

見ると、衣服に汚れ一つない。

「怪我は⁉」

「怪我などしておらぬ……」

カシュは、カンテラでカーレアの身体を照らし、怪我がないか隅々まで確認した。しかし衣服にも肌にも、汚れは一切見られなかった。

「い、一体何があったんだい？」

「お前がここを去ってから、この二人が入ってきたんじゃ。躬は隠れたんじゃが、二人はここでサボるつもりのようで、いつまでも駄弁《だべ》っておった。そのせいで躬もずうっと隠れていなければならなかったんじゃ。そうしたらいつの間にか眠ってしまってな……」

「目を覚ましたら、二人がこうなっていた？」

「そうじゃ。一体何が起きたのやら訳が分からぬ」

訳が分からないのは、カシュのほうである。

カーレアの証言では、バヤンとレグルスの二人がどうしてこのようになったのか、まったく分からない。

もしかしたら、カーレアが……？　という可能性も脳裏に浮かぶが、こんな年端《としは》もいかない少女が、男二人をここまで残酷に殺害するのは無理である。

大陸には、ダーと呼ばれる外見幼女、しかし実際は巨大な化け物に変化して人間を襲うという種族もあると聞く。しかしそれが海で出没したという話は聞いたことがない。

「怖かった。怖かったのじゃ」

しかもカーレアは、カシュにしがみ付いて体を震わせている。それもあり、カシュはカーレアの仕業であるはずがないと決めつけてしまった。

「もしかして、誰かもう一人いたんじゃないのかい？」

カシュは最も自分が受け入れやすい答えを考え出し、その根拠となる証言をカーレアに求めた。

「わ、分からぬ……」

「何があったのか、見てないのかい？」

「何も見ておらぬ。ただ、気付いたらこの有り様じゃった。外からは大きな爆発の音が聞こえておったし、艀に出来たことと言えば、暗がりに隠れていることだけじゃった……」

爆発の音とは、戦闘音に違いない。

「カーレア、確認するけど、君自身は本当に何もしてないんだね？」

「非力な艀に、どうしてこんなことが出来る？」

確かにその通り。カシュはカーレアの言葉を自分と同じ考えとして受け入れた。そうなると問題となるのはこの後の処置だ。

カシュは、しばらく考え込んだ。

「どうしよう」

本来ならば、艦長に全てを報告して指示を受けるべきだ。

これだけ凶悪な犯行に及んだ何者かが……あるいは怪異かもしれない何かが、この艦に紛れ込んでいる可能性がある。それは艦の運航に大きな影響を及ぼす重大な脅威だ。

しかしそうするとカーレアのことを話さねばならない。

カーレアの身柄をどこかに隠し、二人が死んでいたことだけを報告する手もあるが、それでは大々的な犯人捜しが始まり、結局カーレアも見つかってしまうだろう。それを避けるには、事件そのものを隠蔽するしかないのだ。

「仕方ない……」

カシュは二人の遺体を海に投棄することにした。

まず、ハンモックを運んできて二つの遺骸を包《くる》む。

アトランティアのハンモックは、網で出来た寝台ではなく帆布製だ。そしてそれは、その所有者が武運拙《つたな》く死んでしまった時に、死体袋にもなるものである。

折よく、揚収した溺者のうち、手当の甲斐なく事切れてしまった水兵が何人も出ている。彼らの水葬にこの二つの亡骸を紛れ込ませればいい。水葬の儀式では、船守りが神に祈りを捧げる中で、艦長が水兵の名を朗じ、その功績を称えながら一人ずつ海に葬る。しかし名も知れぬ者については、無名兵士としてまとめて葬られるのだ。

「二人は、戦闘中行方不明ってことにしよう」

そんなことを呟きながら、テキパキと働くカシュの姿を見て、何か思うところがあったのかカーレアは尋ねた。

「お前、この者達の死に、思うところはないのか？　仮にも友人であったのだろう？」

「友人じゃないよ。日頃からいなくなって欲しいとすら思ってたから、今は清々した気分さ」

カシュは二つの遺骸に向けて冷たく言い放った。他の人間ならともかく、この二人の死についてはまったく心が動かない、と。

「ま、まあ……此奴らはお前の役目を奪うために、海に突き落とすような輩じゃったからな」

「それだけじゃないよ」

カシュはこの二人にどんな目に遭わされたかをここぞとばかりに並べた。

「そ、そんなにか……」

その悪行の数々は、カーレアをしてドン引きさせるほどの内容であった。それだけのことをしたバヤンとレグルスにもドン引きしたが、事細かにいちいち覚えているカシュにもドン引きした。

「もっとあるよ。ただ口にすると、ますます腹が立つから言わないだけ」

「虐めなんてするもんじゃないのう」

「こいつら、自分のしてることが虐めだなんて思ってもなかったろうさ」

カーレアは、陰のあるカシュの表情を見て目を瞬かせた。この男、表面は真面目で明るく不器用な男を演じているが、内側にはとんでもない闇を抱えていたのである。

カーレアは一瞬目を瞬かせたが、すぐにニヤリとほくそ笑んだ。

彼女は人間のこういう闇の部分が大好きなのだ。カーレア——否、カーリーにとっては、その「闇」こそが揺籃《ようらん》であり胎盤《たいばん》なのだから。

彼女が地上にあるのもそのためだ。

神々によって神界から蹴落とされたから——だけではない。人間の集団の中には、妬《ねた》み、嫉《そね》み、憎悪の感情が満ち満ちている。特に虐《しいた》げられた者が発する怒りと憎しみの情は、極上の香りを放って彼女の滋養《じよう》になるのだ。

虐めた側はおふざけ程度のつもりですぐに忘れてしまうが、虐められた側はいつまでも覚えているものだ。そしてそれは、心の闇の汚泥《おでい》としてたゆたい、爆発のきっかけを待っている。

虐めた側は、命の懸かった場面で初めてその闇を知ることになる。

振り返ったら味方であったはずの人間が自分に銃口を向けていたり、いざという瞬間に救いを求めて差し伸べた手を掴んでもらえなかったり……。あるいは、水密区画を閉じる際、待ってくれと叫んでいるのに、相手は冷たい目で自分を見つめながら扉を閉じ、カギを下ろしてしまうのだ。ガチャン、と。

虐めた側はそんな形でようやく理解するのである。

「えっ、えっ、えっ？　何故？　どうして？」

いや、あるいは――その時になっても、まったく理解できないかもしれない。

「開けてくれ！　開けてくれ！」

何故？　どうして？　溢れかえる海水に溺れて息が出来ない苦しみに悶《もだ》え、噎せ、視界が闇に覆われて意識が消失する瞬間まで、彼らは問い続けるだろう。

そうして復讐を成した者の昏い喜びと後悔こそが、カーリーにとってはこの上ない甘い蜜なのである。そう、今、目の前にいるカシュの全身からも、そんな甘美な香りが立ち上っていたのだ。

08

中華人民共和国／人民解放軍総参謀部

人民解放軍総参謀長の剛起平は、陸軍士官の時代にはあまり意識することなく見ていた地図を眺めつつ、自国の置かれた状況を改めて考えていた。

中華の歴史の中で生まれ滅んでいった国々は、地政学的にいう大陸国として振る舞った。

辺境の騎馬民族や蛮族の絶え間ない襲撃と略奪から中原《ちゅうげん》と人民を守るため、長城を建設してその内側を安全地帯とすることで繁栄してきたのだ。

長い長い歴史の中で、それらの国々は国力、あるいは周辺国との関係において征旅《せいりょ》を発することもあったが、軍の役目はもっぱら防御であり、あるいは皇帝の支配を支えるため内側に対してその力を向けた。故に軍といえば陸軍のことを指していたのである。

そのことは共産党が中華の地を制し、党の指導に従う国家が建設された今も変わっていない。

人民解放軍は、読んで字のごとく「人民を解放する」ために存在する。

モンゴルで、チベットで、ウイグルで、そして中原で、人民を、政府を、資本家やファシストの悪逆な支配から解き放ち、唯一無二にして善良かつ有能な政策立案機関である共産党の指導下に置く。それこそが「解放」。それこそが人民にとっての「幸福」なのだ。そして、それを力ずくで実現することが、人民解放軍の使命なのである。

だが時代は変わり、「中華は霞む地平の果てまで広がり、その向こうに化外の民が住まう四夷《しい》がある」という時代は終焉した。地球の真裏まで情報が瞬く間に行き交うようになり、物流は大陸の縁から溢れ落ちるように海を経て、全世界のあらゆる所まで行き届く。

ここまで世界の繋がりが密接になれば、中華中原はおろか、ユーラシア大陸ですら、巨大な海に浮かぶ島でしかないと思い知るのだ。

極東アジアを中心に、南東の方角を上に向けた地図を眺めてみる。

すると、中華人民共和国の絶望的な状況が見えてくる。

中華は、外洋へと出て行くルートのことごとくが塞がれているのだ。

まず、南シナ海に面した右方向（南西）。南シナ海からマラッカ海峡、あるいはロンボク海峡を経てインド洋、中東へと向かうこのルートは、石油の輸入のためになくてはならない。

しかしこれはマレーシア、インドネシア、シンガポール、そしてインドによっていつ塞がれてもおかしくない状況だ。

一方、太平洋側、この地図で上方向（南東）に向かって進む道もまた、沖縄、台湾、フィリピンが作る島々の連なりによって阻まれている。

左方向（北東）に向かって進めば、日本海、ベーリング海を経て地球温暖化によって使用が可能となった北極海経由ルートが広がっている。

だが、ここもまた朝鮮半島、そして日本の対馬《つしま》の隙間を通らねばならないし、津軽《つがる》海峡あるいは宗谷《そうや》海峡を抜けなくてはならない。

そう。どの海に向かうにも中華人民共和国の前には道を塞ぐ関門が存在しているのだ。

通常の国ならば、そんなことはあまり問題視しない。それら関門を持つ国々との友好関係を築けば、往来に支障は生じないのだから。しかし、偉大なる中華の復興を目指している今、友誼や好意などといったあやふやなものに頼ることは許されない。自国の生命線を他人に委ねて機嫌を損なわぬよう振る舞わなくてはならないのは屈辱だし、それでは繁栄だって覚束ない。それらルートの要《よう》衝《しょう》は、「解放」されなくてはならないのだ。

そういう意味で、対日本において重視すべき海峡は、三カ所ある。

まずは津軽・宗谷の二海峡。こちらは北海道を手中に収めれば確保できる。

もう一つが太平洋への道——宮古海峡だ。ここを獲得するには、沖縄を手に入れる必要がある。

そのため中国政府は、共産党の指導下で硬軟二つの作戦を展開している。それは「蛙は熱湯に放り込まれたら逃げ出すが、水から煮ていけば茹で上がる」という計略を基にしたものだ。

まず該当する地域に自国民を移民させる。

土地私有制を持つ日本で、彼らに土地を取得させる。そしてそこに、華僑の、華僑による、華僑のための租界《そかい》を築いていくのである。

その後は、日本国籍を取った華僑の代言者となる国会議員を増やすか、あるいは人権を盾に在留外国人に対する参政権を認めさせる。そして彼らに独立運動を起こさせ、それを保護支援すると称して、軍事介入に打って出るのである。

これは実際にロシアが南オセチアやクリミア半島を奪い取るために行った手法でもある。軍事介入した後は、彼らを独立させて併合するもよし、独立を維持させたまま属国として扱ってもよいのだ。

対して尖閣においては、力で緊張状態を作り出すやり方を採っていた。

尖閣諸島の領有権を主張し、常に緊張している状態を維持するために、島の周囲に中国の公船を浮かべている。日夜、寝ても覚めても絶えず送り込み続ける。互いが睨み合っていることを常態化させるのだ。

これには、北海道や沖縄で展開している作戦から耳目を逸らす陽動という意味合いもあるが、日本人の警戒心を麻痺させることが目的だ。

そうした緊張状態を作った上で、日本国民に対して「中国はそう悪い国ではない」「アメリカと手を結ぶほうが売国」「人の住まない島を、一個や二個取られたくらいでいきり立つ必要はない」と、影響力の大きな者——特にマスコミや文化人を通じて呼びかける。緊張状態も常のものとなれば、やがて人々の意識から消えていく。そうしておいて、軍事行動を起こす好機の到来を待つのである。

好機とは、軍事行動を起こしても日本が奪い返してこられないくらいに弱った瞬間だ。

災害や政変、混乱などで政府の機能が低下した時、国際情勢で全世界の目が別の方面に向いている時などが狙い目となる。いずれ日本列島では、必ず首都圏で大規模な災害が発生するはず。その時をじっと待てばいい。

しかし、その好機を待たずして実力行使に出るとなると、話は違ってくる。力ずくに対しては、力ずくの抵抗が起こってしまうからだ。

剛としては、それだけは避けたかった。いくら日本が尖閣の要塞化などという不埒な企てを目論んでいたとはいっても、武力行使で対抗しては、これまで整えてきた様々な準備がご破算になってしまう。その一点が心配の種なのだ。

「総参謀長閣下、お時間です」

海軍司令員の魏中将が言った。

振り返って魏海軍中将の顔を見ると、剛は複雑な心境になった。

今回の作戦で尖閣還収に成功したら、次代の総参謀長の座は勝利の栄光と功績を手にした海軍とその司令員の魏中将に決まる。にもかかわらず剛は、自分をこの総参謀長の座から追い落とすことになる作戦を成功させなくてはならないのだ。

「状況は？」

「依然として、変わっていません」

東シナ海では、日本政府への抗議を旗印にした活動家グループに偽装させた海上民兵が、尖閣の接続水域に到達していた。

それ以上進むのを阻もうと、日本の海上保安庁、そして海上自衛隊が待ち構えている。

当然、剛も海上警察と人民解放海軍を現場に送り込むよう命じていた。

東シナ海上空は、既に両国所属の戦闘機が飛び交って盛んに牽制し合っている。

文字通り、一触即発の状態だ。それでもまだ戦火を交えていないのは、互いに「先に手を出した」という罪を背負わされるのを避けたいがためだ。

「そうか……ここまで来ても、日本政府は譲る様子を見せないか」

すると、魏海軍中将は同情含みに笑った。

「ある意味予想通りといえます。日本にも、毛虫ほどのプライドがあるでしょうから、戦わずに退くことは出来ないのでしょう。彼らが退きやすいよう、盛大に打ち負かしてやりましょう」

「……そうだな」

とはいえ剛は内心、力ずくの作戦には反対の立場であった。

もちろん、負けるなどとは思っていない。兵器の質はまだしも、量においては中国は圧倒的に優勢なのだ。だがそれでも、万が一というのがある。アメリカがどう出てくるか分からないというのもある。軍事をよく知る者ほど、軍事力の使用には慎重となるものなのだ。

だが海軍は勝てるという。ならばやらせてみろ、というのが臺国家主席の意思でもあった。

「問題は、日本がどこまでやるつもりかだ」

その辺りが、なかなか判断が難しいところである。

「相手の都合など考える必要はありません。奴らが悲鳴を上げて、もうやめてくれと叫ぶまで、我々は進めばよいのです。そもそも、資源の安定供給をして欲しければ友好関係を維持するようにしろ、と上から目線で告げてくるところが身の程知らずで傲慢です。我が国との関係を良好に保ちたいなら、我々が求める全てに是と服従し、代わりに恩恵として利益と安全を与えて欲しいと伏して乞うべきでしょう」

「とはいえ、島を失っただけで、日本が我が国に屈服するか？」

「するでしょう。魚釣島の次は、いよいよ沖縄です。糧道を断たれるとなれば、日本とて屈服するしかありません」

魏海軍中将は簡単に言った。

しかし剛総参謀長は、そんなことあるはずがないと思っていた。

これまで何のために日本が、太平洋にメタンハイドレートが存在することを報道してきたか。いざ、中東からの輸入ルートが断たれても、日本がそのまま倒れてしまうことはないぞと、内外に、特に中国に対してアピールするためだ。

「しかも日本には特地がある」

「今日明日で、これまでと同じ量の輸出入を確保できる訳ではありません。報告によれば、特地内でもいろいろと騒動が起きているそうですから。我が国の優秀な工作員が現地で活躍しているという報告も、葉補佐官からあったではありませんか？」

「ふむ。その通りだな」

とはいえ、日本が素直に引き下がるはずはない。米国とともに中国を侵略国と非難し、あらゆる次元で反発してくるだろう。そして、そうなった時の日本には、これまでのような制限はない。

例えば、北朝鮮の日本人拉致が明らかになった時のこと。

あの出来事をきっかけに、日本人は一斉に右傾化したと言われている。親北朝鮮の立場をとってきた言論人の多くは、それまで「拉致などない」「拉致など、北朝鮮を貶める謀略的宣伝工作に過ぎない」と言い張ってきた。しかし実際に拉致があったと判明すると、声望と発言権を失った。以後日本は、何かの頸木を取り払われたかのごとく、北朝鮮を明確に敵視するようになったのだ。今では北朝鮮の絡んだ交渉では、あらゆる場面で頑なに振る舞い、ほんの僅かな譲歩すらしなくなった。

それが今度は中国の番となるのだ。

島を奪えば、日本政府を押さえ込んでいた頸木がなくなる。領土を奪われたからには、平和憲法で国は守れないと叫び「憲法改正」というカードが切れる。日本国内にある中国人資産の凍結や没収とてあり得る。

これに反対する者は極少数派に転落するだろう。外国人参政権など、言葉の端に乗せただけでも売国奴と罵られる状況に陥る。そうなっては、北海道、沖縄を奪い取ることも不可能だ。せっかく長い年月をかけて準備してきたのに、それらが全てダメになってしまうのだ。

専守防衛という鎖が外れた日本は、領土が奪われている限り戦争状態は続いていると宣言し、中国にダメージを与える手法を行ってくることも予想される。

その一つとして、地味にキツいのが通商破壊だ。

といっても、第一次・二次大戦時のドイツがごとく、潜水艦でタンカーを沈めて回る必要はない。海上交通の要衝――例えばマラッカ海峡、ロンボク海峡、そして宮古海峡等に、機雷を散布すればよい。

機雷処理は、日本のお家芸だ。第二次大戦、朝鮮戦争、湾岸戦争と、機雷処理の経験をこれ以上ないほど積んでいる。そして処理が得意ということは、裏を返せば、どう仕掛けたら嫌がらせになるかを承知しているということにもなる。

特に近年の機雷は性能もよいので、特定の船にだけ反応する、あるいはしないようにすることも可能だ。そうなったら中国は、原油の輸入を断たれて、たちまち干上がってしまう。

ロシアがクリミア半島をウクライナから奪い取り、欧米各国から懲罰を受けても平気な顔をしていられるのは、資源輸出国であるという面に加え、国民に窮乏に耐えることが出来る強さがあるからだ。

しかし中国にはその強みがない。経済が驚異的に発展していく中で、強権的な一党独裁制により国民の不満を封じ込めてきたのだ。国民に耐乏を求めるのはまったく不可能だろう。

すると、これまで強みとしていた十三億という人口が、足枷に転じる。十三億人が要求する食糧、資源、そしてエネルギーをどうやって確保するか。

今日、中国が一帯一路政策で、経済的紐帯《ちゅうたい》をユーラシアの内陸に向けて広げようとしているのも、いわば糧道を断たれることを防ぐためだ。しかしそれは未完成なのである。

だからこそ我が国は、これまでも台湾や尖閣を武力で奪うという行動を取らなかった。

なのに海軍は、あえて武力行動を起こすという。

剛は、魏中将の見識を問うために尋ねた。

「私は、尖閣を奪い取るのはまだ早いと思っている。準備は整っていないとね。君は強硬手段に出た後の影響を検討しているかね？」

「それは大した問題ではありません。時間はかかるでしょうが、平和と友好関係という美名を鼻薬として嗅がせながら交渉を重ねていけば、いずれどうとでもなりましょう」

「では、台湾はどう対処してくると思う？　ロシアは？　インドは？　ヨーロッパの各国はどのような態度になる？　次から次へと、我々が対処しなければならない戦線はどんどん拡大するぞ。カシミールやブータン方面はどうなっていく？」

すると、魏海軍中将は答えた。

「心配の必要はありません。インド軍がガルワン渓谷で戦力を増強しているという動きがありますが、陸軍が余計なことをせずに隙を見せねば、それ以上動くことはありません。インド兵相手に派手な殴り合いをして死者まで出してしまうから、係争地から撤退しなければならなくなるのです。おっと、これは別に陸軍を批判している訳ではありませんよ」

「では、我が国内に目を転じてみよう。君の目には国内情勢はどう映っている？」

「確かにウイグル、チベット、そして香港では不穏な状況が続いています。しかし抑えることは簡単です。総参謀長、我々は困難を理由に怯むべきではありません。断固として戦って、力を示すべきなのです。繰り返しになりますが、ここで退いては将来に禍根を残します。剛上将はやたら慎重論を口にされますが、我々海軍が戦果を上げることに嫉妬なさっているのではありませんか？　だから我々を掣肘《せいちゅう》を加えるようなことを仰るのです」

魏海軍中将は、内心の優越感をあからさまにして語った。

確かに年々拡大を見せる海軍への嫉妬心がないとは言わない。だがそれだけではないのだ。剛には、魏の言葉から早く早くという焦りの匂いしか感じられない。後でどんなに状況が酷くなろうとも、とりあえず今、自分が勝利を得られればよい。そういう魏海軍中将の自分勝手な成功と勝利への渇望が、状況判断を見誤らせているとしか思えないのである。

＊　＊

その頃、日本――

時は、多くの人が昼食を取ろうという頃であった。

毎朝新聞社会部記者の鶴橋は、首相官邸から少し離れたところにある六本木の高級グランメゾンにいた。周囲のテーブルは、二人ないし三人連れの客がテーブルを囲んで、静かに談笑しつつ料理を楽しんでいた。

こんな店を鶴橋が利用するのは初めてで、いつものよれよれなスーツ姿で来たことを大いに後悔していた。にもかかわらず、案内されたテーブルは、フロアのほぼ中央。景色の良い窓際ほどではないけれどなかなかよい扱いだ。予約の際に告げた毎朝新聞社の名が、功を奏したに違いない。

だが、鶴橋の向かい側に座るべき相手はまだ現れていない。

「早く来てくれないかな……」

高級店にいるというだけで何だか据わりの悪さを感じるのに、中央のテーブル席で食事もせずに一人で待っているというのは、途轍もなく居心地が悪いのだ。

「いや、待たせてすまん。仕事がなかなか終わらなくて」

だが、鶴橋のそんな気苦労が最高潮に達した時、待ち人が現れた。

親譲りの端整で爽やかな笑顔と、流暢な弁舌。その顔も名前も、テレビによく映る若手の政治家として人々に知られている。実際、この男の登場に、店内は一瞬静まりかえった。皆がこの男の名をひそひそと囁いた。

「北条宗祇よ」

「北条元総理の息子だ」

衆議院議員にして、内閣府大臣政務官の北条宗祇。その姿を見た途端、鶴橋の口から喉元までこみ上げていた文句よりも先に安堵の溜息が出た。

「仕方ない。スケジュール通りという訳にはいかない忙しい身の上なんだろう？」

「ああ。だがこの店には、以前から一度来てみたかったんだ。だから誘ってもらえて嬉しい」

北条宗祇は、ギャルソンのアテンドで腰を下ろすと微苦笑した。

「今日は日曜だが、この後も政務がある。だからノンアルコールでいきたい。とはいえ気分だけでも呑んだつもりになりたいから……」

北条宗祇は、さらっとリストの下にあるものを指差す。１６８８グラン・ブラン。それはノンアルコールのスパークリングワインだが、名前からして高級そうな雰囲気がある。鶴橋はその金額を思って、思わずどぎまぎとしてしまった。

「何年ぶりになる？」

「北条が選挙に出る寸前だったから、もう五年か？」

美味い食事のおかげか、二人の会話は滑りよく始まった。

「もうそんなになるのか？　忙しい毎日の中にいると、随分と速く感じるよ」

「おいおい、何年も前のことをつい昨日のように言ってしまうのは老化が進んだ証拠だぞ。ちなみに俺が久しぶりという感じがしないのは、北条の姿を新聞やテレビで日常的に見ていたからだ。随分とご活躍のようで何よりだ」

「これでも三年生議員だからな」

三年生議員とは三年目という意味ではない。選挙の洗礼を三回受けているという意味だ。

衆議院は一期四年だが、途中で解散があるし、北条宗祇の場合、最初の当選は補欠選挙だったから、僅か五年のキャリアでも三回の選挙を経験することが出来た。様々な役職を担うことが要求されるのも、概ねこの頃からだ。

「でも、政務官なんて凄い」

「親の七光りさ」

「七光りだけじゃ政務官にはなれんだろ？　次は副大臣か大臣という噂も聞こえるぞ」

すると北条はちょっと自慢げに鼻を高く上げた。

「まあ重要な仕事をいくつかこなしたからな。特地の海賊対処法だって俺が担当した。おかげで総理や党幹部の覚えもめでたくてね。で、お前のほうはどうなんだ？」

「社会部で十一年目。まあまあ普通にやってる」

「政治部に移って、官邸詰めになればいいのに」

そうすれば、政務官とも日常的に接することが出来る。何ならネタを流してやるよ、とも言った。

しかし鶴橋は笑って後ろ頭を掻いた。

「そういうのは、俺には無理そうだ……」

「確かに。貴様はそういうのは不得手そうだ」

政治部の記者は、政治家とズブズブの関係になりやすい。

日常的に情報を貰う代わりに、潰したい人事や法案のリーク、あるいは政敵にとって不利益な飛ばし記事を書くといったことを引き受けなければならない。つまり「政治工作」の道具になるのだ。

とはいえ、政治記者はそういう関係を利用し、時に利用されるからこそ、政界内部のことを記事にすることも出来るのだ。なのにこの男は、仕事に個人的な関係を持ち込みたくないと頑なだ。

「そんな貴様がわざわざ俺を呼び出すなんて、どういった風の吹き回しだ？　特地の問題ならいくつか話してやれることがあるぞ」

「どんな？」

「特地のカナデーラ諸島が、国家を自称する海賊集団に占領されたのは知ってるな？」

「ああ。尖閣の問題ですっかり埋もれてしまっているがな」

「我が国は『治安出動』を命じた。ここに来るのが遅れたのも、実はその処理をしていたからだ」

「治安出動？　防衛出動ではなくてか？」

「あくまでも海賊という治安を乱す者への対処だからな」

「そっか。それはそれで面白そうな話だが――出来ることなら一番ホットな問題を教えてくれ」

鶴橋は言いながら、手帳を取り出した。

「何を知りたい？」

「『オペレーション墨俣』の内情だ」

「鶴橋、貴様本気でそんなものが政府内部にあったと信じてるのか？」

北条に真顔で問われると、鶴橋は一瞬、答えに詰まった。

「信じている。何故ならあの記事は俺が書いたからだ」

「なるほど、あの記事は貴様が書いたか。ならば、もっと突っ込んだ話をしてもいいな。鶴橋、貴様はあの文書を、防衛省の職員から直接手渡された訳じゃないだろ？　もちろん防衛省に忍び込んで盗み出したものでも、ネットを通じて防衛省内部のサーバーから引き出したものでもない。おそらくは第三者から、こいつは防衛省の秘密文書だぜって言って手渡されたんだ」

北条の真実を貫く言葉に、鶴橋は全身から血の気が引いていくのを感じた。

「別に答えなくてもいいぞ。俺は、貴様が真実を知っているか確認したかっただけなんだから」

北条はそう言いながら、シャンパングラスを傾けて唇を湿らせた。

「貴様がこの件を俺に問うたのは何故かと考える。すると見えてくることがある。それは、貴様自身も、アレが防衛省の内部にあったと確信が持てていないということだ」

北条の心底を覗くような視線を浴びた鶴橋は、ただひたすら表情を硬くしていた。

「まあいい。この件では、貴様に答えられることは少なかろう。他に、質問は？」

「ならば、尖閣現地の状況と、今後の展開についてだ」

「確かに心配になるよな。あの記事が事態悪化の引き金になったのは確かなんだ。下手すりゃ戦争だ。もちろんアレが、本当に防衛省の文書なら、政府の自業自得だと批判できるだろう。しかし、貴様はアレが防衛省のものではないと腹の底では確信してしまっている。そう、今の状況の責任は、自分にあると自覚してるんだ」

鶴橋はこれにも応えることが出来ず、冷や汗でびっしょりとなっていた。

「なあ、教えてくれ、鶴橋。どうして記事を書く時に裏取りをしなかったんだ？　貴様はそんないい加減な仕事をする人間じゃなかったろう？」

「……」

「貴様は新聞記者になる時、真実を追求するジャーナリストになるんだって胸を張ってたじゃないか。あの時の貴様は一体どこにいったんだ？」

「……」

何も答えられない鶴橋を見て、北条は深々と嘆息した。

「現在、尖閣の接続水域では、海上民兵の漁船百隻余りと海上保安庁が対峙している。今回は、中国海警と人民解放軍の東海艦隊がオマケとして付いてきている。日本政府も、海上保安庁、海上自衛隊に命令を出して、動ける艦艇のほとんどを沖縄周辺に集めた。文字通り一触即発の事態だ」

「い、いつ始まる？」

「そんなことは誰にも分からないさ。今この瞬間にも始まっているかもしれないし、明日かもしれない」

相手のあることは、いつだって思惑通りには進まないものだと北条は語ったのである。

＊　＊

中華人民共和国／青島／人民解放軍総参謀三部第四局電網偵察処

通称『アニメ・スタジオ巨視』ＳＩＧＩＮＴ部に所属するアナリストのメイリンは、ヘッドホン越しに聞こえる会話に心臓が高鳴るのを感じた。すぐに報告しなければと上長の姿を捜す。

「徐主任！」

呼びかけても、主任はちょっと待てと手を振るばかり。

コンソールルーム内にいるそれぞれの担当者が、自分の任務、自分の監視対象者についての報告を勝手気ままに大声で話すので、メイリンの声も霞んでしまうのだ。

そこでメイリンは、コンソール脇のアイコンをクリックして、ボリュームを最大にした。

キーンというハウリングに続くスピーカーからの大音声《だいおんじょう》に、コンソールルームはしんと静まりかえった。

『い、いつ始まる？』

『そんなことは誰にも分からないさ。今この瞬間にも始まっているかもしれないし、明日かもしれない』

徐がメイリンを振り返った。

「メイリン。君はイツロウを監視していたな。これは誰との会話だ？」

「会話の相手は、ホウジョウソウウギのようです」

「日本政府の政務官の？」

コンソールルーム内が、アナリスト達の歓声でわっと沸き返った。

中南海から日本政府の監視を強化しろという要求があったばかりだ。政府関係者との会話が傍聴できるのは、彼らの任務に大いに役立つ。しかも話題はまさに尖閣の問題だ。全員が息を凝らして会話に聞き入った。

「映像が欲しい。この場所にいる人物のスマートフォンで、裏口の開けられそうなものはあるか？」

他のアナリストが、スマホ内蔵のＧＰＳで鶴橋の居所を特定。それと同じ緯度・経度に位置するスマホをたちまちリストアップした。

「残念ながら、ほとんどがリンゴ社製のようで――」

「ちっ、日本人の奴め」

「あ、待ってください。この店の防犯カメラは、部品が磐華《バンファ》製です」

磐華とは、中国の電子部品メーカーだ。

「裏口を開けられるか見てくれ」

「了解――この年式なら、間違いなくバックドアが付いてます。ちょっと待ってください」

アナリストが、キーボードを叩いて製品別のマニュアルを呼び出し、それに記されている手順に基づいて店内防犯カメラにアクセスする。

「映像来ます」

コンソールルームの大スクリーンに店内の様子が映る。画面の中央で、鶴橋と北条の二人がテーブルを挟んで向かい合っていた。

「何か凄い店みたい」

「あの料理、美味しそう」

内装の豪華さや料理の皿を見て、女性アナリストの何人かが呟いた。アナリストなどという仕事をしていても、その実、政治や外交にはまったく無関心という者がここには少なくないのだ。

「メインデッシュは魚みたい。一度食べてみたいけど、予約取るの大変なんでしょうね」

徐は嘆息しつつ、静かにしてくれと二人に求めた。

コンソールルーム内のモニターに映る北条は、何かに対して憫笑《びんしょう》すると、メインデッシュの魚にフォークを付けていた。

『今回ばかりは、中国も本気だ。だが何故今なのかとみんな首を傾げている。我々の分析では、まだ軍事行動に出られる状況が整ったとは言えないんだ。なのにそれでも討って出てくるのは、今動かなければならない理由が生まれたからだろう。……そこで問題になったのが、貴様の「オペレーション墨俣」だ。俺達はアレを、中国が難癖を付けるためにでっち上げた代物だと思い込んでいた。しかし今、お前の顔を見ていて違うかもしれないと思い当たった。アレを仕込んだのは、我が国と中国が衝突することを望んでいる第三国かもしれない』

通称『アニメ・スタジオ巨視』のアナリスト達は、モニター越しに見える北条と鶴橋の会話を聞いてどよめいた。

「まさか……」

アナリスト達が、一斉に徐を振り返る。

「Aチーム。カザミヤヒカルという人物の調査は進んだか？」

カザミヤヒカルは、鶴橋に『オペレーション墨俣』のデータを送った人物の弟であり、データを防衛省から持ち出してリークさせた張本人だ。

すると、Aチームのリーダーが困り顔で答えた。

「いえ……その、実は……」

「何だ、はっきり言え！」

「我々Aチームは、スマートフォンの通話履歴、クレジットカードの支払い記録、スマホ内部の画像データ、クラウドメールの交信履歴、住所録、更に日本国防衛省にある職員名簿、年金、健康保険の加入者リスト、給料の支払い記録もしっかりしていたので、このカザミヤヒカルという人物は間違いなく実在すると断定しました。したのですが……」

「それがどうした。はっきり答えろ！」

「ところが、調査を進めると、カザミヤヒカルの記録には、防衛省に採用されてからの十二年間で一度も残業手当の支払い記録がないと分かりました」

「何だと!?」

「レセプト請求の記録もありません」

別の女性アナリストが補足した。

「レセプト？　それは何だ？」

「日本の医療保険制度では、病院を受診した者は、かかった医療費総額のうち三割を窓口で支払います。残りの七割は、病院がレセプトという請求書を保険組合に送って支払いを受けるのです。しかしカザミヤヒカルという人物のためにそれを支払ったという記録が見当たりません。つまり、この男は、十二年間風邪にかかったこともなければ、歯医者にかかったこともないのです」

徐はガツーンと頭を叩かれた気がした。

どんな人間も、十年単位で見れば一度は医師にかかるものだ。風邪を引いたことがないとしても虫歯にはなる。更に言えば、一度も残業をしたことがない日本人が、ましてや国家公務員がいるはずがないのだ。

「つまり、カザミヤヒカルという男は存在しない訳か」

当然、そんな人間から提供された内部文書が、本物であるはずもない。

皆の脳裏に過《よぎ》りながら、誰もが口にするのを避けた言葉をメイリンが代弁した。

「ルアー・フィッシングに引っかかったんですか？」

ルアー・フィッシングとは、これ見よがしに大切に扱っておいた偽情報を盗ませる諜報活動上の手口だ。

当然、徐達も気を付けてはいる。しかし仮想敵のコンピュータのハードディスクやメモリを情報源にしている限り、どうしたって防ぎ得ないリスクでもあるのだ。

「このことを直ちに中南海に報告しろ！　それとBチーム、文書のファイルの検証はどうなってる？　今すぐやめさせろ！」

「えっ!?　文書ファイルを調べていたら、一部に圧縮されたデータ領域があると分かり、今解凍しようとしてるところですよ」

「ま、待て、危険だ！　止めろ！」

徐はBチームの方角を振り返って叫ぶ。

だが、遅かった。

突如としてコンソールルーム内のBチームの端末画面が真っ青になった。コンピュータを所有している者なら一度は見たことがあるだろう、絶望のブルー画面だ。しかもその現象は、Bチームを越えてフロア全ての端末画面にまで広がっていった。

「しまった！　ウイルスだ」

警報音が鳴り響き、メインのモニターまで真っ青になる。

「どうして⁉　あのデータはしっかり隔離しておいたはずなのに⁉」

「すぐにメインスイッチを切れ！」

「だ、ダメです。反応しません」

「電源ケーブルをひっこ抜け！」

アナリスト達は、電源を引き抜いて問題の広がりを止めようとした。しかしそれも上手くいっている様子はない。既に全てのマシンに影響が及んでしまっているのだ。

いくつかのマシンからは火花が散り、コンソールに向かっていたアナリストが悲鳴を上げた。

「大変です！」

「一体何が起きてる。報告しろ！」

「バックドアを開くソースコードが次々と……くそっ！　勝手にデータが抜き取られていきます。日本人にしてやられました」

「こんなこと日本人に出来る訳ないだろう！」

「じゃあ誰なんです？」

「アメリカに決まってる！」

徐は屈辱に歯噛みしながら、部下の考え違いを正した。

「剛総参謀長！」

東シナ海の現場から送られてくる映像を食い入るように見入っていた剛に、葉補佐官が呼びかけた。

「どうした？」

「『アニメ・スタジオ巨視』の徐主任から報告が入りました。『オペレーション墨俣』はアメリカの仕込み工作である可能性が高いそうです」

「何だと!?」

「アナリストのチーフである徐は間違いないと断言しています。日本に尖閣を要塞化する意志がなかったと分かったのなら、作戦中止を国家主席に進言なさるべきかと」

するとは魏海軍中将は言った。

「ダメだ！　今更作戦中止など不要である。やれば大きな地歩を得られるというのに、どうして途中でやめる必要があるのか？」

すると葉は反駁《はんばく》する。

「しかしこれは我々が自ら望んで得た好機ではありません。たまたま一局面で優勢に見えるからと安易に進んでは、真の敵であるアメリカの仕掛ける泥沼に引きずり込まれてしまいます。魏海軍司令官、時期がまだ早過ぎるのです。ここで事を起こしたら、事態の収拾にどれほどの手間が掛かるでしょうか？」

「しかし日本を屈服させる好機なんだぞ！」

「いいえ、違います。逆に日本をいよいよ本気にさせ、我が道が閉ざされる危機なのです！」

「日本が力で来るというのなら、こちらも力で対抗すればいいではないか!?」

「しかし、アメリカに介入の口実を与えてしまいます。そうなれば、我が国も少なからず傷を負います」

「たとえそうだとしても、今ここで退いたら我が国内が収まらない！　少なくとも、私は海軍の部下達を抑える自信はないぞ！　ましてや党の年寄り達を黙らせることなど不可能だ。党が、国内が割れるぞ。それでいいのか？」

魏中将は苛立った声で怒鳴った。

薹徳愁は、中国の最高権力者である。しかし何もかもが彼の思い通りになる訳ではない。

戦前の日本においても、軍部が好き勝手に独走し、昭和天皇の意に反した行動を起こしたように、中国の権力体制もまた複雑で彼の思いのままにはなっていない。実際、その証左のごとく彼は何度も暗殺未遂を受けている。

「いずれにせよ、海軍は主席からの中止命令がない限り作戦を続ける」

では、そんな状況で薹主席はどうやって権力を維持しているのか。

それは利益の分配でなり立っている。世界第二位となった中国の経済力は、今や圧倒的だ。しかしそれでも配分される利益はピラミッド型の支配層末端にまでは行き渡らない。そのため薹主席はその不足分を、将来への期待という約束手形を切ることで賄っている。

将来の厚遇が約束された者や分配される富を待っている者にとって、成功と勝利は当たり前のものであり、失敗や停滞は党上層部、指導者層の弱腰や能力の低さに起因すると見る。そうなると別の者を、自分に利益を与えてくれる者を、トップに据えようという動きが生まれてしまう。

だからこそ国家主席の薹といえども、慎重論に傾くことは難しく、海軍の、そして魏中将の主戦論を掣肘できない。日本に勝利することは、言わば海軍に投げ与える利益でありエサなのだ。

「総参謀長……」

葉はもう一度剛総参謀長に決断を促した。薹主席に作戦中止の進言をすべきだ、と。

「もうやめろ、葉補佐官！　君の言いたいことは分かるが、総参謀長はこの作戦を最後までお見届けになると仰っている」

魏海軍中将の言葉を前に、剛総参謀長は沈黙してしまった。そうなれば、葉補佐官もまたそれ以上の慎重論を主張できなくなってしまうのである。

09

海上自衛隊／第四護衛隊群護衛艦『かが』――

ＦＩＣ（旗艦用司令部作戦室）

『かが』司令部作戦室モニターに映し出される東シナ海の状況図に変化が現れた。

『中国海上民兵団が、接続水域に入りました』

接続水域に現れるまで、海上民兵を乗せた漁船は、ある程度まとまった船団を作っているだけだった。しかし接続水域に入る手前で一旦停止すると、一カ所に集合して舷を接した塊を作った。

概ね楔形に整えられたその集まりを見れば、意図は分かる。隙間のない巨大な一塊となって前進し、針路を阻む海上保安庁の船団を突き破るつもりなのだ。

『海上保安庁の船団が、対処に向けて前進開始』

もちろん海上保安庁は、船をぶつけてでもこれを防ごうとする。

しかし問題は、中国の漁船が鋼鉄で作られていることだ。これで正面からぶつかられたら、多少では済まない被害が出るだろう。

実際、南シナ海ではベトナムやフィリピンの木製やFRP製の漁船が、中国漁船の体当たりで沈められている。マスコミで報じられるのは実際に起こっていることのごく一部だろうから、もっと多くの船が海賊行為に等しい襲撃の犠牲となっているはずなのだ。

「いよいよか……」

東都博海将はそう呟くと、姿勢を正して部下に東京への回線を繋ぐよう告げた。すると待ち構えていたのだろう。首相官邸の高垣がモニターに現れた。

「ご報告いたします、総理。『状況』が開始されました」

状況——主に演習などの訓練の際に使う「設定」を示す言葉であり、実戦では使わないと様々な場面で語られてきた。しかし、こうして実際に有事になってみると、案外使ってしまうのだなと東都は内心で苦笑した。人間は、本番の時こそ訓練のままに思考、発言、行動してしまうのだ。だからこそ訓練は本番のごとく振る舞わねばならないのである。

「では、計画通りに対処してください」

高垣が総理大臣として命令を伝えてきた。

「了解しました」

いよいよ制服組の出番だ。東都は部下達を振り返って告げた。

「では、始めよう。『チア号作戦』を開始せよ」

「了解！」

「『三回裏だ。チアド○ダンスを開始せよ』。繰り返す『三回裏だ。チアド○ダンスを開始せよ』」

一斉に作戦開始の符丁《ふちょう》が発信される。モニター上の輝点が一斉に移動を開始し、『かが』のＦＩＣは俄然活気付いていった。

東都はふと疑問に思ったのか、左右の幕僚に問いかけた。

「どうして『チアド○ダンス』なんだ？」

「あ、自分がド○ゴンズのファンだからです」

幕僚の一人――名古屋出身――が片手を挙げる。

「あ、そう」

ここで新たに『ド○ゴンズのファンだと、どうしてチアド○なのだ』という疑問が東都の中に生まれたが、これを問うと更に不毛な会話が続きそうで納得するしかなかったのである。


『三回裏だ。チアド○ダンスを開始せよ』

超音波を搬送波に用いた水中電話で作戦開始を伝えられたそうりゅう型潜水艦『りゅうじょう』と『ひりゅう』の二隻は、尖閣諸島内の浅海に沈座した状態からゆっくりと浮上を開始した。

予定の潜度まで静かに浮き上がる。

「魚雷管、注水終わり」

発令所の中央後方に居座る艦長には、部下から次々と報告が届けられてきた。

「前扉開け」

「発射用意よし！」

ふと、艦長が我に返ったような表情をして振り返った。

「ところで、本当に発射して大丈夫なのか？　水圧が急激にかかって彼女達に、健康被害とか……」

「大丈夫です。特地に派遣されている黒川一佐から、何度も実際に試して問題なかったとの報告が入ってます。潜水医学の専門家も太鼓判を押してます。大丈夫です」

近年、潜水艦に乗り込むようになった女性士官の一人が心配は不要だと告げた。

「そうか。ではそれを信じて実施しよう――チア号作戦はじめ！」

「チアガール射出！」

「前略、中略、ファイヤー！」

艦内に圧搾空気の流れる音が響く。

「行くよーーー」

これによって二隻の潜水艦全ての魚雷管に装填されていた半身半魚の人魚達――特地から招聘《しょうへい》したケミィ達アクアスが、東シナ海へと飛び出していったのである。

＊　＊

「ふむ――」

北条はテーブルに置いたスマホ画面にチラリと視線を走らせた。官邸から「状況」が始まったという連絡が入ったのだ。

だが、北条の役目は既に終わっている。もう事態の進行を黙って見守るくらいしかすべきことはない。そのため彼は席を立つことなく、鶴橋との会話を続けた。

「さて、貴様が心配している今後のことだ。相手があることとはいえ、今後の展開についてはある程度の予測は付いている。それについての解説が必要か？」

「国と国の諍いはカードゲームに似ていると理解しているが――面倒でなかったら説明してくれ」

鶴橋がぶっちゃけた解釈を口にすると、北条は笑いながら頷いた。

「カードゲームとは言い得て妙だな、実際その通りだ。外交交渉――その延長としての実力行使も含めて、トランプゲームの『大富豪（大貧民）』に例えると理解がしやすい」

北条はまずルールの確認から始めた。

大富豪とは、四種類のスート五十二枚にジョーカー一枚を加えて参加プレーヤー達に均等に配布し、場に一人ずつカードを捨てていき、手札が最初になくなった者が勝者として上がれるというゲームだ。

ただし、場に捨てることが出来るのはシーケンス冒頭に出されたカードより優位なカードのみ。

カードは正常時だと『2』がもっとも優位にある。つまり強い順に2、A、K……以下暫時数値が減っていき、最劣位が『3』だ。特定のカードを集めた者が『革命』と称して提示するとこれが逆転することもある。

さて、カードの捨て方だが……

そのシーケンスで最初にカードを捨てる者が、その後の流れに縛りをかけることが出来る。

縛りには『単独一枚』。あるいは『同じ数字のペア、スリーカード、フォーカードという組み合わせ』または『同じマークの連番《ストレート》で三枚、四枚という組み合わせ』が考えられる。

続くプレーヤーは、その縛りの範囲で、先に出されたカードに優越するカードを出すことが出来る場合に限って、カードを捨てられるのだ。

もし、場に出されたカードよりも強い手札を出す者がいなければ、積み上げられたカードの山は流されて、そのシーケンスは終了する。そして次のシーケンスは、前シーケンスで最後にカードを出していた者から始まるのだ。

――このゲームで得られる教訓は、相手が出してきたカードに合わせて対応していては主導権は得られないし、勝利も掴み得ないということである。場に捨てるカードの数値が漸次《ぜんじ》エスカレートしていくという流れを断ち切り、相手に次のカードを出すことを躊躇わせなければならない。そして次のシーケンス、更に次の次のシーケンスで主導権を掴み続けるのだ。

そのためには、優れたカードを揃えることが肝要となる。しかしそれと同じく大切なのは戦術だ。『公船の接続水域への滞在』『領海侵入と長期滞在』『日本の民間漁船を追跡』『日本が領海と主張する海域で、漁船を操業させ、あえて海上警察が取り締まる』というのは劣位カードを一枚ずつ切っていくようなもの。

そこで北条は鶴橋に問いかけた。

「だとしたら、我が国の打てる手は何だと思う？」

「海上保安庁を出す、の次なら、自衛隊艦隊を出すことだろ？」

「それは相手が出してきた『6』のカードに対して『7』を、『8』のカードに対して『9』を切っていくようなものだ。主導権を奪うには、相手の出したカードの数段上位の、しかも相手の意表を突くようなカードを切っていかなければならない」

「それは一体どんなカードなんだ？」

するとの北条はニヤリと微笑んで言った。

「それは、こいつだ」

＊　＊

「運転用意！　はじめ！」

狭い艦内にすし詰めに並んだ水陸両用戦闘車ＡＡＶ７のエンジン音が一斉に鳴り響き、ディーゼルの排煙が瞬く間に車両甲板内に充満していった。

「各車、建制順にウェルドックまで前進せよ」

水陸機動団第一連隊上陸隊の要員達を満載したＡＡＶ７は、海上自衛隊輸送艦『しもきた』の艦内で後部へと進み始めた。

ほぼ同時に『しもきた』後部のハッチ、スターンゲートが開いてウェルドック内は海水で満たされていく。

ハッチが完全に開いて見えてきた東シナ海は、青空がごとく蒼く透き通っていた。

第一連隊上陸隊第四中隊長は、これから進み出ることになる海面の波がやや高いものの、ＡＡＶの許容範囲であることを目視で確認した。

通常「連隊」は、実際に作戦行動をする際に、機甲や特科といった様々な職種の部隊をその隷下に置いて「戦闘団」となる。しかし水陸機動団ではまったく違っていた。戦闘できる編成を完結させた彼らは「連隊上陸隊」と呼称されるのだ。

「リクエスト・グリーンウェル、フォウ・デパーチャー！」

中隊長が無線機を通じて『しもきた』の管制に呼びかける。すると『しもきた』艦長からのＧＯ

サインが出たことを報せるグリーンランプがウェルドック内に灯った。

するると同時に、ウェルドック後方のキャットウォークにいる海自管制員が、赤の棒を引っ込めて緑の棒を振る。

ＡＡＶ７は誘導されながら一両ずつ前進を開始。スターンゲートから海へと飛び込んでいった。

＊　　＊

人民解放軍海軍航空母艦『山東』

『山東』の艦隊中央指揮所では、作戦司令員の趙支仲中将と、今次作戦に参加する海・空人民解放軍司令員と参謀、そして政治委員達がテーブルを囲み、状況の推移を見守っていた。

『日本側海上保安庁の船団が突如、散開しました！　海上民兵の漁船団と衝突せず、素通りさせてます！』

モニターには、突如として左右に分かれていく日本国海上保安庁所属の巡視船団の姿が映し出された。

「何だって⁉」

「どういうことだ」

どよめく参謀と政治委員達。

そこに更に驚くような報告がもたらされた。

『『くにさき』『しもきた』『おおすみ』の三隻から、水陸両用車が出ています！』

「映像は入るか!?」

「少しお待ちください。入りました！」

すぐに上空のドローンから映像が入った。それによって報告が間違いでも何でもないことが理解できた。

「どうなってるんだ？」

「日本人は何を考えている!?」

人民解放軍側は、この段階でこんなことになるとは想定していなかったのである。

当初の予想では、海上民兵が島に上陸しようとするのを、日本の海上保安庁が妨害してくるはずであった。

そこで人民解放軍は、自国民の保護を理由に海警を出し、海上保安庁の船の針路に立ち塞がらせる。そうして正面から睨み合いをしている間に、海上民兵達が上陸するという段取りだった。そこで中華人民共和国政府は、日本に対して外交交渉を要求するのだ。

もちろん、日本国内、政府内にいる親中国派の政治家、著名人、マスコミを総動員して「戦うべきではない」「争いは避けて話し合え」と盛大に宣伝し、圧力もかける予定であった。

もし、ここで日本側が話し合いに応じるなら、海上民兵は島に滞在する時間を稼ぐことが出来る。状況によっては、補給や物資の搬入などを行い、恒久的な実効支配を目指すことも可能となるはずであった。

もしも日本政府が話し合いを拒否し、海上自衛隊を前面に押し出してくるなら、人民解放軍も東海艦隊を前進させて正面対峙する——

戦火はギリギリまで交えない。常に、日本が事態をエスカレートさせたのだという言い訳でごり押ししていく。そうすれば、米軍も介入できないはずなのだ。

しかし、である。

海上保安庁は漁船団の針路から立ち退いて漁船団を素通りさせた。まるで島に上陸してくださいと言わんばかりだ。これでは海上警察が介入する口実にならないし、攻撃する理由にもならない。シナリオはのっけから狂い始めたのである。

すると政治委員の丁玉愛《ていぎょくあい》が厳しく言い放った。

「いや、何を躊躇う必要がある！　日本軍が魚釣島に上陸しようとしているではないか!?　これは我が国の領土への明確な武力侵攻と言えるはずだ！」

「そ、そうです、司令員。直ちに攻撃すべきです！」

参謀や政治委員達は口々に言った。

「いや、しかし……」

だが、趙支仲司令員は彼らの意見には頷けなかった。

それでは、外交交渉の次元をすっ飛ばしていきなり武力行使の段階に踏み入ってしまうからだ。もしここで攻撃をしたら、最初に発砲したのは中国側ということになってしまう。「人民解放軍は、平和的解決を志向してきたのに、悪辣にも日本側が先に発砲した」という言い訳が使えなくなってしまうのだ。もちろん、米軍もたちどころに介入してくるだろう。

それに当該海域には、海上民兵の乗った漁船団がいる。

彼らは民間人のふりをした軍人だが、表向きは民間人となっている。

だからこそ、海警による保護が必要だという言い訳が使えるし、軍が介入する理由にもなる。なのに彼らを巻き込むような攻撃を人民解放軍が行ったら、批判されるのは人民解放軍なのだ。

「躊躇う必要はない。先に日本から仕掛けてきた、で押し切ればよいではないか!?」

「いや、いくら何でも無理です。現在この周辺の状況は、日本と米国政府がネットニュースを通じて実況中継しているんです」

指揮所内でコンソールを操作していた士官の一人が言った。

彼の前にあるモニターには、ネットのライブ中継がそのまま映し出されていた。どの船がどこの所属か視聴者にも分かるよう解説までされている。

「いっそのこと、海上民兵を引き揚げさせたらどうだ!? 敵軍が島へ上陸したのを理由に奪還作戦を行うんだ！」

「いや、国際社会は、まだ尖閣は日本が実効支配していると見ている。軍を上陸させたからといって、それに対する攻撃を正当なものとは認めません」

「国際社会など気にする必要はない。力ずくで事を運べばいい」

「それはマズい。アメリカの武力介入を招いてしまう！」

上空では、中国空軍と日本の航空自衛隊戦闘機が牽制し合っているが、それに米海軍の戦闘機が交じり始めたという報告が入った。

レーダーには映っていないのだが、現場のパイロットからの目撃報告が入っているところから察するに、F35C。ステルス艦載機だ。

「では、このままか？　このまま何もしないで傍観するというのか⁉」

「いや。海上保安庁が道を空けてくれたのなら、このまま進めばいい。海上民兵を上陸させよう」

政治委員の一人が言った。

「ふむ。先に上陸した自衛隊は、彼らに銃口を突きつけて逮捕拘禁しようとするだろう。それが我々の介入する理由となる。これに加えて、我が神聖なる領土への武力侵攻。この二つの理由があれば、国際社会も文句は言うまい」

「いささか苦しいが、それで押し通すしかないか……」

「でも、海上民兵はどうなるんでしょう？　彼らは丸腰ですよ。それで完全武装の敵に向かっていくんですか」

「だからこそ、我々が介入する理由になる。それに相手は日本人だ。手荒な真似はしない。せいぜい人道的に扱ってくれるだろうさ」

政治委員のこの冗談とも本気とも取れる言葉には、趙支仲司令員も参謀達も取り繕ったように笑うしかなかったのである。

＊　＊

中国の海上民兵組織に所属する漁船団の船は、一群の塊となって前進を続けた。

すると日本の海上保安庁の船が左右に分かれて道を譲り始めた。それを見た彼らは、自分達の毅然とした態度に、日本人は驚き怯えたのだと理解した。

「奴ら腰抜けだぜ！」

「へなちょこめ！」

巡視船とすれ違う際、彼らはこれ見よがしに紅の旗を振った。そしてこれ以上ないというほどの大声で、日本人達を揶揄嘲弄して自らの威勢を誇ったのである。

「日本鬼子！」

「小日本！　悔しかったらかかってこい！」

すると彼らに併走するように、海上保安庁の高速巡視艇が舷を寄せてきた。

乗り込んでくるつもりかと身構えたが、必要以上に近付いてこない。ただ、スピーカーを通じて何かを告げていた。

「何か言ってるぞ！」

「どうせ、いつも通りの抗議さ。気にするな」

耳を澄まして聞くと、何かの警告らしい。高速巡視艇の側面に置かれた電光掲示板には、簡体字のメッセージが流れ出した。

「えっと、『ここから先は日米合同訓練の演習海域に指定されている。危険だから離れるように』だってさ」

「ほほう、奴らもそれなりに考えてきたな」

「どういうことだ？」

「要するにだ、砲弾や銃弾が降ってくる射爆場に紛れ込んできたのは俺達だと言うつもりなんだ」

実際、尖閣の島の一つは米軍の射爆場として管理され、訓練に使用されてきた実績がある。他の島も既に国有地であるから、訓練用の施設として用いたとしても何ら不都合はない。

「俺達は丸腰だぞ、それでも撃つっていうのか？」

「だから警告してるんだろ」

程なくして予告が事実であることが証明された。

少し離れた所にいる『おおすみ』『しもきた』『くにさき』の全通甲板が白煙に包まれたのだ。大きな白煙の中から、青空を背景に、真っ直ぐ一筋の噴煙が線を作った。

それが向かう先は、尖閣諸島魚釣島だ。噴煙は絶え間なく続いて一条や二条では済まない。無数の噴煙が島に向かって次々と放たれていく。

漁民を装っているが、その実軍人である彼らはその火器が何であるかすぐに理解した。

「MLRSだ」

陸戦で用いられるロケット兵器を、自衛隊は輸送艦の甲板にずらりと並べ、対地攻撃に用いているのだ。

本来、MLRSは非常に重く、『おおすみ型』の輸送艦に載せたとしてもエレベーターで全通甲板にまで持ち上げられない。しかし陸上自衛隊は、MLRSからロケットを発射するのに必要とする部品以外をことごとく外して軽量化を図った。ドアも、窓ガラスも、椅子も、外せるものは全て外した。そうやって輸送艦の甲板上にずらりと並べたのである。

「あ、あそこに上陸しろっていうのかよ?」

海上民兵達はくびりと唾を呑み込んだ。

これから自分達が上陸しようとしている魚釣島が爆煙に包まれている。少し遅れて聞こえてくる爆音は、ずしりと腹に響いた。

海上民兵達は兵士である。党に忠誠を誓ってもいる。しかし人間であるからには、恐怖心もある。

つい先ほどまでの威勢のよさは吹き飛んでしまった。

「なあ、俺達が上陸したからって、日本鬼子が攻撃をやめてくれると思うか？」

民兵達は、幾つも幾つも飽きるほど乱造された反日戦争ドラマを思い浮かべた。

それらに描かれる日本人は基本的に悪党であり、血も涙もない殺人鬼だ。たとえ丸腰の女子供《おんなこども》だろうと、笑いながら殺す。当然、自分達に温情などかけるはずもない。

「くっ……島に上陸しろというのが上からの命令だ。だったら行くしかないだろう」

民兵達の司令員が告げた。

「俺達が死ねば、それを理由に党は日本に対して有利に立ち回れる……ってことか」

「そのために、俺達は死ねってか？」

「……」

さすがに海上民兵も震えた。

兵士であるからには、敵と戦って倒れることも覚悟している。しかし武器を携えて敵に向かっていくのと、弾が飛んでくるところへただ死ぬために飛び込むのとでは、本質からして違うのだ。

前者は懸命に戦って敵を倒せば生き残れるかもしれないが、後者はただの運試し、度胸試しでしかない。しかも、本国のお偉方は、自分達が犠牲になることを望んでいる。

これでは、命令と言われても納得できるはずがないのだ。

とはいえ、海上民兵の漁船団は更に前進を続けた。

全員、軽口はもう叩けなくなっている。爆煙に包まれた島が近付いてくるのをただ黙って見つめているだけだ。

エンジンの音、漁船の舳先が波を切る音、舷を接した僚船との鉄材が擦れる音が絶えず聞こえる。しかし皆が神経を研ぎ澄ましていて、誰かの唾を呑み込む音すらも聞こえてきそうだった。

ふとその時、楔形の塊を作っていた船の一隻が、突如として速度を落とした。

「お、おい、速度を落とすな！」

司令員が叫ぶ。

だが、返ってくる返事は「機関の調子がおかしい」というものだった。

「ど、どうした⁉」

やがて船の群れから脱落して、後方に位置する船を巻き込んで少なからず混乱を引き起こした。

海上保安庁の巡視船との激突に備えて、左右の船と舷を接して進んでいたのが禍《わざわい》したのである。急減速した仲間の船と、車間距離ならぬ船間距離を取っていなかったため、正面から激突してしまったのだ。

漁船の船体が、衝突に備えて、鋼鉄製でやたらに重く、また丈夫に作られていたことも禍した。船同士の激突で乗組員達は甲板に投げ出されて転倒してしまったのだ。

慌てて舵を切り辛うじて避けた船、隣の船に衝突した船、何とか避けたものの大きく針路から外れてしまった船などは大混乱を起こし、交通事故に例えれば多重玉突き事故のような現場となっていた。

　これで海上民兵団約百隻の漁船団の三分の一が脱落した。

「大丈夫か⁉」

「沈む船はなさそうです！」

　司令員の問いかけに、見張り員が答える。

「そうか⁉　ならば我々はこのまま前進する。落伍した船には、後から付いてこいと伝えろ！」

「了解」

　もともと海上保安庁の巡視船と激突すれば、半分以上は脱落するだろうと考えていたのだ。

　この程度の損害は想定内。海上民兵の司令員は前進を決断した。

　しかしその時、今度は司令員の乗った船まで速度を落とし始めた。

「何をしているか！」

　司令員の鋭い声を浴びて、操舵手が慌ててスロットルを上げる。しかしエンジン音は上がるのに速度がまったく上がらないのだ。

「一体どうした？」

「き、機関の調子が！」

　すると、機関長が悲鳴を上げ始めた。

「どうした⁉」

「エンジンが異常です！　オーバーヒートしそうになっています！」

「何だと⁉」

同様の現象が、他の船でも起きている。集団から一隻、また一隻と落伍する船が出てきた。もちろんそれらに巻き込まれて激突する船、集団から落伍する船も出てきている。

「一体、何が起きてるんだ⁉」

上空のドローンからその様子を眺めると、大きな船の塊から、小さな船が一隻ずつ剥がれ落ち、塊がどんどん小さくなっていくように見えた。そしてついに、海上民兵の漁船団は尖閣諸島魚釣島の手前で完全停止し、海上に漂うことになったのである。


前進する力を失って海に漂う海上民兵団。

そんな彼らの目前に、陸上自衛隊の十五機のオスプレイが降下してきた。

まさか攻撃してくるのかと思われたが、オスプレイは後部ハッチを開けると、海面近くでホバリングしつつ、ＣＲＲＣと呼ばれる黒色のゴムボートを泛水《へんすい》（船を海面に降ろすこと）させる。そして間髪容れず、完全武装した水陸機動団の要員達が足ひれを手に掲げながら、入水していった。

海に降りた要員達は、たちまちＣＲＲＣに乗艇していく。そして全員が乗り込むと、海上民兵団の鼻先を掠めるようにして艇列を組んで島へと向かった。

水陸機動団の隊員達は、銃を手にしている。それだけでなく無反動砲や軽迫撃砲を抱えていた。

まるでそれらを海上民兵達に見せつけているかのようである。

「ちっ、くそっ！」

「先に行って待ってるぞということか！」

想定では、海上民兵の相手は海上保安庁や警察官からなる文民のはずだった。

だからこその非武装。だからこそ、丸腰の活動家のふりである。しかし相手が完全武装の兵士となれば、話は違ってくる。上陸した途端、何もしないうちに銃口を突きつけられてしまっては手も足も出ないのだ。

迂闊に抵抗すればどうなるか——

人間は自分の価値観、思考習慣に沿って相手のことを想像するものだ。つまり、人民解放軍の軍人は、相手が非武装の民間人でも平気で射殺する。六四天安門の時のごとく、それを当然と考えている。だからこそ、自分達もそうされると考えてしまう。

「日本が軍事演習している中に突っ込めと言ったり、完全武装している敵が待ち構えるところに進めと言ったり、聞いていたのと全然違う！　総司令部は、これから一体どうするつもりなんだ？」

海上民兵団の司令員は、部下達が動揺する姿を目の当たりにすると、苛立ちを隠さずに舌打ちしたのである。

『くにさき』など輸送艦の甲板に並んだＭＬＲＳの砲撃が終わった。

すると、水陸機動団のＣＲＲＣの群れは、海面に水飛沫を上げさせながら更に加速すると、先行しているＡＡＶ７の列を追い越すようにして魚釣島へと向かった。

この「演習」は、敵が占領している島に強行上陸するという想定だ。

ＭＬＲＳの苛烈な砲火によって、島を占拠する仮想敵は多大なダメージを受けた。しかし最終的には、水陸機動団が大地を踏みしめなければ島を奪還したことにはならない。だからこそ彼らは身を挺して上陸するのである。

既に先行して上陸していた洋上斥候が、上陸地点で合図を送ってきている。その合図を頼りにＣＲＲＣは浜へと乗り上げた。

完全装備の自衛官達が、海水を蹴って次々と上陸していく。

荷物を下ろし、ボート底に溜まった海水を捨てて陸揚げする。それらの作業は、これまでに何度も何度も繰り返してきたため、整然と流れるように行われていった。

ほぼ同時刻に、ＡＡＶ７の一隊は魚釣島の東南東方向に位置する南小島にも上陸を開始した。

この島には、浜から続く平面な土地がある。そこにＡＡＶ７は直接上陸した。

水陸機動団の隊員達は、尖閣の島々が日本国の領土であり実効支配していることを、その大地を踏みしめることで証明したのである。

この時、『山東』の艦隊中央指揮所は、若干の混乱を見せていた。

海上民兵の漁船団が目標を目の前にして突然停止した理由が分からないのだ。

もし日本からの攻撃が原因ならば、軍事介入の理由になるが、原因が分からないのではそれすら出来ない。

「一体何があった⁉」

「わ、分かりません」

「すぐに調べさせろ！」

「現地の司令員からの報告です。乗組員が海に潜って異常の原因を調べたところ、船のスクリュープロペラに何かが巻き付いているようです」

「報告はもっと正確にしろ！『何か』とは一体何だ？」

「現地の映像が入ります」

すぐに指揮所の大モニターに映像が映し出された。

すると、乗組員が白い物体を抱えてカメラの前に差し出していた。

「何だ、これは？」

「イソギンチャクか？」

「いや、クラゲでは？」

イソギンチャクにしてもクラゲにしても、画面に映っているのは、人間が抱えねばならないほどの大きな物体。東シナ海や日本海で漁民を苦しめるエチゼンクラゲなどは数メートルほどの大きさになるというから、そういったものが漂っていたとしても不思議ではない。

「あれは一体何だ？　すぐに報告しろ！」

『生き物ではありません。触ってみたら、何かの細い繊維を束ねた人工物でした。これが船のスクリュープロペラに大量に巻き付いて回転の邪魔をしてるんです』

漁港などでは、海面に浮かぶロープなどが漁船のスクリュープロペラに巻き付いてしまう事故が時たま起こっている。

スクリュープロペラが回転しなければ、船は推進力を得られない。前に進めなくなってしまうのだ。もしプロペラシャフトに何かが絡んでいることに気付かず強引にエンジンの回転数を上げれば、プロペラが破損するかエンジンがいかれてしまうだろう。

どれほど高性能な船でも、エンジンやスクリュープロペラが壊れたらただの漂流物と化してしまうのだ。

「こんなもののために立ち往生していたら、作戦も何もなくなってしまうぞ！　すぐに修理させろ！」

「プロペラに何かが絡まったというのなら、逆回転させれば外せるんじゃないのか？」

『ロープと違って、こいつは細い繊維の集まりなので、絡み方も複雑です。逆回転させても外れる気配がまったくありません！』

「だったら手を使え！　海に潜って手で外させるんだ！」

通信を終えると、幕僚達は罵った。

「くそっ！　漁具を平気で海に捨てる漁民の奴らめが！」

「ったく、困った奴らだ。海にゴミを捨てることを規制しないといけませんな！」

しかし政治委員の一人が言った。

「本当にゴミか？　海に浮遊していたゴミが、全ての船に、ほぼ同じタイミングで引っかかるなんてことが起こり得るのか？」

もちろん、その確率はもの凄く低い。つまり、人為的なものである可能性がとても高いのだ。

海上民兵達は作業員を潜らせて、漁船のプロペラに巻き付いたそれを取り除こうとしていた。

だがその繊維は異様に強靭で、手で引き千切れないばかりか、ナイフすらも受け付けなかったのである。

「だ、ダメです。いくらやっても取れません」

泣き言を言う部下に、苛ついた司令員が自ら海に潜った。

「ナイフを貸せ。俺がやってみる」

大きく息をして、船体の下へと潜る。すると船底にスクリュープロペラがあって、その周囲に白い毛玉状のものが巻き付いていた。

部下の報告通り、引っ張っても毟《むし》れないし、ナイフで切り裂くことも出来ない。そこで、プロペラシャフトと繊維の隙間にナイフの切っ先を強引にねじ込もうとしてみた。

しかし、どうやっても切れなかったのである。

「あつっ」

ついには力を入れ過ぎて、自分の手を切ってしまった。

そして思わずナイフを取り落としてしまう。ナイフはその重みにより吸い込まれるように海底へと落ちていった。

「ちっ、くそっ！」

手を押さえながら海面に浮上する。船上から心配そうにこちらを見ている部下に告げた。

「誰か代わりのナイフを寄越せ。俺のは落としてしまった」

「司令員。お怪我が……」

見れば手の傷から鮮血が零れ落ちていた。

「こんなのはただの掠り傷だ。大したことはない。誰か、替えのナイフを寄越せ！」

「ほい。落としたで」

「おおっ、助かった」

司令員は、傍らから何気なく手渡されたナイフを受け取る。そうしてもう一度海面下に潜る。そこで海中の景色を見渡して初めて、自分にナイフを渡してくれた存在に気付いたのである。

「な！」

潜った彼の周囲には、上半身が裸の女、下半身は魚という人魚がいた。

しかも一人や二人ではない。三人、四人、五人、六人……彼女達は自分の存在を見せつけるつもりなのか舞うように泳いでいた。

「に、人魚……だと？」

「くすくすくすっ」

その人魚達は、指揮官を取り囲んで揶揄うように微笑む。そしてしばらくすると、海の奥深くに滲むように姿を消したのである。

『山東』艦隊中央指揮所
『人魚です。人魚が出た！』

指揮所に、海上民兵漁船団の司令員の叫びにも似た声が響いた。

「ば、馬鹿を言うな。人魚なんているものか！」

「おおかたジュゴンか何かを見間違えたんだろう。そんなことより、すぐに修理して作戦を再開しろ！」

『無理です！』

「何故だ」

『プロペラに巻き付いてるのは、普通の繊維ではありません』

『明らかに特殊繊維です！　日本側が我々の針路上に意図的にばら撒いたとしか思えません！』

正解であった。

彼ら海上民兵漁船団を足止めしたのは、アラミド繊維の束であった。

作戦に関わった海上自衛官達は、それを『クラゲ』あるいは『ポンポン』と呼称している。

『ポンポン』と呼ぶ理由は、チアガールが使うそれに非常によく似ているからだ。しかもそれを操るのは、特地の海から招聘したアクアスの人魚達。彼女達が両手にそれを持つ姿はまさしくチアガールそのもので、故にこの作戦はチアリーダー作戦、略して『チア号作戦』と呼ばれているのだ。

ちなみにこの作戦、本来は海中の自律型ドローンが実施する予定だった。しかし海中ドローンの開発が遅れて配備が間に合わなかったのだ。

別に海中ドローンでなくても、海上保安庁の高速巡視艇やモーターボートで漁船団の鼻先を進みながら海にそれらを投げ込んでも、十分機能を発揮できた。あるいは、地引き網のごとき長さ一キロに渡るロープにこれらを紡いで、漁船団の針路に散布するという方法も考えられた。しかし海上民兵の意表を突くためにも、何が起きているか分からないほうがよいとされ、この作戦の実施は特地の海棲亜人種たる彼女達に託されたのである。

ケミィ達は、海上民兵の漁船が島に近付くと、海中から漁船団のスクリュープロペラに向けてこれを投げつけた。

「えいっ！」

「えいえいっ！」

一部の漁船では、プロペラスクリューにロープなどが絡んだ時に備えてロープカッターを装着している。しかし常時海に浸かっていれば、そんな刃も錆びて、海藻や貝などの海棲生物が付着して鈍《なまくら》になってしまう。それでは、アラミド繊維の束は断ち切れないのだ。

その上、海上民兵達の脳裏には、このまま船が進まなければ完全武装した敵が待ち構える島に上陸しないで済むかもという思いも生まれていた。たとえ共産党に無二の忠誠心を抱いていたとしても、死ねと言われるのと同義の命令を受けては、スクリュープロペラに巻き付いたそれらを取り除く作業に熱心になれずとも仕方がないのだ。

『どうした？　事故ならば救助するが。救援が必要か!?』

その時、海上保安庁が、突然停止した海上民兵の漁船団に近付いて呼びかけてきた。

いけしゃあしゃあと呼びかけてくる日本なまりの北京語に、海上警察の司令員は怒鳴り返した。

「不要である！　ここは中華人民共和国の領海であり、海警が救助活動を行う。日本の船は近付かないように！」

『ここは日本国の領海である。日本国が警察権を行使する』

こうして、海上警察と海上保安庁の睨み合いが、中国側の意図したものとはまったく異なる形で始まってしまったのである。

＊　＊

人民解放軍総参謀本部

全世界に向けて流される映像を見て、魏海軍中将は全身の震えを抑えることが出来なかった。屈辱と怒り、そして焦燥感が渾然一体となっているのだ。顔も真っ赤だ。歯までギリギリと音を立てているのが聞こえてくる。

「どうするね？　魏海軍中将」

剛総参謀長は、正直いい気味だと思わなくもなかったが、このまま黙って見ていることも出来ないので問いかけた。

すると魏中将は振り返り、指揮所の幕僚達に告げた。

「『山東』に命令しろ。魚釣島と南小島に上陸した日本軍を攻撃しろと。全力で攻撃するんだ」

さすがにそんなことをしてしまっていいのかと思ったようで、幕僚達は動きを止めた。

葉志明は、頭を振って告げた。

「そんなものは、作戦と呼べるものではありません」

日本のように、世界に対して強い影響力を持つ国との諍いは、慎重に事を運ばなくてはならない。インド兵と係争地で殴り合う事件を起こして死傷者を多数出したり、南シナ海で他国の漁船に体当たりして沈めたり、国際会議の場で突如としてブータン領内に領土主張を始めたりといった乱暴で粗雑なやり方は通用しないのだ。

小さな既成事実の積み重ねによって、米国が介入する口実を丁寧に潰していかなくてはならない。しかし今回はそれに失敗していた。海上民兵が島に上陸できなくなったのだから、その時点で後退を命令しなければならないのだ。

国家主席から通信が入った。

『現場の様子は見させてもらった』

総参謀本部指揮所のモニターに、薹主席の姿が映し出される。

「申し訳ありません。失敗しました」

剛総参謀長が、姿勢を正して答えた。

すると魏海軍中将は血相を変えた。

「いえ、我々はまだ失敗していません！　まだ終わった訳ではない。まだ挽回できる。ちょっとした手違いで予定が狂っているだけです！」

しかし薹主席は冷徹に告げた。

『魏中将。今回の作戦はこれで終了としたまえ。機会はまたある』

「またとはいつのことですか⁉　来年ですか、五年先ですか⁉」

『私としては、十年先だって構わないのだよ』

「それでは私も、海軍の者も皆納得しません！」

『君達海軍閥の納得など、私は必要としない。そもそも私は、今回の作戦を日本の意思を確認するために企図した。そして日本には、我が国に与する意思はないと知れた。それで十分な成果なのだ。なのに君達は、私の作戦に余計なことを付け加えた』

「そ、それは美国《アメリカ》の悪辣な陰謀で……」

『戦功を求めようとする焦りを見透かされたからつけ込まれたのだ。自分達の都合で始め、自分達で失敗したのだから、そこから生じた憤懣《ふんまん》を私に向けるなど、実に烏滸《おこ》がましい』

「………」

言葉を失ってしまった魏海軍中将に代わり、剛が尋ねる。

「どのような幕引きの仕方をいたしましょうか？」

『何もなかった。我が中国は、違法な抗議活動を行おうとした漁船団を、『我が国の領海内』で拘束することに成功した。そのようにすれば、幕引きも綺麗に出来よう。日本国内での政治工作は、随分と後退することになるが致し方あるまい。時間をかければ、修復できる。それは政治工作の次元の問題だ』

「了解しました」

『軍における後の処置の一切は、剛総参謀長、君に任せよう』

「はっ、お任せください。任期の最後まで総参謀長職を務め上げてご覧に入れましょう」

『そうか、君はもうじき退官するのだったな。では君の後任人事については、君から意見を貰うことにしよう。君が安心して後を託せる者のリストを上げてくれ』

すると、魏海軍中将が口を差し挟んだ。

「次の総参謀長は、我々海軍から選ばれるのではなかったのですか！」

『今回の失敗を見ると、海軍閥出身者に総参謀長の職を与えるのは時期尚早のようだ。ここは口ばかり勇ましい者よりも、慎重な姿勢を引き継ぐ者が望ましい』

「はっ、光栄です」

剛総参謀長は姿勢を正して敬礼する。

すると、蔓国家主席は軽く頷いてモニターから姿を消す。これにて作戦は終了。剛総参謀長も葉補佐官も、その他の幕僚達も次々と指揮所から退出していった。

一人残される形になった魏海軍中将だけが、その場で下を向き、拳を震わせていたのだった。

10

特地／アトランティア・ウルース

カナデーラ諸島にて、近衛艦隊壊滅。

その事実をアトランティア・ウルースの人々が知ったのは、出来事から三日後であった。

王城船の布告官が民を集めて高らかにその事実を伝えた訳ではない。だが、命からがら帰港した残存艦を見れば、誰だって理解できた。甲板は揚収した水兵達で一杯で、どの船もボロボロになっていたのだから。

そしてその僅か五日後。アトランティア・ウルースから見て東の水平線上に、アトランティア軍のものではない軍船が姿を見せた。これまでだったら決してなかったことだ。

シーラーフの軍旗を掲げるその快速艦は、アトランティアの様子を窺うように近付いた。

もちろん、アトランティア海軍も黙って見てはいない。近衛艦隊のアトロンユ大提督がイザベッラ号を指揮して邀撃に向かった。しかし、シーラーフの船はそれを恐れる様子もなく、距離を取ったまま、アトランティア・ウルースを一周して去って行ったのだ。

これまで見ることのなかった敵の影がすぐそこまで近付いたのを見て、アトランティアの人々は実感した。アトランティアの海軍力は、もうウルースを守れないほどに低下したのだ、と。そしていよいよ七カ国連合艦隊による全面的な攻勢が開始されるのだ、と。

「アトランティアも、もうお仕舞いだ……」

「余所者の女王《ハーラム》がやらかしたからな。アヴィオンの国々はきっと容赦しないぞ」

「そんな!? それじゃあ俺達はどうなるんだ？」

「陥落した城都の住民の運命なんて決まってる」

勝者は、負けた人間をどのように扱ってもよい。略奪も暴行も、虐殺すら思いのままというのがこの世界の常識で、それは「勝者の権利」と呼ばれている。

実際、彼らも海賊として振る舞う時はそのような原則に従ってきた。自分達が敗者になった時だけ別の倫理観を持ち出してことさら訴えるのは、ご都合主義に過ぎるだろう。

「で、でも、女子供は違うだろうよ!?」

「奴らはそうは考えない。捕まって奴隷として売られる」

「それなら、すぐにでも帆を上げて逃げ出さないと！」

「そうだよ。解纜《かいらん》して、ウルースから逃げ出そう！」

ウルースは船と船とを鎖で繋いで作り上げた人工の浮き島だ。鎖を外してしまえば、それぞれの船主は好き勝手なところに行くことが出来る。アヴィオン七カ国連合軍の総攻撃からも逃れることが出来るのだ。

「だ、ダメだ……。俺は帆や索具《ロープ》を腐らせちまってる」

だが、船主の多くが頭を振った。

「帆や綱が腐る」とは、例えるなら、何日もバケツの縁に掛けられた雑巾や立てかけられたモップのようなもので、繊維が干からびてカチカチになっている状態をいう。もちろん生地が脆くなっているから、力が加わればすぐに千切れる。そんな帆や綱では、荒れた海の航海など不可能だ。

その時、新品の帆と索具を抱えた船主が通りかかった。

「お前達、まだこんなところでもたもたしてるのか？　早く店に急がないと、索具や帆がなくなるぞ。これがあれば、ウルースを離れられるんだぞ」

「そうか。ないなら買えばいいんだ！」

こうして船主達は、商人の元へと走ったのである。

だが当然みんなも同じことを考えるため、店の前には大きな人だかりが出来ていた。さながらコロナ禍でマスクを買い占めに走ったアジア人転売屋がごとしだ。

「何でこんな値段なんだ！」

「普段の十倍だなんて、足下見やがって！」

あちこちから罵声や怒声が轟いていた。

「その値段でもいい！　帆をくれ！」

「索綱を百尋《ひゃくひろ》だ！」

「待て待て、そんなに在庫はないぞ」

「嘘を吐け、どこかに隠してるはずだ！」

人々は血相を変え、店主に掴みかかる勢いで迫った。

店主も店を守ろうと必死の形相だ。

「待て、放せ、乱暴をするな！」

「待ってられるか!?」

興奮する人々は互いを押しのけ、掴み合い、ついには乱闘騒ぎとなった。

「ご覧よ、ドラケ、凄いことになってるよ……」

そんな様子を少し離れたところから眺めていた黒翼の少女オディールは、自分の船長に呟いた。

「どうりでお尋ね者のはずの俺達が堂々と上陸できた訳だ……」

傍らには、海賊ドラケ・ド・モヒートがいた。

彼はアトランティアのレディィの呼びかけで、一度はアトランティアの海軍に属した。しかし軍隊の水が合わなかったのかすぐに離反した。そして脱走のついでとばかりに、女王《ハーラム》が囲い込んでいたパウビーノ強奪に加担したため、反逆の罪で手配されていたのだ。

なのにこうしてアトランティア・ウルースを大手を振って歩けている。

「もう、国としての何もかもが緩んでるんすよ」

航海長が周囲を見渡しながら言った。

見れば、あちこちに立っている警備兵も、乱闘騒ぎを取り締まろうともしない。

これまでいろいろな国に潜入して活動してきたドラケ一党も、こんな騒ぎを見過ごす警備兵に呆れ果てていた。

「士気と規律の低下はここまできた訳だ。いよいよこの国もお仕舞いってことだな」

独り言つドラケに、髭面の海賊が尋ねた。

「で……どうすんですか、お頭？」

「決まってるだろ？　俺達は俺達の仕事をする。俺達には金が必要なんだからな」

ドラケが手下達を率いて再びここに来たのは、もちろんシャムロックの依頼を達成するためだ。

「お前達、手筈は心得てるな？」

「もちろんでさっ！」

「よし。では行け！」

「ラーラホー！」

海賊達は、混乱の渦に包まれたウルースへと散っていったのである。

さて、アトランティア・ウルース全体がそんな状態にあれば、花街の妓楼船メトセラ号とて安穏としてはいられない。花街とは、美女や財宝の在処であって、略奪、暴行が目的の雑兵達にとって最初に目を付けるべきところなのだ。

おかげで不安に苛《さいな》まれた娼姫やメイド達は、船内の各所で顔を寄せ合ってひそひそと話していた。みんな似たり寄ったりの情報しか持ち合わせていないはずなのに、誰かに話して誰かの話を聞かずにはいられない心境なのだ。

「聞いたかい？　東の海に、七カ国連合の艦隊が姿を見せたんだと」

「楼主はんが、慌てて帆を購いに行ったのもそのせいやな」

「今から帆を買いに行った？　そんなんで間に合うん？」

「いくら何でも無理やよ。運よく帆が手に入ってウルースから逃げ出そうとした船は、片っ端から拿捕されてるって噂やし」

ホントのことなど露ほども知らないくせに、ついつい知ったかぶりや想像で語ってしまうのは人間の性なのだろう。

「それじゃ、うちらはどうなるん!?」

「拿捕された船に乗っていた者は、ことごとく奴隷にされてるそうや」

不安の蕾《つぼみ》を刺激し、もっともらしき嘘花を咲かせることに成功した人間は、ことさら饒舌になる。するとますます、根拠のない言説が不思議なまでに説得力を有して人々の心を支配してしまうのだ。

冷静になって考えれば、一体どこの誰がその現場を見てきたのかと疑問に思うはずだ。しかしパニック状態に陥った者は、なかなかそこには考えが至らない。ただただ絶望的な心境に陥って狼狽えてしまうのだ。

「うあああああん、うちはあとちょっとで年季が明けるはずやったのに。もうお仕舞いや！」

船内のあちこちで絶望に囚われた女達が泣き喚いていた。

「きゃはははははははははは！　この際だから、妓楼の美味いお酒全部飲んじゃえ！」

自暴自棄になって、自棄酒《やけざけ》を呑んで荒れる者までいた。

「困ったねえ。さっさと掃除済まさなきゃならないってのにさ。ちょっと、いつまでそんなところで呑んでるのさ。邪魔だから誰かこの酔っ払いを部屋に放り込んでおいてよ！　ホントにもう、うちは客商売なんだよ！」

一見冷静に振る舞っている風に見えるが、実はこういう者が最も質《たち》が悪い。「何も起きていない。今日も明日も、昨日と同じで変わらない」という現実の否認が、彼らを支配しているからだ。

そして無力感に打ち拉がれ、ただ廊下の片隅に膝を抱えてしゃがみ込んで、ブツブツと言っている者の姿もある。

「……もうダメ。もうダメだわ」

危機的状況に置かれた時の様々な人間の振る舞いが、この妓楼船でも見られたのである。

そんな惨憺たる有り様となったメトセラ号を一通り見歩いた伊丹は言った。

「俺、何かこの雰囲気を見たことがある気がします。映画か何かだったと思いますけど……」

すると、江田島が頷くように言った。

「ああ、伊丹君が何の映画のことを指して言っているか私も分かったような気がします。カイデル、クレープス、ヨーデル、アンポンタンの四人を室内に残して盛大に詰り、ついに絶望へと至る名シーンのあるアレですね？　ヒトラーを演じた俳優は、実によい演技をしていましたね」

伊丹は、アトランティア・ウルースとの交渉を禁じられている。そのため、奪われた島は実力で取り返しますという通告を終えると、早々に王城船を退去したのだ。そして本来の目的であった江田島達との合流を果たしていたのである。

伊丹は周囲を見渡しながら言った。

「統括。来たばかりで何ですけど、ここは『なるはや』で退去しませんか？」

七カ国連合の攻撃は、いつ始まってもおかしくはない。特地では、都市攻撃が行われると人間の最悪とも言える獣性が発露する。そのため、伊丹の生存本能が盛大に「ヤバい。ここから逃げろ」と訴えていた。

「ええ。私もそうしたいと思っているのですけどねえ」

江田島も伊丹の意見に同意のようである。

「何か問題があるんですか？　ここに来た時の船はあるんでしょう？」

「ええ、ミスール号が波止場で待機しています。厳重な監視を受けていたんで近付くことも難しかったんですが、今なら混乱に乗じて出航するのも可能だと思われます。ですがね、ここに来て、チームの一員が問題を起こしまして……」

「問題？」

「メイベルさんですよ。妓女の部屋に立て籠もって、姿を見せません。まさか一人だけ残していくなんてことする訳にもいきませんからねえ。今、徳島君が対処に動いてます」

「メイベル……ああ、あの蒼髪の娘か」

ロゥリィと盛大に戦って敗れた新米亜神を伊丹は思い出した。

彼女の自由気ままな言動から察するに、突然姿を消すとか隠れるとかいった行動をしてもおかしくないように思われる。似たような連中と付き合っている伊丹からすれば、まったく人ごとではない。伊丹は徳島の苦労を思って天を仰ぎ見たのであった。


「カーリーの奴……ミスラをこんなにしちゃって、一体どうしてくれるのよ」

三つ目のレノン種であるセスラは、自室の寝台に横たわるミスラを心配そうに見た。

いや、正確に言うなら、横たわっているのはミスラの『抜け殻』だ。強大な邪神カーリーが身体に居座ったせいで、ミスラの魂は押し潰されてしまったのだ。

ミスラの身体を奪ったカーリーは、イスラに対し、ティナエ十人議員の一人の秘書となるよう命じた。もちろん、ミスラを人質にとられたら、刃向かうことは出来ない。

そうしておいて、カーリー本人は帝国から流れてきた貴族崩れの男と組んで、この国の裏から女王《ハーラム》を操ってきたのである。

唯一自由に振る舞えたのはセスラだけだが、そのセスラですら、妓楼船にいるのをいいことに何度も協力を強いられた。この国の重職者に接近して、様々な謀略工作を仕掛けるよう命じられたのだ。

一方からはシャムロック。一方からは女王《ハーラム》レディ。

双方を巧みに操ることで、アヴィオンの海は見事に荒れた。大勢がいがみ合い、争い、多くの財貨と人命が失われた。

しかし、カーリーにとってそれの何が得なのか。そもそも自分達に何をさせたいのか。

セスラは何度もカーリーに尋ねた。しかし返ってくるのは、「其の方らはカーリーの伝承を知らぬのか？　我が望むのは、破滅と絶望。それだけじゃ」という恐ろしくも漠としたものであった。

『神の本性に理由はない。嫉怨羨恨《ルサンチマン》とその果ての絶望と滅亡こそが、本望なのじゃ』

まったく訳が分からない。滅びるのなら勝手に滅んで欲しい。周囲を巻き込むな。そう言いたかった。

『強いて言うなら、それこそが我が悦なのじゃよ。まあ、理解は求めぬ。そもそも其の方らに理解できるはずもない』

ただ自分に従えばいいという態度には、苛立つばかりであった。

「くっ……」

いくら呼びかけても、ミスラの魂は応えない。

口から出てくるのは、意味をなさない譫言《うわごと》ばかり。問いかけたところで感じられるのは、意味不明な思考の切れ端、霞がかかったような意識の澱《よど》みでしかない。

しかも、ミスラをこんな風にした張本人は、メイベルの身体を乗っ取ってどこかに行ってしまった。

おまけにメイベル不在を周囲に悟られないよう、誰に尋ねられても「ここにいる」と嘘を吐いておけとセスラは命じられていた。

残されたミスラが元に戻れるかどうかはカーリーの機嫌一つ。そう思ったら、セスラには逆らう術などなかったのである。

『どうしよう、イスラ。逃げ出そうにもミスラがこのままじゃ連れて行けないよ』

遠く離れたティナエにいるイスラの反応は、すぐにあった。

『いざとなったら、プリメーラお嬢様を利用すればいい。そこにいるんでしょう？』

『いるわ。今は三枚目の高級娼姫の看板を背負ってるわよ。酒を飲まなきゃ他人の目を見て話すことすら出来ないような娘が、どうにかこうにか悪戦苦闘しながらこなしてる』

『案外、あの娘、才能があったりして』

『王家の姫様が？』

二人ともくすっと笑った。イスラとセスラの精神は、常に同期同調している。二人は互いに相手が見て聞いて感じたことをリアルタイムで共有しているのだ。

イスラ、セスラ、ミスラの三人は産まれた時からそうしていた。そのため、魂はすっかり融合している。それぞれの肉体のおかれた境遇や体験が異なっていても、記憶や感情の動きに個体差はまったくない。個体ごとに立ち居振る舞いや言葉遣いが違ったとしても、それはその場その時に求められている役割に応じて振る舞っているだけ。だからこうして脳内で問答をしている時も、一応はその役割に則して会話をするが、本来はどちらがセスラで、どちらがイスラでという区別もない。言わば自問自答なのである。

『姫様のことより、わたし達のことよ。七カ国連合軍が攻め込んでくる前に逃げないと』

『それならもうしばらくは大丈夫。だってアヴィオンのお姫様が人質になってるんだもの』

『でも、お姫様はこの妓楼にいるのよ。人質になんてなってない』

『でも、七カ国連合はそれを知らない。シャムロックも知らない。みんな本物は王城にいると思ってる。だからこそ、七カ国連合はアトランティアの女王《ハーラム》に降伏するよう勧告しているのよ。人質を無傷で解放し、降伏せよってね……』

『交渉が成立するか決裂するかは分からないけど、とりあえずそれまでは大丈夫って訳ね？』

『そう、とりあえずは——ね』

その時、セスラの部屋の扉を叩く者がいた。不意の来客に、セスラは三つの目を瞬かせた。

「セスラ。メイベルはここにいる？」

『あ、ニホン人が来た』

来訪者は、徳島であった。


徳島は妓楼船メトセラ号が誇る美姫三枚看板の一人、セスラの部屋を訪ねた。

セスラは個室を与えられるなどかなりの厚遇を得ているが、徳島のほうもこのメトセラ号をウルース一番の店に押し上げた立役者として特別扱いを受けている。そのため男子の立ち入りが憚《はばか》られる女性居住区にも、こうして堂々と踏み入ることが許されているのだ。

とはいえこんな危険な場所に一人で立ち入るほど、徳島も迂闊ではない。

何しろ娼姫達には、徳島をこのメトセラに引き留めるべく「たらし込め」という指令が出ている。そのためこの一見華やかそうな女の園も、徳島にとっては女豹が闊歩する危険なジャングル地帯なのだ。故に今回は、オデットとシュラの二人に同行というかボディーガードとしてついてもらっていた。

「まあ、今回はボクらが付き添う必要はなかったかもしれないけどね」

廊下の各所でめそめそと泣いている女達の様子を見てシュラは呟く。これでは、徳島を襲おうという気も起きないだろうと思われた。

その時、セスラの部屋の扉が開く。

「あら、ハジメ？　一体どうしたの？　もしかして、末期《まつご》の思い出作りにわたしと色っぽいことでもしてくれるってことかしら？　いいわよ、貴方なら大歓迎。このわたしを最高の料理に見立てて、精一杯味わって欲しいわ」

　セスラは艶っぽい笑みで、徳島の顎を指先で撫でた。

「違うよ。メイベルがここにいるんじゃないかと思って」

「メイベルなら、確かにいるわね」

　その瞬間、セスラの三つ目が揃って右下を向く。徳島の強い視線から逃れようとするかのように。

「ちょっと彼女と話したいんだ。ここに呼んでくれないか？」

「ダメね。会わせる訳にはいかないわ」

「どうして？」

「本人が会いたくないって言ってるから」

「そう……なんだ」

　徳島があたかも傷付いたかのごとく口ごもる。するとセスラはしてやったりと微笑んだ。

「あら、貴方の胸の内がざわめいているみたいね？　あの子がちょっと姿を見せなくなったら、自分の心に気付いたってことかしら？」

　そんな言葉を浴びた徳島は、一転して揶揄された気分になった。

　オデットも同じような感覚に囚われたのだろう。眦を決して、メイベルの部屋に押し入ろうとした。

「やっぱりメイベルの策略だったのだ！　姿が見えないからどうしたんだろって心配してたのに、損したのだ！」

　しかしセスラは意地悪にも通してくれない。

「メイベル、話があるから出てくるのだ！　セスラ、ここを退くのだ！　通すのだ！」

「ダメね。神話にもあるじゃない。洞穴に閉じ籠もった女神を引っ張り出すには、男の側が相応の工夫と努力をしなきゃ。時には、血や汗を流す必要だってあるのよ」

　そしてそれをするのはお前だとばかりに、セスラは徳島を見た。

「こんな状況でハジメに要求するやり方は卑怯なのだ!!」

　オデットが室内に届くようにと叫ぶ。

「やめよう、ミスール」

　するとシュラが、オデットの妓楼船内での偽名を呼びつつ彼女を止めた。

「でも！」

「彼女がここにいるって分かったんだから大丈夫さ。いざとなったら無理矢理踏み込んで引っ張り出せばいい。そうだろ？」

「あらあら、随分と剣呑なことを言うわね」

「悪いね、セスラ。けど、君は知ってるだろ？　いざとなったら、ボクもそれくらいのことをするってことは」

シュラが口にしたその時だ。セスラはシュラの手をはっしと握った。

「な、なに？」

「貴女、面白いこと言うわね」

「？」

「今はみんなが絶望してどうしようどうしようって嘆いている。なのに貴女達は、いざという時が来たら、メイベルをここから引っ張り出すって言っている。つまり、今はまだ『いざ』という時じゃないし、しかも『連れて行くべき安全なところがある』ってことでしょう？」

鋭いセスラの突っ込みを浴びたシュラは、チッと舌打ちした。

「勘がいいね。いや、レノンだから、そもそもティナエにいるイスラが知っていることなら君も知っていて当然か」

「いいえ、どちらかだけじゃ無理。その両方だから分かるのよ」

セスラがニヤリと微笑む。そして大声を上げて、周囲の娼姫達に呼びかけた。

「ちょっとみんな聞いて！　ハジメ達はここから逃げ出す方法を知っているみたい！　助かる方法があるの！」

「えっ、なになに!?」

絶望の中でのセスラの叫びは、娼姫達の頼みの綱となった。こうして藁にも縋る心境になった女達によって、徳島達は瞬く間に取り囲まれてしまったのである。

話の場所を、廊下の隅から大宴会用の大広間に移すと、皆を代表してキャットピープルのミケがペシッと床を叩いた。

「さあ、聞かせてもらうニャ！」

娼姫達は江田島、徳島、シュラとオデット、ついでに伊丹を相手に、一体どうやってこの窮地から脱出するつもりなのかと迫ったのである。

「自分達だけ逃げるつもりかい！」

「あたいらも一緒に連れてっておくれよ！」

「頼むよ！」

「一生恩に着るからさ！」

江田島も徳島も、彼女達の縋るような声や表情を前にすると答えに窮した。このメトセラ号に長く滞在し過ぎたせいで、彼女達を見捨てられない心境になっているのだ。

ふと伊丹が呟く。

「江田島さん、厄介なことになってますね」

それを聞いた江田島は、伊丹を詰った。

「伊丹君、何を人ごとのように言っているのです？　君だって私達のチーム の一員なんですよ」

「それはそうですけど……江田島さんや徳島君の中では、とっくの昔に結論は出てるんでしょ？」

見捨てる気なんて最初からないくせにと囁かれて、江田島は肩を竦めた。

「ええ、義を見てせざるは勇なきなり。窮している人々を救うのは、我が国の伝統ですからねえ。私の記憶にあるだけでも、ロシア海軍ディアナ号の遭難、和歌山県沖で遭難したトルコ海軍のエルトゥールル号、ロシア艦イルティッシュ号、シベリアに流刑になっていたポーランド人の戦災孤児達、オトポール事件、カウナス領事のビザ発給、大戦中ですと、イギリス海軍エンカウンター号、戦後になればますます増えて、復員せずにアジア植民地の独立戦争に身を投じた旧帝国軍人達多数の存在が、現地政府の記録にあります。アフガニスタンの用水路建設で凶弾に倒れた活動主催者と技師、また、カンボジアやアフリカで地雷除去に身を投じている元自衛官達、海外青年協力隊に至っては、無名の若者達約四万五千名が九十二ヶ国で活躍しており、いちいち枚挙に暇がありません。伊丹君、あなたとて、コダ村、イタリカ、そして炎龍に対しても同じ思いで立ち上がったのでしょう？」

「え、ええ、まあ……」

伊丹は照れたように後ろ頭を掻いた。

「それに政府からの要請も届いてます。なので、私としてもこの状況は何とかしたい。けれど気持ちはあっても具体的にどうしたらいいかが思い付きません」

「江田島さんでも難しいですか？」

「一つだけ手があることはあるんですが、この手を用いると、とある人物に多大な負担をかけることになります。この後の人生を大きく変えてしまうことになるので、安易に頼めるようなことではないのです」

江田島は腕組みすると、シュラやオデットのほうをチラリと見た。

するとと伊丹が尋ねた。

「誰かが犠牲になるような方法はダメですね。最初はどうする計画だったんです？」

「人数も少なかったので、ミスール号に逃げ込むつもりでした」

「その船にここの女性達を乗せるっていうのは、ダメなんですか？」

すると、ミスール号の艦長でもあるシュラは青い顔で頭を振った。

「ミスール号は小さいからね、これだけの人数はさすがに乗せられないよ」

妓楼船メトセラ号の乗組員は、娼姫達にメイド、それと料理人など男衆も含めると三百人は優に超える。この全員を受け容れるには、ミスール号では小さ過ぎた。無理をして乗せれば、転覆事故を起こしかねない。せっかく助けた命すら失う大事故に繋がってしまう。

「一時、テレビなんかでアフリカからヨーロッパに難民を満載した船が到着する映像を見た記憶があるんだけど……足の踏み場もないほど大勢の人が乗ってて……」

すると、江田島が頭を振った。

「あれは運よくたまたま無事に辿り着けた船の映像なんです。あの出来事の影では、ヨーロッパまで辿り着けずに転覆、沈没した船があるのです。それはきっと相当数になるでしょう」

「では、他の船を探すのはどうです？　ここには船がいっぱいあるじゃないですか？」

するとシュラが再び頭を振った。

「その、いっぱいある船こそが略奪の対象なんだよ。ミスール号が多くの船を引き連れていたら、多くの戦利品を抱えていると見られて、分け前寄越せっていろいろな船が襲ってくるよ」

「それじゃ、俺が便乗させてもらったエイレーン号に分乗させてもらうのはどうです？」

「エイレーン号⁉　カイピリーニャの奴がここに来てるのかい？」

「プリメーラさんの戴冠式に出席するヴィっていう使節を乗せてきたんだ」

すると、オデットが安堵の溜息を吐いた。

「あの船も使えるなら、どうにかなるかもしれないのだ」

だがその時、江田島が溜息交じりに言った。

「あ……いや、その船を使ったとしても無理でしょうね」

「どうしてなのだ？」

「アレをご覧なさい」

江田島に促されて皆が舷窓の外へと目を向ける。

すると、花街全ての船から女や男達が出てきて、メトセラ号を取り囲んでいた。みんなこちらに向けて何かを叫んでいる。声が揃っていないのでよく聞こえないが、自分達を救え、助けろ、助けてくれと叫んでいるようだった。

伊丹が呻く。

「こ、これは……百人とか二百人の単位じゃないぞ。何千人って数になる」

「だ、誰なのだ⁉　あちこちに言いふらしたのは？」

オデットが振り返って詰問すると、心当たりがあるのか娼姫達の数十名が俯いた。

パニック状態特有の心理により、会う人会う人に手当たり次第喋ったらしい。徳島達が助かる術を持っているという噂は、たちまち花街中に広がっていた。

「統括。こんな状態で、助けるのは先着三百名に限りますとか言ったら、どうなると思います？」

「徳島君。そんな分かりきったこと聞かないでください。間違いなく暴動になってしまいます」

江田島は身震いするように言った。

こうして徳島、江田島、そして伊丹が救わなくてはならない対象は、船一隻分の娼姫達から、街一つ分へと増えた。そしてその数は、時間の経過とともに、増えこそすれど減ることは決してないように思われたのである。

「仕方ありませんね。こうなっては、迷ってる暇はありません……」

皆が有効な手段を思い付けない中、江田島がそう言って立ち上がった。

「どこに行くんですか？」

「私はちょっとばかり席を外します」

すると、徳島も立ち上がった。

「あ、俺も行きます」

徳島は、江田島が誰の元に行こうとしているのか感付いたようだ。もちろん、シュラやオデットも同様で、「ボクも」「わたしも」と言って二人とも腰を上げる。

娼姫達は、思い詰めた表情で広間から出て行く徳島達を、不安そうに見送ったのだった。


一方その頃、ティナエ共和国の使節であるオー・ド・ヴィは忙しく働いていた。

普段通りの直截《ちょくせつ》かつ過激な発言が禍し、女王《ハーラム》の機嫌を損ね、『貴方、戴冠式が終わったら処刑よ』という宣告を受けてしまった。それもあり、最後の晩餐とばかりに迎賓船で連日続く戴冠式前の宴の料理を楽しんでいたのだが、何故かアトランティアの女王《ハーラム》から急遽呼び出しを受けたのだ。

「もう、死刑執行なので？」

戴冠式が終わるまでは命の保証を受けていたはずだけど、と玉座の間の女王《ハーラム》に告げる。すると、女王《ハーラム》からこんな依頼を受けた。

「七カ国連合の代表であるティナエ統領代行閣下へ手紙があるので、届けてください」

「私がその足で逃げてしまうとは思わないので？」

「貴方なら、逃げるとしても役目を果たしてからにするでしょう？」

確かにその通りで、役目を放り出して逃げるつもりはない。とはいえ面倒臭いとは思うから、自分で行けばいいのにとか、自分の家臣を使えばいいのにと言う。

「いやよ、こっちの船を使うと、途中で沈められてしまうんですもの」

手紙を持たして送り出した船の多くが戻ってこないという。

まあ、メッセンジャーは外交使節の仕事であり、ヴィがその一人であることは間違いないので引き受けることにした。


ヴィは早速カイピリーニャに頼んでエイレーン号を出してもらった。そして七カ国連合の総旗艦まで行って手紙を渡すと、早々にアトランティアへと戻ってきた。

報告のためにヴィが玉座の間へと入ると、侍従長が囁いた。

「女王《ハーラム》陛下。使節殿が戻りましたぞ」

黄金のパイプで魔薬をくゆらせていた女王《ハーラム》がこちらを見る。そして事が済んだらお前を殺すと宣告したとはとても思えない親和的な笑みを浮かべた。

「帰ってきたのね、ボウヤ。お勤めご苦労様」

「いいえ、大した苦労ではないので。波止場からエイレーン号に乗って沖に出て、七カ国連合の艦隊に合流して、短艇で総旗艦に移動して、手紙を渡して、若干の話し合いをして、その逆を辿って戻ってきた。それだけのことなので」

ヴィはどう考えても大変そうに思えるプロセスを、何でもないことのように語った。

あるいは本当に何でもないことを、あたかも大変そうに言っているだけなのかもしれないが。

「で、答えはどうでした？　さすがにシャムロックも驚いていたでしょう？　だってわたくしに出来る最大限の譲歩をしたんですもの。あれだけのものを差し出すと約束したら、喜んでわたくしと息子の安全は保証すると答えたのではありませんか？」

するとヴィは苦笑した。

「統領代行閣下は大変に驚いていましたので」

「そうでしょう、そうでしょう」

「そして、こうも言っていました。レディ女王《ハーラム》陛下の申し出は謹んでお断りする、と。更に前と同じように、プリメーラ様を傷付けることなく解放するのは当然として、レディ陛下には無条件の降伏をするようにと勧告されました」

その返答を聞いたレディは目を剥いた。

「な、何ですって!?　今何と言いました？」

「ですから、無条件降伏してください」

「シャムロックは、ちゃんと手紙を読んだのですか？　わたくしは譲歩しました。最大限の譲歩をしたのです！　財宝も、航路の利権も、そしてこのウルースを一週間の間、好きなだけ略奪する権利まで与えると約束したのですよ！　なのにあの男は、その申し出を断ったのですか!?」

「はい。それらの全てはとっくの昔に貴女のものではないという認識なので。ですから、それらを取引の材料に出来ると考えている陛下のお心がまったく理解できないと皆が驚いていました。実を申し上げれば、七カ国連合軍では、陛下やご子息の身柄すら、既に貴女のものではないという認識なので」

「何ですって⁉　わたくしや息子の身柄すらも、わたくしのものではないですって⁉」

レディは激高して立ち上がった。

「シャムロック！　あの忌々しい孤児の成り上がり風情が、思い上がるのもほどほどにするべきです！　物事の道理というものを少しは弁えるのです！」

レディは今にも食ってかかりそうな勢いで怒りを見せた。

しかしヴィはどこ吹く風と涼しい顔をして肩を竦める。所詮、自分は使節に過ぎないし、シャムロックでもないのだから無関係という態度だ。既に殺すとも宣告されているから、これ以上恐れるものもないのだ。しかしそんなヴィの太々《ふてぶて》しい態度が、またしてもレディの精神を逆撫でした。

「きぃーーー」

レディの興奮度合いがさすがに見ていられなくなったのか、石原が歩み寄って囁いた。

「落ち着けって……」

「こ、これが落ち着いていられますか！」

「それでも落ち着くんだ。興奮すると、このボウヤやシャムロックって奴につけ込まれるぞ」

「……」

つけ込まれるという言葉の不快性が理性をよっぽど刺激したのか、レディは数度深呼吸をした。

それだけでは冷静さを取り戻すには至らなかったが、少なくとも冷静を装える程度には落ち着いた。

「無条件降伏だなんて、断じて受け容れられません。わたくしは帝国皇帝の血を引く者です。そしてティナエは皇帝の臣下。臣下の分際で、主君の血筋たるこのわたくしの身柄を引き渡せだなんてよくぞ言えたものです。わたくしを辱めると、きっと帝国からの懲罰を受けますよ」

「果たしてそうでしょうか？　だって陛下は、帝国の女帝陛下と仲が悪いと聞きますよ？」

「それとこれとは話が違います！　そもそも本来ならば、帝位はわたくしのものでした。なのにあの女は不当にも帝位に就いたのです。ならばその贖罪から、わたくしを無条件で支援するのは当然ではありませんか？　それにたとえ折り合いが悪くとも、帝室の血筋を引いた者が酷い侮辱を受けたとなれば、ピニャとて怒ります。怒るはずです。きっと、多分……。そ、それに、退位されたとはいえ、先帝陛下も未だにご健在なのですよ！　それなのに！」

「まあ、落ち着けって」

石原は再び興奮の度合いを高めていくレディを座らせる。そしてこれ以上訳の分からないことを喋らせないために、代わって前へと進み出た。

「使節殿。使い立てして大変すまなかった。こちらとしては、そちらからの勧告について無下に拒絶するのではなく、もう一度検討したいと思ってる。慎重にな。決まったらすぐに連絡するから、それまで迎賓船で酒と料理と女を味わっていてくれ」

するとヴィは言った。

「料理はともかく、酒と女は遠慮します。そんなことより、プリメーラ様に面会できませんか？　こちらに到着以来、一度も挨拶できてませんし、ご無事かどうかを確かめたいので」

「すまないが、その件は……」

石原が答えようとすると、レディがいきなり顔を上げて被せてきた。

「ダメです！　あの娘は大切な人質で切り札なのです！　ですが、そう心配しなくても大丈夫。七カ国連合の攻撃がこのウルースに及ばないのも、アヴィオン七カ国の王位継承権保有者であるあの子の身柄を押さえているからだということは、このわたくしもよく理解していますので。ですから、そちらが無体な要求をしたり、攻撃をしてこない限り、プリムを傷つけるようなことは決してしません。ええ、このわたくしが保証いたします」

レディは過剰なほどゆっくりかつ丁寧にその旨を語る。しかし、そんな脅し含みな態度で行う保証に一体どれだけの価値があるのか？　少なくともヴィはまったくもって信じられなかったのである。


「ったく、ありゃ何だ？　あの女は頭がちょっとおかしいんじゃないのか？」

カイピリーニャ艦長は、副使でもあるので、女王《ハーラム》とヴィの謁見に付き添っていた。

特に喋ることもないのでずっと黙っていたのだが、内心ではいろいろ思うところがあったらしい。

玉座の間を出て女王《ハーラム》の目の届かない場所まで来ると、堰を切ったように愚痴を零し始めた。

するとヴィも珍しく同意した。

「自分は常に正しく、自分の思った通りにならないのは世界が間違っている。そんな風に考えていそうなので」

「男とか女とか関係なく、ああいうのが権力持ったらホントたまらんよな」

「それには同意します。けど、うちの統領代行も大概なので」

「そうか？」

「プリメーラ様を無傷で解放せよと迫る、これは当然なので。でも、そのためにいくらかの譲歩はしないと、人質の解放なんてあり得ないので。一体何を企てているのやら……」

人質がいるからまだ攻撃されていないという状況では、人質を解放したら攻撃される、殺されると恐れるのは当然のことだ。ならばたとえ嘘であっても、「レディの安全は保証する」ぐらいのことは言わなければ話が進まないのだ。

なのにシャムロックは無条件で降伏せよと高圧的に繰り返している。まるで言葉とは裏腹に降伏して欲しくないかのようだ。人質の解放も、本当にして欲しいと思っているのか怪しい。

「言われてみればそうだな。もしかして、裏で何かやってるんじゃねえのか？」

「きっとそうなので。以前から怪しい噂の絶えない人とでした」

そんなことを考えたり喋ったりしつつ王城船の通路を進んでいると、二人に近付いてくる気配があった。

「ちょっとお話があるのですが、少しお時間をよろしいでしょうか？」

見れば、アトランティアの王城に勤める侍従達の数名である。代表には、侍従次官のセーンソムが、そしてその傍らには侍従アリバが立っていた。

「これは侍従次官殿。皆さん、どうされましたかな？」

カイピリーニャはヴィを庇うように前に出た。ティナエ共和国の正使節である彼を守ることも、軍人たるカイピリーニャの役目だ。

「実は内々で相談したいことがございまして」

セーンソムは、他聞を憚る話だと告げて声を潜めると、左右を警戒しながら語った。

それを聞いたヴィは、思わず声を荒らげる。

「それは無理なので！　いくら金銀財宝を賄賂として贈られても、七カ国が勝者の権利を行使しないという条件は、まずあり得ないので！」

「やはり難しいでしょうか？　三代にわたって作り上げられたこの海上都市は、碧海の中心として各地の富を集める力を有しています。焼き払ってしまうには、大変惜しいのではありませんか？」

するとアリバが頷く。

「そうですとも。七カ国のいずれかがアトランティアを統治することになったとしても、我らを上手く使っていただければ、今以上の繁栄をお約束できます。特に海上通商に重きを置かれているティナエ政府の方々ならば、その価値をきっとお分かりくださるはず」

どれだけ自己評価が高いのかと思わせるアリバの自慢めいた話を聞かされ、ヴィは辟易とした顔付きで小さく嘆息した。

「アトランティアの富を集める力……ですか。確かに、失うのは惜しいと思う人もいるので」

「ならばこそ！」

「しかしそれこそがアヴィオン七カ国がこの国を許さない理由なので！」

「ど、どういうことですか？」

「その富とやらは一体どこから来たものですか？　自分達で額に汗して働いて作り上げた商品を売って得たものですか？　誰も行ったことのない未開の地に自らの命を賭して赴き、まだ誰も知らない珍奇な商品を見つけ出してきて得たものですか？　違うでしょう。貴方方は海賊、そうした他人の努力の成果を力ずくで奪っただけなので。それらの富で栄える正当性は、欠片もない。そして、七カ国の民衆の望みは、自分達から不当に富を奪った者に懲罰を下すことなので！」

「で、では……」

「ええ。七カ国連合は、ウルースを形作っている全ての船の纜《ともづな》を引き千切り、全てを解体し、奪い合うように貪《むさぼ》って、最後にはことごとく焼き払ってその灰を海に沈める。七カ国の民が抱いていた怒りは、そうして初めて晴らされるので」

死刑宣告にも等しいヴィの言葉を浴びて、セーンソム達は重苦しい沈黙に包まれた。

「……」

するとその空気に耐えかねたのか、アリバが口を開いた。

「で、では……せめて我々だけは見逃していただくことは叶いませんか？」

「ええ、そうです。そのためとあらば、女王陛下《ハーラム》の身柄を引き渡すことも厭いません」

「そうですとも」

堰を切ったように、侍従達が次々とアリバの意見に賛同する。

「女王《ハーラム》の身柄を？　それはつまり……貴方方は、自分達だけが助かるため、主君の身柄を我々に引き渡すと？　それればかりか、ウルースの富も財宝も、そして民衆の命すら差し出すと？」

「誠に言いにくいことではありますが、あからさまに言ってしまえば……その、その通りです」

「ウルースのあちこちでは、既に暴動が起きています。いつ群衆がこの王城船に向かってくるか分からない有り様です」

「我々も急ぐ必要があるのです」

「ふむ、なるほど……一考に値する提案なので」

ヴィは、侍従達の提案に対して朗らかに笑って対応した。実際の腹の中の感情とは関係のない表情を作ることも、使節の役目だ。

「その場合、プリメーラ様の身柄はいつ引き渡してくださいますか？」

もちろん無傷であることは大前提である、とヴィは付け加えた。

「我々の助命の確約をいただけたら」

「具体的には、我々が安全なところに逃げてからになりますが……」

「なるほど……」

「ですが、その前に女王《ハーラム》陛下と王子殿下を差し出して、忠誠をお示しすることは可能です。こちらはすぐにでも実行可能です」

「ふむ」

ヴィは難しい表情をして少し考える。そしてすぐに貼り付けたような笑みを浮かべた。

「かしこまりました。よいでしょう。直ちに持ち帰って、統領代行にお伝えします」

「何卒シャムロック統領代行閣下におとりなし、お願いいたします」

ヴィは首を傾げた。

「けれど、本当に出来るので？」

「何をお疑いでしょう？」

「だって相手は女王《ハーラム》なので？　それ相応の警備もいるでしょう？」

「確かに、あんたら剣を使うのはそれほど得意じゃなさそうだ……」

カイピリーニャも、ヴィの懐疑に同意した。

「失礼な！　我々とてまったく無力ではないのですぞ。我々に同調する兵士も大勢います」

「そうです。それほどまでにお疑いなら、今夜にでも我々の意志と力量をご覧に入れましょう。見ていてください」

侍従達はそう宣言すると、ヴィとカイピリーニャの前から引き下がっていった。

彼らの姿が見えなくなると、ヴィは肩を落とし、盛大に溜息を吐く。

見れば不機嫌丸出しの表情となっていた。その表情から察するに、荒天下の船酔い以上の不快感に耐えていたに違いない。

「奴らを見ていると、あのお馬鹿女王《ハーラム》のほうが、遥かにマシに思えてくるので。人間ここまで浅ましくなれるだなんて、吐き気がしそうです。船酔いは、いい訓練になったので」

「そうだな。お前——ホントよく我慢していたよ」

ヴィに同情したのか、カイピリーニャは彼の背中を慰めるように叩いた。

「カイピリーニャ！」

その時、エイレーンが駆け……否、翼を広げて飛んできた。

「どうした？　そんなに慌てて」

「すぐに船に戻って！　あのじいさんが意識を取り戻したんだ」

「じいさんって誰なので？」

該当する人物に思い当たるところがなく、ヴィが首を傾げる。

「海でガキ共と一緒に拾い上げた髭面のじじいだ。ずうっと意識がなかったんで、船医が面倒を見てたんだ。そいつの意識が戻ったのか？　よかったじゃねぇか」

「よかっただけじゃないんだよ！　あのじいさん、意識と一緒に記憶も取り戻したんだけど、実は大変な奴だったんだ！」

「はあ？」

「とにかく早く船に戻って。早く、早く！」

エイレーンに急かされたカイピリーニャとヴィは、何が何だか分からないまま、再びエイレーン号へと向かったのである。

11

「どうだった？」

「上手い手は見つかったニャ？」

小一時間ほどして、江田島や徳島が広間の娼姫達の元へと戻った。娼姫達は外でどんな話し合いが行われたのか、それがどんな結果になったのか聞きたがる。当然と言えば当然だ。それで自分達の運命が決まるのだから。

だが、江田島や徳島は黙して答えなかった。

もちろん、伊丹もだ。

「何で黙ってるんだ？」

三美姫の一人であるリュリュが、娼姫達を代表して問うが、徳島達三人は黙ったまま、広間の奥の自分達の席に戻った。

娼姫達がそんな三人に対する苛立ちを露わにし、声を荒らげ始めたところで、広間の扉が大きく開かれた。

皆が驚いて振り返る。

するとそこに、薄桃色の髪を豪奢に飾った娼姫が凜と立っていた。

扇で顔を隠しているから誰かはよく分からない。しかし特徴的な薄桃色の髪と、メイドのプーレ、シュラとオデットが左右に付き従っている姿から察するに、プリメーラであろう。

プリメーラは大広間に入ると、しゃなりしゃなりと前に向かって進み始めた。すると娼姫達は左右に分かれてプリメーラの道を開けていった。

「ペシェリーゼ様だ」

「ペシェリーゼ様が来たよ」

ペシェリーゼ・リン・デマンスとは、プリメーラのここでの源氏名——偽名だ。

まさかこの国で戴冠式を挙げようとしている姫と同じ名前という訳にはいかないので、徳島が急遽考えたのだ。

しかし、薄桃色の髪に合わせた絢爛豪華な衣裳を纏った彼女の放つ気品と威厳は、滅んだとはいえ、まさしく一国の王女——否、女王のものであった。

まるで後光《ごこう》が差していると錯覚するような強いオーラを全身に纏わせている。

これは統領の令嬢として、ティナエで暮らしていた時分にはなかったものだ。もちろん才能の種は、もともと彼女の中に備わっていたのだろう。だがそれはティナエの統領令嬢としてただ贅沢に暮らしていただけでは到底開花し得ないものである。

それが芽吹いたきっかけは、アトランティアの王城でレディに接し、王宮内で暮らしたことだろう。更に妓楼に隠れて暮らすこともしばし。やってくる客から身を守り、高嶺の花を安易に手折《たお》ろうなどという気を起こさせないため、プリメーラは常に背筋を伸ばして気高さを保ち、酔客を威圧し睥睨《へいげい》し続ける必要があった。

これによって威厳というものが磨き上げられ、ついに大輪の花を咲かせるに至ったのである。

その立ち居振る舞いには、気位の高い高級妓楼の上級娼姫達も、蓮っ葉な中下級娼姫達も気圧された。

プリメーラの前では自然と背筋が伸び、否が応でも一目置いた扱いをしなければならない気にさせられてしまう。

これこそが王家の風格というものなのだ。

やがてペシェリーゼことプリメーラは、広間の主席に腰を下ろすと、扇を軽く傾けて室内の娼姫達を見渡す。そして告げた。

「エダジマ、トクシマの両名から話は伺いました」

話しているのは、プリメーラではない。コミュ障の彼女が、大勢を前に口を開くなど不可能だ。だから扇で顔を隠したままプーレに囁き、それをプーレが代言する。これがまたいかにも女王のやることらしく、威厳を増す演出になっていた。

「二人は皆を救いたいそうです。ただそのためには、わたくしの力が必要。そうでしたね？」

江田島と徳島はプリメーラの問いに頷いて答えた。

「わたくしも同じように思います。ここの皆は、王城の兵士からわたくしを庇ってくれました。明らかに怪しいと分かっているのに、皆でわたくしを匿《かくま》ってくれたのです。わたくしはその恩義をここで返したいと思っています」

すると、シュラが言った。

「だけど、代わりに大きな荷物を背負い込むことになるよ」

続けてオデットが言う。

「そんなもの、引き受ける必要ないのだ」

「ありがとう、シュラ、オデット。二人の気持ちと友誼を、わたくしはとても心強く思います。けれどわたくしはもう逃げ回るのはここで終わりにしたいのです」

プリメーラは覚悟を決めているのか、自分達の正体が明らかになるのも厭わないらしい。シュラとオデットに対しても偽名を使わずに語り掛けた。対して娼姫達も、薄々三人に何かあると勘付いているのか、口を挟む者は誰もいなかった。

「逃げるのをやめる——のかい？」

「これまで、わたくしはアヴィオン王家の血を引いて生まれたことを何かの呪いのように感じていました。この血のせいで、王政復古派に祭り上げられそうになったり、このアトランティアでは捕らえられすらしました。わたくしは、それが心底嫌でたまらなかった。けれど、逃げ回っていてもよいことは一つも起きませんでした。シュラは船と部下を、オデットも船と足を、そしてわたくしは嫁ぎ先の夫を失った。全ては逃げ回っていた報いなのでしょう」

「そんなことないのだ！」

「そうだよ、プリム。君が責任を感じる必要なんてない」

「二人ならば、そう言ってくれると思いました。ありがとう。けれど、これは借金のようなもので、逃げれば逃げるほど利息が積み上がり、返す額は膨れ上がっていくように思えます。わたくしはこれ以上、友や愛すべき人を失うのは嫌です」

プリメーラの言葉に、シュラとオデットは顔を伏せた。

プリメーラは二人が渋々ながら納得したとみると、周囲の娼姫達を振り返った。

「エダジマの企てが上手くいけば、皆は助かるそうです。皆だけでなく、上手くいけばこのウルースの人々の多くを救えるかもしれません」

「ど、どうやって⁉」

娼姫達は一斉に身を乗り出してプリメーラに迫った。一人一人ならばそれほどではないが、これだけの人数が一斉に詰め寄ると、プリメーラはプーレとともにのけぞってしまった。

「みんな圧が強過ぎ。ペシェリーゼ――じゃなかった、プリメーラ様も困ってるよ。ちょっとは配慮しな」

リュリュが嘆息交じりに注意すると、皆もいささか身を乗り出し過ぎたと気付いて少し下がった。

そんな中で、リュリュに代わってセスラが皆を代表して問いかける。

「それで、どうやってわたし達を助けてくれるの？」

セスラは三つの眼《まなこ》でプリメーラをじっと見つめる。すると、プリメーラは扇を畳み、セスラを真っ直ぐ見返した。

「わたくしはこれからプリメーラに戻ります。そして女王として戴冠いたします。そして我がアヴィオン王国をウルースに再興します」

「そうすると、どうしてあたしらを助けることになるのさ？」

リュリュが尋ねる。

すると江田島が眼鏡を輝かせながら補足した。

「ここが七カ国連合に攻められるのは何故でしょう？　それは戦争の相手であり、アトランティアだからです。では、アトランティアでなくなったとしたらどうでしょう？」

「そ、そんなイカサマみたいな方法……」

「本当に上手くいくのかニャ？　そんなの知るかーって攻めてくるんじゃニャい？」

「そうですね。確かにその可能性もあります。しかし、七カ国ではそれぞれアヴィオン王国の再興を願う王政復古派が強い勢力を持っていると聞きます。プリメーラさんが女王として君臨することになったと知れば、まるっきり無視するという訳にはいかないと思うのです」

シュラは、本音を言えば勧めたくない。だが、プリメーラがやると言うなら仕方がないとばかりに溜息を吐きながら言った。

「問題は、このアトランティア・ウルースをどう乗っ取るかだけどね。けど、いろいろとガタガタになっているようだし、ボクが思うに、案外上手くいくような気がするよ」

「ただ、そのためには皆の協力が必要です。みなさん、わたくしを手伝ってくれますか？」

プリメーラの求めに、セスラもリュリュも、娼姫達ももちろん嫌とは言わなかったのである。

＊　＊

アトランティア／第一号船渠船《ドック》

王城船に付属するような形で繋がれている船渠船では、建造されたばかりの新型船の艤装作業が急ピッチで行われていた。

石原はそのうちの一つ、一号船渠船を訪ねていた。

艤装作業とは、「器」だけの船体に乗組員が生活したり、船を操作したり出来るようにする設備を据え付けていく作業だ。具体的には、梯子段や棚、大砲などの武器、調理場には竈を設置したりといったことだ。それに合わせて、様々な物資の積み込み作業も行う。

「急ぐ必要がある。今は航行に必要な設備を優先し、後の作業は航行中にやるんだ」

見ると、飛行船の乗組員に選ばれたクルー達が食糧の入った箱を積み込む作業をしていた。

それを監督するのは、アトランティア海軍近衛艦隊の見習い士官改め、新任士官となったカシュである。カシュだけではない。この飛行船のクルーは、ほとんどが元イザベッラ号の乗組員であった。

「トラッカーはいるか？」

石原はカシュに声を掛けた。

「あっ、宰相閣下！」

カシュは石原に敬礼してドックの一角を指差す。

「艦長なら、あそこにおいでです」

見るとトラッカーが、技師達を相手に何やら言い争っている。まるで喧嘩しているのではないかと思わせるほどに声を荒らげていた。

「何やってるんだ、あいつら？」

「毎度のことですからご心配要りません。技師の奴ら、変人の上に妙に頑固で。艦長も若いのに頭が固いから、互いに全然譲らなくって衝突ばっかりなんです」

「そうなのか？」

「ええ……って、おい、そこ！　そこの大砲はバランスを考えろ！　そんなんじゃ、艫下《ともさ》がりになってしまうぞ！　それとそこ！　小麦粉は食糧庫だ！」

カシュが大砲の積み込みで水兵を叱り始めたので、石原はそのままトラッカーに歩み寄った。

「どうした、トラッカー艦長？」

「あ、イシハ宰相閣下！」

石原を見たトラッカーは、姿勢を正して敬礼した。

「一体何の話をしている？」

「この者達が、どうしてもと譲ってくれないのです。訳の分からないことばっかり言って」

対する技師達は、石原を見てニヤリと笑っていた。トラッカーのことを頭から知恵のない未開人と決め付け、見下しているのがありありと感じられた。

中国の工作員である技師達から見れば、石原は現地採用の臨時職員だ。彼らからすれば、石原はいわば自分達の仕事が円滑に進むよう手伝いをする存在。そしてトラッカー達アトランティアの人間は、そのまた下で働く存在になる。つまり、東京本社から出張してきたエリート正社員が、地方の下請け企業の現場店舗で働くアルバイトを見るような感覚になってしまうのだろう。

しかもそこに中国人特有の中華思想やら、特地人は遅れているという優越感まで入り込む。文化の違い、教育、知識量の差から、どうしたって蛮族扱いをする。

見れば、テーブルの上には図面やら書類が山のように積まれている。この船の操船マニュアルのようだ。どうやらこれが諍いの種になっているらしい。

「説明しろ。何が問題なんだ?」

技師が石原に説明した。

この飛行船は、漕役奴隷が櫂《オール》を漕いで進む。ただし、櫂が空気を掻き回すのではなく、櫂を引いた力によって、シャフトを通じて飛行船尾部の左右に接続されたプロペラを回転させる。

「それの何が問題なのだ?」

技師の一人が説明した。

「これまでこの世界で使われていた漕手の座席は、腹部や上半身、そして腕力しか使わないから不効率だ。だからローイングマシンのように、座面を前後に動くようにして、櫂を引く際に漕手の下肢の筋肉も使うようにした。こうすれば、より効率的に力強く動かせる。漕手の数も少なく済むだろう。なのにこの男はそれがダメだと言う……」

石原はトラッカーを振り返って尋ねた。

「艦長はどうして反対するのだ？」

「漕手の席がこんな風に動くのは危険です。伝統的ではありません。これに限った話じゃありません。この船には訳の分からない、頭だけで考えたような絡繰《からく》りが山のように積まれてるんです」

そんなトラッカーの意見に石原は嘆息した。

「いいか、トラッカー、聞いてくれ。お前が伝統を重んじる気持ちは分かる。だが、この船そのものが伝統的とは言えない代物だ。空を飛ぶ船なんて初めてだろう？　だったら、何もかも全てが新機軸になっていたとしてもおかしくない。お前はそれを受け容れて慣れるしかないんだ」

「ですが、宰相閣下、我々乗組員が理解できないようでは……」

「とにかくだ！　艤装については技師達の気の済むようにやらせてやってくれ。分からないものは追々理解していくしかないんだ。艦長の役目は、こいつらが仕上げた船をすぐにでも動かせるよう準備することだ」

「イザベッラⅡ号！」

その時、天井方向、気嚢の辺りから、翼人の少女が降りてきて言った。

「何だって？」

「だから、イザベッラⅡ号さ。あたいが船守りするんだからこの船はその名前だろ？」

船守りの名前が船の名前になる。それがアヴィオン文化圏の伝統的な習慣だ。

「ああ、そうか、そういうことになるか。うむ、よし、この船の名前はそれで行こう」

石原が艦名について了承すると、トラッカーはこちらへおいでくださいと石原をドックの壁まで誘って囁いた。

「閣下。……戦況はそんな急がなくてはならないほどに悪いのですか？」

「ああ、アトロンユ大提督が、残存艦隊を率いて再出撃された。しかし、七カ国艦隊の勢いは凄まじい。いつ女王《ハーラム》を連れて逃げ出すことになってもおかしくない」

「残念です。この船が決戦に間に合えば、何とかなったかもしれないのに」

「新造艦一隻では、戦況をひっくり返すなんて無理さ」

「一隻？　確か、新造艦は、三隻建造されたと聞いてますが？」

「乗組員――特にパウビーノの手配が間に合わなくてな、他の二隻は放棄せざるを得ない。今は残された物資と人材の全てを、このイザベッラⅡ号に集中するんだ」

船渠の片隅でそんな会話がなされている一方で、艤装作業中のイザベッラⅡ号の船内ではカシュが蒼髪の少女の手を引いて、船倉のある区画へと向かっていた。

「ここは食糧庫か。司厨員《しちゅう》が時々入ってくるからやめたほうが良いな……」

船倉はこの飛行船にもいくつかあるが、食糧庫には小麦粉の袋、新鮮な芋類、堅果類の入った麻袋、そして塩肉の詰まった樽が並んでいた。

「この先は何なのじゃ？」

奥へ進むほど迷路のように複雑になっている通路の突き当たりに、潜るのがやっとというサイズの扉——おそらく点検口があった。その中を覗いてみると、何の役目を果たしているのか分からないものが置かれている。金属製で、棺のようなものがあり、それに繋がる樽のようなものが幾つか。それと歯車を幾つも組み合わせた複雑な構造の物。

それを見たカーレアは、驚きで「ひっ」と息を呑んだ。

「カーレアはここに隠れているんだ。いいね」

しかしカシュは、この場所に隠れていろと言った。

「カシュ。お前は、これが何か分かっておるのか？」

カーレアは室内の機械を検分しながら言った。

「よく分からないよ。この船に積まれてるのは僕らには分からないものばっかりだ」

「ま、そうじゃろうなあ……躬としては別に構わんが」

蒼髪の娘は一人で勝手に納得すると、この部屋の片隅に自分の隠れ場所を作り始めた。隅に置かれていた箱を巧みにずらして、自分が隠れられるだけの小さな空間を設えようとしているのだ。

「これに乗っていれば、アトランティア・ウルースからは逃げられるよ。きっと」

「ありがとう、カシュ。全てはお前のおかげじゃ」

「いいよ。助けてもらったお礼だし」

「いいや、躬の見たところ、貸借対照表が少しばかり借り方に傾いているような気がする」

「だとしたら、その分は貸しってことだね？」

「後できっと精算するからな。甘美な謝礼を期待しておくがよい。これは前渡しじゃ」

カーレアはそう言うと、美麗な唇を尖らせてカシュの唇に押し当てる。唇の隙間から舌を口腔に忍び込ませ、若い青年の舌をくすぐり、舐《ねぶ》り、刺激する。背に回した手を掻き抱くように、爪を立てて肌を掻き毟る。

カシュは、熱病にかかったかと錯覚するほど顔を真っ赤にさせた。

カーレアはカシュの腰へ、腿へと手を這わせる。そしてあと僅かで股間に触れるという寸前でぷいっとそっぽを向いた。

「お前はいい味がするな」

「へっ？」

「さて、ではちょっと出掛けてくる」

カーレアはここが自分の居所と定めたのをよいことに、散歩に行くような気軽さで部屋から歩み出た。

「ちょ、ちょっとカーレア！　どこに行くんだい？　隠れていてくれないと困るよ。もし君のことがバレたら僕は……」

「大丈夫じゃ。躬も心得ておるから、コソコソと振る舞うぞ。もちろん。見つかるようなドジはせぬ。見つかった時の対処も心得ておるからそれで堪忍してたもれ。躬には、せねばならぬことが出来てしもうたのじゃ」

「しなければならないこと?」

「躬もこの国をここまで追い込むのにそれなりに苦労した。その甲斐あって、この国は今や絶望と悲嘆に染まった魂で満ち満ちた。細工《さいく》は流々《りゅうりゅう》、仕上げをご覧じろという訳じゃな。それらの魂は、肉の牢獄から解き放たれるとこの躬に集い、躬のうちに灯る黒い炎に加わるはずじゃ。なのに、ここへきて、せっかくこの国に広まった絶望と悲嘆の色が薄まろうとしておる。どうやら、希望という救いようのない疫病の兆しのようじゃ。躬としては、それを早々に叩いてしまわねばならぬ」

カシュはカーレアの言葉の意味が少しも理解できなかった。

ただ直感的に、本能的に感じられたこともあった。

それはカーレアが、外見通りの愛くるしい少女ではないということだ。彼女の綺麗な皮膚の下には、恐ろしく獰猛《どうもう》で禍々《まがまが》しい何かが隠されているのだ。

＊　＊

飛行船艤装の進行具合をその目で確認した石原が、一号船渠船を出て目にしたのは、ウルースの街の混乱ぶりである。あちこちで群衆が暴れ回っているのだ。

「一体何をやってるんだ？」

石原は思わず声を上げた。

街のあちこちが炎上して煙が上がっている。

ウルースは木造船が集まって出来た街なだけに、火事は厳禁だ。万が一出火したら、全力で消し止めなければならない。なのに兵士達は暴動の鎮圧に手を焼いていて、消火作業を疎かにしているように見えるのだ。

遠くから見るからそう見えるだけで、実際の現場では有効な対処が行われているのかもしれないが、気になってしまった。

「一体どうなってる？」

石原は警備の近衛兵に問いかけた。

「どうやら、暴動のようです」

「暴動は分かってる。だが、消火作業は行われているのか？」

「さあ、どうなんでしょう？」

「どうなんでしょう、じゃない！　もし、何も対処してないようなら増援隊を出動させるんだ！」

「し、しかし私はこの持ち場の警備を命じられており」

「今は構わん。俺が行けと言っている！」

「は、はっ、了解しました、宰相殿！」

近衛兵は弾かれたように走って行った。

その背中を見ながら石原は、ここ数日でアトランティア・ウルースの王宮も軍も、機能が著しく低下したと改めて実感していた。もともと海賊が寄り集まって作り上げた国なだけに、負けが込んで浮き足立つと、大臣や官僚達は役目を遂行することよりも保身を考え始める。とかく指示待ち姿勢が目立つようになり、石原がいちいち細かいことまで指示しなければならないのだ。

「どうしたもんかな……」

石原はこの国の宰相となったが、責任を負うつもりはまったくなかった。

この国に対する愛国心なんて欠片もないからだ。ただ、任務遂行の足掛かりによいから宰相という立場を利用しているに過ぎない。だからこの国が炎に包まれるのならさっさと逃げ出すつもりであった。そのための方法も既に用意した。問題はいつ見切りを付けるか――なのだ。

「宰相閣下！」

「どうだった？」

呼びかけられて振り返る。一瞬、使いにやった近衛兵が戻ってきたと思ったのだ。しかし違った。王城の侍従達であった。

「何だ、あんたらか。俺に何の用だ？」

石原は首を傾げた。

侍従は王城船内で主に内向きの仕事をしている。もっぱら女王《ハーラム》レディの身の回りの世話と、そこから派生する仕事をしているのだ。

当然、政治的な権力とも無縁のはずだ。だが、レディの耳に直接情報を入れる立場であり、レディの意思決定を左右することもあるため、実質的な権能を持っている。そうした影響からか権力欲の強い者が多かったりする。レディの愛人兼宰相という立場の石原としても、慎重に扱わなければならない存在といえた。

「……」

侍従達は、石原を前後から挟むように立ち、無言で近付いてくる。

「おい、何だ？」

この時、石原の工作員としての直感が囁く。日本政府の外郭団体に所属する職員に接触して工作活動をしている最中に、外事警察の人間がやってきて背後に立たれたことがある。その時の感触に似たきな臭さを感じたのだ。

左右を見れば、そこにいるはずの警備の近衛兵はいない。近衛は石原が使いに出したからだ。

「マズいな」

石原が今こうして宰相として成り上がったのも直感に素直に従ったからだ。だからこの時も、直感を信じた。

次の瞬間、脱兎のごとく駆け出すと、船の舷を蹴った。

「何ですと!?」

慌てて侍従達が駆け寄ってくる。しかしその時には、石原は舷と舷との隙間へと飛び込んでいたのである。


海中に飛び込むと、その勢いを借りて深く潜った。

船が作る都市の海面下は、様々な魚が群れている。大小の船の底は海藻やフジツボ、貝などが付着していてあたかも岩のようであった。

やがて息が苦しくなってきたので、二、三回水を掻いて船と船の隙間に見える海面を目指す。そしてそこから浮かび上がった。

「ぷはっ！」

そこは船渠船から数隻分離れた中・小の船が並ぶ船区だった。そこなら乾舷も低く、自分で上がるのも難しくない船が並んでいる。

石原はその一隻の船縁に手を掛け、甲板へと上がった。

それらの船同士を繋ぐ舷梯は、大勢の人が歩いていた。

周囲の船からもいわゆる繁華街に近い雰囲気が感じられる。

ただ行き交う人々は必死そうに、帆や食糧を抱えていた。

少し離れた所からは、暴動や略奪、そしてそれを鎮圧しようとしている軍隊の号令、喚声、罵倒、そして刀などの金属製武具のぶつかる音が響いているのだ。

「……」

石原はそんな人々の列に紛れ込んだ。いくら侍従達とはいえこれに紛れてしまえば、後を追えまいと思ったのだ。しかし突如、通路脇にいた男に体当たりされ、脇道の陰に押し込まれた。

「ち、くそっ。こんなところにもいやがった！」

石原は自分を付け狙う侍従の伏兵だと思った。そして抵抗すべく拳を固めて掲げた。

「違う違う！」

しかし石原を突き飛ばした男は、大きく手を振って誤解だと告げた。

「あ、あんたは……」

落ち着いて見れば、そこにいたのは占い師ヴェスパー・キナ・リレ。石原に、王城船に紛れ込む方法を授けてくれた男だったのである。

＊　＊

一日の執務を終えたレディは、玉座の間から王城船最上階にある私室へ戻ると、入浴し、付き従うメイド達に薄絹の寝着を着せてもらった。

「街が騒がしいですね？　一体何が起きているのです」

「暴動です。軍が出動していますが、一向に鎮圧される様子はありません」

開け放たれた窓の向こうでは人々の喚声、悲鳴、怒号、物の破壊される音などが綯《な》い交《ま》ぜとなった騒音として響いていた。

「愚かな者達です。騒いで暴れたところで一体何になると言うのでしょう」

「お、お耳障りで申し訳ありません」

メイド達が目を伏せながら答えた。

ここしばらくレディの感情はささくれ立っていて、何かあるとすぐに感情を荒らげてしまう。思う通りにならない状況、ひたひたと忍び寄ってくる破滅の気配を感じて苛立っているのだ。そのためメイド達は、僅かな失敗や失言でもキツい叱責を受けていた。酒杯を取り落としただけで命に関わるような打擲《ちょうちゃく》を浴びた者もいて、メイド達の神経は常に張り詰めていた。

そしてそんなピリピリとした空気を発する者達の中にいれば、レディだってリラックスは出来ない。おかげでますます神経を過敏に尖らせていくという悪循環に陥っていたのだ。

「皆、不安なのでございます」

そんなメイドの一言も、レディの気持ちを少しでも和らげようというものだったに違いない。しかしそれは彼女の意に反し、レディの感情を逆撫でしてしまった。

「だとしたら、ますます愚かです！　暴れたところで不安が解消されますか!?」

レディの叱咤を浴びて、メイドは平伏す。

「も、申し訳ありません」

他のメイド達も怯えたような表情で次々と平伏していった。

「ど、どうぞお許しください」

結局、全員が床に頭を付けていた。それを見たレディは大きく嘆息して命じた。

「騒動の首謀者を、見せしめに公開処刑なさい。そうすれば、愚民共も自らの罪深さをきっと思い知るでしょう。そのように近衛兵に伝えるのです」

「か、かしこまりました。そのように伝えます」

メイドの一人が一礼して退室する。外に控えている近衛にレディの意志を告げるのだ。近衛兵は遅滞なく命令を実行するに違いない。

「お前達も、もう下がりなさい」

非情な命令を下して怒りが収まったのか、レディはメイド達に下がるよう命じる。メイド達は静かに後ずさりながら退室していったのである。

周囲から人の気配がなくなると、レディは肩の力を抜いた。

「気の利かない無能者ばかりです。これだから、野蛮な国の人間はダメなのです。そもそも忠誠心というものが分かってないのです」

メイド達への不満を独り言ちながら、レディは鏡台へと向かう。

そこにあるのは、以前使っていた青銅をピカピカになるまで磨き上げたものと違い、色のまったく付いていない透き通った硝子に銀メッキを施したものだ。

平らで歪みがまったくないため、こちらの姿が生き写しになる。大きさも身の丈ほどもあり全身を映すことが出来るから、そこに自分と瓜二つの誰かが立っているかのようでもあった。

これが異世界からの輸入品だと知った時は思わず捨てたくなったが、そう簡単に手に入る物ではないし、物に罪はない。そう思って愛用し続けているのだ。

その鏡の前に腰を下ろしたレディは、深々と溜息を吐いた。

顔を上げると、自分の顔が映る。

そこにはまだ若く美しく、一児の母とは思えない色香に恵まれた肢体があるはずだった。

しかし目の前にいる女は、酷く疲れた表情をしていた。きめ細やかだった肌は弛《たる》みを帯びて艶を失い、目は落ち窪んで輝きが損なわれ、唇はカサカサに乾いて瑞々しさを失っている。髪の毛も傷み、枯れ、輝きが失せていた。

「お前は……誰？」

自分の中にある、輝かしい美貌と生気に溢れた自らのイメージとの落差に愕然とした。そしてこみ上げてくる怒りに震えた。

「何でよ……何で、何で何で！」

気が付いた時には、立ち上がって椅子を鏡に叩き付けていた。

激しい音が室内に響き、破片が当たりに散らばった。

「ううっっ、くっ……」

喉から絞り出すような声と、涙が溢れ出てくる。誰もいないと思うからこその油断だった。

だが声を掛けてくる者がいた。

「何と愚かなことをなさるのです？　それほど大きな鏡はもう手に入らないかもしれないというのに……」

レディは慌てて目を擦り、鼻を啜《すす》った。そして大きく息を吐いて振り返る。するとそこには、内大臣オルトールを筆頭に侍従達がいた。

「お前達、こんなところで何をしているのです？　誰の許しを得てここまで来たのです？」

侍従次官のセーンソム、アリバもいた。みんな抜き身の短剣を握りしめ、その切っ先を主君であるレディに向けていた。

「お前達、誰に剣を向けているか分かってるのでしょうね？」

「私達が剣を向けるのは我が主君に対してではない。無謀な作戦、卑怯な振る舞い、後先を考えない乱行でこの国を損ねた外国女なのだ！」

「そうだそうだ！」

侍従達は口々に言った。

「気でもふれたのですか？」

「いいえ、我々は冷静です。非常に、冷静、です」

「お気を違えられたのは女王陛下《ハーラム》。貴女のほうだ」

オルトールはレディを指差して罵った。

「貴女が過ちを犯しさえしなければ、こんなことにはならなかったのです！」

「そうだ！」

「誰か、誰か来なさい⁉　近衛の者達！」

レディの声に応じて駆け付けてきた近衛兵とメイド達は、その光景に凍り付くことになった。

侍従次官のセーンソムは幼い男児の手を引いて前に出る。そしてレディの前でその喉元に刃を突き付けた。

「な、何てことを⁉」

男児はレディの息子、先王の遺児だ。すなわち、このウルースの次期国王、正当な王位継承者である。レディを外国女と罵ったとしても、ある意味それは事実だから礼を失しているだけでしかないが、王子に剣を突き付けるのは反逆以外の何ものでもない。

「陛下、どうぞ大人しくしていただけますか？」

「近衛の者も下がるがよい」

王子を人質にされては、近衛兵もメイドも抗う術がない。部屋から引き下がっていった。

「王子を放しなさい！」

一人残ったレディが強く命じる。絶体絶命とも言えるこの状況でも、眦を決して威厳を感じさせるよう胸を張り、顎を上げ、毅然とした態度で勇気を奮い立たせていた。

「聞こえないのですか？　セーンソム、王子を放すのです」

「い、嫌だ」

しかしセーンソムは、何かの呪縛から逃れようとするような必死の形相でこれを拒絶した。

「そもそも我々がこんなことをしなければならないのも、全ては貴女のせいじゃないですか！」

「そうだ、そうだ！」

「我々が助かるには、もう貴女を差し出すしかないのです」

「オルトール！　アリバ！」

レディは内大臣と侍従に呼び掛ける。しかし忠良であった彼らから返ってきたのは、冷たい眼差しであった。

言うことを聞いてくれる者はもう一人もいないのか。

「イシハ！　イシハはどこです！」

だが、レディにはまだ頼みの綱が残っていた。イシハだ。彼ならば、この状況でも何とかしてくれるはずだ。

「宰相殿ならば、今頃はきっと捕らえられているでしょう」

しかしオルトールが言った。

「貴女と違い、あの男は七カ国連合に引き渡す価値もありませんからな。逆らうようなら殺してもよいと告げてあります。なのできっと今頃は魚のエサとなっているでしょう」

アリババが嘯きながらニヤリと嗤う。

その酷なる笑みを見たレディは絶望した。

つまり、彼女にはもう頼れる味方はどこにもいないということだ。最後の希望も打ち砕かれたレディは、崩れるようにして床に膝を突いたのであった。

12

七カ国連合軍／総旗艦ナックリィ

総旗艦ナックリィは、アトランティアから徳島達が奪取した超大型船である。

もともと兵営船だったこの船には、パウビーノ達が閉じ込められていた。そのパウビーノの扱いでティナエ政府は日本政府と揉めることになったのだが、日本政府はこの問題を解決するために船の所有権を主張しないことにした。そのため、ティナエ海軍が自軍の船として転用、改修、再艤装したのである。

そしてこの船は現在、七カ国の艦隊からなる連合軍の総旗艦となっていた。

アヴィオン七カ国を構成する、ジャビア、ウブッラ、マヌーハム、シーラーフ、サランディプ、ルータバガ、そしてティナエの代表とその護衛、従者、付き人達が一斉に乗り込んでも一人に一部屋ずつ与えることが出来るのも、それだけの巨船だからなのだ。

「何をやってるの、シャムロック。そろそろ腰を上げなさいよ」

秘書のイスラがシャムロックの執務室に顔を出し、そろそろ会議室に行く時間だと告げた。

「会議と言ってもなあ、一体何を話し合うんだ？」

シャムロックは、机の上に両足を乗せて舷窓の外を眺めていた。

ティナエにいると、統領代行としての政務をしなければならない。寸刻もおかずに来客があり、官僚達が次々と書類を持ってくる。だがこの船に乗ってようやくその多忙さから解放された。しばしこの緩やかな時の流れに浸っていたいのだ。

もちろんその分、政庁の執務室の机には書類が山積みになっていく。今頃は大変な量になっているに違いない。しかし未来のことなど今考えても仕方がないのだ。

「そりゃ、今夜の食事のメニューの予想とか、あの女の脚はエロくて綺麗だーとか、今後の国際関係のこととかじゃないの？　あるいは捕まえた女王《ハーラム》をどう扱うか……とか？」

イスラは言いながら、男達が喋りそうなことを並べた。実際に会議でお偉いさん達がどんな話をしているかなんて、一介の秘書に分かるはずがないのだ。

「お貴族共の苦労話やら自慢話やらを聞かされる俺の身にもなってくれ」

「しょうがないでしょ。それがあんたの仕事なんだから」

それが七カ国連合代表の仕事だろとイスラは言いながらニヤリと笑った。

「こんなことが本当に代表の仕事なのかねえ？」

「戦いが終わった後、利益をどう分け与えるか、それを調整するのが政治でしょ？」

「仕方ないか……苦行の時間を耐え抜いてくるとしよう」

シャムロックはそう言って立ち上がる。そして執務室から出ようとしてイスラに尋ねた。

「それにしてもイスラ、これでよかったのか？」

「何のこと？」

「お前さん、これまで俺をさんざんアドバイスしてくれたじゃないか？　アトランティアのカウカーソス・ギルドと密貿易して大砲を手に入れろとか、王政復古派と影で手を結んでみたらどうか、とか？　一番凄かったのは、女王《ハーラム》が何か企ててるに違いないから絶対に統領と同じ船に乗るなってアドバイスだったな。まさかあんな手に出てくるとは予想できなかったが、俺は何とか命拾いした結果として代行になることも出来た。ま、そのせいで俺はお前さんが実は女王《ハーラム》と繋がってるんじゃないかって疑ったりもしたんだが……、お前は俺が邪魔な奴らの排除を手助ってもくれたよな？　結局、何が望みなんだ？」

「貴方に出世して欲しかったのよ」

「でもな、それだと大きな疑問が残ってしまうんだ。お前はどうやって女王《ハーラム》の計画を知ったんだ？　直感だとか予想だとか言っていたが、本当は違うんだろ？」

「実は、女王《ハーラム》のお気に入りの元帝国貴族の占い師が暗躍しててね。いろいろ入れ知恵されたのよ」

「占い師だと⁉　よかったらその占い師、紹介してくれよ。有用な提言をしてくれるなら厚遇するぞ」

「伝えておくわ。おかげで貴方は、ティナエの統領代行にまで成り上がれたんだけど、どう？　大満足でしょ？　わたしも今では統領代行閣下の秘書様よ。どこにいってもチヤホヤされる大出世だわ」

イスラはそう言って両手を腰に当てた。

「おいおい、俺はいつまでも代行でいるつもりはないぞ……」

「是非そうなってちょうだい。そうなったらこのわたしも統領閣下の首席秘書官様だわ」

イスラはそう言うと、シャムロックに歩み寄って服装の乱れを直した。そして彼の胸を軽く叩くと告げた。

「では、いってらっしゃい。もしこれまでのわたしの貢献に感謝する気持ちがあると言うなら、高報酬をお願いね」

シャムロックはイスラの声援を受けながら執務室を出た。そして途中で振り返るとイスラに向けて指先を向けた。

「任せておけ。お前に、国一番の秘書に相応しい額を払ってやる！　その占い師とやらにもな！」

「そうだわ。最後にもう一つ」

すると、イスラは言った。

「何だ？」

「侍従達の連れているプリムお嬢様。本物かどうかよく確認したほうがいいわよ」

「それも友人の占い師からの入れ知恵か？」

イスラは答えずに笑った。

シャムロックも「そうか」と笑うと、意気揚々と通路の角を曲がって姿を消した。

それを見送ったイスラは、それまで顔面に貼り付けていた満面の笑みを消した。そして自分の椅子にどっかり座ると、泣きそうな表情で天井を見上げたのである。


「ヤワになったな、あいつ」

イスラに対しては、いずれ代行の二文字を外すと言ったが、シャムロックはそんなもので満足するつもりはなかった。ここまで来たら、次の目標は七カ国を統合する連合体のトップなのだ。

幸いにしてアトランティアに引導を渡すための連合軍を七カ国で組むことが出来た。戦争終了後もこの体制で指導的立場を維持していけば、シャムロックの権勢はますます強まるはずだ。

これからの会議では、それを話し合えばよい。会議で何を話したらいいか分からない、なんて愚痴ったりしたが、しなければならないことは次から次へと湧いて出てくるものなのだ。

「七カ国が共同すれば、帝国とて我々を軽く扱うことは難しくなる。今回のような共同体を維持して、帝国の頸木に抵抗してやろう」

団結を維持するには、新しい敵を設定するのが一番だ。そうすれば、他国の代表達も耳を貸すはずであった。

「ただ、そうなると、問題はレディをどうするかだなあ」

レディの扱いは、実を言うとなかなか難しい。

国民感情は、七カ国中を引き回して徹底的に辱めて八つ裂きにしろと叫んでいた。大衆の前で断頭台に力ずくで首を据えさせ、細いうなじに斧を振り下ろすべきなのだ。

しかし、レディは帝国の、現女帝の従姉妹でもある。

確かにレディは女帝との関係がよくない。しかし、皇帝の血を引く貴顕《きけん》を傷付けてしまえば、帝室との関係は決定的におかしくなってしまうのだ。

「皆様、失礼いたしました。遅れてしまって」

シャムロックは、会議室の扉を潜ると第一声を発した。既に他の六カ国の代表達が集まっているのが見えた。

皆はシャムロックの顔を見た途端、談笑をパッと止めた。

どの顔もシャムロックより年を取った老人達だ。アヴィオン七カ国は、レディ女王《ハーラム》の卑怯な騙し討ちで、国主や大切な跡取りを失った。それらに代わって現在国を治めているのは、生き残った先代国主である老人か、若過ぎる跡継ぎである。そして今回の最後の戦いで兵を率いて参集したのは老人のほうであった。

「いや、我々が早く来過ぎただけだ」

「そうそう。約束の時には至っておらぬ。代行殿が気になさる必要はない」

どうやらみんな勝利の期待に気持ちが急いているのか、予定よりも大幅に早く集まったらしい。

「で、今何の話をなさっていたのです？」

シャムロックが尋ねると、シーラーフの老主エドモンが答えた。

「いや、我が子の敵《かたき》を討てるのが楽しみだという話をしていたのだ。アトランティアをどのように焼き払うかという話をだな……」

「いやはや、エドモン殿は少しお気が早い。アトランティアはまだ、プリメーラ姫を虜《とりこ》にしているのですぞ。その安全を確保できなければ、アトランティアを焼き払うことなど到底不可能です」

「もちろんプリメーラ様の御身が大事なのは大前提じゃ。儂にとってもご令嬢は旧主の忘れ形見。そして亡息の嫁でもある。何としても、ご無事に取り戻さねばな」

「ですが、既にアトランティア侍従達が、内応を申し出ているとか。だとしたら、姫を取り戻すのもそれほど苦労はありますまい」

「しかし彼奴らは、代わりに自分達の安全と財産を保障しろと言ってきているではないか？」

「しかも、プリメーラ様の解放は、自分達が安全な場所に逃れた後だなどと抜かしているとか？　自分達の立場を弁えない強欲な要求とは思わぬか？」

代表達は揃って頷いた。

「ならば奴らを騙せばよい。これまでに奴らはさんざん儂らに卑怯な騙し討ちを仕掛けてきたんじゃ。安全なところまで逃げたと思わせておいて、ホッとしたところを討ち取ってやってはどうじゃ？」

「おお、それがいい」

さぞ痛快な体験になるに違いないと六カ国の代表達は揃って笑った。

後先考えていないというか、感情に溺れているというか……何とも過激な老人共だ。

シャムロックは内心で嘆息しつつ、会議室の自分の席に腰を下ろす。すると伝令士官がやってきて告げた。

「前衛艦よりのご報告です。前方より、艦影一つ見ゆ、とのこと」

「どこの船だ」

誰よりも早くシーラーフの老主が問うた。

「アトランティアです、非戦を乞う中立旗を掲げています」

シャムロックが命令する。

「この船に接舷を許可するよう艦長に伝えてくれ」

「了解」

士官は敬礼すると会議室から出ていった。

「いよいよじゃな。佞臣《ねいしん》共が女王《ハーラム》を捕らえてきたぞ」

「皆、甲板に出て囚われの身となった女王《ハーラム》を出迎えてはどうじゃろう？　惨めな姿を見物してやろうではないか」

「おおっ、そうしよう」

老主の提案に皆が嬉々として賛同の声を上げる。そして重たい腰を上げると、甲板へと向かったのである。

アトランティアからやってきた船は中型で、帆を全て下ろして櫂のみで進んでいた。

周囲には七カ国連合の戦闘艦がずらっと並び、どの船も砲門を開いていつでも撃てるように構えている。白旗を掲げている船に対し過剰ともいえる警戒ぶりだが、アトランティアのこれまでの所業を考えれば、警戒はいくらしてもし過ぎとは言えないのだ。

四方全てから大砲を向けられている状況で、アトランティアの船はやがてナックリィ号と互いに左舷を向け合う形で静止した。

相互に舫い綱が投じられ、それを手繰り寄せて舷側にフェンダーを挟んだ形で固定される。そして行き来できるよう舷梯が渡された。

シャムロック達七カ国の代表は、舷梯に立ち向こう側へと目を向ける。するとそこには、アトランティアの女王《ハーラム》であるはずのレディが、独り佇んでいたのである。

＊　＊

その頃アトランティア・ウルースでは、王城船を群衆が取り巻いていた。

王城船の周囲には、迎賓船や船渠船、軍隊が使用する船といった大型船が多い。特にパウビーノ強奪の際に襲撃を受けたことがよほど恐怖だったのか、レディは王城船区に大型の船を多く集めていた。

船はその構造から、小さなものほど甲板が低くなり、大きな船ほど甲板は大型のビルの屋上がごとく高いところに位置する。そのため、王城船区の大型船からは、その周辺が一望でき、警戒もしやすいのである。

そして今、王城船区を取り囲む中・小型船の甲板には、海に溢れ落ちそうなほどの民衆が集まっていた。まるでウルース全ての民が集まったかのようだ。

「何とかしろ！」

「女王《ハーラム》は敗戦の責任を取れ！」

民衆の叫びは、現状に対する不安と不満を露わにしたものであった。

要するに、死にたくない、助けてくれ、安心させてくれという叫びだ。しかし、もうどうにもならないこともみんなは理解している。そのため必然的に、『俺達の代わりに死ね』あるいは『超常的な方法で状況を何とかして見せろ』といった意味合いの言葉が、非理性的な罵倒表現へと変わって飛び交っていた。

しかしながら、時間が経過していくとその叫びの内容に変化が表れた。

「レディは、退位しろ」

「プリメーラ様を女王に！」

レディを廃し、プリメーラを女王として推戴しようという声が出てきたのである。

もちろん、その声の発信元は花街の女性達、そしてその客である男達である。花街中の娼姫達が、自分の贔屓の客達に声を掛けて賛同者を募ったのだ。

「あ、あんたら一体何を言ってるんだ？」

王城を取り囲んでいた人々は、彼・彼女らの主張の意味が分からず問いかけた。

「だから！　レディがこの国の女王だからウルースは攻められるんだろ？　だったら、女王を変えればいいって話だよ！」

「でも、女王が変わったとしても、七カ国軍は攻めてくるんじゃ……」

「だからプリメーラ様にするんだよ。あの方が女王になれば、この国はアヴィオン王国だ。七カ国だってもともとはアヴィオン王国だったんだぞ。七カ国の軍隊だって攻めにくいはずだ！」

「……そ、そういうことか」

「それでも七カ国連合が攻めたいって言うんなら、ウルースの船団を二つに割って、あっちはアトランティア、こっちはアヴィオン王国ってやればいいんだよ！」

「そ、そうか……空になった船団を煮るなり焼くなり好きにしてくれと差し出して、俺達はアヴィオン側に逃げればいいのか」

「でも、そんな都合のいいこと……上手くいくのか？」

「ダメかもしれないけど、何もしなきゃ酷いことになるのは間違いない。ならこの手に懸けるしかないだろ！」

「そうだ。ダメでもともと。やれることをやろう！」

こうしてウルースの人々は、プリメーラを女王に推戴し、この国をアヴィオンにしようという声を上げ始めたのである。

いや、声だけではなかった。群衆達の背中側、その遥か後方では、そのための政治的な工作が始まっていた。


「財務尚書《しょうしょ》のガロン・メ・ディフェスでございます」

「国務尚書のアドニス・メ・ディズゥエラ。プリメーラ様のお召しにより参上いたしました」

「法務尚書、ダントン・エ・クシールマガッフです」

「軍務尚書、デクスター・ラ・タンド」

「外務尚書、ベル・ベト・ウィナー」

「王璽《おうじ》尚書、モルガ・ミ・ファ。ただ今参りました」

妓楼船メトセラ号には、プリメーラを支える家臣達が集まっていた。

彼らは一様に戸惑い顔を見せていた。

女王として近々戴冠するはずのプリメーラが、どうしてこんな妓楼にいるのか。そしてこの危機的状況の中で、どうして自分達が呼び出されたのか、その理由が今一つ呑み込めなかったのである。

プリメーラは扇で顔を隠しながら囁く。それをプーレが代言した。

「事情は手紙に書いた通りです。貴方方には、これからそれぞれの役務に基づいて役所に赴き、部下を掌握していただきたいのです」

「と、申されましても……」

確かに、事情の説明は手紙に書かれていた。しかしアヴィオンには治める国土も国民もいない。彼らは大臣に相当する尚書職にあるが、それは名前だけの名誉職に過ぎないはずだ。

「細部は、私から説明いたします」

すると、江田島が一歩進んで計画の説明を始めた。

「これよりプリメーラさんは、民衆の後押しを得て、このアトランティア・ウルースを乗っ取ります。抵抗する者は、我々が実力で排除します」

シュラとオデット、そして完全武装した徳島、更に伊丹がそれぞれ一歩前に出る。

「これはいわゆるクーデターです。全ては七カ国連合の攻撃が始まる前に済ませてしまわなければなりません。つまりスピード勝負。なので、皆さんも実際よりも形式を、見た目を重視してください。そして地縁血縁、友人知人を通じて、このウルースの有力者達に帰順を促してください。七カ国連合軍が攻めてくる前に、アトランティア・ウルースにある全ての旗を、新生アヴィオン王国のものにすげ替えてしまうのです」

江田島はそう言って、アヴィオン王国の国旗を取り出した。

「し、しかし……」

「では、座して滅びを待ちますか？　焼き払われる運命を甘んじて受け入れますか？」

「うっ……」

その時、プリメーラが顔を覆っていた扇を畳んだ。

「わたくしも、これ以外の方法では皆を救うことは出来ないと思います。わたくしはこの海の真ん中に自分の国を立ち上げることで、荒波に放り出され溺れようとしている彼らを掬い上げたいのです。貴方達は、確かにお飾りの名誉職のつもりでわたくしから辞令を受け取ったかもしれません。しかし、それでも股肱《ここう》の臣《しん》、わたくしの閣僚でしょう？　ならば、わたくしとわたくしの国を支えてください。それが嫌ならば、今ここで職を辞してくださいまし」

プリメーラは自らの口からそれらの言葉を放ちながら、真っ直ぐ閣僚を見据えた。

まだ戴冠していないが、女王の威厳に満ちた視線を浴びた閣僚達は、弾かれたように姿勢を正し、互いを見合った。そして意志を確認するように頷き合った。そう、プリメーラの言うように、少なくともこのままでいるよりは遥かに希望が持てるのだ。酒を飲みながら、虚飾の栄達に浸って滅びの時を待とうかと思っていたが、そんなことよりも行動したほうが遥かにマシと言えた。

「ご下知《げち》、拝受つかまつります」

「我ら一同、直ちに庁舎船に乗り込み、それぞれの職権を掌握いたします。そしてどのような手段を使ってでも、国内有力者や貴族達に、女王陛下に帰順するよう促します」

「では、そのように」

「はっ！」

閣僚達はそれぞれ一礼してメトセラ号の広間を出ていった。

そして彼らを見送ると、完全装備姿の伊丹はこの特地での愛銃となりつつあるＭＰ７に弾倉を装填しながら皆に告げた。

「じゃ、そろそろ俺達も参りますか。準備はいいかな、徳島君」

「もちろんですとも伊丹さん。僕はいつでも行けますよ」

海自迷彩服に身を固めた徳島は、９ミリ機関拳銃に弾倉を装填した。

「ボク達のことも忘れないで欲しいね」

「そうなのだ」

革鎧と銛や弓で武装したシュラとオデットも前に出た。

そして更に――

「あたいらも行くニャ」

広間から出てみれば、妓楼船メトセラ号の甲板には、鍋や釜を被り、すりこ木棒や洗濯板、包丁で武装した娼姫達が参集していたのである。

メトセラの娼姫だけではない。この花街全体の娼姫達や男衆が集っていた。

さすがに江田島も、この出で立ちの彼女達を引き連れていくのはどうかと思ったが、プリメーラは「皆の心を嬉しく思います」と言って同行を許した。そして、妓楼船メトセラ号の豪奢《ごうしゃ》な輿に乗って担がれたのである。

その時、一人の料理人が前に出てきた。

徳島は素早くその男に銃口を向けたが、料理人は言った。

「姫様、私です！」

「パッスム!?」

パッスムは、包丁と棍棒を装備していた。

「はい。姫殿下の大恩に浴しながら、裏切りを働いたパッスムです。本来ならば、二度と御前に出ることの敵わぬ罪人であることは、重々承知しております。なれど、姫様の大勝負とあっては、参上しない訳には参りませんでした。このパッスムに、是非とも罪滅ぼしをさせてください」

徳島はパッスムを見て狡いと思った。

このように皆が集まって力を合わせようという雰囲気の中では、パッスムに対してお前だけは来るなと断れるはずもない。実際、プリメーラは扇越しにプーレに囁いて、プーレが代言する。

「よくぞ駆け付けてくれました。パッスムも一緒に参りましょう」

「ありがたき幸せ」

皆が喚声を上げる中、パッスムもまた、プリメーラの乗った輿を担ぐ男達の一人となったのだ。

「伊丹君、徳島君、お二人には負担をかけることになりますが……」

江田島が伊丹と徳島に囁く。

「分かってます」

彼女達に危険が及ばないよう、その分だけ伊丹と徳島が気を張ることになったのである。


プリメーラを担ぎ上げた群衆は王城船へと向かう。

その途中、王城側の抵抗はなかった。時々、兵士達の一隊と遭遇したが、兵士達は道を塞ぐでもなく、ただプリメーラ達の物々しさに困惑した様子で見送るだけだったのだ。

「どうも、兵士達に命令が出てないようですね。王城で何が起きてるんでしょう」

江田島が首を傾げる。

「この雰囲気はベルリンの壁が崩壊する際の東ドイツ軍の様子に似ています」

ベルリンの壁を警備する東ドイツの兵士は、国境を越えようとする者は射殺するのが当然という非情さで知られていた。しかし、東側諸国へのソ連による頸木が外れ、状況の変化が始まると、民衆がツルハシで壁を壊す行為すら黙って見守ってしまった。国境の往来を許し、手続きなしでの越境も許し、あれもこれもと許していく。そんな状況下で今更壁を壊すなと禁じても意味がない。いわば、蟻の一穴がダムを倒壊させるように心が力動した。

「もしかしたら、女王《ハーラム》共々上の連中は逃げてしまったのかもしれないよ」

そんな有り様の背景を、シュラが楽しげに予想した。プリメーラの安全を気遣うシュラからすれば、抵抗などないに越したことはないのだ。

「それは当たっているかもしれませんね。ならば先を急ぎましょう」

こうしてプリメーラ達は、すんなりと王城船まで辿り着いたのである。

王城船からはさすがに警備は厳重だった。舷門には警備の兵士が立っており、暴徒は決して通さないと身構えている。

しかしプリメーラは本来、王城船内にいるべき存在だ。女王《ハーラム》とともに、王族の礼遇を受ける立場にあって、近々アトランティア主宰の戴冠式を迎えるはずでもある。

「プリメーラです。帰って参りました。ここを通していただけますか？」

そんな存在が、どうやって出掛けたのかはさておき帰ってきたと言うのだから、舷門を塞ぐ兵士も迎え入れるしかないだろう。とはいえ本当に通してしまっていいのか、と兵士は一瞬躊躇い、誰かに指示を仰ぎたくなった。だが、彼らに指示する者は一人もいなかった。

「あんた達、失礼にも程があるよ。姫様をこんなところで待ちぼうけさせとくつもりかい⁉」

プリメーラを後押しする女の一人が叫んだ。

こうなると近衛兵も困惑顔ながらプリメーラを通すしかなかったのである。

プリメーラを後押しする娼姫達も、後に続こうとする。だが、さすがに近衛兵が禁じたので、江田島は皆にはその場で待ってもらうことにした。

こうしてプリメーラは主立った者達だけで、無主の王城船へと戻ったのである。

「女王《ハーラム》レディはどうしたのです？　逃げたのですか？」

江田島は困惑顔の近衛兵に問いかけた。

「わ、分かりません」

「じ、実は、侍従達が反乱を起こして捕らえられたという噂があります」

近衛兵の一人が、ぼそりと答えた。

「その反乱を起こしたという侍従達はどこにいるのですか？　何をしているのです？」

「分かりません。女王《ハーラム》陛下も、王子殿下もいなくなっています。実は我々も困惑していたのです。

プリメーラ様、我々はどうしたらよいのでしょう？」

江田島は言った。

「概ね状況は把握しました。どうやら、王城は中枢の所在が不明となったために機能が完全に麻痺しています。しかし我々にとってそれは大変都合がよいことでもあります。まずは——シュラさん、近衛兵達を掌握してください」

「えっ、ボクがかい？　……分かったよ、副長」

シュラはそう言うと、近衛の指揮官に対し、部下達とともにプリメーラに仕えるよう求めた。

「お、お前はシュラ・ノ・アーチ！」

突然現れた手配犯を前に、近衛兵達は緊張して身構えた。しかしシュラは続ける。

「ボクに懸賞金を懸けた女王《ハーラム》レディはもういないんだ。侍従達がいないのも、この国から逃げたからだ。そう、君達は見捨てられて置いてきぼりにされてしまったんだよ。このまま七カ国連合に攻められ滅びゆくのを座して待つかい？」

「で、ですが、我々は名誉ある近衛で……」

「だからその名誉を、これからはプリメーラの下で輝かせないかって言ってるんだ。今、決めるしかないよ。どうする？」

なかなか首を縦に振らないが、近衛達はシュラの言葉に耳を傾けている。

どうやら上手くいきそうだと思った江田島は、プリメーラに先を急ごうと促した。

プリメーラはシュラに後を任せると、徳島と伊丹を露払いに使い、プーレやオデットらとともに王城船の更なる深奥、玉座の間へと向かったのである。

13

アトランティアの女王《ハーラム》レディが、舷梯を渡ってくる。その様子を、シャムロックを先頭にした七カ国の代表達はじっと見守っていた。

レディは部屋着のままで、髪も整えていない。眠っているか、部屋で寛いでいるところを捕らえられたということがよく分かる姿だ。

一歩ずつ、力のないふらついた足取りで、シャムロックら代表達の待つ総旗艦ナックリィへと渡ってこようとしている。ちょっと船が揺れたり風が吹いたら、舷梯から転がり落ちてしまわないかと心配になるほどだ。

やがてレディの蒼白となった表情、姿がはっきり見えるところまで近付いた。

女王《ハーラム》にもかかわらず、身を飾る装身具が一つもない。全身をガタガタと震わせている。それでも唇を噛み、眦を吊り上げた必死の形相で進んでくる。

「見ろ、裸足だぞ」

代表達の一人が指差して囁く。

「一時は七カ国全てを呑み込もうとしていたアトランティアの女王《ハーラム》が、何とも惨めなものだのう」

代表達はその零落《れいらく》した姿に苦笑した。

二つの船を繋ぐ舷梯の真ん中まで来たところで、レディは足を止める。そして後ろを振り返った。

視線はアトランティア船の船橋部にいる男達へと向けられている。

そこには、かつて彼女の臣下であった侍従達がいた。

その群れの中には、小さな子供もいる。見れば、子供には短剣が突きつけられていた。きっとレディの子供に違いない。その命と引き換えにという条件で、レディは自らこちらに向かって歩いているのだ。侍従の一人は、改めて短剣を子供の喉元に近付けて、早く進めと促した。

それを見たレディは涙を拭くと、震える足を再び前に向けた。

そして舷梯を渡りきる前にもう一度立ち止まる。

背筋を伸ばし威厳を取り戻そうと胸を張り、尊大な表情となって周囲を見渡した。

「アトランティア・ウルースの女王《ハーラム》が参りましたよ。皆の者、盛大な出迎えご苦労です」

レディは言いながら、ナックリィ号の甲板に降り立った。

「女王《ハーラム》レディ。お久しぶりです」

シャムロックは前に出てレディに相対した。

「シャムロック。ティナエの統領代行となったそうですね。十人委員の最下位から上位九名を追い抜いての立身出世、ここはおめでとうと祝うべきかしら?」

「祝辞ありがとうございます。しかし全ては女王《ハーラム》レディのおかげでございます。貴女の卑怯な騙し討ちで七カ国は大混乱に陥りました。どの国も政変に見舞われ、立て直しに非常に苦労したのです」

「そうだ!」

「我らは、お前の卑怯な騙し討ちで息子を失ったのだ!」

「大事な家臣を大勢亡くしたのだぞ」

七カ国の代表達が口々に罵る。するとレディは言い返した。

「お前達の子供や家臣達は、戦いで死んだのです。国と国との駆け引きに敗れて死んだのです。確かにわたくしは詐術も策略も弄しました。けれど、お前達の息子や家臣達にはそれを見破る力がなかった。優勝劣敗、弱肉強食は世の習いでしょう?」

そんなことも知らないのかと、レディは代表達をせせら笑った。

「言うに事欠いて……我らの子らを劣っていると罵るか?」

「事実でしょう? だから死んだのです。それをことさら持ち出して恨むなど、匹夫《ひっぷ》の振る舞いですよ。そもそも国と国との争いに卑怯も何もあるものですか。清廉潔白な国家、王侯、貴族? そんなものわたくしはついぞ聞いたことがありません。真の王侯貴族ならば、いかなる戦いであろうと、臨んで破れたのなら死は従容として受け容れる。そのぐらいの度量は身に付けているはず。今更喚き立てるのは匹夫としか言えないでしょう？　違いますか？」

「うぐ……」

代表達は怯んだ。

しかしシャムロックは言った。

「なるほど、確かに女王《ハーラム》レディのお言葉通りだ。そして今、貴女が臣下に裏切られ、我が子を人質に我らの前に突き出されることになったのも、能力的に、知謀的に、そして人望的に劣っていたからに他ならない。そうですね？」

「……」

レディは返す言葉が思いつかないのか、シャムロックを睨み付けた。

「これから貴女は、我々の虜囚だ。民達は海賊達に苦しめられた恨みから、貴女を殺せ、八つ裂きにしろと叫んでおります」

「我らとしては、民に好きにしろと貴女を下げ渡してもよいのだぞ！」

「どうだ。恐ろしいか？　我らに情けを乞いたいのなら、我らに息子を返してから言え！」

だがレディは、キリッとした表情で言い返した。

「誰が情けを乞いたいと言いましたか？」

「何だと？」

「こうなったからには、好きにすればよいのです。勝者の権利として、わたくしを好きなだけいたぶり、辱めればよい。でも、ことわたくしに関しては、お前達の思うようにはなりません。奴隷達にわたくしを陵辱させ、それぞれの国で引きずり回して痛め付け、わたくしが断頭台に据えられて、泣き叫び、赦しを乞う姿を民に見せびらかしたいのでしょうけれど、わたくしは絶対にお前達の望むようには振る舞いません。お前達を決して喜ばせてやるもんですか！」

「何だと！」

「盗っ人猛々しいとはこのことだ！」

「女王《ハーラム》レディ。その強がりがどこまで続くか見物ですな。とりあえずは、薄暗いじめじめとした牢屋にてお寛ぎください。そして最初は、貴女の国が炎上し、全てが焼き尽くされるのを特等席でご見物いただく。アトランティアの民達の嘆きと叫びを目の当たりにしても、その態度が続けられるかどうか、とても見物だ」

シャムロックはそう告げると、海兵を呼んでレディを船倉の牢へと案内するよう命じた。

二人の兵士がやってきて、レディを左右から挟み立つ。

すると、レディは言った。

「シャムロック、私もお前のその強がりがどこまで続くか楽しみにしておりますよ。あんまり背伸びを続けていると、高転びに転ぶことになります。お前が蹴躓《けつまず》いた時、その滑稽な姿を指差して盛大に笑ってあげましょう」

こうしてレディは、兵士二人に挟まれ引き立てられ、牢のある船倉へと下りていったのである。

「ふん、太々しい女だ」

「だがあの誇りの高さは本物だ。さすが、帝室の血を引くだけのことはある」

「いい女でもあるしな。こんな形で出会ったのでなければ、口説きたくなるほどだ……」

「しかしあの鼻をへし折るのは簡単ではないぞ」

「はっ、王子を人質にして脅せばよい。さすれば態度も変わってたちまち赦しを乞うであろう」

「ですが、幼い王子を使って脅すのは外聞がよくない。帝室との関係も悪くなる恐れがあります。今後の外交を考えるなら避けるべきかと」

「確かに、罪があるのはあの女であって、子ではないのだからな……」

「どうじゃろう？　王子の待遇交渉を受け容れることを条件に、あの女に持ちかけるのです。民に対して赦しを乞い、泣き叫べと。さすれば民衆もきっと満足するだろう」

代表達はそれがよいと口々に語った。

そうこうしている間に、セーンソムが王子の手を引いて渡ってきた。

向こう側の船には、侍従達の多くが残っている。中には薄桃色の髪をした女もいた。おそらくはプリメーラに違いあるまいと代表達は思った。

「約束通り、女王《ハーラム》の引き渡しをいたしました。こちらは王子殿下でございます。これで我らの退去をお許し願えますな？」

「しかし、プリメーラ様はどうする？」

「あちらにおいでです。我らが皆様から十分に逃げられるところまで離れましたら、プリメーラ様をお引き渡しいたしましょう」

そのために七カ国連合側の短艇一艘と漕艇員を寄越して欲しいと言った。

「なるほど。その短艇にプリメーラ様を乗せて返そうという訳か」

「それがよかろう」

代表達は、納得したのか揃って頷いた。

しかしその時シャムロックは、イスラの言葉を思い返していた。秘書イスラのアドバイスはこれまで外れたことがないのだ。

「だが、プリメーラ様が本物かどうかは確認をさせてもらいたい」

「い、いや。プリメーラ様は、あそこにおいでです」

シャムロックが舷梯を渡ろうと踏み出す。しかしセーンソムは慌てて道を塞いだ。

「だから、それが本物かどうか確認したいのだ」

「その必要はございません」

「どうしたんだ？　我々はプリメーラ様に、これまで虜となっていた心労を労い、あと少しの辛抱で解放されると言って、お慰めしたいだけなのに」

「そうじゃ。我らとて、ここまで来たからには無理にこの船に連れ帰ったりはせぬぞ」

「い、いえ……それはどうぞ……ご、ご遠慮ください」

額や全身から脂汗を流して必死になっている姿に、七カ国の代表達も訝しがった。

「シャムロック殿、いささか怪しいとは思わぬか？」

「我らの胸中にも、非常に強い疑念が湧いてきましたぞ」

「もし本物ならば、我らに引き合わせることなど何の問題もなかろうにのう？」

皆に言われると、セーンソムは震える足で後ずさりした。先ほどのレディを彷彿させるおっかなびっくりな足取りだ。

「どうした、セーンソム？」

緊張に震えていたセーンソムがついに限界を超えた。「わあああ」と突然叫び出すと、回れ右して自分の船に向かって走り出したのだ。

その背中を見て代表らは言った。

「どうやら、あそこにおわすプリメーラ様は偽者で決まりのようじゃな」

「攻撃を始めろ！」

シャムロックの号令で、舷側に弓兵がずらっと並ぶ。兵士達は弓矢を満月のごとく引き絞った。

「放て！」

無数の弓箭《きゅうせん》が雨あられとアトランティアの船に降り注いだ。そしてその間にティナエ、シーラーフ、ルータバガの軍船が体当たりをするかのごとく舷側を寄せ、兵士達が一斉に斬り込んでいったのである。

戦う用意がまったく出来ていなかったアトランティアの船はたちまち制圧された。

戦いと呼ぶには一方的過ぎる騒動の結果、セーンソムや侍従達は矢を受けるか剣で切られるかして倒れ伏した。

これまで忠誠を捧げていた女王《ハーラム》を差し出してまで助かろうとしていたのに、こうなってみると実に呆気ない末路といえた。後に残ったのは、逃げようとも抵抗しようともしなかった船員達数名とプリメーラに良く似た女であった。

「その女を連れてこい」

シャムロックの指示で、薄桃色の髪の女が総旗艦ナックリィ号に連れてこられた。

「貴様は誰だ？」

シャムロックが問うと、プリメーラの容姿が突如として崩れ出した。そして妖艶な女へと姿を変えたのである。

「おおっ」

代表達がその艶っぽい姿への変化にどよめいた。

「わっちは、ミッチというちんけな元娼姫でありんす。こうして、どなたさんにでも姿形を変えられるので、大勢のお客様にご贔屓にしていただいておりんした」

「元娼姫？」

「はい。宰相様に身請けされる前は、妓楼船メトセラ号を飾る花の一輪でありんした」

「ふむ、そうか。それでプリメーラ様はどうした？」

「さあ」

ミッチは首を傾げる。

「さあ、だと？」

「どこかに逃げて隠れてらっしゃると聞いておりんす。それ故宰相様はわっちに影武者となるようお指図されたのでありんす。いつ姫様が戻られてもよいように、と……」

「なるほど。本物が見つからなかったら、戴冠式は偽物で挙行するつもりだった訳だな」

シーラーフの老主が、溜め込んだ苛立ちを晴らそうとするかのごとく言った。

「とにかく！　プリメーラ姫はアトランティアの人質にはなっていないのだな？」

ミッチは「はい」と頷く。

すると、シーラーフの老主が剣を抜いて叫んだ。

「よく分かった。これでアトランティアを総攻撃するのに何の憂いもない！　では皆の衆、これよりアトランティアに攻め込むぞ！」

すると代表達は、声を揃えて「おおっ！」と応えたのであった。

＊　＊

アトランティア・ウルースは大騒ぎになっていた。

ただし、先ほどまでの暴動や騒乱とは異なっていた。今やウルース全体が一丸となって、プリメーラの戴冠とアヴィオン王国再建の準備を進めているのだ。

その準備には、ウルース全体の装いを『アトランティア』から『アヴィオン』へ一新するという作業も含まれていた。

例えばあちこちで掲げられているアトランティアの国旗を降ろし、アヴィオンの国旗にすげ替えるのである。

可能ならば、主立った船の色を塗り替えることも求められた。これまでは、いかにも海賊っぽい黒系統に塗装された船が多かったのだが、それらは全て白色に塗り替えられようとしていた。

「なに、白のペンキが足りないだと？　仕方ない！　いかにも海賊って感じの船は、白く塗ったでかい船の陰に隠れるよう係留しろ。急げ！」

全ては、アトランティアをぶっ潰して焼き払い、「お前ら全員奴隷にしてやる。嫌だと言うならぶっ殺～す！」と眉間に皺を寄せて襲ってくる七カ国連合に対し、「ここはアトランティアじゃないよぉ～」「ここはアヴィオンで、俺達はプリメーラ様の臣民だよぉ～」としらばっくれるという、国を挙げてのペテンに挑むためなのである。

まるで冗談のような作戦だが、みんな生き残るため、これ以外の方法はないと真剣にこの作業にあたっていた。しかも一連の作業を、七カ国連合が攻めてくるまでに完了させなければならないから、男も女も必死だ。腕力自慢の男は船の色を塗り替え、手先の器用な女は家で手巾や衣服を切り裂いて、アヴィオンの国旗を作る作業を行っていった。

そしてその作業は、王城船にも及んでいた。

メイド達はプリメーラの戴冠式に向け、庭園船の掃除と飾り付けにかかっていた。近衛と警備兵達も式に向けて上を下への大騒ぎとなっている。

「中央階段は上り専用だ。下ろうとする者は、船首側階段を使え！」

唯一の救いは、戴冠式の準備が以前から始まっていたことだろう。

見栄っ張りなレディは、自分が主宰する式典で遺漏《いろう》などあってはならないと、近衛の制服デザインを新調し、会場の飾り付けも用意し、プリメーラの衣裳や身に纏う宝飾品、戴冠式に使う宝冠といった物も全て揃えさせていた。後はその梱包を解くだけになっていたのだ。

「うわあ、これは綺麗だ」

「実に気品がありますねえ」

プリメーラの控え室に入った徳島と江田島は、その装いを見て感嘆の声を上げた。

「は、恥ずかしいです。そんなに見ないでくださいまし」

プリメーラは真っ赤になった顔を扇で隠す。王城船のメイド達が全力で飾り立ててくれたのだ。

「恥ずかしがることないのだ」

「そうだよ、プリム。今日の主役は君なんだからね。しかも装いが美しいばかりじゃなくて、威厳が感じられる見事な衣裳だ。きっとみんな見惚《みと》れると思うよ」

そう言うシュラは、近衛の制服を纏っている。オデットも、美しい四海神に仕える巫女の出で立ちとなっていた。

「トクシマ、エダジマ、オデット、そしてシュラ。全ては皆のおかげです……」

「何を言ってるんだい、プリメーラ。全てはこれからじゃないか？」

「そうなのだ。これからも三人で力を合わせてやっていくのだ」

「でも、お礼を言いたかったのです。特に二人には……」

「……徳島君」

「はい」

江田島の合図で、徳島はプリメーラの控え室を出ることにした。ここは親しい者だけにしたほうが良いだろうという大人の気遣いだ。

メイド達も徳島らとともに控え室を出る。

「君達は、プリメーラさんに仕えることになって、思うところはない？」

徳島はメイドに尋ねた。突然主を変えろと言われた人々の心境を確認しておきたかったのだ。

「今日、突然引き合わされた訳ではありませんので」

「酔姫様は、女王《ハーラム》レディの客としてここにおいででしたので、私達としてもそれほど違和感はないのです」

「かえって仕えやすいぐらいです」

「そっか」

どうやらこの王城に軟禁されていた時の心証がよく働いているらしい。兵士やメイド達からの拒絶反応がないのはそのおかげのようであった。

扉を閉じると、最後にはプーレまで廊下に出てきていた。

「おや、プーレさん。貴女まで出てくる必要はなかったのでは？」

「いいえ。あの三人の長い付き合いに比べたら、私なんて新参者ですから」

「ま、それも気遣いの一つでしょうね。では、私はこの時間を利用して、式典会場の様子を見て参りましょう。徳島君は、厨房が上手く回っているか見てきてくれますか？」

「はい」

「プーレさんはどうしますか？」

「王璽尚書様にお目通りして、式次に変更がないか最終の確認をしてきます」

こうして三人は、各々分担した場所へと向かったのである。

やがて、シュラとオデットがプリメーラの控え室から出てくる。

「あれ？　誰もいないな」

「もう少ししたら、プーレが戻ってくると思うのだ」

「そっか。少しなら大丈夫かな……」

何しろ王城船の中は人手不足である。本来ならば細かいところまで気を遣って手配する侍従達は、全員逃げ出してしまった。それぞれの部門を統括する責任者もいない。そのためシュラもオデットもそれぞれ複数の役職を抱えており、すぐに控え室を離れ仕事に戻らなければならなかったのだ。

繰り返すが、王城船やその周囲はごった返していた。

そのため怪しい者が、例えば黒い翼の翼人女性がプリメーラの控え室に近付いたとしても、誰も訝しがることはなかったのである。

＊　＊

異変に最初に気が付いたのは、オデットであった。

「あれ？　プリムは？」

王城所属の巫女達と儀式と祝詞《のりと》についての打ち合わせを終えて控え室に戻ったら、プリメーラの姿がなかったのだ。

「お手水《ちょうず》ではないでしょうか？」

先に戻っていたプーレが答える。

「お前もプリムを見てないのか？」

「私が戻った時には、既に席を外してらっしゃいましたから。式典が始まりますと長いですからね。状況によっては、姫様はお酒を召し上がることもありますし。だから前もってお手水に行っておいたほうがよいとおすすめしたのです。それできっと、席を外しておいでなのかと思いまして……」

「けど、プリムが何も言わずにいなくなるなんて」

オデットは少しばかり胸騒ぎを覚えた。そこで二人は、控え室から一番近くにあるトイレへと向かった。

「プリムー、いるか？」

だが、そのトイレは誰も使用していなかった。

「変だ。おかしいのだ」

「そうですね」

さすがにプーレもおかしいと思い始めたようだ。

もう一度控え室に戻る。もし別のトイレを使ったとしても、もう戻っている頃だ。しかし控え室は相変わらず空のままであった。

「まさか……」

オデットが控え室内をくまなく見渡すと、床に黒い何かが舞った。

「ん？」

拾い上げてみると、それは黒い羽であった。

「それは、何ですか？」

「翼人が来たのか……はっ、わたしはすぐにプリムを捜す。プーレは皆に報せるのだ。シュラとハジメとエダジマに！」

「ど、どうしたのです？」

「プリムが拐《かどわ》かされたかもしれないのだ！」

「拐かされ……わ、分かりました！」

こうしてオデットはプーレに後を託すと、王城船の甲板に出た。

いちいち羽ばたいている時間も惜しいので、両下肢のジェットを全力で噴かして、一気に大空へと駆け上がる。捜すべきは、黒い翼を持つ翼人だ。

ほぼ垂直という角度で、オデットはぐんぐん高度を上げていった。

「まさか……」

やがてウルースの外周部が目に入るほどの高度——おそらくは高度四百メートルほど——になった頃、オデットの鋭い視力が黒い翼の翼人女性の姿を捉えたのである。

「俺っちの宮廷料理人としての初仕事だ。間違いなんかしやがったら、ただじゃおかねえぞ！」

厨房では、料理人パッスムが宮廷の料理人達に叱咤の声を飛ばしていた。

「パッスム……あんたさあ」

図々しくも司厨長を気取って料理人達を顎で使っているパッスムの姿を見た徳島は、呆れてしまった。だがパッスムは、徳島の姿を見ると、これまでの諍いなどなかったように擦り寄ってきて、面の皮の厚さを示した。

「トクシマの旦那！　あんたのおかげで俺は宮廷料理人になることが出来たんだ。礼を言うよ」

パッスムは以前、アトランティア宮廷の料理人になったことがある。しかし先輩料理人達から料理のレシピを差し出せという要求に耐えきれなくなり辞めていた。しかし今回は、プリメーラに擦り寄って、王城を占領した側に回った。ここで司厨長として君臨すれば、下剋上に成功する。

「まだ宮廷料理人になれたかどうかは分からないよ」

「でも、腕を示す機会を得ることは出来たんだ。ここで実力を皆に認めさせて、潜り込んでみせますよ」

パッスムは悪びれずにニヤリと笑った。

徳島は、パッスムの粘着質な性格だけはどうにも好きになれないが、料理への情熱とのし上がろうという根性は認めざるを得ないと思った。

そもそも徳島は、両親兄達全員が料理人という恵まれた環境で技術・知識を身に付けた。正直何の苦労もしていないと言っても過言ではない。それなのに全てが欠乏している環境で、腕だけでのし上がってきた人間を、浅ましいと見下してしまうのもどうかと思う。

それにこの男なら、少なくとも料理人としての魂を穢すことだけはしないだろう。魂を穢す行為とはもちろん、「皿に毒を入れる」などといったことだ。それに、徳島はここに残ることは出来ないのだから、誰かに厨房を託すしかない。

ただ、この男の誇りだけに頼るのはちょっと不安なので、エサをちらつかせておく。

「しっかりやってよ。そうしたら、いつか僕の国の料理店の厨房に招待してやるから。フレンチ、中華、イタリアン、そして和……全てを見せてあげると約束するよ」

徳島はパッスムの肩を叩くと囁いた。

「だ、旦那の国の料理店の厨房……マジ？」

徳島の中に、料理のレシピが溢れんばかりに詰まっていることはパッスムにも感じ取れた。徳島の世界は、この世界の料理人にとって天国といえる。その誘惑に、パッスムは胸を躍らせた。そして自分が料理人として徳島から認められたのだと感じたのか、涙ぐんだ。

「だ、旦那！」

「ただし、プリメーラさんを裏切ることなく勤めたら……だけどね。自省と自制……出来る？」

「もちろんでさぁ。任せておいてください！　それで旦那、ニギリズシの件なんですけどね……」

すかさず新しい料理のレシピを聞き出そうとしてくる根性に、徳島は負けたと思った。

「そこを『本手返し』で。右手に力を入れないでそっと……」

徳島がパッスムに手ずから寿司の握り方を教えていると、プーレと江田島が慌てた様子で厨房に駆け込んできた。

「徳島君。大変なことになってしまいました」

「ど、どうしたんですか、統括？」

周囲の人を見渡しながらここでは話しづらいと江田島が躊躇していると、プーレが徳島に事情を耳打ちした。

「何だって⁉」

「私としたことが、失敗してしまいました。油断です」

「どうしたんです？　旦那」

「パッスム、ここは君に任せた。料理はしっかり頼むよ」

「言われなくても！　期待に応えてみせますぜ」

「統括、僕達はとにかく行きましょう」

こうして徳島と江田島、そしてプーレは厨房から出て行ったのである。

残ったパッスムは胸を張ると、厨房の料理人達に向かって再度告げた。

「お前達も聞いた通りだ。この厨房は、このパッスムが、トクシマ大先生から託されることになった。大先生の一番弟子として、今後は俺がここを仕切る。分かったか！」

徳島は江田島、プーレらとともに王城船の最上部甲板へと上がった。

「オデットはどこでしょう?」

「あ、あそこです!」

江田島が、青空を背景に筋を引く一本の雲を指差した。

垂直上昇から真っ直ぐ目標に向けた急降下に移ったのだろう。きっとオデットがプリメーラを見つけたに違いない。

「プリメーラさんはあちらの方角にいるはずです。後を追いますよ、徳島君!」

すると徳島は無線機のマイクを取り出した。

「ちょっと待ってください、統括! あっちなら埠頭のほうにいる伊丹さんにも状況を伝えますので!」

徳島はそう言って伊丹を呼び出して状況を説明した。

伊丹は王城の占領を終えると、プリメーラの戴冠式に、ティナエの特使に出席してもらえるよう依頼するため、エイレーン号に赴いていた。

戴冠式のような儀式は、自国だけの内々で挙行するより、外国使節の立ち会いを得ておくと、国としての主権や王権についても承認を得たと言い張れるのだ。ただし、そのためには、アトランティアをアヴィオンに変えてしまうという計略に賛同してもらわなければならないのだ。

「統括! 伊丹さんも、プリメーラさんを捜してくれるそうです。けど、状況がとてもマズそうです」

「今以上にマズいってことがあるんですか？」

「はい。茹でて旨味成分のすっかり抜けた肉を、古くなった油で揚げた食べ物みたいな不味さです。水平線の向こうから、七カ国の艦隊が近付いてきているのが確認されたそうです」

「いよいよ急がなくてはなりませんね」

「はい、急ぎましょう、統括！」

徳島は江田島とともに全力で駆け出したのだった。


「いやあ、チョロかったなあ」

オディールは黒い翼を大きく広げると、祭りにも似た喧噪に包まれたウルースの水路をゆっくりと滑空していた。

船の群れと群れの隙間に作られた、中・小船舶を通すように作られた水路では、シャムロックから頼まれた仕事を果たしたドラケとその仲間の海賊達が意気揚々と短艇を漕いでいた。もちろん、短艇にはプリメーラが縛られた姿で転がされている。

「姫……いや女王様。悪く思わないでくれよ。俺達もこれが仕事なんでな」

ドラケは言った。

「うううっううっうっうっ」

プリメーラが何か盛んに唸っている。しかし猿轡を嵌められていては言葉にならない。

海賊達は肩を竦めて櫂を漕いだ。ドラケは上空で周囲を警戒しているオディールに告げた。

「油断するなよ、オディール。幾ら奴らでも、姫さんがいないことにそろそろ気付く頃だ」

「大丈夫だよ。ここまで離れれば分かりゃしないっ…………!?」

オディールは言葉を最後まで紡ぐことが出来なかった。

上空からもの凄い勢いで落下してきた白い塊に体当たりを食らい、短艇の舳先の少し先の海面に叩き落とされてしまったのだ。

「な、何だ!?」

どーんと水柱が上がり、辺り一面に大量の海水が豪雨のごとく降り注ぐ。

ドラケや海賊達も驚いて見上げる。

するとそこには、白銀の翼を最大限に広げた翼皇種《アヴィ》オデットの姿があった。

摂氏四百～七百度にすら達する高熱のジェット噴流で海面を大きく波立たせながらホバリングし、腕を組んでドラケ達を睥睨している。その姿は、天使のようでも悪魔のようでもあった。

「プリムを返すのだ」

「や、ヤバイ。見つかった！」

「逃げろ！」

海賊達は慌ててUターンして逆向きに進み始める。海賊達はドラケの号令で必死に櫂を引いた。

「待つのだ！」

オデットがドラケを追おうとする。

するとその時、海中から復帰したオディールがオデットにしがみ付いた。

「てめえ、よくもやりやがったな！」

「プリムを拐かしたお前達のほうこそ、よくもやりやがったなのだ！」

「うるせえ、こっちは仕事なんだ！」

「こっちは仕事以上のものなのだ！」

二羽の翼人が空中で掴み合い、引っ掻き合い、叩き合った。そしてその間にドラケ達は必死で逃げていった。

「よしっ、オディールに後を任せて、今のうちに船に戻るぞ！」

ウルースの水路は無数に分岐と合流を繰り返す。若干、遠回りにはなるが、少し戻ればそこの分岐点から別のルートでドラケ達の確保した船に辿り着くことも出来るのだ。

しかし少し戻ったところで、ドラケは舌打ちすることになった。

幅広い水路を渡れるようにかけられている大サイズの舷梯の上に、眼帯をした片目の女が立っていたのだ。

「あ、あいつは……」

「シュラ・ノ・アーチ。アーチ一家の忘れ形見だ」

シュラは銛をやり投げのようにして、ドラケ達の短艇に投げつけた。鋼鉄製の銛は、放物線を描いてドラケ達の乗る短艇に深々と突き刺さった。

「ヤ、ヤバイ！　船底に穴が開きやした！」

しかも銛には綱が結び付けられていて、短艇がぐいぐいっと手繰り寄せられていく。どうやらシュラ一人で引いているのではないらしい。周囲の住民達が手助けしているのだ。

「切れ、切れ、綱を切れ」

慌てて剣を抜いて綱を切る。しかしその時には二本目、三本目の銛を投げられ、短艇に突き刺さる。このまま綱を切り続けていたら、短艇の船底が穴だらけになって沈んでしまう。

「仕方ない。あの女の相手は俺がする。その間にお前達はこの姫様を船に運んで逃げ出すんだ。分かったな？」

ドラケはそう言ってシミターを抜いた。

「で、でも、お頭は？」

「なあに、俺やオディールだけならどうにだってなる。分かってるな？　仕事をちゃんと仕上げれば、シャムロックの奴から金をふんだくれる。そして俺達にはその金が必要なんだ！」

「ラーラホー！　お頭！」

ドラケは配下の航海長に指示すると、短艇が橋まで十分に手繰り寄せられるのを待って、ひらりと跳躍してシュラの前に降り立ったのである。そして短艇へと繋がる数本の綱を、シミターで切って捨てた。

「よう、シュラ」

「ドラケ。どうして君がこんなことを？」

「どんなことにだって、するからには相応の理由があるもんだ。けどな、そんな事情なんてものは吹聴するようなことじゃないし、喋ったからと言ってどうなるものでもない。結局物を言うのは、こいつだ。そうだろ？　姫さんを助けたければ、俺を斃《たお》してからにしな」

ドラケはそう言って、シミターを構える。

「そうだね。確かにその通りだ」

シュラも鋼鉄製の銛を構えてドラケに相対した。


オディールとドラケに追っ手の足止めを任せた海賊達は、綱が切られると短艇を急がせて埠頭地区へと向かった。

そこには、ドラケ達の乗ってきた船が繋がれていた。

二本マストの中型商船だ。そこで仲間達がドラケと皆の帰りを待ち構えていた。

海賊達は、舷側に短艇を寄せて縄梯子を下ろさせた。

「よし、お前達はお姫様を担いで上がれ。おーい、お前達はすぐに出航しろ。解纜して帆を上げるんだ！」

航海長がプリメーラの身柄を船に移しながら仲間に告げた。

「頭とオディールはどうしたんだ？」

「今頃、追っ手の足止めをしてるはずだ」

「何だって？　それじゃお頭達をここに置いていくって言うのかよ⁉」

「全ては俺達のためなんだよ。お頭達は俺達のために……だから俺達が無事に仕事をやり遂げなきゃ、お頭達の努力が全部水の泡になっちまうんだ。急げ！」

海賊達は大急ぎで帆を上げた。

「あんたら何をやってるんだ？」

埠頭にいた警備の兵士や港務の役人がやってきて声を掛けた。

「今出航しても、七カ国軍にとっ捕まって沈められちまうぞ」

「俺達なら大丈夫なんだよ！」

航海長が言い返す。

「はっ、逃げ出す奴らって大抵、自分だけは大丈夫だって思うんだよなあ」

兵士達はそう言って笑うと、出帆したいのならしろと言い放った。

舫い綱が解き放たれる。

風を受けた帆が膨らむと、マストの軋む音とともに船体が埠頭から離れ始めた。

その時、埠頭に血相を変えた追っ手が姿を現した。

「徳島君、あの船です。あの船を止めるのです！」

眼鏡をかけた男が、海賊達の船を指差して叫んでいる。

しかし順風を受けた海賊船は、次第に速度を速め、埠頭との距離も大きく開いていた。もう飛び移ろうとしても不可能だ。

「よしっ、これで任務は成功だ！」

「やったぜ！」

海賊達は歓声を上げて作戦の成功を祝った。このまま水路を抜けてウルースの外に、外洋に出ることが出来れば、彼らの完全勝利と言えるだろう。

「来られるものなら来てみな！」

「あばよ！」

海賊達は調子に乗って江田島と徳島を挑発した。

しかし突然風向きが変わって、正面からの突風が吹いた。

「お、おいっ！」

帆が裏帆を打って、マストが大きな軋み音を立てる。すると船足は瞬く間に止まってしまった。

そして右側から併走するように、一隻の軍船が姿を現した。

その船はティナエの軍旗を掲げていた。

「ま、まさか。ティナエの軍艦？　もう来たのか⁉」

それはカイピリーニャ艦長率いるエイレーン号である。エイレーン号は既にその横っ腹に並べた大砲の砲門を全て開いて攻撃の準備を終えていた。

「ふふーん。どう？」

艦首楼甲板に立つテュカが、ドヤ顔で胸を張っている。彼女が風を操れば、風帆船の進退は思うがままなのだ。

「さすがテュカだ！」

その傍らには伊丹がいた。伊丹は、目標の船の足が止まると、甲板のハッチから頭を突っ込んで砲室のレレイに告げた。

「狙いを間違うなよ」

「それ、誰に言ってる？」

レレイは既に全ての準備を終え、左舷の全門斉射の時を今か今かと待ち構えていた。

「……打て」

レレイのボソッとした号令を、砲手達は聞き逃さない。尾栓に、棒の先端に火縄を絡み付けた竿を押し当てる。すると、十門の大砲が一斉に火を放った。

凄まじい轟音。

十個の鉄球が発射され、海賊船の二本のマストの基部に五発ずつ直撃。木材を木っ端微塵に砕き、木片の吹雪を辺りに撒き散らしながら倒壊させた。

帆を広げたままマストを海面下に沈めてしまった船は、海水がブレーキとなり櫂を使ったとしてもまったく動けなくなってしまう。

「命中！」

「カイピリーニャ艦長！」

伊丹が振り返る。

「任せておけ！　取り舵だ！」

「ラーラホー」

カイピリーニャが操舵手に命じてエイレーン号の舷側を海賊船に押し当てる。その激突が船体を震えさせた時、伊丹がテュカに叫んだ。

「テュカ、今だ！」

「はい」

テュカの精霊魔法はますます冴え渡り、強い風を帆に浴びたエイレーン号は、海賊船を対岸の埠頭船に押しつけ擦り付けるまで突き進んだのである。


オデットとオディールの掴み合いは続いていた。

オディールは、ドラケ達の後をオデットに追わせまいと思うから必死でしがみ付く。

そしてオデットもまた、プリメーラを取り戻すため、オディールを振り払おうと必死であった。

そのため、拳あり、引っ掻きあり、噛みつきあり、絞め技ありという空中でのルールなきレスリング的格闘が繰り広げられていた。

そして、戦況は若干オディールの側が優勢であった。

荒っぽい格闘に慣れたオディールは、オデットの背後を取ることに成功すると、首に腕をかけてぐいっと締め上げにかかったのである。

「くっ……放すのだ」

「放してたまるか！　このままその細っこい首をへし折ってやる」

オデットの顎の下には、オディールの腕がしっかり食い込み、引き剥がす方法がない。最早オデットはこのまま絞め落とされるか首を折られるかしかないように思われた。

「くく、くっ」

「は、もう諦めろ。あたいの勝ちだ」

オディールが勝利を確信して勝ち誇ったその時である。

オデットは両下肢のエンジンを最大に噴かした。

勢いよく背中向きに加速し、自分を締め上げるオディールの身体ごと周囲の船に激突。

「ぐはっ」

船体、マスト、船橋、索具、あちこちに無闇に激突させる。オディールは背中や後頭部をしたたか打ち、黒い翼を痛めて、口を切って血を吐いた。

しかしながら、なおも根性でオデットの首を締め上げる。

「や、野郎……妙なもの使いやがって！」

オディールが更に力を込める。するとオデットは最後の力を振り絞って、飛ぶ方向を鉛直方向、上空に向けた。

出力最大で、瞬く間に上空へと駆け上がる。

「おいおいおい！　何しようってんだ！　おい、ちょっと待てってて！」

オディールはオデットとともに、たちまち雲の上、空の青みがより濃くなる高みにまで引きずり上げられていった。


海に住まうアクアスは水を恐れない。だからきっと、どこまでも深く潜ることが出来ると思われがちだが、海溝の深淵から更なる深みを覗き込んだ彼女達は、その先に行くことを拒む。

海を自由に行き来する海棲亜人も、そこは自分達の領域ではないと理解しているからだ。

そして空を行く翼人も高みを恐れない。しかし自らの領域を超えた高さには、本能的に恐怖を覚える。その高みでは、自分は自由を、意識を失うということをよく知っているからだ。

そして翼皇種《アヴィ》は、どの翼人よりも遙かなる高みを行くことが出来ると言われていた。故に「皇」の文字を種族名に冠することが許され、翼人種達から尊敬されているのだ。

しかしオデットは、その翼皇種《アヴィ》であっても恐怖を覚える高みにまで駆け上った。

幾つもの雲を抜け、空気は薄くなり、凍てつくほどの寒さだ。空の青さは紺碧を超えて更に濃くなるが、それでも上昇を止めなかった。

「ま、待て、やめろ……」

オディールはオデットにしがみ付いて囁いた。

オデットの首に回した腕は、もはや振り落とされないようしがみ付くものに変わっており、寒さと恐怖とで全身をがくがくと震わせていた。薄い空気に息も喘いでいる。幾ら深く呼吸を繰り返しても、苦しくてたまらないのだ。空を飛べるのだから放せばよいのにと思うところだが、もう彼女が自分で飛べる高度はとっくの昔に超えていた。

この時のオディールの心境を現代的に例えるとしたら、何かの間違いでＨ２打ち上げロケットにしがみ付いたら、そのままカウントゼロで打ち上げられてしまったような気分に違いない。

「まだ上がれるのだ……」

しかしながら、オデットは更に高く上がると予告した。

「た、頼むから……やめ……て」

オディールが哀願する。

「わたしの勝ちなのだ。認めるか？」

「……」

オディールは頑として降伏を拒否する。海賊根性もここに極まれりといったところだ。その態度には、オデットも尊敬を禁じ得ない。だが、所詮それは蛮勇でしかなかった。
オデットは自分の首に回された腕から力が抜けていくのを感じた。オディールが白目を剥いて気を失い、オデットから離れていこうとしている
そしてついにすうっと地上に向けて落下していった。意識を失ったままならば、彼女は重力に引かれて加速し、海面に叩き付けられるだろう。
オデットは唇の血を拭いながら、その姿が点となって見えなくなるのを見送った。そして再びプリメーラの元へと向かったのである。

シュラとドラケの戦いは水路に渡される狭い舷梯の上で行われていた。

左右への移動の自由はほとんどなく、前に進むか後ろに下がるかしか余地がない。そのため完全な剣の技量のみが物を言う戦いとなっていた。

ドラケはシミターを自在に操り、海賊として、戦士として、一日《いちじつ》の長《ちょう》があることをシュラに示した。

「ほらほらどうした？　アーチ一家の忘れ形見」

シュラは振り下ろされるシミターを黙々と鉄製の銛で弾き、躱し、その鋭い切っ先をドラケに向けて放った。

しかしドラケもまた流れるような動作で銛を弾き、躱し、突き出された勢いを受け流しながらシュラとの間合いを詰める。軽やかな足取りで、踊るように舞うように、そして閃光のごとく切り

付けていく。

対するシュラはあくまでも泥臭い。斬撃を銛で弾き、銛を投げつけ、尻餅を突きそうな後ずさりで躱していた。

「おいおい、足下がお留守になってるぞ」

「くっ、くそ」

シュラが銛を構える。

しかし銛には、短艇を捕らえ手繰り寄せるために用意した長い綱が付いていて、振り回すのに邪魔であった。

「えいっ！」

シュラはありったけの銛を、次から次へと投げ付けていった。だがそのことごとくが外れ、周囲の船に突き刺さってしまう。

「おいおい……酷いな。とても見てられないぜ」

いい戦いが出来る相手だと期待していたのに、こんなレベルだと思わなかったと肩を落とすドラケ。そして勝負を終わらせようと、シミターを構え直して一気に間合いを詰めた。

「大体、何だって使う得物が銛なんだ？」

「アーチ一家は海棲哺乳類、もっぱら鯨採りを生業にしていた一族だからさ」

「海賊じゃなかったのかよ」

「正義の海賊は、必要でない限り船を襲ったりはしなかったのさ」

「そうかよ……それじゃ仕方ない。時間が惜しいから一気に行くわ。すまんね」

ドラケは右腕を振りかざして斬りかかった。

しかしシミターを握る彼の右手は、彼を裏切った。

「ん」

見れば右手に綱が絡まっていた。シュラの投じた銛に繋がった綱に引っかかっていたのだ。

「ちっ」

そしてそれに気を取られた瞬間、シュラが綱を手繰って振った。

すると綱が蛇のように蠢いて環《わ》を作り、ドラケの右手にすぽっと絡み付く。

「なっ⁉」

続いて二本、三本とシュラの操る綱が、ドラケの脚、首、胴に絡まった。引っ張ってみても簡単に解けそうもない。

「言ったろ、アーチ一家は鯨採りの一族だって。こうやって銛に繋いだ綱を扱わせたら、右に出る者はないのさ」

「しまった！」

振り返った瞬間、彼に見えたのはシュラから繰り出される跳び蹴りの足の裏だった。

蹴りを顔面に浴びたドラケは、舷梯から転がるように落ち、中空で吊り上げられた。手足に絡みついた綱が自身の体重で締め上げられていく。

「それじゃ先に行くよ。ドラケ、ボクには君の相手をしている暇なんてないんだから」

シュラはそう言うと、プリメーラを乗せた短艇の後を追ったのである。

「くそっ。何て女だ！　弱そうに見せていたのはふりかよ！　このイカサマのペテン野郎！」

ドラケは渾身の力で手足に絡み付いた綱を引っ張った。

「くそおおおお！」

しかし人間よりも遥かに大きく重い海棲哺乳類を捕らえるための綱が、人間なんかの力で引き千切れるはずがない。とても動けそうになかったのである。

14

海賊船は、エイレーン号によって完全に押さえ込まれた。

「乗り込め！」

そしてカイピリーニャの号令で、ティナエの海兵達が雪崩のごとく乗り移って航海長らを取り囲み、剣を突き付けていく。ドラケの部下は精鋭揃いであったが、潜入工作のための少人数だったせいもあり、多勢に無勢で瞬く間に拘束されてしまった。

「ああ、こんな風に終わるだなんて……」

「楽しい人生だったが、これで俺達もお仕舞いか」

正規軍に捕まったら海賊の運命は、縛り首である。四方八方から剣先を突き付けられた姿で、海賊達はこれで我が人生も終わりかと嘆いたのである。

「大丈夫でしたか、プリメーラ姫？」

そんな中、伊丹はプリメーラを見つけ出すと、拘束から解き放った。

「わ、わたくしは大丈夫です。ありがとう」

そしてその頃には、徳島と江田島も駆け付けてきていた。

「プリメーラさんは無事ですか!?」

「あ、江田島さん。見たところ大丈夫なようですよ」

伊丹の答えを聞いて、徳島達はほっと胸を撫で下ろした。

だがその時、横合いから蒼髪の少女が現れ、告げた。

「これでプリメーラは戴冠式を行えるのじゃな？」

「ええ、これでこの国の人々も助かるかもしれません」

「メイベル!?　どこに行ってたんだい？」

徳島が、久しぶりに姿を現した蒼髪の少女に笑顔で声を掛けた。しかし少女は徳島を無視し、そのままプリメーラに歩み寄った。

「それでは困るのじゃよ。躬は、絶望と呪いと怒りと憤懣の渦巻く阿鼻叫喚の惨劇を欲しておるのじゃからのう。だからそのためには、汝《うぬ》がいなければよい」

そう言って蒼髪の少女は右腕を大きく引く。そしてその指先に、鋭い剣のような爪を生やすと、プリメーラの胸に向かって突き出した。

束ねられた五本の黒い爪は、そのままプリメーラの胸を貫くかと思われた。

「何をするんだ、メイベル！」

その時、徳島が咄嗟に動いた。

プリメーラと入れ替わるようにして、蒼髪の少女の前に割り込んだのである。そのため少女の爪は、徳島の防弾衣を貫いて深々と突き刺さった。

「メ、メイベル！」

徳島が、驚愕の表情で蒼髪の少女を見る。

「ちっ、し損じたか」

しかし蒼髪の少女は顔を顰めて舌打ちすると、徳島の胸から爪を引き抜いた。

崩れ落ちるように座り込む徳島を無視して、再度プリメーラに襲いかかろうと身構える。ボタボタと大量の血液が溢れ、海賊船の甲板に赤い血溜まりが広がっていく。

「と、徳島君！」

江田島が思わずメイベルを突き飛ばし、徳島の身体を支えた。

「メ、メイベル……どうして？」

突き飛ばされた勢いで尻餅をつくメイベルに視線を送りながら、徳島は最後にそう漏らして意識を失った。

「メイベルさん、貴女、自分が何をやっているのか分かっているのですか⁉　これでは徳島君が死んでしまうじゃありませんか⁉　どうしてこんなことを！」

徳島の傷を診た江田島が、叱りつけるように言い放つ。すると、ふらふらと立ち上がった蒼髪の少女は表情を軋ませた。

「み、躬がハジメを……ハジメを、殺してしまったのか？」

「そうです。彼の心臓は穴だらけで、もはや出血も止められません。それが何を意味するか、貴女とて分かるでしょう⁉」

メイベルはそこに横たわる徳島を見て、信じられないように頭を横に振った。

「う、嘘じゃ。嘘じゃ……躬がハ、ハジメを手にかけてしまうなんて、ハジメが死んだなんて」

そして頭を抱えようとして両手を見たメイベルが凍り付く。その手は、徳島の血で真っ赤に染まっていたのである。

「いやだ。嫌だ、嫌だ……」

顔や身体を掻き毟ったメイベルが、天を仰ぎ、膝を突く。そして血に濡れた手で、顔を覆った。

次の瞬間、少女の魂が粉々に砕けるような慟哭《どうこく》が、辺りに広がった。

「うわあああああああああああああああああああ！！！！」

やがて少女の叫びが尽きる。

すると、少女は深々と溜息を吐き、さっぱりとした顔になって告げた。

「汝《うぬ》らには感謝するぞ……」

「何が、ですか？」

江田島が戸惑うように問いかける。

「これでこの未熟な亜神メイベルは絶望した。ここまで自責の念に囚われたら、あ奴の魂も、二度と浮かび上がってはこられまい。これからは完全に、絶対に、議論の余地もなくこの身体は我《われ》のものという訳じゃ……」

「……あ、貴女は一体、誰ですか？」

「その疑問は当然のものじゃろうなあ。よかろう、感謝の気持ちを示すため、この身体の新たな主の名を教えて進ぜよう」

江田島の問いに、少女は答えた。

「我が名はカーリー。『絶望』と『嫉怨羨恨《ルサンチマン》』を司り、世界を終焉へと導く神じゃ」

高高度からウルースにまで下りてきたオデットは、海賊船とエイレーン号が交錯した現場を速やかに見つけた。海賊船のマストが倒れ、海面に帆が浸っている様子は上空から見てもよく目立ったのだ。

そしてその船に降り立った時、信じられない光景を目にした。

徳島が血溜まりの中に倒れていたのだ。

「ハ、ハジメ……」

徳島の姿と、死という絶望が結びついた時、オデットの思考は停止した。

この世界と自分との関係の一切が絶たれてしまったかのごとく、他のものの全てが目に入らなくなった。そしてただただ慟哭しながら、徳島にしがみ付いたのである。

「しがみ付いているだけでは、何の役にも立ちませんよ！」

だが、江田島がそんなオデットを叱り飛ばす。

「彼に人工呼吸を！」

「じんこうこきゅう？」

「口から、彼の胸に息を吹き込んでください」

「く、口から!?」

「彼の命を繋ぐには、それしかありません。顎を上げさせ、唇を重ねて……さあ、早く！」

江田島に躊躇いを捨てるよう叱咤されつつ、オデットは徳島に唇を重ねたのである。

タイミングを合わせたかのように、シュラがやってきた。

「一体何があったんだい？」

その時シュラの目に入ったのは、江田島が必死になって徳島に心臓マッサージをしている光景であった。そしてオデットが真っ白な身体を真っ赤に染めて、徳島の口を通じて息を吹き込んでいた。

プリメーラは、痛ましげにそれを見守っている。

「ぼ、ボクも何か……」

シュラは慌てて自分にも出来ることはないかと考えを巡らした。

しかし自分に出来ることが思い当たらない。そもそも江田島とオデットのしていることがまったく理解できないのだ。

「これで助かるのかい？」

「……」

シュラの問いに、江田島は眉根を寄せて苦しそうにするだけで、何も答えなかった。

江田島とて、これで徳島が助かるという展望があって行っている訳ではないのだ。

哀しいのは、心臓マッサージをすればするほど、徳島の血液が体外へと流れ出てしまうことだった。そのため江田島は、窮余の策ながら、胸に開いた穴から手を突っ込んで、心臓に開いた穴を手で塞ぎながら心臓マッサージを続けた。そんな行為は、理論的には理解できても医者でなければ到底思い切れない。しかし手を拱いていては、徳島は確実に死んでしまう。となれば、江田島は行動する。たとえ間違いであったとしても。

しかし、手で覆った程度では、血液の流出は防ぎ得ない。

心臓が一回の鼓動ごとに全身に向けて送り出す血液量は、約七十ＣＣ。そのうち十五パーセントが脳に向かい、脳細胞が生きるのに必要な酸素とブドウ糖を供給している。だが、江田島が徳島のズタズタの心臓を一回握るごとに、その指の隙間から血液が漏れ出していく。すると脳へと届く酸素の量もまた減っていく。

徳島の体重は、約六十五キロ。血液量はその十三分の一の約五リットル。流出した血液量はまだ少ないが、それが全体量の三分の一に達すれば徳島は死亡する。

応急手当てとは、今を凌いで後送すれば医師の治療を受けられるという状況でのみ意味がある。だがここでのそれは、徳島の死をただほんの少し遠ざけるためのものでしかないのだ。

それでも江田島は、徳島の命を繋ごうとしていた。その先に何もないと分かっていても、自分のしたことがただ苦痛を長らえさせることでしかないと分かっていても、それでも一分でも一秒でも、命を長く繋ぎ止めようとしてしまうのだ。

重苦しい空気に皆が口をつぐんだ時、カーリーが嗤った。

「くくく、よいぞよいぞよいぞその絶望。その無力感、その諦念、それよ、それ。それこそが、我が渇望して止まない滋養なのじゃ。たった一人の死ですら、甘美で芳醇な香りが漂って我を潤し、快悦絶頂へと導いてくれる。ならばじゃ、この街、この都市、ここの民の全てが滅し、炎に包まれたら、どれほどのものとなるじゃろう！　あああ、その期待だけで、我は我は……股ぐらが濡れて、腰が抜けてしまいそうになるのじゃ」

カーリーは自らの身体を抱きながら、腰が抜けたのかその場に座り込んだ。

「メイベル。君はそういう奴だったのかい？」

シュラが立ち上がり、銛を手繰り寄せた。

するとカーリーは迷惑顔で言った。

「じゃから我の名はカーリー、そう申したではないか。汝《うぬ》は聞いておらなんだのか？」

「すまないね、ボクは今来たばかりなんだ。しかしカーリーというのは？」

どういうことかと解説を求め、シュラは江田島、徳島を見て、最終的に伊丹に目を向けた。質問に答える余裕がありそうなのは伊丹だけなのだ。

伊丹は油断なくカーリーに銃口を向けたまま答えた。

「ちょっと前に、俺の旅の連れが、ベルナーゴ神殿でハーディって神様に身体を乗っ取られたことがある。それと同じことが、メイベルに起こってるんだと思う。そしてメイベル本人は、自分が徳島君を殺したと思ってしまって……」

「ああ……。つまりメイベルは、神話に登場してくるあの堕神カーリーに身体を乗っ取られてしまった訳だね。神の力と亜神の肉体。もう、最悪の組み合わせじゃないか」

シュラはそう言いながら銛を構え直す。

カーリーは好戦的な笑みを浮かべると、両の手にある十指の鋭い爪を伸ばして、舌舐めずりをする。

「おやおや、たかが人間風情が神に挑むつもりかえ？　よかろうよかろう、相手してやるぞえ。お前のその向こう気の強さをへし折って、絶望へと誘《いざな》ってやれば、ますます楽しくなれるからのう。そうじゃ、お前の嘆きの声を、世界の破滅を告げる第一の喇叭《ラッパ》としよう」

「やれるものならやってみればいいさ」

シュラが火の玉のような勢いでカーリーに挑みかかった。

銛を突き、突く。突いて突いて突きまくる。

鋼で出来た銛を振り上げ、勢いよく叩き付ける。身体を回転させながら叩き付け、渾身の力を込めて叩き付け、全身の気合いを振り絞って叩き付けた。

しかしそれらの攻撃を、カーリーは退屈そうに片手だけで捌いていった。

「くっ……」

「温《ぬる》いのう。この程度か？」

カーリーの反撃が始まった。

これまた片手だけで、明らかに手加減していることの分かる攻撃だった。しかし人間を超越した凄まじい勢いに、シュラは瞬く間に圧倒された。構えた銛が弾かれ、取り落とさないようにするのが精一杯で、一撃一撃にふらつき、身を大きく揺らし、片膝を突いてしまった。シュラの攻撃は、カーリーにまったく届かないのだ。

「ふむ。根性だけは大したものじゃな。じゃがそれ故に、心を折る作業が面白そうじゃ」

カーリーの攻撃は、次第にシュラの急所を避けた、嬲《なぶ》るようなものとなっていった。

その斬撃は、シュラの衣服を裂くように放たれる。そして剥き出しとなった彼女の肢体に、傷を刻み込んでいったのだ。

シュラも自分が嬲られていることに気付くと、必死になって身を捩《よじ》らせて攻撃を躱した。肌身を衆目に曝す恥ずかしさを懸命に堪え、唇を噛んで悔しさを跳ね返しながら、必死に抗ったのである。

しかしついには銛を奪われ、膝を切られ、立っていることも出来ず両膝を突いてしまう。そしてカーリーの鋭い爪がシュラの喉元に突き付けられた。

「これでお仕舞いじゃ。どうじゃ？　敵わない相手に嬲られる気分は？」

シュラの瞳が怒りに燃えた。

「うわぁ」

怒りに駆られたシュラが繰り出したのは、技も何もない感情任せの特攻である。せめてカーリーにしがみ付いて掴み合いに持っていこうという相打ちを狙ったものだ。

しかしそんな自棄っぱちの襲撃も、難なく躱されてしまう。そして甲板に突っ伏したシュラの後頭部をカーリーは踏みつけると、その背中や肢体に長い爪で傷を刻んだ。

「惜しいことをしたのう。我が男の身体を得ておったら、三日三晩は、褥《しとね》で可愛がってやれたろうにのう。女の身故、これで辛抱してたもれ……」

「くっ……」

シュラが身を起こそうとする。するとカーリーは、足に力を込めてシュラの額を甲板に擦り付けさせた。

「さあ、いよいよ仕舞いの時じゃ。我の期待通り、盛大に悲鳴を上げてくりゃれ。そして屈辱と怒りに塗《まみ》れた死に様で、我の心を疼《うず》かせてくりゃれ」

カーリーはそう言って右手を振り上げた。

しかしその時、伊丹がＭＰ７の安全装置を解除した。

そして躊躇うことなくカーリーの頭部と胸部目掛けて、弾倉一つ分の銃弾三十発を全て浴びせかけた。

「ギャッ！」

頭部に銃弾を浴びた蒼髪の少女は、突き飛ばされたように後方に吹っ飛んだ。そして胸部に弾を浴びると、獣が絞め殺されるような叫びとともに倒れたのである。

「あうくく、い、い」

蒼髪の少女は、しばし甲板の上をのたうち回って転げた。

「やっぱり効かないよな……」

伊丹はその間にシュラを引きずって後ろへと下げた。そして彼女をプリメーラに託すと、弾倉を交換しつつ前に出たのである。

「もっと……」

身体にめり込んだ弾丸をパラパラと排出しながら、カーリーが言った。

「は？」

「もっと、その熱くて滾《たぎ》ったものを、我の身体に打ち込んでくりゃれ……」

事もあろうに、カーリーは甲板に横たわったまま両腕を伊丹に向けて伸ばし、喜悦の表情で弾丸を求めた。

その少女の瞳に、伊丹は背筋がゾッとした。

「もちろん、汝《うぬ》持ち前のものを用いてくれてもよいぞ。こんなものよりかは、太くて長いじゃろ？」

言いながら立ち上がるカーリー。そして指先の爪を剣の如く伸ばして伊丹に襲いかかった。伊丹はカーリーの鋭い爪を転げるようにして避ける。

いや、避け切れていなかった。伊丹の肩口には、爪の一本が突き刺さっていた。

しかし伊丹は僅かに顔を顰めただけで、戦いを続けた。

「さあ、互いのもので刺したり刺されたりしようではないか？　きっと死ぬほどに心地よいぞ！」

（こ、こいつはもしかして、ロゥリィよりヤバイ奴かも）

伊丹は距離を置かずに銃撃を再開した。

単連射で弾丸を浴びせる。

「かはっ、あくっ、ああっ」

カーリーは避けることすらしない。

自ら弾丸を食らって身悶え、びくびくと身体を震わせる。その姿が性的な絶頂を迎えて痙攣する姿に見えて、伊丹は次第に引き金を引くことに躊躇いを感じるようになった。蒼髪の少女の容姿が年端もいかないだけに、イケないことをしている気分になってしまうのだ。

「ふぅ……」

瞳にハートマークを浮かべた少女は、伊丹に微笑みながらも不満そうに頬を膨らませた。

「チトつまらぬぞ。ただ我の身体に穴を穿ち、弾丸を埋め込むだけではな。時には深く刺したり、浅く刺したり、捻るように、時には抉るように、速く貫くように、時には優しくゆっくりと……そうしてこそ、肉の軋む感触を楽しめるというのに。お主のは、一本調子で彩りに欠くのじゃ。この下手くそめ！」

下手くそなどと少女から面罵されると、伊丹もさすがに絶句した。

「はっ、ならこいつはどうだい？」

伊丹はカーリーに大胆に歩み寄ると、ピンを抜いた手榴弾を手渡した。

「これは何じゃ？」

「プレゼント。超高級な大人のおもちゃさ」

伊丹は少女が掌に乗せたそれを見つめている間にダッシュで逃げる。まもなく爆発が起こり、少女の上半身はもろにその衝撃を浴びた。

仰向けに倒れた少女は、衣服は当然、上半身の皮膚もズタズタに引き裂かれ、肉や骨を露出させていた。伊丹を除くシュラや江田島達には、勝負はこれでついたかと思われた。

しかし皆の眼前で、亜神の再生力が発動する。

全身に開いた傷から、体内に残った手榴弾の破片、弾丸などが次々と吐き出され、瞬く間に再生し傷が治っていく。

そうなることを予想していた伊丹は、顔を背ける。

「何というか、いつ見てもグロいなあ」

ただしその過程が完了するまでは、強い苦痛を伴うのか、蒼髪の少女も苦悶に呻いている。そう、その苦痛を、少女は甘い吐息で堪能しているのだ。

「ふぅ……今のはなかなか新鮮でよかったぞ」

やがて、少女の再生は終了した。


カーリーは立ち上がると、伊丹にターゲットを絞って挑みかかった。

「ほらほらほら！」

伸びた両手の爪から、連続的に繰り出される斬撃と突き。

それらを伊丹は大仰な動作で躱した。

もちろん、シュラを手玉に取るような敵だけに、伊丹とて躱しきれずに傷付き、ダメージを負う。

しかし伊丹はその傷などなかったかのように振る舞って、少しも動きが鈍らない。

伊丹は反撃の銃撃を浴びせた。

カーリーは弾丸を避けない。ただ傷が癒えるまで、しばし動きを止める。そのため、伊丹もかろうじて中途で息を吐くことが出来ていた。

カーリーは首を傾げた。

「何と言うべきか……汝《うぬ》は、見た目からは強さというのを感じぬ。だから、与《くみ》し易いと思ったんじゃが、思いの外しぶといのう」

「どういたしまして」

「まあよい。こういうのも、なかなか楽しいからのう」

カーリーは一気に伊丹に肉薄した。

「さあさあ、もっと楽しもうぞ！」

伊丹がＭＰ７の弾倉を交換しようとした隙を突いた攻撃だ。

しかし伊丹もそれを待っていたかのように、９ミリ拳銃を素早く抜くと、カーリーの眉間に向けて引き金を絞った。

「俺はごめんだね！」

カーリーはその一発一発を扇で払うように爪で弾きながら、伊丹へと踏み込んだ。

伊丹の顔目掛け、爪を束ねた右腕を放つ。伊丹は拳銃の銃身でそれを払う。するとカーリーが更に突く、伊丹が再びそれを払う。

そしてカーリーが更に大きく踏み込んで、伊丹の懐に飛び込んだ。

「くっ」

肌が触れ合うような間合いで懐に入り込まれると、伊丹も自由が利かない。そこを狙ったかのように、カーリーは伊丹の腹部に爪を突き立てた。

しかしその時、横合いから巨大な鉄塊にも似たハルバートが割り込んで、カーリーの爪の盾となった。鉄の塊同士が激突する重く鋭い音が響いた。

「他人の男に手を出したらぁ、ダメよぉ、カーリー」

現れたのは、漆黒の亜神ロゥリィ・マーキュリーであった。

「貴様、ロゥリィ・マーキュリー⁉」

「メイベルったらぁ、なんて間抜けなのかしらぁ？　よりにもよってカーリーなんかに身体を乗っ取られるなんてぇ」

「そう言うてやるな。こうなったのには、お前にも責任があるんじゃぞ。神意の象徴を失った亜神なんぞ水に落ちた犬も同然じゃろが？　我が手にかかれば抵抗など無意味じゃ」

「けどぉ、それは貴女もぉ同じことでしょう？　不完全な肉の身体を得たところでその力は発揮できないわよぉ」

「きひひひひひひひひ。ところがな、そうでもないんじゃよ」

カーリーは言いながら、銃撃と手榴弾とでボロボロとなった自分の衣服の胸を大きく開いた。すると発展途中で成長が止まってしまった双丘が露わとなる。

「そ、それはどうしたのぉ⁉」

谷間に穿たれているはずの暗闇に、二つの心臓が押し込まれて鼓動していたのだ。

「たまたま人間の心の臓が手に入ったのでな。使《つこ》うてみたんじゃよ。一つでは足りぬと思うて、二つな。するとなかなかに具合がよい」

「たまたまって……どうやって手に入れたかぁ、尋ねてもよいかしらぁ？」

「簡単なことじゃよ。下心を抑え切れん若い男達に、ちょいと色目を使ったら喜んで提供してくれた。男というのはチョロいな。ちょいとばかりよい思いが出来そうじゃと思うと、いくらで寄ってくるんじゃ」

カーリーはそう言ってニタリと笑った。

対するロウリィは、とても嫌そうな渋面となった。

「悪趣味ぃ……いかにもあんたらしい話よねぇ」

「さて、ロウリィよ。この心臓二つがどれほど役に立つか、汝《うぬ》で試してみたい。構わぬな？」

カーリーが、両手の爪を長剣ほどに伸ばす。

「いいわよぉ。あんたがぁその身体でどれ程の力を発揮できるか、見せてもらうわぁ」

ロゥリィは、ハルバートの斧身を回転させ刃を立てると、両足を据えて身構えた。

「参れ」

カーリーの誘いが合図となったのか、ロゥリィから仕掛けた。

力任せにハルバートを振りかぶり、カーリーに叩き付けたのである。

カーリーはそれを両の手十本の爪を束ねて受け止める。爪と戦斧がぶつかり合って、火花が辺りに飛び散った。

「ロゥリィ！　どうじゃこの身体は!?　我もなかなかじゃろう？」

カーリーがニンマリとほくそ笑む。思うがままに動ける身体を得てご満悦らしい。

「さすが、堕ちたといってもメイベルねぇ」

「それ、違うじゃろ!?　身体をまんまと乗っ取られた間抜けな小娘なんより、このカーリーの凄さを讃えんかい！」

「メイベルの身体に頼って戦っているだけなのにぃ？」

「いくら身体の性能がよかろうと、操る側の力量が低くては話にならんわ！」

「自慢できるほどの技量があると言うのならぁ、実際に試してみましょう」

するとロゥリィは、先ほどよりも低く、ハルバートの切っ先が床に触れるほど低く構え、身体をこれでもかと捻った。

「相も変わらず力任せな一撃を狙うとは、芸の乏しい奴よのう。せっかく血剣ディーヴァを得たんじゃ。出し惜しみせず使ってこんか！」

ロゥリィは「とっ」と足の爪先を鳴らすと、カーリーとの間合いを一気に詰める。そうして渾身の一撃を放った。

「出し惜しみなんてしないわよぉ！」

「ふん、そんなもの。どうということはないわ！」

カーリーは再び左右の爪を束ね、それを受け止める。重い鉄と鉄との激突する重厚な音が辺りに響いた。

「くうううううううううううううう！　これは応《こた》えるのう！」

カーリーは衝撃をもろに浴びて大きくのけぞりながらも微笑んだ。ロゥリィの一撃を、完璧に受け止めきったのである。

「どうじゃ？」

「へぇ、大したものよねぇ」

「さすがは戦神の使徒の一撃。骨身に染みたぞ」

「けどね、こういうのはどう？」

ロゥリィが問うや否や、左右から矢が飛来して、カーリーの両腕に一本ずつ突き刺さった。

振り返ってみれば、左右に金髪エルフと、銀髪ダークエルフ。それぞれが次の矢を番えて、弓を構えている。

更に頭上を見ると、「漏斗」が浮かんでいた。

一個や二個ではない。二十数個もの金属製漏斗が、カーリーを取り囲むように浮かんでいる。

その一個一個に必殺の威力が込められていることは、カーリーにも理解できた。

見れば、リンドン派の魔導師の杖を持つ女が、鋭い視線を向けていた。間違いなくその女のものだろう。

「どうかしらぁ？　まだ戦うつもりぃ？」

ロウリィは、ハルバートの刃をカーレアの喉元に突きつけた。

ここまでされては、いかにカーリーとて対抗は出来ない。神でありながら肉の身体を得たことが、かえって足枷となってしまったのだ。

「くっ、やってくれるのう？」

カーリーは観念したのか、ここで両手を挙げた。

「問題はぁ、どうやってこの身体からぁ、カーリーを引きずり出すかよねぇ？」

そのためには、首を落とし、手足を切断し、部位ごとに分けて幽閉するのが一番だと、ロウリィが呟く。そうすれば、幽閉の苦痛に耐えかねて、カーリーは去って行くに違いない。

だがその時、カーリーの周辺を突然白煙が覆った。

「な!?」

「状況ガス！　ガス！　ガス！　直接こいつを吸うな！　待避だ！」

第三者の介入だと、伊丹がロゥリィ達に警戒を促す。

よく見れば、小麦粉のような細かい粉が散布されたのだと分かった。だが、それが身体に無害なものとは限らない。重曹ならよいが、小麦粉なら粉塵爆発の恐れがあるし、生石灰だったりしたら皮膚や目、気管が爛《ただ》れて酷いことになる。これは原始的ながら化学兵器なのだ。

伊丹はロゥリィを背後から抱き上げると、白い煙から距離を置いた。

「こっちだ、カーレア！」

「お、お前はカシュ!?」

「いいから早く」

そして煙が晴れると、後にはもうカーリーの姿はなかった。

「ヨウジィ？　以前にもぉ、こんなことあったわよねぇ？」

「はい？」

ロゥリィは懐かしげに言いながら、自分の胸に視線を下ろす。釣られて伊丹も視線を下ろすと、ロゥリィを抱き上げている手が、彼女のささやかな膨らみをしっかり掴んでいた。

「あ……」

その後、伊丹に起こったことも、前回をしっかりと踏襲したものとなった。

「徳島君、徳島君！」

「ハジメ！」

戦いが終わってみると、江田島とオデットが徳島の名を呼ぶ声だけが聞こえた。しかし徳島は、ぐったりと倒れて反応を示さない。

「その男を死なせてはダメよぉ」

戦いに倒れた戦士の魂を、主神エムロイの元へと導くことを悦びとする死神ロゥリィが、珍しいことに徳島を死なせるなと告げる。もちろん、その意見には同意だが、伊丹はその珍しさの理由を求めた。

「どうして？」

「裏切られ、疑念と絶望を抱いたままの魂魄《こんぱく》は、カーリーの滋養になってしまうからよぉ。そしてそのことは、メイベルも感じ取るわぁ。メイベルは本当の本当に絶望してしまうでしょう」

そうなったら、メイベルの身体からカーリーを引き剥がせなくなってしまうとロゥリィは語った。

「ですが……」

しかし江田島は口籠もった。

ここには助ける手段がないのだ。現代医療で救命処置をしてくれる医療機関もない。心肺機能を代行してくれるエクモもない。だから江田島の中では、このまま徳島の苦しみを引き延ばすようなことを続けていいのかという躊躇いが生じ始めていた。

しかし、ロゥリィは告げた。

「これを使えばいいわぁ」

ロゥリィは自らの胸に爪を立てる。

そして正中線に沿って胸を切り裂き、その中から心臓を一つ毟り取った。それはメイベルから奪い取った血剣ディーヴァである。

あまりにも痛そうで思わず目を背けたくなる行為だったが、カーリーとの戦いである程度耐性が出来たのか、皆はそれに見入っていた。

ロゥリィが胸中から抉り出した心臓は、鼓動したまま血剣の形を作ろうとする。しかしロゥリィはその前に徳島の胸の穴にそれを近付けた。

「メイベルも、トクシマの命を繋ぐためならぁ、受け容れるでしょう」

江田島は慌てて手を引っ込める。

ロゥリィの手で徳島の胸に押し込められた心臓は、あたかも触手生物がごとき血管を周囲の組織に伸ばしていった。

ズタズタになった心臓を押しのけ、代わりに大動脈弓を奪い、胸大静脈、肺動脈、肺静脈へと繋がる。そして体内に残った血液を掻き集めると、リズミカルな鼓動を打ちながら全身に向けて送り出した。

蒼白になっていた徳島の顔に、血の気が蘇っていく。徳島は深い溜息のような長い息を一回吐くと、安定した呼吸を再開させたのである。

徳島が危篤状態から脱したことは、誰の目にも明らかであった。

15

その報せを受けた時、七カ国連合軍の代表シャムロックは、驚愕の余り椅子から立ち上がって叫んだという。

「何だって⁉　ど、どういうことだ？」

「ですから、アトランティア・ウルースは、プリメーラ女王陛下率いる新生アヴィオン王国によって占領、併合《へいごう》されました。あそこにあるのは、もうアトランティアではありません。アヴィオン王国なのです」

新生アヴィオン王国の外務尚書ベル・ベト・ウィナーが、七カ国連合の代表達に告げた。

「苦し紛れに茶番を弄したか……」

「いいえ、事実です。どうぞ、その目でお確かめください」

こうして七カ国連合の代表者達は、総旗艦ナックリィ号を、かつてアトランティアと呼ばれた船の群れへと急がせたのである。

「何ということだ」

「景色が一変しておるぞ」

次第に近付いてくる船の群れからなる人工の陸地。

しかしそれは、彼らの知るアトランティア・ウルースではなかった。

小さな島を中心にして、それを取り囲むように白い船がずらりと並んでいる。そしてどの船にも、風に煽られたアヴィオンの国旗が翩翻《へんぽん》と踊っていた。

そして人々は、新たな女王の戴冠を祝っている。それは、これから攻撃を受けるという恐れ戦《おのの》いた人々の姿ではない。

「いかがでしょうか？　私の言葉が嘘ではないとお分かりいただけましたか？」

「はっ！　目立つ船の色を白く塗り替え、国旗をすげ替えただけで別の国だと!?　こんなこと認める訳ないだろう！　どうせレディ女王《ハーラム》と侍従達がいなくなり、狼狽えまくった大臣共が、空っぽの頭を振り絞って考えたことに決まっている！」

シャムロックはそう言って嘲笑った。

「確かにそうかもしれませんな」

外務尚書は、淡々と告げた。

「しかしこれもまた事実なのです。ここは既に、アヴィオン王国正統の血を引くプリメーラ女王陛下が治める国です。そのことの意味は、皆様ならばお分かりですね？　もしこの国に害を為す者あらば……しかもそれが、旧アヴィオン王に仕えてきた者であるならば、大逆の罪を背負うことになりましょう」

七カ国の代表達はベル・ベト・ウィナーの確認するような言葉にぐびりと唾を呑み込んだ。

アヴィオン七カ国の為政者達は、その統治権を旧アヴィオン王家より与えられている。王家から爵位と領地、あるいは特権を与えられたから君臨できるのだ。

主家が没落してしまったから、今では独立国然として振る舞っていられるが、王家が再興したからには従わねばならない。もし王家に反逆したら、自らの正当性を自分で否定することになってしまう。

しかもどの国も国内に王政復古派を抱えている。多くの国民が、アヴィオン王家を懐かしく思う気持ちを持っており、その血筋を尊敬しているのだ。もし反逆などすれば、その国民達が自分達をどのような目で見ることになるか。

そう考えたら、この事態を軽々に茶番と罵ることは出来ない。

「と、とにかく、プリメーラ姫……いや、女王陛下に拝謁せねば」

「そ、そうだ。全ては事情をきちんと伺ってからだ」

七カ国の代表達は、結論を先送りにすることにした。そして手勢の一部を率いて、アヴィオン・ウルースへと上陸したのである。

七カ国連合の代表達が、王城船の深奥、大謁見室へと乗り込んでいく。

特に先頭に立つシャムロックの足音は、苛立ちと怒りを表現するかのように険しい。武具の金属音は耳障りなほどで、謁見の間へと続く廊下で行き合った女官達は顔を顰めた。

「お嬢様、これは一体どういうことですか？」

シャムロックは謁見室に入るなり、挨拶もしないうちから桃色の髪に王冠を戴いたプリメーラへ歩み寄った。

だが彼の前に、新生アヴィオン王国の閣僚や提督達が立ちはだかった。

「シャムロック統領代行。場と身分を弁えよ。女王陛下の御前であるぞ」

既に大謁見室には閣僚と文武の高級官僚が揃い、威儀を正し、厳粛な空気を醸していた。まるで何日も前から入念に用意されていたかのようで、昨日今日で急造された政府とはとても思えなかった。

「くっ……まだ、戴冠式はなされてないはずだ」

するとプーレが、プリメーラの囁きを代言した。

「ようこそ、シャムロック統領代行。我が戴冠式に特使を派遣してくれてありがとう。感謝します」

見れば、謁見室の隅のほうに、ヴィが澄まし顔で立っていた。

「本当か、ヴィ？」

「もちろんです。女王陛下は、先ほど無事に戴冠式を終えられました」

プーレが女王の言葉を代言する。

「戴冠の儀式にご臨席いただけなかったことは至極残念に思っている。なれど、祝賀の午餐《ごさん》会を開く。それにはご列席いただきたい。我が宮廷料理人パッスムの料理、きっと皆も満足するであろう」

プリメーラはアヴィオン家の女王であり、七カ国の代表達は宮廷儀礼上その家臣となる。当然、プリメーラの口調は上から下の者に向けたものとなる。それがどうにも馴染めないシャムロックは、吐き捨てるように苛立ちの言葉を放った。

「つたく……これが芝居なら、随分と酷い脚本だな。別の作家を雇ったほうがいい」

「脚本とは何のことか？」

「ここで起きている全てが安っぽい茶番だ。貴女の戴冠も、この新しい国とやらも。たった一夜で立ち上げたような国など誰が認める⁉」

その時、アヴィオン王国の国務尚書のアドニス・メ・ディズゥエラが言った。

「国を成り立たせるのに必要なのは時間ではない」

そして王璽尚書モルガ・ミ・ファが続ける。

「必要なのは、正統性であり、法的な正当性なのだ」

すると、シャムロックは大きく頷いた。

「その意見には大いに同意する。だが、このアヴィオンとやらには、その正当性が欠けている。何故なら、このアトランティア・ウルースにはレディという女王《ハーラム》がいるからだ」

「いや、女王《ハーラム》レディはもういない」

「いや、いる。この国の侍従達によって捕らえられ、我らの元へと連れてこられた。女王《ハーラム》レディは今、我らの客人だ。レディの身柄を我らが押さえたことで、この国を構成する王城船も財宝も、人民も、何もかもが、全て我が七カ国連合のものとなったのだ。それはつまり、この国を煮るのも焼くのも我らが決めるということだ。突然現れたアヴィオンなどという国ではない」

「それはつまり、ティナエ共和国政府は公式見解としてプリメーラ陛下の戴冠に異議を唱える、ということでよいのだな？」

外務尚書ベル・ベト・ウィナーが問いかける。

「いや、プリメーラ姫……否、プリメーラ陛下の戴冠には、私も異議を唱えたりはしない。いくらでもどうぞ、好きな時に王冠を被ったり外したり、他人に譲り渡したりなさればよろしい。しかし、このウルースの主権に関しては正当性はない、と言わせていただきたい」

「我らに主権を主張する正当性がないだと？」

「そうですとも。そもそもアヴィオンの版図は、アヴィオン海の七つの島々だった。碧海の海賊共の親玉などではない。つまり、アトランティア・ウルースは、アトランティア王家が受け継いでいくものだ。従って、女王《ハーラム》レディが存命している限り、その統治権はアトランティアのものなのだ……」

プリメーラの閣僚達は、返す言葉もなく戸惑い顔で黙ってしまった。確かにシャムロックの言葉通りだからである。

「……」

シャムロックは勝ち誇って周囲を見渡した。

「どうやら反論がないようですな。ならば、全てを引き渡してここから出て行かれるがよい。そして貴女方の王国ごっこは、どこか別のところでやりなさい！」

シャムロックの言葉に、軍務尚書が不満を漏らした。

「随分と無礼な態度だな……」

「無礼と仰られたか？　確かに私の言葉は無礼だ。なれど、このアトランティア・ウルースの海賊共と戦ってきたのは、我がティナエをはじめとする七カ国の国々だ。戦いの中で、多くの船が沈み、大勢の兵士が犠牲となってきた。その苦難の戦いの果てに、ようやく勝利を手にしようとしたその時に、その勝利の果実を横から掠め取っていくような行為を許せるはずがない。無礼と言えば、そちらのほうこそが無礼なのだ！」

「……」

「さあ、去りなさい。今更アヴィオン王国などというカビの生えた代物を持ち出して意地汚く生き延びようとする貴女方は、我らが戦利品であるこのアトランティア・ウルースから立ち去るんだ！」

シャムロックは出口を指差すと声高に言い放った。

「その言に、異議あり」

するとその時、ヴィが前に進み出たのである。


「いよいよ始まりますよ」

大謁見室の隅の隅。メイドや近衛の兵士達が作る人垣の後ろの目立たないところで全てを見守っている伊丹は、隣に立つ江田島に囁いた。

「江田島さん。あの役、貴方がやりたかったんじゃありませんか？」

「いいえ、あんなのは、私には役者が不足してますよ。他にいい人がいたら、当然お譲りします」

「その割には、随分とヴィ君にいろいろと入れ知恵してましたけど……」

「私がしたのは、ちょっとしたアドバイスに過ぎませんよ」

「アドバイス？　こんな場面ではこんな主張をすべきとか、そういうのを懇切丁寧にセリフまで作って教えるのが、アドバイス？」

「それは当然です。何しろヴィ君は、この世界でこれからプリメーラさんを支えていかなくてはならないのですから。彼には、相応の立場というか、名声が必要なんです。だからこそ今日活躍する必要があるのです。徳島君が、厨房の仕事をパッスム氏に譲ったのと同じことですよ」

「なるほどねえ。確かにそうか……」

伊丹はそう言って肩を竦めたのである。


「お前は黙っていろ。呼んでいないぞ！」

ヴィが前に出てくると、シャムロックはけんもほろろに突っぱねた。

シャムロックからすれば、ヴィは『黒い手』の一員だった頃から自分の部下の部下のそのまた部下程度の存在。国を代表する特命全権大使に任命したが、それとて軽輩を送り付けることで、間接的にレディを侮辱するためだった。レディの怒りを買って処罰されたとしても痛くも痒くもない、言わば鉄砲玉のつもりだったのだ。そんな者がこんなところで口を差し挟んでくるなんて、あってよいことではないのである。

だがヴィは、堂々とシャムロックに逆らった。

「いいえ、黙りません。私はティナエの特命全権大使としてここに来ているので！」

「では、お前の特使の任を、統領権限で解くことにする。直ちにここから出て行け！」

「なるほど。解任の辞、承りました。ですが、やはり出て行きません。これから私はティナエ共和国の特使ではなく、プリメーラ陛下の忠実な臣下として言葉を述べるからなので」

「何だと？」

「シャムロック統領代行閣下。貴方の仰る通り、七つの国々が苦労して戦い続けたのは確かなので。多くの船が沈み、多くの財産が失われ、大勢の犠牲が出ました。ですが、その戦いに参加したのは、艦隊の軍兵だけではない。プリメーラ陛下も、獅子奮迅の活躍をしたことを代行閣下はお忘れか？」

「何だと？」

「今回の戦いで、アトランティア主力艦隊を壊滅させたのはニホン艦隊。それについて異議はありませんね？」

「あ、ああ……」

「『門』の向こうにある異国に危険を冒して出向き、向こうの政治家と渡り合い、艦隊を送って助けて欲しいと頭を下げて頼んだのは一体誰だったでしょう？　シャムロック代行、貴方ですか？　あの時、異世界の国民の前に出て、語りかけ、共感を得るために必死の努力をしたのは貴方なのですか!?」

「あ、いや……」

「私は同行したからはっきり憶えています。いつ死んでもおかしくない鎧鯨の襲撃などの危機を、何度も何度も乗り越え、援軍を得て帰ってきたのは、ここにおわすプリメーラ陛下です。そして今回、アトランティアと戦い、その近衛艦隊を壊滅させたのも、ニホン艦隊。シャムロック代行は、新生アヴィオン王国が、プリメーラ女王陛下が、勝利を掠め取ったと仰った。だがそれを言うなら、この戦いの勝利を掠め取ったのは貴方なので！」

「我らが何もしてないと言うか！」

さすがに罵られるままでは我慢できなかったのか、シーラーフの老主が言い返した。

「事実として何をしたか!?」

「我らは七カ国に連合を呼びかけ……」

「その七カ国連合は何をしたか!? 誰と戦って、勝利にどのような貢献を果たしたのか!? 形勢が明らかになってから、逃げ出していく船を捕らえて嬲るように沈めることですか？ それが勝利への貢献だなんて言い出したら殺しますよ！」

「……」

ヴィの噛みつくような視線を浴びて、七カ国の代表達は俯いて視線を泳がせた。シャムロックだけが、満身を震わせて顔を真っ赤にしている。

「この戦いの勝利に真に貢献したのが、プリメーラ陛下であることは紛れもない事実。その陛下が即位し、国を建てる。ならば、勝利の果実を陛下が得るのは当然なので！」

「だ、だが……ウルースはレディ女王《ハーラム》のもので……」

「アヴィオン王国は、アトランティア・ウルースに勝利し、無血で占領し、併合したので！ それによって、この国はアヴィオンの統治下に収まった。代行の言う、女王《ハーラム》レディの統治していたアトランティア・ウルースこそ、もう滅んでどこにもなくなってしまったので！ せっかくその身柄を押さえたのに、レディ陛下のものはここには何も残っていない。領土も領民も財宝も全部ない。ないない尽くしの空っぽなので。ここで略奪した財宝や奴隷を、自分の名でティナエの皆に分け与えて支持率獲得、代行から統領に成り上がろうと思ったんでしょうが、残念でした〜、またどうぞ〜なので！」

「き、貴様！　それでもティナエの特使か？　この裏切り者め」

シャムロックはヴィを見据えた。

「私のどこが裏切り者？」

「我々はティナエ国民の納める租税で養われている。従って我々は、ティナエ国民にとっての利益を掻き集めるのが務めだ。そこから考えれば、このアトランティア・ウルースから戦利品を持ち帰って国を潤すことも俺達の使命なんだよ！　俺の名前でするかどうかに関係なく、正当な行為なんだよ！　なのにお前はそれを妨げようとしているんだから、国民に対する重大な背信行為だ！」

「そう言われても、私はもう特使ではないので。つい今し方、解任されました。もうお忘れですか？」

「あ、いや、だが……たとえ職から離れても、祖国の利益を脅かす行為は控えてしかるべきだろう！　貴様は祖国を裏切ったのだ。きっと告発してやるからな！」

「祖国を裏切ったとは聞き捨てならないので。それを言うなら、貴方のほうにこそ数々の裏切りの疑惑があるので！」

「何だと？」

「そもそも貴方はどうしてここにいるので？」

「決まってる。俺はティナエの統領代行だからだ」

「ティナエの統領代行なんて役職は、ティナエの法制度にはないので」

「そ、それは仕方ないことなんだ！　レディ女王《ハーラム》の汚い騙し討ちでハーベイ統領が行方不明になってしまうという緊急事態だったんだから！　権力と意思決定の空白を作る訳にはいかなかったのだ！　臨時の処置なんだよ！」

「その汚い騙し討ちが行われることを、統領代行は知っていた疑いがあるので！」

「なんだと!?」

六カ国の代表達の表情が険しくなった。

「き、聞き捨てならないことを言うな！　俺だけ安全な場所にいた訳じゃないんだぞ！」

シャムロックはすかさず潔白を訴えた。しかしヴィは余裕の態度のまま追及を続けた。

「でも貴方だけ助かったのも確かなので。他にも、貴方には数々の疑惑があります。十人委員の謀殺。軍需物質の海賊への横流し、情報漏洩などなど。特に、シーラーフにお嫁入り前のプリメーラ姫がサリンジャー島で襲撃された件については、襲撃者は『黒い手』だったのではないかという疑惑があるので。当時、『黒い手』の統括責任者は誰だったでしょう？」

「そ、それは俺だが……しかし俺は関係ないぞ！　襲撃事件なんて知らん！」

「よく考えてから答えるので。『黒い手』の一人一人に当たって尋ねれば分かることなので」

「くっ……」

シャムロックは冷や汗を流しながら言葉を濁した。

すると他の六カ国の代表が言った。

「そんなことよりシャムロック統領代行。レディ女王《ハーラム》の騙し討ちを、あらかじめ知っていた件について説明してくれ」

彼らにとってはプリメーラ襲撃よりもそちらのほうが重要のようだ。レディの騙し討ちで彼らの肉親や部下達の多くが犠牲になったのだから、当然といえば当然だった。

「あの時私が別の船に乗っていたのはたまたま……たまたま用件があって統領に、……い、いや、そうだ、統領からのご指示があったんで、エイレーン号に乗っていたのだ！」

「へぇ、統領のご指示？　それをどうやって証明するので？」

「口頭での指示だったから証明のしようがない。しかしあの時、確かに統領から『シャムロック君は万が一の事態に備えて別の船に乗っていたまえ』と指示されたのだ。『万が一の事態が起きたら私の代理として権力を掌握し、仇をとって欲しい』と。もちろん、レディ女王《ハーラム》の裏切りなんて知らなかった。しかし万が一に備えるのは、為政者の義務だ。そのために備えておくハーベイ統領の慧眼《けいがん》には、俺も非常に感心した。だから、その後の俺の行動も、すべては統領のご指示によるものなのだ！」

「なるほど十人委員の抹殺も、統領のご指示でしたか」

「そうだ。……そ、それとプリメーラ姫襲撃事件だが……」

シャムロックは玉座のプリメーラをチラリと見る。

「今だから言ってしまうが、あれもまた、統領のご指示があってしたことだ」

「なんですって？」

プリメーラが立ち上がった。

「あれは、王政復古派が姫を拉致しようとしているという情報が入って、シーラーフへの出航を先延ばしにするためにワザと事件を引き起こしたんだ。事件をシーラーフへの不義理の言い訳にするつもりだったのだ。これもまた統領のご指示だった」

「そんなことはあり得ません！」

プリメーラが声を荒らげる。コミュ障とは思えない声の大きさだ。

「貴女には信じられないでしょうが、それが事実なのです。それが政治です。だから『黒い手』の者に尋ねれば、俺の命令だったという答えが返ってくる。俺に幾つもの疑惑があると言うが、その多くは政治の暗部でなされてきた工作の結果なのだ」

「何もかも、ハーベイ統領のご指示。随分と都合のいい話なので……」

「そう言われるのも仕方がないな。だがそれが事実だ。汚い仕事をしてきたことを責めたければ責めるがいい。そうした泥を被るのも、政治を陰から支えてきた者の務めだ」

「自分は、統領を支えるために陰で手を汚してきた誠実な人間とでも言いたいので？」

「誠実な人間だなんて言わないさ。だが、懸命に国に尽くしてきた俺が、私利私欲のために国への裏切りを働いていたというのなら、それを裏付ける証拠を出せ！　証拠を出してみろ！」

「確かに証拠はないので」

「そうだろう？」

「けれど証人ならいるので」

「証人だと!?」

ヴィが振り返る。

その時、大謁見室の扉の前に立つ布告官が、床を杖で二回叩いた。甲高い音に続いて布告官の声が謁見室中に響く。

「『碧海の美しき宝珠ティナエ』の統領《ドージェ》にして、アヴィオン王国女王陛下の父君、ハーベイ・ルナ・ウォールバンガー。御入来！」

大きく開かれた扉から、男性が入ってきた。

「お父様！」

プリメーラが、玉座から立ち上がる。そしてハーベイの元へと走り寄った。

心温まる親子の再会の場面でしばし見守りたいところではある。

しかしヴィは間髪容れなかった。

「さて、シャムロック統領代行……否、元代行」

ヴィはあからさまにシャムロックの職名に「元」と付け加えた。

しかし、ハーベイ帰還という事態に動揺したシャムロックは、それに気付いているのかいないのか、ヴィの問いかけに気もそぞろな様子で答えた。

「な、何だ？」

「今、元代行は、すべては統領閣下のご命令だったと仰った。そうですね？」

「いや、そんなことは……言ったかな？」

「統領閣下、実際のところはどうだったのでしょう？」

「いや、私は何も命じていないぞ。私とシーラーフの老主との間柄で、下手な小細工を弄する必要なんてどこにある？」

ハーベイの視線を受けてシーラーフの老主は大きく頷いた。

「あ、いや……そんなことは……」

「シャムロック。私はよく憶えているよ。レディ女王の騙し討ちの前だ。君は、私が会議を開くと言って呼び付けても、決して私の元に来なかった」

「シャムロック元代行。説明を聞かせてもらいたい！」

六カ国の代表達が目を据わらせながら問いかけると、ティナエ海軍のカイピリーニャ艦長が、武装した海兵数名と共にやってきた。

「か、カイピリーニャ⁉」

「シャムロック元代表代行。貴方を逮捕致します。おい」

海兵はシャムロックを両脇から挟むようにして立った。そして、大謁見室から強引に連れ出していったのである。

「放せ！　お前達、俺を誰だと思ってる⁉　俺の命令を聞け！」

シャムロックが叫ぶ。しかし、カイピリーニャは言った。

「『元』代行だろ？　ハーベイ統領が行方不明が故に存在した役職は、ハーベイ統領が帰還したら消失する。当然の話だ」

「……ぐっ」

「さあ、連れていけ」

「くそおおおおおおおおおおおおおおおおおおおおお、貴様ら憶えてろ！」

シャムロックはみっともないほどに騒ぎながら、大謁見室から引っ立てられていったのである。

シャムロックが退場すると、ハーベイ統領が深々と頭を垂れた。

「さて、六カ国の代表の皆様には、いささかお見苦しいところをお見せしてしまった。ここに深く陳謝いたします」

するとシーラーフの老主が、皆を代表して言った。

「いや、よいのだ。しかしハーベイ統領は、どうやってあの状況で生き残ったのだ？」

「そうだ。他にも生き残りがいるのか？」

もしかしたら自分達の家族も助かっているかも。そんな期待を込めた目で代表達は尋ねた。

「私は乗っていた船ごと海底まで沈んでしまったのだが、たまたま船の中に空気溜まりが出来ていてな、そのおかげで息が続いて、溺死を免れたのだ。そこへ海棲亜人達が宝探しにやってきてな、助けられたらしい」

「……らしい？」

「狭いところに溜まっていった空気だ。しばらくしたら空気が汚れて、私も頭をやられてしまった。おかげで随分と長く、自分の名前すらも思い出せんようになっていたそうだ。その後、いろいろとあって記憶を取り戻したら、カイピリーニャ艦長の船で寝ていたという訳だ。何が何だか、状況を理解するのにとても時間がかかった」

「そうか。貴君が助かったのは、ただの幸運でしかなかったのだな」

代表達は肩を落とした。

自分達の一族や家族には、ハーベイのような幸運を望むことは出来ないと理解したのだ。

重苦しい空気が流れる。

そんな空気を変えようと、ハーベイは言った。

「ところで、話は変わるのだが……」

「何だ？」

「今度、私の娘が女王に即位して国を建てることになった。父親としては祝ってやりたいと思うのだが、貴君らもご賛同いただけるだろうか？」

ハーベイに問われた代表達は、互いに顔を見合わせた。

アトランティアとの戦いに最も貢献したプリメーラの父であり、七カ国連合の盟主でもあるティナエの統領からそう求められては、彼らとしても、嫌だとはとても言えなかったのである。

余

「くそおっ！　放せ、放せ――――！」

シャムロックは、総旗艦ナックリィの最下層にある牢へと放り込まれた。

「お前ら、後で後悔するぞ！　絶対に後悔させてやる！」

しかしシャムロックを連行してきた海兵達は、振り返りもせず立ち去ってしまった。

幾ら叫んでも誰も戻ってこないと理解したシャムロックは、怒りに任せて鉄の扉を拳でぶん殴る。

そして甲高い音とともに拳に走った激痛に呻いたのである。

「くそっ！」

すると、女声の軽快な笑い声が響いた。

「だ、誰だ？」

「わたくしです。お前、自分で閉じ込めさせたくせに忘れたのですか？」

その声の持ち主は、レディであった。アトランティアの女王《ハーラム》レディが何とシャムロックの隣の房にいるのだ。

「お前もいつかはこうなるだろうとは思っていましたが――まさかこんなに早いとは、それが意外でした。没落するにしても、ちょっと早過ぎるのではありませんか？」

「仕方ないだろ？　ハーベイの奴が生きてやがったんだから。それに加えてヴィの奴が」

「あのボウヤのこと？　あの元気なボウヤだったらやりかねないわね」

レディは面白そうに嗤った。

「くそっ……」

返す言葉もないシャムロックが舌打ちする。

シャムロックがヴィに対して抱いた感覚は正しかった。『黒い手』から排除しただけで満足せず、叩き潰しておくべきだったのだ。

「こうなったのも全部、奴のせいだ。あのくそ海賊が、プリメーラ姫をちゃんと助け出すことに成功してれば、こんなことにならずに済んだんだ」

「そいつは悪いことをしたな。失敗しちまって……」

その存在をほのめかした途端、本人から返事があったのでシャムロックは絶句した。

「ドラケ、ど、どうして貴様がここに？」

「あたいらもいるよ〜」

続いてオディールと配下達の声もした。

「な、何で、オディール達が？」

「あたいら、みぃーんな捕まっちまったんだ」

「し、しかし、どうしてお前らまでこのナックリィ号に？」

「あのヴィって坊主の指図だ。俺達をティナエに連れ帰って、俺達とお前さんとの繋がりを自白させるんだとよ」

「何てこった」

シャムロックは頭を抱えた。

様々な疑惑でシャムロックは窮地に立たされているが、物的証拠や証言があるのはプリメーラ襲撃事件だけ。十人委員の暗殺やレディの騙し討ち、情報漏洩なんて知らないと逃げ切れば、全財産没収と国外追放で済んだかもしれないのだ。

しかし、海賊と繋がっていたことまで立証されれば話は変わる。間違いなく縛り首だ。

「ま、そのおかげで俺達は、即刻縛り首にはならずに済んでるんだがな……」

ドラケがシャムロックに感謝の言葉を述べた。

その楽観的な態度に、シャムロックは呆れ果てた。

「死刑が先延ばしになっただけだから。俺達全員、間違いなくこれだ」

シャムロックは両手で自分のクビを押さえて絞首刑の芝居をした。

「脱走するしかないな」

ドラケがぽつりと言った。

「でも、どうやって？」

「そりゃ、隙を見て、看守に襲いかかるとか牢を破るとか、壁に穴を開けるとか……」

その時、シャムロックやドラケの知らない声がした。

「あるいは、外の者に助けてもらうとかだ……」

「？」

「ヴェスパー！」

レディが顔を寄せて声の主を確かめようとする。するとそこには、懐かしくも愛おしいレディの旧知の男がいた。

「レディ。そこにいたのかい？」

「ど、どうして貴方がここに」

「俺もいるぜ」

すると横から、この国の宰相が顔を出した。

「イシハ、お前まで⁉　一体お前達がどうして？」

「そりゃ決まってる」

「君を助けるためだ」

ヴェスパーがレディと見つめ合っている。その隙に、石原は牢の鍵穴に針金を差し入れた。

「見張りはどうした？　いなかったのか？」

シャムロックが尋ねる。

「確かに、諸君らの会話に聞き耳を立てている者はいた。しかしもう大丈夫だ。その者は今屈強な女兵士が拳の力で眠りの世界に送り込んだ」

「早くしろ！　こっちは終わったぞ」

すると、階段の上から人民解放軍の黎紫萱《レイ・ズシェン》の声がした。ヴェスパーの言う女兵士とは彼女のことだ。

「そう急かすなって、黎……」

「子供が今にも泣き出しそうなんだ。泣き出したらマズい……」

「分かった。分かったから待て」

さすがに工作員として訓練を受けているだけあり、石原は原始的な構造の鍵を簡単に開けてしまった。

「さあ、レディ。出よう」

扉を開くと、ヴェスパーが諸手でレディの手を取った。

「どうして？　貴方がどうしてここに？　貴方の姿が消えて、わたくしはてっきり見放されてしまったと思っていたのに……」

「私は待っていたのだ。君が何者でもない、ただの一人の女となる時が来るのを……」

意味が分からないとばかりに、レディは首を傾げた。

「君は皇帝の姪で、アトランティアではハールの妻で、そして女王《ハーラム》だった。私が愛するには余計な飾りが多過ぎたのだ。だが、帝国から追放されて皇帝の姪という立場は消えた。そしてアトランティアもついに滅びた。君はもう、誰でもないたった一人の女だ。ただのレディだ。私は君がそうなる時を、首を長くして待ち続けていたのだ」

「何だか、また小難しいことを言ってるよ、この占い師は。そういうことは、ここを出てからにしてくれ。黎が苛立ってる」

「でも、息子が……」

「大丈夫、君の息子はとっくの昔に助け出した」

「黎の奴がな」

「何をもたもたしている！　急いでくれ！」

苛立つ黎が階段を下りてきて、石原達を急かす。見れば、小さな子供が黎に抱かれていた。黎としては子供がいつ泣き出すのか、気が気でないのだろう。

「分かった、急ごう」

そう言いながら、石原達は船倉を後にしようとする。すると、シャムロックが言った。

「待て待て待て待て、ちょっと待て！　俺達もここから出してくれ！」

「どうして？」

「俺達を見捨てたら盛大に騒ぐぞ。捕虜が脱走するぞって。それでもいいのか？」

すると黎が白刃煌めく短刀を抜いて凄んだ。

「ならば、騒げないよう口を塞ぐという手もあるぞ……」

「いや待て、黎。一度に全員の口を一気に塞ぐのはどうやっても無理だ」

石原が海賊達のいる房に目を向ける。中にいるのは、一人や二人ではない。全員の口を塞ぐまでに、残った奴らが船中の海兵を呼び集めてしまう。

「だからどうしろと？」

「連れていくしかない」

「ちっ、仕方ない。急げよ」

黎の了承を得て、石原はシャムロックやドラケらの扉も開けていったのである。

＊　＊

「船渠《ドック》船の天蓋が開き始めました！」

「中から飛行船が……」

「七カ国連合から連絡です。捕虜達が脱走したそうです」

次々と伝令兵が玉座の間にやってくる。

彼らのもたらした断片的な報告を総合すると、総旗艦ナックリィ号の牢獄に何者かが潜入し、シャムロックや海賊ドラケ一党、更にはレディを脱獄させた挙げ句、船渠船内で建造途中の飛行船を使って逃亡したらしい。

「驚きました。彼らはここで飛行船なんてものを作っていたのですねぇ」

外を見れば、飛行船が大空に向かって浮き上がっていくところだった。

一旦空に飛ばれてしまったら、これを追う手段は、特地の海洋国家にはない。いや、このアヴィオン王国には、艤装中の飛行船がまだ二隻あるようだが、少なくとも飛べる状態にはなっていないのである。

そんな飛行船を見送りながら、ヴィが皆を代表して江田島に尋ねた。

「でも、よかったので？」

「何のことでしょう？」

江田島がしらばっくれたので、カイピリーニャ艦長が問うた。

「あんた、奴らをひとまとめにしておいたら、脱走を企てるなんてことは分かってたんだろ？」

「ええ、分かっていましたよ。ですが、これは我々にとってとても都合のよい終わり方です」

「どうしてだい？」

シュラが首を傾げた。

「シャムロック元代行ですが、彼を裁きの場で有罪にするには証拠が不十分でした。海賊達の証言を得ればそれも可能だったでしょうが、海賊達が素直に自白するとも限りません。ですが、今回シャムロックと海賊達は一緒に逃げました。これで彼は、自らの有罪を自ら証明してしまったのです。それに、レディ女王《ハーラム》やその王子殿下の扱いも、頭の痛い問題でした。七カ国連合は、民衆の前で女王《ハーラム》を断頭台に据えて処刑したかったのでしょうが、今後の帝国との関係を考えますと、やってよいことではありません。我が国日本としても、それに加担したと批判されるのは避けたかった。ですから、自主的に逃げていただけてとてもありがたいのです。少なくとも、向後何があったとしても、プリメーラさんや日本は無関係だと主張できますからねえ……」

するると、プリメーラ女王が尋ねた。

「でも、七カ国連合の民衆は、不満に思うのではありませんか？」

せっかく勝利したというのに、略奪品や奴隷の分配もなければ、処刑される女王《ハーラム》を見物し、溜飲を下げることも出来ない。

これでは民衆も不満を抱くはずだ。

日本でも、日露戦争で賠償金を取れなかったことに不満に抱いた国民が、暴動を起こしたことがある。

しかし江田島は「そうでしょうねぇ」と人ごとのように言うだけであった。

「ですが、それらへの対処は、七カ国それぞれが考えればよいのです。そもそも、彼らを逃がしたのは、我々ではありませんからねえ。大きな船が手に入ったからと言って、指揮施設の全てをその船に集めるのはよいですが、留置施設までいっぱい作ったら、居合わせた捕虜達が共謀して脱獄を企てたとしても不思議はありません……」

ヴィは呆れたように言った。

「分かっていて警告しないだなんて、大人というのは随分と狡いので」

「政治とは、元来そういうものです。貴方もプリメーラさんを支える政治家となるのでしょう？ならば毒舌だけでなく、強《したた》かさと狡猾《こうかつ》さを身に付けるよう努力してください」

江田島はヴィの今後に期待すると言って、励ますように肩を叩いたのであった。


「さて……行きましょうか」

「はい、統括」

徳島を乗せた担架が、アヴィオン・ウルースの埠頭に横付けされた潜水艦『きたしお』へと進み始めた。

ロゥリィの機転でどうにか一命を取り留め、意識を取り戻した徳島だが、胸部の外傷そのものが治癒した訳ではないので、急遽アルヌスに送り返されることになったのだ。

もちろん、江田島も上官としてこれに付き添わねばならない。

江田島は徳島の直属の上司であり、その負傷にも責任を持つ。今回の行動中に得た知見で、報告しなければならないことも多いのだ。

ちなみに伊丹は、ロゥリィ、テュカ、レレイ、ヤオら現地協力員達とともに、カイピリーニャ艦長のエイレーン号でティナエに向かっていた。

海神の領域である海中には、エムロイの使徒であるロゥリィは無断で立ち入れないらしく、潜水艦に乗れないのだとか。

二人の帰国を、プリメーラとシュラ、そしてオデットが見送りに来ていた。

プリメーラはアヴィオンで女王となった。従ってこれ以降は、プリメーラの戻る場所はここだ。

当然プリメーラを支えるシュラも、ここに残る。

「……ハジメ」

問題は……オデットであった。

オデットは青白い顔で、徳島の担架にしがみ付いた。

徳島が健康を取り戻すには、彼を日本に帰すしかないことは分かっている。しかし、徳島と離れがたく、身が引き裂かれるような思いに苦しめられていた。

「オディ。行ってもよいのですよ」

プリメーラはオデットに、徳島について行ってはどうかと囁いた。

しかしオデットは、歯を食い縛って頭を振った。

「プリムには、わたしが必要なのだ」

女王になったばかりのプリメーラには、一人でも多くの信用できる存在が必要となる。

何しろこの国は、プリメーラが知らない者ばかりなのだから。政治だって初めてだ。大臣に相当する尚書連中も、能力的には使えない奴らという宣告をレディから受けたような者達だ。一時的には役に立ってくれたが、これからこの国を導いていくには彼らだけでは不安なのだ。

徳島の命が今にも尽きてしまいそうだというのなら、是が非でも付き添うが、時間の問題で回復すると分かっているのなら、自分の心配心を満たすためにプリメーラを見捨ててしまうなんて出来ないのである。

「ハジメ……」

オデットは徳島の手を握った。徳島もオデットの手を握り返すと、安心させるように言った。

「きっと戻ってくるから……メイベルを取り戻さないといけないしね」

するとオデットは、唇を尖らせ頬を膨らませた。

ここであの女の名を口にするのかと、徳島の無神経さにいささか腹が立ったのである。しかし同時に、メイベルを無視してしまうような冷たい男ならば、オデットは失望しただろう。だから言った。

「それまでに、こちらのことを片付けておくから、一緒にあの馬鹿を捜しに行くのだ」

「二人が戻ってくるまでに、飛行船を使えるようにしておくよ」

オデット、そしてシュラは、徳島達が帰ってきてからの協力を請け合ったのだった。

潜水艦に江田島と徳島が乗り込むと、ハッチが閉じられ、黒い船体はゆっくり埠頭を離れていった。

この無機質な船は、徳島らを船内に収めると、もうやりとりを遮断してしまう。互いに姿が見えなくなるまで手を振るとか、声を掛け合うといった情緒的な見送りはまったく出来ない。しかしそれでも、プリメーラ、オデット、シュラの三人は、潜水艦のセイルが海中に没するまで、見送りを続けていたのである。


こうしてアヴィオン海の人々を苦しめた海賊達の跳梁《ちょうりょう》は、プリメーラの即位をきっかけに急速に収まっていくのである。

とはいえ、この海が平和になるにはまだもう少し時間が必要であった。それどころか、一部の地域ではかえって戦雲がたれこめていったのである。

＊　＊

東京大学実験棟／養鳴《ようめい》研究室

「これより、第二十七次実験を開始するぞ。者ども位置につけ」

養鳴賢九郎《けんくろう》教授の号令で、操作室内では学生達が一斉に機械に向かった。

始動シーケンスを確認しながらそれぞれがスイッチを入れ、数値を読み上げていく。

「おい、黒崎《くろさき》君はどうした？」

そんな中、空席が一つあることに養鳴教授が気付く。

「トイレじゃないですか？」

椅子には、黒い鞄が置かれていた。

「しょうがないのう。高沢《たかさわ》君が代わってくれ……」

「はーい」

高沢と呼ばれた学生が、椅子から鞄をのけて太いコンクリート製の柱の陰へと移動させる。代わって空席に腰を下ろして、操作を続けた。

「全て良好。オールグリーンです」

「始動十秒前、八、七、六、五……」

この世界を構成する空間を歪めて、『門』を形成する実験が行われようとしていた。実験に興奮を隠せない養鳴は、少しずつ前に進んで硝子越しに見える実験機に近付く。そしてコンクリートの柱の前へと歩み出た。


実験棟から小走りに出てきた男子学生が、校門前で黒塗りの乗用車の後部座席に乗り込んだ。

「どうだった？」

車が走り出すと、金髪女性が尋ねる。

「約束通り置いてきたよ」

その直後、激しい爆音と衝撃が背後に響き渡った。

「な！」

振り返った男子学生は、炎上した大学実験棟を驚愕の目で見つめていた。

「よくやったわ。全ては貴方のおかげよ」

「えっ、えっ⁉」

男子学生の腿に、太い注射器が突き立てられる。

「ひっ」

そしてその体内に、薬液が注入されていった。

人気《ひとけ》のない住宅街の道。

黒塗りの乗用車のドアが開き、男子学生が後部座席から路上に転がり落ちる。

黒塗りの乗用車はそのまま静かに走り去っていったのだった。

累計500万部突破！
大ヒット
異世界×自衛隊ファンタジー
新章も好評発売中！
ゲート
GATE
SEASON 2
自衛隊
彼の海にて、
斯く戦えり
1〜5
柳内たくみ 著
Yamai Takumi
1巻「抜錨編」
待望の文庫化！
『ゲート』シリーズ累計
ついに500万部突破！
●各定価：本体600円＋税
1〜5巻
好評発売中！
舞台は異世界の海！ゲート海自編、ついに開幕！
海上自衛隊VS異世界海賊＆海軍！
●各定価：本体1700円＋税
●Illustration：Daisuke Izuka
ゲート SEASON 1 大好評発売中！
単行本
文庫
漫画
●本編1〜5／外伝1〜4／外伝＋
●各定価：本体1700円＋税
●本編1〜5〈各上・下〉／
外伝1〜4〈各上・下〉／外伝＋〈上・下〉
●各定価：本体600円＋税
●1〜17（以下、続刊）
●各定価：本体700円＋税

いずれ最強の錬金術師？
SOMEDAY WILL I BE THE GREATEST ALCHEMIST?
1~8
小狐丸
KOGITSUNEMARU
地味～な生産職志望の僕に付与されたのは、
聖剣から空飛ぶ船まで、
何でも造れる最強スキル
錬金術!!
コミックス
1・2巻
好評発売中!
1~8巻
好評発売中!
勇者召喚に巻き込まれ、異世界に転生した僕、タクミ。不憫な僕を哀れんで、女神様が特別なスキルをくれることになったので、地味な生産系スキルをお願いした。そして与えられたのは、錬金術という珍しいスキル。まだよくわからないけど、このスキル、すごい可能性を秘めていそう……!? 最強錬金術師を目指す僕の旅が、いま始まる!
いずれ最強の錬金術師？
小狐丸
地味～な生産職志望の僕に付与されたのは、
聖剣から空飛ぶ船まで、何でも造れる
最強スキル
錬金術!!
第10回アルファポリスファンタジー小説大賞
読者賞受賞作
圧倒的第1位
……僕、のんびり暮らしたいだけなんだけど
◉各定価：本体1200円+税
◉Illustration：人米
いずれ最強の錬金術師？
1
原作 小狐丸
漫画 ささかまたろう
最強の生産スキル
錬金術発動
10万部突破!
◉各定価：680円+税
◉漫画：ささかまたろう　B6判

謝辞

海上自衛隊　幕僚監部広報室
海上自衛隊　舞鶴地方総監部
第2ミサイル艇隊　ミサイル艇うみたか
海上自衛隊　第1輸送隊　輸送艦しもきた
陸上自衛隊　幕僚監部広報室
陸上自衛隊　水陸機動団
自衛隊東京地方協力本部
海上保安庁　総務部政務課政策評価広報室

大変お世話になりました。ここに御礼申し上げます。

柳内たくみ

この作品に対する皆様のご意見・ご感想をお待ちしております。

おハガキ・お手紙は以下の宛先にお送りください。

【宛先】

〒150-6008 東京都渋谷区恵比寿 4-20-3 恵比寿ｶﾞｰﾃﾞﾝﾌﾟﾚｲｽﾀﾜｰ 8F
（株）アルファポリス　書籍感想係

メールフォームでのご意見・ご感想は右のＱＲコードから、
あるいは以下のワードで検索をかけてください。

アルファポリス　書籍の感想　検索

ご感想はこちらから

ゲート SEASON《シーズン》2 自衛隊《じえいたい》　彼《か》の海《うみ》にて、斯《か》く戦《たたか》えり　5．回天編《かいてんへん》

柳内《やない》たくみ

2020年 11月 30日初版発行

編　集－太田鉄平
発行者－梶本雄介
発行所－株式会社アルファポリス
〒150-6008東京都渋谷区恵比寿4-20-3恵比寿ｶﾞｰﾃﾞﾝﾌﾟﾚｲｽﾀﾜｰ8F
TEL 03-6277-1601（営業） TEL 03-6277-1602（編集）
URL https://www.alphapolis.co.jp/
発売元－株式会社星雲社（共同出版社・流通責任出版社）
〒112-0005東京都文京区水道1-3-30
TEL 03-3868-3275
装丁イラスト－Daisuke Izuka
装丁・本文デザイン－ansyyqdesign
印刷－中央精版印刷株式会社

価格はカバーに表示されてあります。

落丁乱丁の場合はアルファポリスまでご連絡ください。

送料は小社負担でお取り替えします。


ISBN978-4-434-28126-6 C0093